HEYNE BÜCHER

W0214069

Fantasy

Herausgegeben von Friedel Wahren

Von der Serie MAGIC. *Die Zusammenkunft*™
erschienen in der Reihe
HEYNE SCIENCE FICTION & FANTASY:

1. Band: William R. Forstchen, *Die Arena* · 06/6601
2. Band: Clayton Emery, *Flüsterwald* · 06/6602
3. Band: Clayton Emery, *Zerschlagene Ketten* · 06/6603 (in Vorb.)
4. Band: Clayton Emery, *Die letzte Opferung* · 06/6604 (in Vorb.)

Weitere Bände in Vorbereitung

MAGIC
Die Zusammenkunft™

CLAYTON EMERY

Flüsterwald

ZWEITER BAND

Deutsche Erstausgabe

WILHELM HEYNE VERLAG
MÜNCHEN

HEYNE SCIENCE FICTION & FANTASY
Band 06/6602

Titel der Originalausgabe
MAGIC THE GATHERING™
WHISPERING WOODS
Übersetzung aus dem Amerikanischen von
Anja Jäcke und Armin Abele
Das Umschlagbild malte Steve Crips

Redaktion: F. Stanya

Erstausgabe bei HarperPaperbacks.
A Division of HarperCollinsPublishers, New York

Printed in Germany 1995
Umschlaggestaltung: Atelier Ingrid Schütz, München
Technische Betreuung: M. Spinola
Satz: Schaber Satz- und Datentechnik, Wels
Druck und Bindung: Presse-Druck Augsburg

ISBN 3-453-09522-7

KAPITEL 1

Eine Explosion wie ein Donnerschlag ließ Gull erschreckt aufblicken.

Die Sonne stand hoch am wolkenlosen tiefblauen Frühlingshimmel, und die bleiche Sichel des Nebelmondes hing über den Wipfeln der westlichen Wälder. Doch da war noch etwas am Himmel! Alles, was Gull dort oben bisher gesehen hatte, waren Wolken, Vögel und Sterne gewesen. Aber heute …

Ein riesiger beuliger Ball trieb wie eine luftgefüllte Schweinsblase gemächlich durch das Himmelsblau.

Der Holzfäller trat aus dem Wald auf die Lichtung, die er heute früh geschlagen hatte, und sprang auf einen Baumstumpf, um besser sehen zu können. Er war mit seinen Maultieren kaum eine halbe Wegstunde tief in den Flüsterwald vorgedrungen, und was immer dieses … fliegende Ding … war, es war dicht bei seinem Dorf – schwebte unmittelbar darüber!

»Was in Chatzuks Namen …« Gulls Maultiere schnaubten ängstlich. »Ruhe da!« zischte er und lauschte angestrengt.

Das runde Blasending war mit Seilen umschlungen, an denen ein Korb herunterhing, in dem die dünnen Arme und die spitzen Köpfe winziger struppiger Gestalten zu sehen waren, die vor Aufregung herumzappelten. Die Wesen mühten sich mit etwas ab, so daß der Korb heftig hin und her schaukelte. Sie schleuderten Dinge herab – auf sein Dorf?

Ein weiterer Donnerschlag – noch lauter als der erste – erschütterte die Erde und brachte den Baumstumpf unter Gulls Füßen zum Erzittern. Seine Maultiere scheuten. Die sanfte zierliche Flossy trippelte in ihren ledernen Fußfesseln und suchte Zuflucht unter einer mächtigen Kastanie. Der selbst für ein Maultier störrische Knothead senkte den Kopf und versuchte die Fußfesseln durchzukauen. Gull sprang von dem Baumstumpf und zog ihn am Ohr, woraufhin das Maultier mit den gelben Zähnen nach ihm schnappte.

»Nicht jetzt, Knothead!« schimpfte der kräftige Mann. »Ich brauch Hilfe, keine Störenfriede.« Er zerrte an den Halsriemen der Tiere und wollte sie zusammenbinden, damit sie nicht davonlaufen konnten, aber eine plötzliche Eingebung ließ ihn innehalten: Vielleicht würde er so bald nicht zurückkehren!

Wie die meisten Eseltreiber sprach er mit seinen Tieren, als könnten sie ihn verstehen, und oft verstanden sie ihn auch. »Bleibt hier, ihr beiden. Ich schau mal nach, was geschehen ist. Und überhaupt, wo ist Greensleeves…?« Gulls Schwester war wie üblich allein durch die Gegend gestreift, aber die Explosion hatte sie schnell aus den Tiefen der Wälder zu ihm zurückgescheucht.

Greensleeves war das genaue Gegenteil von ihrem kräftigen Bruder: sehr klein und so mager, daß man jeden einzelnen Knochen unter der Haut zählen konnte. Und doch sah sie ihm ähnlich, hatte die gleichen grünen Augen, die breiten Wangenknochen, den schmalen Mund und die gleichen kastanienbraunen Locken, die bei ihr stets wirr ins Gesicht fielen. Das ständige Leben im Freien hatte Greensleeves' Haut nußbraun gefärbt, obwohl sie mit ihren knapp sechzehn Jahren noch nicht ausgewachsen war. Sie trug einen mit Flechtensaft grün gefärbten fadenscheinigen Leinenkittel und einen zerschlissenen Umhang, an dem Blätter und kleine Äste hingen, dazu weder Hut noch Schuhe, selbst im tiefsten Winter. Vom Wühlen in der Erde und dem Spielen mit Gras waren ihre Hände wie immer schmutzig und ihre Arme mit grünen Flecken übersät, denen Greensleeves ihren Namen zu verdanken hatte.

Wie ein Eichhörnchen durch den Lärm verängstigt, war sie zu ihrem Bruder gerannt, ergriff seine braungebrannte Hand und umklammerte seine Finger. Sie plapperte unentwegt in ihrer an Tierlaute erinnernden Sprache, keckerte wie ein Erdhörnchen, quiekte wie ein Dachs und überschüttete ihn mit unverständlichen Fragen.

Gull redete mit seiner Schwester genauso wie mit seinen Maultieren: »Bleib hier, Greenie, ich gehe ... mal etwas nachschauen. Einen Freund treffen ...«

Er konnte schlecht sagen, daß er ins Dorf wollte, sonst hätte sie sich sicher verlassen gefühlt. »Bleib hier. Ich bin bald zurück.« Noch immer sah sie sehr besorgt aus, und Gull fragte sich, ob sie ihn wohl verstanden hatte. Fragen wirbelten ihm durch den Kopf: Was geschah nur mit seinem Dorf?

Sanft löste er ihre Hand aus der seinen und schulterte Bogen und Köcher. Für gewöhnlich ging er damit auf die Jagd, aber heute mußte er damit vielleicht diese kleinen Kreaturen am Himmel vertreiben. Er schlang die Peitsche um den Gürtel und ergriff die zweischneidige große Holzfälleraxt. »Vorbereitet bin ich, obwohl ich nicht so recht weiß, worauf.« Als er sich umdrehte, stand Greensleeves hinter ihm. Vielleicht erschreckte sie es noch mehr, daß er sich bewaffnet hatte? »Bleib hier, sag ich dir.«

Am liebsten wäre er losgerannt, aber er zwang sich, die eineinhalb Meilen bis zum Waldrand langsam zurückzulegen. Mehr als zwanzig oder dreißig Schritt hätte er ohnehin nicht laufen können. Vor drei Jahren war eine Ulme beim Fällen von ihrem Stumpf gesprungen: Ulmen waren menschenhassende Bäume, die ohne ein warnendes Knacken oder Knarren umzufallen pflegten. Sie hatte ihm das rechte Knie zerschmettert. Ein ganzer Winter war vergangen, bevor er wieder laufen konnte, doch ein ständiges Hinken war ihm geblieben. Für gewöhnlich schmerzte das Knie bei feuchtem Wetter und wenn ein Gewitter im Anzug war, aber heute hatte es sich trotz des Donners nicht gemeldet. Was mochte das zu bedeuten haben?

Gulls dauernder Kampf mit den Bäumen des Flüsterwaldes hatte ihm mehr als nur das Hinken eingebracht: Eine Eiche hatte ihm drei Finger der linken Hand abgequetscht, und obwohl er erst knapp zwanzig Jahre zählte, waren seine Arme und Beine von widerspenstigen Ästen und abgeglittenen Axthieben über und über mit Narben bedeckt. Dabei waren sie stämmig und muskulös, denn was der Wald nahm, gab er an anderer Stelle zurück. Da sich der Holzfäller bei seiner Arbeit ständig durch dichtes Unterholz kämpfen mußte, war er mit keinem Stoffgewand bekleidet, sondern mit einem Kilt und einer Tunika aus festem Leder, und auch sein langes dichtes Haar war mit einem Lederband zurückgebunden. An den Füßen trug er selbstgeschnitzte Schuhe aus hartem Hickoryholz, die zwar seine Zehen schützten, aber auf Holz- und Steinböden entsetzlich klapperten.

Das Leben im Wald hatte Gull in vielerlei Hinsicht gehärtet, was ihm selbst kaum bewußt war. Weil er bei seiner einsamen Arbeit, Bäume zu fällen und zu zerteilen, stets auf sich gestellt war und mit den alltäglichen Widrigkeiten allein fertig werden mußte, hatte er seine eigene Art von Leben entwickelt und pflegte sowohl auf Ratschläge als auch auf Schmeicheleien nicht zu achten. Im Dorf witzelte man darüber, daß ihn seine Arbeit mit den Maultieren ebenso stur und dickköpfig wie diese gemacht habe. Man könne ihn kaum von seiner einfältigen Schwester unterscheiden.

Mittlerweile kämpfte sich Gull auf einem überwucherten Wildpfad voran, der ihn auf kürzestem Wege zu den Dorfwiesen führte, ohne daß er gesehen werden konnte. Alle diese Seltsamkeiten verhießen Ärger. Aber man hatte so etwas erwartet.

Vor genau einem Mond waren die Einwohner von Weißfels durch ein gewaltiges fauchendes Zischen aus dem Schlaf gerissen worden. Sie waren auf die Straße gerannt und hatten gesehen, wie ein Strahl gelbweißen Feuers die Nacht erhellte. Irgendwo im Nordwesten hatte ein fernes Krachen den Boden zum Erbeben gebracht, und der Horizont hatte in Flammen gestanden. Ein abgelegenes Waldstück dort draußen hatte tagelang gebrannt, und dichte Rauchsäulen hatten die Sonne verdunkelt, bis ein später Winterregen das Inferno erstickt hatte. Keiner der Dörfler hatte seitdem von der Flammenhölle gesprochen, und die neugierigen Fragen der Kinder wurden überhört. Alle erkannten das Omen: den Vorboten der Vernichtung. Tag für Tag warfen die Leute ängstliche Blicke über die Schulter und warteten.

Und heute hatten die beiden gewaltigen, dicht aufeinander folgenden Donnerschläge und das Auftauchen der seltsamen fliegenden Schweinsblase mit ihren schurkischen zappelnden Insassen die schlimmsten Befürchtungen wahr gemacht.

Plötzlich hörte Gull ein Rascheln hinter sich und fuhr herum. Eine Schlange ...? Nein, es war seine Schwester, die die Finger in ihr schmutziges Tuch verkrallt hatte und ihn wie ein Waschbär glucksend mit fragendem Blick angsterfüllt anstarrte. »Verdammt!« schnappte ihr Bruder, da ihr Erscheinen ihn erschreckt hatte. »Ich habe dir doch gesagt, du sollst dableiben!« Greensleeves zuckte, als hätte er ihr einen Schlag versetzt, und senkte den Kopf. Tränen liefen über ihre Wangen und benetzten ihre Lippen.

»Ist ja schon gut. Dann komm eben mit. Aber schnell.« Gull hatte ihren Tränen noch nie widerstehen können, obwohl er die Hälfte der Zeit nicht einmal ahnte, warum sie weinte.

Jeden Tag nahm er sie mit in die Wälder, um sie vom Dorf fernzuhalten. Nachdem sie beinahe jeden Gemüsegarten zerwühlt, sämtliche Tiere des Dorfes vor Arbeit und Schlachter bewahrt, in unzähligen Brotöfen gestöbert und den einen oder anderen Säugling aus seiner Wiege stibitzt hatte, war man im Dorf einhellig der Meinung gewesen, daß die Wälder der beste Ort für sie waren. Dort konnte sie nach Herzenslust herumtollen, mit Tieren spielen, stöbern, wühlen und alles das tun, was ihr gerade in den Sinn kam, während Gull sich mühte, auf sie aufzupassen. Es galt zwar als ungeschriebenes und von Gulls kräftigen Armen zusätzlich untermauertes Gesetz, daß niemand der Dörfler ihr ein Leid zufügte – und Fremde waren ohnehin selten –, aber dennoch war Gull oft besorgt, wenn sie stundenlang verschwunden blieb. Lästig wurde sie ihm jedoch nie, und er schätzte ihre Gesellschaft wie die eines kleinen Hundes.

Ein weiteres Zeichen der Andersartigkeit der Geschwister sahen die Einwohner von Weißfels darin, daß die beiden ihr Glück im Flüsterwald machten, den niemand sonst zu betreten wagte. Die Äste und Blätter schienen beständig zu wispern, und überall vermeinte man die Stimmen von Trollen, Elfen, Teufeln oder anderen finsteren Wesen zu vernehmen. Dieses Geflüster war für die einfachen Dörfler nicht auszuhalten, und auch Gull hatte sich als kleiner Junge vor dem immerwährenden Säuseln und Murmeln der Blätter gefürchtet. Jetzt jedoch störte er sich nicht mehr daran, und Greensleeves nahm es nicht stärker wahr als einen flüchtigen Regenschauer.

Nun ergriff der Holzfäller die Hand seiner Schwester und führte sie zu der Stelle am Waldrand, an der durch die wärmende Sonne die Dornensträucher und das Buschwerk am dichtesten wuchsen. Gull hielt diesen Platz für ein gutes Versteck, und so standen die Geschwister, umgeben von mannshohem Farnkraut, am

Ende des Wildpfades und blickten durch das Tal zum Dorf hinunter, der einzigen Heimat, die sie je gekannt hatten.

Das Tal war ein einziges Meer von Farben. Die Ausläufer des Waldes waren von saftigen Wiesen eingerahmt, deren hohes gelbgrünes Gras von roten und blauen Wildblumen gesprenkelt war. Dazwischen ragten überall moosbewachsene große Steine und scharfkantige Felsen hervor. Das ertragreiche Ackerland lag in der Nähe des Dorfes, dort, wo der einstmals mächtige Strom seinen fruchtbaren Schlamm zurückgelassen hatte. Noch immer durchzog der plätschernde Fluß das Tal, vorbei an großen Felsen und über kalkiges Gestein, das dem Dorf seinen Namen gegeben hatte. Das durch den Fluß in zwei Hälften geteilte Weißfels bestand aus etwa dreißig reet-, schindel- oder grasgedeckten, weit auseinanderstehenden Steinhäusern, ein jedes umgeben von einem hüfthohen Steinwall, der die kargen Gärten vor herumstreunenden Tieren schützen sollte. Am Südrand des Dorfes war eine kleine Mühle über den Fluß gebaut, und daneben kräuselte sich weißer Rauch aus dem Schlot der Brauerei. Ein holpriger Weg zog sich von den nördlichen Hügeln auf einer karrenbreiten Brücke über den Fluß hinweg durch das Dorf, um kurz dahinter im südlichen Sumpfland zu verschwinden. Im Osten wurde das Tal durch die Wilden Wälder begrenzt, in denen die Dörfler bisweilen Holz sammelten und jagten.

Zeit seines Lebens hatte Gull Weißfels nur als verschlafenes Nest erlebt, in dem Seals Söhne für die jeweils größte Keilerei des Jahres sorgten, indem sie eines von Bryonys Schweinen stahlen. Niemand wußte, was der heutige Tag bringen würde. Der Holzfäller erkannte seinen buckligen Vater Brown Bear, der seinen gebrochenen Rücken derselben Ulme zu verdanken hatte, die auch Gulls Knie verkrüppelt hatte. Neben seinem Vater machte er die Gestalten seiner zierlichen Mutter Bittersweet und die seiner Geschwister aus. Gull winkte ihnen mit seiner Axt zu, doch sie bemerkten ihn nicht, da ihr Blick gebannt auf die seltsamen Ereignisse im Norden gerichtet war.

Oben auf dem kalkigweißen Hügelkamm, an der Stelle, wo die Straße sich senkte, lauerte – wie ein Rudel hungriger Wölfe – eine dichtgedrängte Anhäufung seltsamer buntgekleideter Gestalten, die Gull unwillkürlich an fremde Wesen aus alten Legenden erinnerten. An ihrer Spitze stand eine hochgewachsene Frau in einem braunen Gewand mit gelbgestreiften Ärmeln und gelbem Saum. Ihr strenges Gesicht wurde von tiefschwarzem, glänzendem, straff zurückgekämmtem Haar umrahmt. Herrisch erhob sie die beringten Hände und deutete auf die Wiese zu ihrer Rechten.

Obwohl Gull noch nie eine derartige Gestalt gesehen hatte, wußte er sogleich, wer diese Frau war. Denn wie hieß es in den Gebeten der Altvorderen: ›Oh, ihr Götter! Schenkt uns Kraft und Zuversicht und hütet uns vor den Umtrieben der ... Zauberer!‹

Hinter der Zauberin, entlang des Hügelkammes, standen etwa zwei Dutzend Soldaten in schimmernden Schuppenpanzern und leuchtendroten Kilts und Waffenröcken. Ihre Köpfe waren durch rotbefiederte Helme geschützt, und jeder Krieger trug einen glänzenden Rundschild, ein scharfgeschliffenes Kurzschwert und einen auf den Rücken geschnallten Wurfspeer. Gull hatte in seinem Leben erst drei Soldaten zu Gesicht bekommen: ein heruntergekommenes buntes Trüppchen, das durch sein Dorf gezogen war, als er noch ein Junge war. Obwohl die Dörfler damals gleich zu ihren Knüppeln gegriffen hatten, um die Schurken zu verjagen, vermißte man hinterher zwei Hühner und ein Ferkel. Doch diese rot uniformierten Soldaten auf dem Hügel waren anders: eine starke, unbezwingbare Macht, unaufhaltsam und tödlich wie Vipern. Gull erkannte sofort, daß ein solches Heer das ganze Dorf innerhalb eines Atemzuges auslöschen konnte.

Doch was auf der Wiese geschah, war noch seltsamer. Zunächst bemerkte Gull gar nichts, doch dann tschilpte Greensleeves plötzlich, als zwischen dem Gras etwas ›wuchs‹. In Sekundenschnelle war inmitten der wippenden blauen Wildblumen ein Wesen, kaum größer als ein kleines Kind, entstanden und wuchs rasch zu einem Ungetüm von gut sieben Schritt Höhe heran.

Es sah aus wie die Riesen, von denen die Alten immer erzählt hatten: Ein Gewand aus grob zusammengefügten vergilbten Flicken – einige mit Streifen und eines sogar mit einem roten Drachen bemalt – umhüllte den massigen Körper. Die Beine des Riesen waren dick wie Baumstämme, und in den gewaltigen knotigen Händen hielt er zwei mächtige, knorrige Äste. Zwei Keulen, nein – zwei Köpfe, dachte Gull entsetzt und starrte auf die beiden kahlen, bleichen Schädel des Giganten, die von dicken blauen Adern gezeichnet waren. Die Schlitzaugen des einen Kopfes stierten fragend auf die Zauberin, während der Blick des anderen einen Schwarm Krähen bemerkte, der über den Wilden Wäldern aufstieg. Gull konnte erkennen, daß dieses Wesen sehr langsam im Geiste war.

Überall im Tal geschahen ähnlich wundersame Dinge, bis Gull glaubte, er hätte einen Schlag auf den Kopf erhalten und träume dies alles nur. Und doch, kein Traum käme auch nur annähernd diesem erschreckenden Geschehen gleich!

Zwei Wesen, halb Mensch, halb Pferd, näherten sich in raschem Galopp von den Wilden Wäldern her. Kentauren, schoß es Gull durch den Kopf. Ihre rötlichgrauen Flanken waren mit Runen und Handabdrücken bemalt, ihre Oberkörper waren hinter gerieften farbigen Brustpanzern verborgen, und die Köpfe wurden durch Helme geschützt. Sie trugen gefiederte Lanzen, die länger waren als ihre geschmeidigen Körper.

Hoch über dem auf dem Hügel angetretenen Heer trieb das merkwürdige Gebilde aus Schweinsblase und Korb im Wind. Die wie Affen kreischende, wild gestikulierende Besatzung schickte einen Hagel eisengespickter Geschosse auf die roten Soldaten herunter, der diese jedoch weit verfehlte und mit Johlen und geschwenkten Schwertern beantwortet wurde. Die Blase steuerte auf die nördlichen Wälder zu und verlor dabei langsam an Höhe, bis sie die Baumwipfel streifte und die winzigen Krieger lauthals streitend durch die Bäume purzelten. Selbst Gull erkannte, daß sie außer Erheiterung wenig zur Schlacht beitrugen. Doch wenn *sie* die roten Soldaten angriffen, wer hatte sie dann losgelassen?

Greensleeves blökte, und Gull starrte in eine andere Richtung, denn die ›Festspiele‹ auf dem Hügel waren nur ein Teil der Inszenierung. Im Süden, am Rande des Flüsterwaldes, erschien eine mindestens ebenso seltsame Gruppe. In vorderster Front stand ein weiterer aufgeputzter Zauberer. Steife gelbe Locken umringelten seinen Kopf, und sein Gesicht wurde von einem buschigen Schnurrbart halb verdeckt. Sein aus mehreren Stoffbahnen fein zusammengenähtes Gewand schillerte in allen Farben des Regenbogens: von einem kräftigen Blau am Saum über ein leuchtendes Gelb um die Hüfte bis hinauf zu einem grellen Rot an den gestärkten Schultern. Ein flüchtiger Gedanke streifte Gull: Wo lassen diese Zauberer nur ihre Kleider nähen?

Hinter dem Magier stand ein Kreis aus fünf bunten Gauklerwagen, in dessen Mitte sich seine Gefolgsleute tummelten. Gulls Blick fiel auf eine dicke Frau, einige grazile, wie Paradiesvögel schillernde Mädchen und ein paar bewaffnete harte Männer, die, an die Kutschböcke gelehnt, die Vorgänge beobachteten. Der Maultiertreiber mußte bemerkt haben, daß etwas mißglückt war, denn die Pferde und Maultiere waren abgespannt und an einen sicheren Ort am Waldrand gebracht worden, damit sie nicht in plötzlicher Panik mit den Wagen durchgehen konnten.

Dort, wo die donnernden Blitze eingeschlagen hatten, rauchten zwei bis zum Grundgestein reichende Krater. Moos und steinige Erde waren in alle Richtungen geschleudert worden. Am Rande des einen Kraters lagen ein toter Schimmel und die Hinterbeine eines Braunen – von weiteren Reittieren war keine Spur zu sehen, wahrscheinlich waren sie davongerannt oder schlichtweg zerfetzt worden. Doch noch weitere Seltsamkeiten sollten folgen, und tatsächlich ahnte Gull, daß es alles noch gar nicht richtig begonnen hatte!

Gerade eben stieg eine zweite Flugblase in die Luft, drei weitere hüpften dicht über dem Erdboden auf und ab und zogen wie aufgeregte Pferde an ihren Halteseilen. Um sie herum balgten sich gut zwei Dutzend graugrüne Narren mit verfilztem schwarzen oder grauen Haar.

Ein unheimlicher Schrei drang durch das Tal. Der bunte Zauberer hielt einen Steinkrug über dem Kopf, aus dem sich spiralförmig Rauch ergoß, der sich ganz langsam zu einer Gestalt verdichtete, die mindestens so groß war wie der Riese im Norden. Sie verfestigte sich aber nicht, sondern behielt ihre wolkenartige, nebelhafte Erscheinungsform bei. Der bläuliche Nebelgeist wehte über den moosigen Steingrund, und seine Fingerspitzen versprühten kleine Wolkenfetzen. Dort, wo sie den Boden berührten, entstanden blaubemalte Krieger und Kriegerinnen mit langem weißen Haar und merkwürdig gebogenen Schwertern oder metallbeschlagenen schwarzen Keulen: Barbaren! Ein Dutzend! Zwei Dutzend! Drei Dutzend!

Neben ihrem Bruder gab Greensleeves ein fragendes Zwitschern von sich. Sie hatte zu ihren Füßen ein Mauseloch entdeckt und beugte sich nieder, um es genauer zu untersuchen. Trotzdem antwortete Gull, um Klarheit in seine Gedanken zu bekommen: »Ein Kampf! Es wird einen großen Kampf geben – einen Krieg. Das tun diese Zauberer nämlich: gegeneinander Krieg führen. Und Tod und Zerstörung folgen ihnen auf dem Fuß.« Er packte Greensleeves bei den Schultern und zog sie auf die Beine. »Wir müssen zu unserer Familie hinüberlaufen, bevor hier die Hölle los ist. Komm schon!«

Er umklammerte den Axtgriff mit der einen, den Arm seiner Schwester mit der anderen Hand und rannte aus dem Wald. Endlich bemerkte ihn seine Familie in der Ferne, und die Dörfler feuerten sie an und riefen ihnen aufmunternde Worte zu. Die Geschwister stürmten keuchend über die steinigen Wiesen zum Dorf hinunter und erreichten völlig außer Atem die ersten Häuser. Doch es war bereits zu spät.

Mit lautem Gebrüll hatten sich etwa vierzig rote Soldaten auf dem Hügelkamm formiert. Von hinten war Verstärkung angerückt. Dann stürmte die Heerschar mit lautem Geschrei und erhobenen Kurzschwertern den Hügel herab, und die Kentauren folgten ihr in wildem Galopp. Zur Linken Gulls erscholl der Kriegsruf der blauen Barbaren. Ihre Keulen und ihre gebogenen Klingen durchschnitten die Luft wie Sicheln bei der Ernte, als sie vorwärtsstürmten. Schlitternd kamen Gull und Greensleeves zum Stehen, und der Holzfäller hatte nicht einmal mehr Atem für einen Fluch: Sie befanden sich genau zwischen den Linien!

Zwar hatten sie das Dorf erreicht, doch der einzige Fluchtweg, die steinerne Brücke über den Fluß, würde in wenigen Augenblicken von den roten Soldaten besetzt sein. Auch das Dorf bot nicht länger Sicherheit, da die blauen Krieger rasch von hinten aufschlossen.

»Bei der Kormusglocke! Zurück! Wir müssen zurück!« Der Holzfäller fuhr herum und rannte auf die sicheren Wälder zu, während Greensleeves halb fliegend an seiner Seite hüpfte und sprang. Es waren kaum hundert Schritt bis zu den Wäldern, und Gull nahm die Beine in die Hand, als plötzlich die Luft vor ihm zu flimmern begann.

Eine Wand wie aus sonnenbeschienenen schillernden Regentropfen erhob sich, glitzerte hell auf und verdunkelte sich dann zusehends, bis sie schließlich die Farbe von braunem Schlamm angenommen hatte. Vor seinen Augen war ein Wall entstanden, der ihnen den Weg versperrte. Doch es war keine richtige Mauer, sondern eher einer dieser Erdhügel, wie sie über Ruinen oder Gräbern lagen. Er war sehr hoch, höher als Gull mit seiner Axt reichen konnte, und so dicht, daß er nicht durch ihn hindurchsehen konnte. Es war eine Brombeerhecke! Das undurchdringliche Gesträuch, das in der Nähe der Wurzeln graubraun und abgestorben war und weiter oben frische grüne Triebe zeigte, hätte höchstens einem Erdhörnchen das Durchkommen ermöglicht.

Laut fluchend sah sich Gull nach einem anderen Weg um, doch die Hecke verlief im Zickzack von den nördlichen Hügeln bis hinab zum Flußufer. Sie krümmte sich sogar entlang des Hügelkamms hinter den roten Soldaten, so daß diese von ihrer Anführerin getrennt wurden. Der Regenbogengaukler hat dies heraufbeschworen, dachte Gull. Er hat sie fein in die Falle gelockt. Uns aber auch. Wohin jetzt?

Gull schaute sich um. Er hätte sich in einem Steinhaus verstecken können, doch sein Gefühl sagte ihm, daß dies unklug gewesen wäre: Selbst in einem Kaninchenbau gab es immer einen zweiten Ausgang. Er könnte auch den Fluß durchqueren, aber er müßte Greensleeves mitschleppen, und sie haßte es zu schwimmen.

Mit lautem Gebrüll und klirrenden Waffen prallten die Heere kaum hundert Schritt entfernt aufeinander. Selbst Gull, der von Kriegführung keine Ahnung hatte und gewaltige Schlachten nur aus Erzählungen kannte, wurde klar, daß die rote Streitkraft aus Berufssoldaten bestand, während die blauen Barbaren nur undisziplinierte Wilde waren. Die Roten formierten sich zu einer zwei Linien tiefen waffenstarrenden Phalanx. Ihre Rundschilde bildeten einen dichten Wall, als sie, lauthals einen Schlachtgesang anstimmend, unaufhaltsam im Gleichschritt vorwärtsrückten.

Gull sah, daß die blaubemalten und tätowierten Krieger kräftige Kiefer mit Fangzähnen hatten und ihr langes weißes Haar mit bunten Bändern geschmückt war. Sowohl Frauen als auch Männer trugen gegerbte, mit phantastischen Mustern bemalte Felle. Ihre Angriffstaktik bestand darin, sich durch gellende Schreie gegenseitig anzufeuern und mit den gebogenen Schwertern Luft und Gegner zu zerteilen oder sie mit Obsidiankeulen niederzuknüppeln. Dennoch tränkte ihr Blut den Boden.

Die roten Krieger arbeiteten wirkungsvoll und genau zusammen, jeder Soldat deckte seinen Nebenmann. Gull beobachtete, wie ein Barbar den Schild eines Söldners beiseite schlug und mit einem tief angesetzten Hieb auf dessen Beinschienen zielte. Doch dessen Kamerad vollführte nur einen kurzen Stoß gegen die Kehle des Angreifers, und rotes Blut sprühte über die Kämpfer. Gleichzeitig stach der so verteidigte Soldat einen anderen Barbaren nieder, der durch den Vorstoß seines Nebenmannes schutzlos dastand. Auf diese Weise konnten die Roten gleich zwei Gegner niedermachen, ohne selbst Verluste hinnehmen zu müssen.

Das gleiche Bild bot sich überall. Eine blaubemalte Barbarin versuchte, wie ein Hirsch über den Schildwall zu springen. Doch anstatt sie abzuwehren, duckten sich die Soldaten der ersten Reihe und schleuderten sie durch die Luft nach hinten, so daß die Kämpfer der zweiten Linie ihre Schwerter in den Leib der Wilden rammen konnten. Selbst im Sterben gab die Tapfere nicht auf, sondern schmetterte ihre steinerne schwarze Kriegskeule in den Nacken eines roten Soldaten. Der Gefallene wurde von seinen Kameraden nach hinten gezogen, während weiter vorn die Barbaren wie wehrloses Vieh abgeschlachtet wurden. Und so fochten die Wilden mit Tapferkeit und Tollkühnheit, während sich die Soldaten auf ihre kaltblütige Präzision verließen.

Gull befürchtete, daß die Roten nach der Vernichtung ihres Feindes über jeden herfallen würden, der in ihre Nähe kam. Er verschwendete keinen Augenblick mehr, sondern packte seine Schwester erneut – die murmelnd auf etwas am Himmel deutete – und zerrte sie an der Dornenhecke entlang nach Süden. Vielleicht konnten sie den Fluß erreichen und ihn überqueren oder sogar eine Lücke in der Dornenhecke finden, in der sie sich verstecken konnten. Doch dann bemerkte Gull, was Greensleeves am Himmel so bemerkenswert fand.

Eiserne Stäbe prasselten vor ihnen nieder, trafen mit metallischem Klingen auf Stein, bohrten sich in den Lehmboden und zerschnitten Dornen.

Als Gull aufschaute, sah er knapp zehn Schritt über sich zwei der fliegenden Blasen. Aus der Nähe erkannte er schlecht zusammengefügte Konstruktionen aus vielfach geflickten Blasen, zerfaserten Seilen und von rauhen Landungen gesplitterten Körben. Graugrüne Gestalten mit spitzen Ohren, einige kahl, andere grauhaarig und mit groben Ziegen-, Waschbär- und Stinktierfellen bedeckt, starrten auf sie herab. Sie waren so mager und häßlich, daß Gull nicht entscheiden konnte, welche männlich und welche weiblich waren. Sie leerten einen weiteren Korb, und wieder rasten eiserne Dornen mit einer Wucht auf den Boden zu, daß sie mit Leichtigkeit den Schädel eines Opfers hätten spalten können – wenn die Wesen sich nur bemüht hätten zu zielen.

In jedem der Körbe befanden sich mindestens sechs

dieser üblen Gesellen. Goblins, dachte Gull, hinterhältige Schurken aus Kindermärchen.

Plötzlich geriet der Korb über ihnen in Schwierigkeiten: Ein spitzköpfiger Goblin erhob seinen Speer, um ihn herabzuschleudern, doch er durchbohrte statt dessen die Blase über seinem Kopf. Die anderen Goblins beschimpften und schlugen ihn, während sie gleichzeitig Halt an den Seilen suchten. Entsetzt kreischten sie auf, als die Luft zischend aus der Blase entwich. Mit einem häßlichen *Ratsch* zerriß die Hülle, das nur notdürftig zusammengeschusterte Gebilde fiel in sich zusammen und stürzte auf die Dornenhecke herab. Die Goblins purzelten durch das Gestrüpp wie junge Vögel aus dem Nest.

Die andere Blase überflog gemächlich die Absturzstelle, und die Besatzung johlte vor Schadenfreude über ihre verunglückten Spießgesellen. Einer der Goblins warf sogar lachend einen Speer, während sich ein anderer über den Korbrand beugte und auf die Kameraden herab sein Wasser abschlug. Doch er quiekte entsetzt auf, als er dabei fast von einer seiner Kameradinnen aus dem Korb hinausgetreten wurde.

Gull konnte nur verwundert den Kopf schütteln: Diese Idioten waren ja eine größere Gefahr für sich selbst als für ihre Gegner!

Doch rasch wurde er eines Besseren belehrt, denn schnell hatten sich die wie Wildkatzen zähen Kreaturen wieder erholt und zu ihren Waffen gegriffen: steinernen Messern und knöchernen Keulen. Ein abgemagertes Weibchen deutete auf Greensleeves und kreischte: »Fleisschh!«

KAPITEL 2

Diese grüngrauen Geschöpfe mochten vielleicht klein, dumm und zänkisch sein, fand Gull, aber sie waren verdammt schnell.

Wie ein tollwütiger Fuchs sprang die eklige Goblinfrau Greensleeves auf die Brust, verkrallte sich in ihrem Umhang und biß nach ihrem Hals. Das Mädchen schrie auf, schlug mit flatternden Händen nach der Angreiferin, und beide fielen zu Boden.

Gull fluchte. Er konnte wohl kaum die Axt auf seine Schwester werfen, und so packte er die Goblinfrau am Nacken und riß sie von Greensleeves herunter. Ein übler Geruch nach fauligem Stroh und madenzerfressenen Kadavern stieg ihm in die Nase, und er sah, daß ihr Scheitel von Flohbissen übersät war. Er schüttelte die Kreatur und versuchte, ihr wie einem Hühnchen den Hals umzudrehen. Doch das Weibchen war zäh wie Leder, riß mit ihren dreckigen Klauen den Arm des Holzfällers auf und nutzte dessen Überraschung zur Flucht.

Weitere Goblins stürzten herbei, die meisten von hinten. »Greensleeves! Bleib unten!« brüllte Gull und betete, daß sie auf ihn hörte. Er schwang im Kreis herum, seine schwere Axt durchschnitt die Luft – und drei Goblins wurden getroffen!

Der erste versuchte auszuweichen, doch ihm wurde dabei der Arm abgetrennt. Heulend wälzte sich der Unglückliche am Boden und verspritzte grünes Blut. Dem zweiten Goblin wurde beim Versuch, sich zu ducken, die Schädeldecke abrasiert, so daß seine tastende Hand nichts als Blut fühlte. Der dritte wurde sauber in zwei Hälften geteilt. Während sein Rumpf hintüberfiel, blieb der Unterkörper noch einige Momente lang aufrecht stehen.

Die restlichen vier zögerten nicht länger, sondern suchten wie Ratten ihr Heil in der Flucht. Einer stürzte dabei geradewegs in die Dornenhecke und hätte sich beinah selbst aufgespießt. Greensleeves wimmerte und zitterte wie Espenlaub, doch Gull hatte keine Zeit, sie zu beruhigen. Er zog sie nur auf die Beine und rannte los.

Das Tal war angefüllt mit Lärm und Gestank, dem Wiehern von Pferden und den wilden Kriegsrufen der Kämpfenden. Hinter der Dornenhecke waren noch mehr zankende Goblins und ein schweres regelmäßiges Stampfen zu hören, das Gull nicht einordnen konnte. Der Wind roch nach Rauch (der nicht aus Kochfeuern kam), Blut und säuerlichem Schweiß.

Sie rannten die Hecke entlang bis zu Beebalms Haus, das von Dornen halb überwuchert war. Gull hoffte, sich hinter dem Haus verstecken zu können. Er schwang sich auf die hüfthohe Steinmauer, nahm seine schwere Axt in die Linke, umfaßte Greensleeves' Hüften, hob sie hinüber und fluchte.

Er hatte zwei Goblins überrascht, die sich gerade an den Eingeweiden einer braunen Ziege gütlich taten. Zorn stieg in ihm auf. Beebalm hatte diese Ziege mit eigenen Händen aufgezogen, nachdem ihre Mutter von Wölfen gerissen worden war, und nun starrten ihre Augen blicklos ins Leere, als die zwei Unholde ihre blutigen Innereien hervorzerrten. Der Holzfäller versuchte, nach den Goblins zu treten, doch sein schlimmes Knie ließ ihn im Stich, indem es wegknickte, er vom Steinwall rutschte und hart auf dem Bauch landete. Kochend vor Zorn rappelte er sich auf und vergewisserte sich, daß Pfeil und Bogen nicht zerbrochen waren, doch die Goblins hatten sich inzwischen mit ihrem blutigen Mahl aus dem Staub gemacht.

Gull spie wutentbrannt aus. »Haut doch ab, ihr diebischen Bastarde! Verschwindet bloß, ihr stinkenden Ratten!« Welches Recht hatten sie nur? Diese Goblins, diese Riesen, diese Soldaten und diese verfluchten Zauberer, die für all das verantwortlich waren? Welches Recht hatten sie, ein Dorf zu zerstören, das so vielen braven Menschen eine Heimat war?

Das Krachen und Splittern der Dornenhecke unterbrach jäh Gulls finstere Gedanken. Die Sonne über ihm verdunkelte sich, als zöge ein Gewitter auf, und ein turmhohes Bein wie ein Baumstamm trat das Dach von Beebalms Haus ein.

Gull staunte: Über ihm, lang und hoch wie eine Scheune, erhob sich stampfend ein… Pferd aus Holz und Eisenplatten! Lebte es? Von unten sah es aus wie ein wandelndes Mühlwerk. Anstelle von Innereien besaß es zahlreiche Zahnräder, Seilzüge aus ledernen Riemen und Getriebe. Sein mechanisches großes Herz war mit Stangen verbunden, die die Hinterbeine bewegten. Gull verstand weder die Anordnung der Kupplungen noch wodurch die Maschine angetrieben wurde: kein Dampf, kein Wasser und kein Feuer.

Und wer steuerte wohl dieses Ding, dessen Bewegungen an ein steifbeiniges Pferd erinnerten? Allein wegen seines aus rostigen Eisenplatten bestehenden Panzers mußte es unglaublich schwer sein! Der Kopf der Konstruktion erinnerte an ein ramsnasiges Pferd, die Augen waren bewegliche Holzkegel. Gull konnte um nichts in der Welt sagen, ob sich im Inneren des hölzernen Schädels ein Gehirn befand. Oder vermochte Magie allein ein derart schweres Ding in Bewegung zu setzen?

Dann warf er sich zu Boden, denn das Biest versuchte, sein gefangenes Bein aus dem eingestürzten Haus zu befreien, wobei es Dachschindeln und zerbrochene Sparren durch die Luft wirbelte. Klickend, knarrend und schabend stelzte das mechanische Untier geradewegs zum Schlachtfeld – wem auch immer es dienen mochte.

Die roten Soldaten stießen einen Siegesschrei aus und lösten ihre Phalanx auf, denn es gab keine weiteren blauen Barbaren mehr, nur noch blaue Tote, die rotes Blut verströmten. Mit wachsendem Entsetzen beobachtete Gull, wie die Söldner erneut zum Angriff übergingen. Diesmal waren die wehrlosen Dörfler am Ostufer des Flusses ihre Opfer. »Neeeeiiiiiinn!«

Die Dörfler schrien und stoben wild auseinander, einige in Richtung der Wilden Wälder, andere zurück ins Dorf oder in irgendwelche Häuser. Die grölenden Soldaten schlugen nach den erstbesten Opfern, die ihren Weg kreuzten, und metzelten sie nieder, ohne Rücksicht auf Geschlecht und Alter. Ein Kind, ein Greis und eine Hebamme fielen wie Weizen unter der Sichel. Eine junge Frau, die versuchte, die Soldaten aufzuhalten, wurde an ihrem blonden Haar zu Boden gerissen und grausam verprügelt. Gull heulte und brüllte in ohnmächtiger Wut, denn er erkannte sie: Es war Cowslip, Badgers Tochter!

Gull verrenkte sich den Hals, doch von seiner Familie war nichts zu sehen – rings um ihn nur verängstigte Leute, die verwirrt durcheinanderliefen. Er betete für seinen Vater, der mit seinem kranken Rücken nicht fliehen konnte, und auch für seine Mutter, die ihren Mann niemals im Stich lassen würde.

Was sollte er nur tun? Zwar hatte er Greensleeves, doch er wußte kein sicheres Versteck für sie, und rennen konnte er nicht, denn sein verkrüppeltes Knie war ihm ein großes Hindernis. Dennoch mußte er helfen! Verzweifelt sah er sich nach einer Zuflucht um. Vielleicht war Beebalms Vorratskeller noch nutzbar?

Dann aber sah er die Bresche, die das mechanische Ungeheuer in die Dornenhecke geschlagen hatte. Ganze Büsche waren entwurzelt worden – genug, um

Greensleeves ein sicheres Versteck bieten zu können. »Komm, Greensleeves ...« Ihm fiel nichts ein, was er zu ihrer Beruhigung hätte sagen können, denn selbst ihr verwirrter Geist wußte die furchtbaren Schreie am anderen Flußufer zu deuten. »Komm, Schwester! Laß uns Verstecken spielen! Hier!«

Fluchend schulterte er seine Axt und führte Greensleeves sanft zu einer Lücke in der Hecke, damit sie nicht wie ein aufgescheuchtes Reh davonsprang und direkt in die Hände der Schlächter lief. Der bittere Gestank des grünen Brombeersaftes ekelte ihn, und der Geruch der aufgewühlten Erde erinnerte ihn an ein offenes Grab. Mühevoll errichtete er seiner Schwester eine Höhle in dem dichten, dornigen Gestrüpp und bettete sie wie ein kleines Kaninchen hinein. Dabei fiel ihm auf, daß die Erde hier seltsam leuchtete – rot wie ein Sonnenuntergang.

Er faßte sie am Kinn und sah ihr in die Augen: »Bleib hier! Hast du verstanden? Komm ja nicht heraus, bis du meine Stimme hörst! Oder die von Mutter. Oder Vaters. Verstanden?«

Als er in ihre ausdruckslosen Kuhaugen blickte, hätte er weinen mögen, doch nicht einmal dafür war Zeit. »Bleib hier!« wiederholte er und ging geradewegs in die Schlacht – was auch immer sie ihm bringen würde.

Gull versuchte, alles im Blick zu behalten, während er vorsichtig von Haus zu Haus schlich – denn er hatte heute mehr Monster und Mythen zu Gesicht bekommen, als er sein Leben lang durch die alten Geschichten kennengelernt hatte. Er kannte all die Häuser und deren Bewohner: Catclaw, Snowblossom, Toad. In den meisten Gebäuden hatte er als kleiner Junge gespielt, gegessen und geschlafen. Er hatte sich dort mit den anderen Jungen geprügelt, den Mädchen nachgestellt und war von ihren Eltern mehr als einmal ausgeschimpft worden. Die Einwohner von Weißfels waren mehr als nur eine Dorfgemeinschaft, fast schon ein Stamm, dessen Verpflichtungen, Bündnisse und Fehden oft Generationen zurückreichten.

Und nun wurde dessen ganze Geschichte vielleicht heute auf einen Schlag durch die Hand dieser Zauberer und ihrer Kreaturen ausgelöscht. Die roten Soldaten jagten die Dörfler und hatten dabei nichts als Mord und Vergewaltigung im Sinn, denn außer Leib und Leben besaßen die Menschen wenig.

Gull rannte zu einem anderen Haus, sein Knie schmerzte bei jedem Schritt. Hinter Snowblossoms Heim hielt er inne, denn durch ein geöffnetes Fenster hatte er das Fauchen und Fluchen einer Frau und das harte Lachen eines Mannes gehört. In dem kleinen Hausflur sah er die gepanzerte Rückseite eines Soldaten, der die Hände des Mädchens über ihrem Kopf festhielt, während sich sein Kamerad an ihren Kleidern zu schaffen machte. Die Frau trat und wand sich, sie versuchte zu beißen, doch die beiden Männer waren zu stark für sie. Gull knurrte zornig und fällte eine Entscheidung.

Er nahm seine lange Eselspeitsche in die verkrüppelte linke Hand – denn er hatte gelernt, die Zügel mit der rechten zu halten – und packte den schweißfeuchten Griff seiner Axt fester. Nie zuvor hatte er einen Menschen getötet, und so betete er um die Stärke, es jetzt tun zu können.

Er ging die Situation in Gedanken durch, gab sich einen Ruck und sprang um die Ecke. Die Entfernung für einen wohlgezielten Peitschenhieb war günstig – zwei Schritt hinter dem Soldaten, genau die Entfernung von seinem Schlitten bis zu Knotheads Ohr! Also los …

»Heia, heia!« rief er. Beim Ruf des Eseltreibers fuhr der Kopf des hinteren Soldaten hoch, und Gull schlug zu. Das geflochtene schwarze Schlangenleder durchschnitt pfeifend die Luft und wickelte sich zweimal um den Hals des Schurken. Der Holzfäller spannte seinen muskulösen Unterarm und zog. Vollkommen überrascht und plötzlich des Atems beraubt, wurde der Soldat von den Füßen gerissen und stürzte scheppernd hintenüber. Seine Hände gaben die Gefangene frei und versuchten krampfhaft, die würgenden Riemen zu lösen.

Die Gefangene war die blonde Cowslip, die von den Söldnern vermutlich durch den Fluß hierher gezerrt worden war, denn der Saum ihres Kleides war bis zu den Knien durchnäßt. Ihr Gesicht war vom Schreien und Beißen gerötet, und sowohl sie als auch ihr Peiniger waren durch Gulls unerwartetes Auftauchen einen Moment lang vor Überraschung wie gelähmt. Doch dann streckte der sonnengebräunte, schwarzbärtige Soldat die Hand nach Cowslips Haar aus, und gleichzeitig nach seinem Schwertgriff. Seine Absicht war für Gull nicht schwer zu erraten: Die junge Frau sollte ihm als Schild dienen. »'slip! Runter mit dir! Laß dich fallen!« schrie der Holzfäller.

Als Cowslip in ihm einen Freund erkannte, warf sie sich flach zu Boden, so daß die Hand des Soldaten ins Leere griff. Er stieß einen Fluch aus und versuchte, seinen Schild zu erreichen, der an einem Pfosten lehnte.

Aber Gull war bereit. Blitzschnell hob er seine schwere Axt von der Schulter und nahm Maß. Die Waffe wirbelte sich mehrmals überschlagend durch die Luft, und eine ihrer zwei Schneiden hackte mit einem dumpfen Geräusch in die Brust des Söldlings. Unter anderen Umständen hätte Gull gegrinst, denn das Axtwerfen war sein beliebtestes Kunststück, ein Spaß, mit dem er sich oft langweilige regnerische Stunden in einer Scheune verkürzt und die Bewunderung der Kinder verdient hatte. Aber niemals hatte er auch nur im entferntesten daran gedacht, einen Menschen auf diese Weise zu töten.

Unglaublicherweise war der Getroffene nicht umgeworfen worden. Wie gelähmt stand er unbeweglich da, und seine Hand umklammerte den Griff der Axt, die seine Rüstung und sein Brustbein durchschlagen hatte. In seiner Verwirrung rüttelte er an der stählernen Klinge und taumelte doch nur einige Schritte zur Seite.

Ein plötzlicher Ruck riß Gull nach hinten.

Er hatte den Soldaten am anderen Ende der Peitsche vergessen, der wild an den Riemen zerrte, die seine Kehle würgten, und dabei wie ein riesiger schuppiger Hecht, der am Strand verendete, zappelte. Gull war durch seinen Axtwurf so abgelenkt gewesen, daß er den verschwitzten Griff um die Peitsche gelockert hatte. Doch am meisten erstaunte ihn, daß er einen Menschen getötet hatte. An diesen Gedanken mußte er sich noch gewöhnen.

Der Soldat ließ ihm keine Zeit: Blitzschnell war er auf den Knien, und starke Finger entwanden Gull die Peitsche. Hustend erhob er sich und zog sein Kurzschwert – mordlüstern der Blick seiner Augen in dem geschwärzten Gesicht. Gull stand mit leeren Händen da.

Könnte er vielleicht mit seinen Holzschuhen nach dem Mann treten? Sein Knie würde vermutlich nachgeben und ihn zu Fall bringen. Würde ihn das retten? Der Söldner lächelte bösartig und erhob das Schwert zu einem jener kurzen, tödlichen Hiebe, die wohl so manchen der blauen Barbaren gefällt hatten. Doch er sollte sein Vorhaben niemals verwirklichen.

Plötzlich grunzte er, drehte sich halb um und glitt sachte zu Boden. Cowslip stand über ihm und keuchte. Sie hatte das Schwert des anderen Soldaten aufgehoben und es mit beiden Händen tief in den Rücken von Gulls Gegner gerammt. Der Mann zuckte und kreischte mit seltsam hoher Stimme. Er versuchte davonzukriechen, doch Cowslip lehnte sich auf das Heft des Schwertes, zog es seitwärts durch seinen Leib und zerteilte Leber, Nieren und Muskeln. Der Soldat starb wie ein Stier unter dem Schlachtbeil. Cowslip zerrte die Klinge aus dem Leib des Toten und hackte damit auf sein Gesicht ein. Die Haut riß bis zum Knochen auf, doch der Söldner spürte den Schmerz nicht mehr, denn er war bereits tot.

Dann drehte sie sich um und ging auf den anderen Soldaten zu, der zu Boden gefallen war. Die Frau beachtete kaum die Axt, die ihm aus dem Leib ragte, nahm Maß und durchtrennte ihm die Kehle. Eine Bauerstochter, die Kühe, Hühner und Schweine geschlachtet hatte, kannte keine Skrupel, wenn es darum ging, das Blut eines Vergewaltigers zu vergießen.

Das Blut rann von ihrem Schwert wie von einem Schlachtbeil. Dann fiel ihr Blick auf Gull, und sie ordnete errötend ihr zerrissenes Kleid. Sie und der Holzfäller hatten immer nackt mit den anderen Mädchen und Jungen in dem kleinen See unter den Felsen gebadet und sich wohl an die hundertmal nackt gesehen, aber Cowslip war plötzlich schüchtern. »Bist du wohlauf?« fragte sie.

Gull fiel es schwer, die Augen von ihrem zerfetzten Kleid zu lösen. »Ich, äh … sollte dich das fragen …« Komisch, nun kannte er sie schon sein ganzes Leben, doch noch nie zuvor war ihm aufgefallen, wie wunderschön sie war, wie stark, klug und tüchtig! Ein unangemessener Gedanke kam ihm: Sie würde eine gute Ehefrau abgeben.

»Mir geht es gut. Besser als denen da.« Sie spuckte auf einen der Toten, doch Gull vermutete, daß sie dies nur tat, um seinen Blick nicht erwidern zu müssen. »Aber was sollen wir jetzt tun?«

Gull blinzelte und machte sich wieder klar, wo er sich eigentlich befand: inmitten einer Schlacht! Nein, inmitten zweier Schlachten – die Heerscharen der Zauberer gegeneinander und sie alle gegen Weißfels! Mit einem Kopfschütteln nahm er Peitsche und Axt auf. Er bemerkte eine Kerbe in der Klinge seiner Axt und fühlte leidenschaftlichen Ärger in sich aufsteigen. Er hatte dieses Beil mit eigenen Händen geschmiedet, und die Söldner hatten es beschädigt! Ratten wühlten in Snowblossoms Scheune! Wo waren die Hunde, die sie töten sollten?

Mit Erschrecken erinnerte er sich an seine Familie und war wie seine Schwester kaum in der Lage, einen klaren Gedanken zu fassen. »Wir sollten...«, er versuchte einen Weg aus seiner Verwirrung zu finden, »... ich weiß nicht, sammeln, jeden, den wir finden. Und dann in die Wälder gehen. Glaube ich.«

Cowslip umklammerte das erbeutete Schwert und ihre zerrissene Kleidung. Sie blickte ihn abwartend an. Warum wartete sie nur auf seine Vorschläge, fragte sich Gull, er wußte doch selbst nicht, was zu tun war. »Diese Zauberer werden das Dorf vernichten und uns alle töten.«

Ein fauchendes Geräusch schnitt ihm das Wort ab. Beide wandten sich um und sahen oben auf dem Hügelkamm über dem neu entstandenen Dornenwall, wie die Zauberin in ihrem braungelben Gewand ein gebogenes Horn, das wohl von einem Widder stammte, erhob. Sie rief etwas, blies in das Mundstück, und ein melonengroßer Feuerball löste sich aus der Öffnung. Wieder ertönte das Zischen, und Gull und Cowslip verfolgten die Bahn des brennenden Geschosses. Der Eseltreiber erinnerte sich an zwei frühere Feuerbälle, die die rauchenden Krater gerissen und ein Pferdegespann zerfetzt hatten. Wohin würde dieser fallen?

Der beißende Rauch brennender Brombeersträucher drang ihm in die Nase, und ein Knistern ertönte in der Nähe. Gull stürmte um das Haus herum und sah, daß der Dornenwall an drei Stellen in Flammen stand. »Greensleeves!«

Gull raste Hals über Kopf zu Beebalms Haus und rannte um die Ecke auf die zerstörte Dornenhecke zu, in der das Feuer zwischen den Zweigen knisterte. Er fühlte die sengende Hitze auf den schweißüberströmten Wangen und der Stirn. Der Rauch nahm ihm den Atem, und seine Augen tränten, als er das Gestrüpp erreichte. Die Axt hielt er hoch über dem Kopf, um seine Schwester nicht zu verletzen, falls sie unvermittelt aus den Flammen auftauchte.

»Greensleeves! Greenie! Wo bist du?« Dornen zerrissen ihm Hände, Arme und Beine und bohrten sich schmerzhaft in die tiefen Kratzer, die er der Goblinfrau zu verdanken hatte. Fluchend tastete er sich voran und schlug nach dem Rauch und den dornigen Brombeerzweigen, bis er schließlich die kleine Höhle fand, in der er seine Schwester zurückgelassen hatte: Sie war leer!

Es war die richtige Höhle, denn als er sich niederbeugte, sah er Greensleeves Fußabdrücke. Doch wohin sie verschwunden war, konnte er nicht sagen. Er fand nicht einmal Blutstropfen von Dornenstichen.

Gull wich vor dem Rauch zurück und rieb sich die tränenden Augen. Was nun, bei allen Göttern? Wo sollte er nur suchen? Was konnte er tun? Als würden die Götter antworten, grollte ein ferner Donner. Der Holzfäller blickte zum Himmel und sah, wie sich dicke Gewitterwolken zusammenballten und verdichteten.

Dieser Donner war echt, und vielleicht würde der Regen die Flammen ersticken. Vielleicht konnte das Dorf doch noch gerettet werden?

Aber die rachsüchtigen Götter waren heute boshaft gestimmt und darauf aus, ihn zu quälen. In der Ferne ertönten laute Schreie, als der Boden unter seinen Füßen erschauerte. Dicht neben ihm krachte es, und er hörte das Blöken einer verendenden Ziege. Gull atmete flach in der Stille und erinnerte sich: Dies hatte er schon einmal erlebt, als er noch ein kleines Kind gewesen war.

Um ihn herum ächzte die Erde, und die Kiesel zu seinen Füßen tanzten und hüpften. Aus dem Ächzen wurden ein Knirschen, und die Welt erzitterte. Ein Erdbeben!

Die Erde bockte so heftig, daß Gull sich kaum auf den Beinen halten konnte. Seine Zähne klapperten, seine Eingeweide rumorten, und er glaubte zu fühlen, wie seine Wirbelsäule sich auflöste und wie sein Hirn hin und her schwappte. Ein furchtbarer Erdstoß warf ihn um. Er fiel hart auf den Rücken und fragte sich, wie lange es wohl dauern würde, bis die Erde durch das ständige Rütteln aufbrach.

Doch plötzlich hörte das Beben auf, und Gull rappelte sich zitternd auf. Von allen Schrecken, die er kannte, war dies der schlimmste, denn wenn sich nun selbst die Erde gegen ihn wandte, auf wen konnte er dann noch zählen? Die Stille klingelte in seinen Ohren. Ein Kind begann zu wimmern, wurde jedoch sofort wieder beruhigt. War es vorüber, oder …?

Dann traf Gull die volle Wucht des Bebens. Die Erde bäumte sich auf und warf ihn unsanft auf den Bauch, als hätte ihm jemand einen Teppich unter den Füßen weggezogen. Er ließ seine Waffen fallen und krallte sich in den aufgewühlten Boden, als eine Lawine aus Erdklumpen und Geröll ihn zu ersticken drohte. Die niedrige Steinmauer um Beebalms zerschmettertes Haus fiel in sich zusammen, als sich plötzlich ein Riß zu Füßen des Holzfällers auftat. Eine weitere Spalte entstand neben seiner Hand und folgte dem Verlauf der brennenden Hecke.

In diesem Augenblick begriff Gull etwas von den Ausmaßen der Magie: Der Zauberer hatte die Hecke nicht einfach aus dem Nichts heraufbeschworen. Er hatte tatsächlich einen Streifen Erde mit Brombeersträuchern von einem weit entfernten Ort hierher befohlen und im Boden versenkt. Und nun war an der Stelle, an der der schwarze Boden des Tals an die fremde rote Erde der Hecke stieß, ein tiefer Riß entstanden. Über welch ungeheure Macht diese Zauberer doch verfügten! Sie besaßen sogar die Kraft, die Erde zu bewegen!

Gull konnte nichts anderes tun, als sich festzuklammern, wie eine Fliege an einem Kuhschwanz. Verzweifelt sah er sich nach einem festen Halt um, doch selbst der Himmel über ihm schien zu schwanken – oder vielleicht waren es nur seine Augen, die in den Höhlen tanzten?

Urzeitlicher Donner grollte, Dachziegel barsten wie Glas auf dem steinigen Grund, und Balken – in denen Gull die von ihm selbst gezimmerten Dachsparren der Häuser erkannte – splitterten. Dann wurde es still.

Ein- oder zweimal erzitterte die Erde noch, doch dann war es vorbei. Gull rappelte sich auf und mußte sich auf seinen Oberschenkeln abstützen, da seine Beine zitterten, als rumore das Erdbeben noch immer in seinen Knochen. Er blickte sich um, um zu sehen, wie es dem Dorf ergangen und wie groß der angerichtete Schaden war. Doch sein Heimatdorf war verschwunden!

Lediglich zwei der dreißig über das ganze Tal verstreuten Häuser erhoben sich noch aus dem Schutt- und Geröllhaufen, der einmal Weißfels gewesen war. In die Dächer der Holzhäuser waren Löcher gerissen worden. Geborstene Sparren, zertrümmerte Backsteine und Reste von Reetdächern hatten Vorgärten und Wege unter sich begraben. Überall hatte sich die Erde aufgetan, manchmal kaum eine Spanne breit, manchmal so tief, daß man direkt in die Hölle zu schauen meinte. Vom Fluß war nur ein winziges Rinnsal geblieben, das langsam zwischen den Steinen versickerte. Vermutlich hatte das Beben den Verlauf des Flusses bereits hinter den Hügeln im Norden unterbrochen. Und dabei hätten sie so dringend Wasser benötigt, um die vielen Brände löschen zu können, die aus den Herdfeuern entstanden und dann durch den aufkommenden Wind angefacht und verbreitet worden waren. Gulls Heimat, Weißfels, gab es nicht mehr!

In weißglühendem, ohnmächtigem Zorn packte Gull den Griff seiner Axt so fest, daß er beinah zerbrochen wäre. Sein Zuhause war zerstört, und schuld daran waren nur diese verfluchten Zauberer mit ihrer sinnlosen Schlacht!

Er erhob sein zur Waffe gewordenes Werkzeug und schwor: »Bei meiner Ehre, ich werde jeden Zauberer töten, der mir über den Weg läuft. Ohne Zögern, ohne Gnade! Hört ihr mich, ihr verdammten Dreckskerle?!«

Als Antwort zerriß ein Blitz das Firmament und sandte gleißende Lichtspeere in alle Himmelsrichtungen. Ein Sturmregen peitschte kalt und hart auf die geschundene Erde nieder, und die Schlacht tobte weiter.

Hinter der entwurzelten und zerrissenen Brombeerhecke hörte Gull ein furchteinflößendes Scheppern und Krachen. Benommen drehte er sich um und starrte angestrengt durch den dichten Regenvorhang. Durch eine Lücke in der Hecke erkannte er, daß der zweiköpfige Riese auf einen ebenso großen Gegner getroffen war: das mechanische Untier. Der Regen hatte die Kleidung des Giganten inzwischen völlig durchweicht und wusch Rost von den eisernen Flanken des Holzpferdes. Der Riese trug in jeder Hand eine Keule und schlug damit auf das Monstrum aus Holz und Eisenplatten ein, als würde er Korn dreschen. Doch dieses beachtete die heftigen Hiebe nicht oder spürte sie nicht einmal. Da es selbst keine Waffen besaß, konnte es sich nur verteidigen, indem es geradewegs auf den Giganten zumarschierte und mit dem kastenförmigen Kopf nach ihm stieß. Heftig rammte das Ungeheuer die Nase gegen den Leib des Riesen – der von teilweise gefärbten, plump zusammengenähten Segeln eingehüllt war – und schob. Der Gigant, der auf seinen zwei Beinen keinen so festen Stand hatte wie das hölzerne vierbeinige Pferd, wurde aus dem Gleichgewicht gebracht, taumelte langsam zurück und brachte seinen Unmut mit einem zweiköpfigen Stirnrunzeln zum Ausdruck. Seine Keulen droschen auf den Leib des Untieres ein, doch außer einem abgeschlagenen Holzohr und einigen zersplitterten Brettern auf dem Rücken nahm es keinerlei Schaden. Weiter und weiter stieß und schob die Maschine den Riesen auf den Flüsterwald zu. Ihre vier Beine stampften heftig, und ihr Getriebe surrte, während jeder Keulenhieb auf die eisernen Flanken wie ein dumpfer Gongschlag durch das Tal hallte.

Plötzlich rutschte der unbeholfene Riese auf Schlamm oder feuchtem Gras aus und krachte schwer zu Boden. Ohne ihn weiter zu beachten, trampelte das mechanische Ungeheuer mit seinen hölzernen Hufen geradewegs über ihn hinweg. Der Zweiköpfige versuchte sich zu erheben und umfaßte dabei ein Vorderbein des hölzernen Pferdes oberhalb der Fessel. Schwerfällig versuchte er, seinen Körper aufzurichten, und zerbrach dabei das Bein des Holzwesens direkt an dessen kompliziertem Gelenk.

Gull beobachtete fasziniert, wie die ›lebende Scheune‹ auf drei Beinen über den Riesen hinweg durch den heftigen Regen davonstampfte und dabei wie ein geköpftes Huhn ziellos im Kreis umherirrte. Erneut versuchte der Riese aufzustehen, doch vergeblich: Sein Fuß war in einer Felsspalte gefangen.

Plötzlich wurde der Titan ohne Vorwarnung von einem riesigen sechsköpfigen Drachen angegriffen, der aus dem dichten Regen herabstieß. Der Holzfäller keuchte entsetzt, als er dieser steingrauen, dickleibigen, spreizfüßigen Kreatur ansichtig wurde, und wich unwillkürlich gegen einen Schutthaufen zurück. Bisher hatte er stets geglaubt, daß Drachen nur einen Kopf und einen langen, biegsamen Körper besaßen – schließlich bezeichnete man sie auch als Lindwurm oder Schlange. Doch dann erinnerte er sich an die Geschichte von Barktooth Warbeard, der gegen ein solches vielköpfiges Monster gekämpft hatte – eine Hydra!

Obwohl die Hydra fett war und sich nur langsam bewegte, war sie doch ebenso tödlich wie ein Sack voller Klapperschlangen. Der gefangene Gigant hatte gerade noch Zeit für einen Schrei, bevor einer der mit Fangzähnen versehenen Köpfe vorstieß. Eine gewaltige Hand verschwand im Maul der Hydra. Seine beiden Münder stießen gellende Schreie aus, als sich die Fangzähne des zweiten Drachenkopfes in sein Handgelenk bohrten, während ein dritter Kopf seinen Oberarm zerfetzte. Der hilflose Riese heulte auf, als seine Glieder derart mißhandelt wurden.

Gull schauderte und fühlte Mitleid mit dem Giganten. Sicherlich war kein Fünkchen Boshaftigkeit und Haß im Herzen dieses armen, schlichten Geschöpfes. Und doch hatte der Riese für die Zauberin gekämpft, wofür er jetzt von einem anderen beschworenen Monster getötet wurde.

Der Regen wurde dichter und nahm Gull die Sicht auf den ungleichen Kampf. Er drehte sich um. Überhaupt – er hatte genügend eigene Probleme. Wie nur sollte er seine Schwester finden? Und wie konnte er den Dörflern noch helfen, jetzt, da Weißfels vernichtet war? Verzweiflung drohte ihm die Sinne zu trüben und lastete auf ihm wie ein Mühlstein. Fast fragte er sich, warum es ihn überhaupt noch kümmerte. Jetzt, wo das Dorf ausgelöscht worden war, wohin mit den Dörflern? Doch er verdrängte die schwermütigen Gedanken und trottete los. Er mußte seine Schwester finden, das würde ihm genug Mühe bereiten.

Laut rief er ihren Namen durch die regennasse Dunkelheit, während der Schlachtenlärm noch in seinen Ohren klang. »Greensleeves! Greensleeves, wo bist du? Greensleeeeeeeeeeeeves!«

»Hier! Hier bin ich!«

Gull blieb vor Überraschung stehen. Was!? Seine Schwester konnte doch nicht sprechen! Stolpernd – sein schlimmes Knie war heute schon zweimal verdreht worden, und auch das feuchte Wetter machte es nicht besser – hinkte er durch die Ruinen eines Hauses – fast in einen Haufen Soldaten.

KAPITEL 3

»Wir wissen genau, daß ihr's hier verscharrt habt! Grabt es aus, oder ihr kriegt kalten Stahl zu fressen! Los!«

Gull packte den schlammigen Griff seiner Peitsche und seine Axt fester und schlich sich an einer Scheunenwand entlang. Wer hatte gerufen? Und was ging hier vor? Er spähte durch ein Astloch und erschrak. In den alten Geschichten hieß es immer, daß Söldlinge gierig waren, und es stimmte: Diese hier waren keine Ausnahme!

Ein halbes Dutzend Soldaten hatten mit ihren scharfen Schwertern etwa zwanzig Dörfler inmitten einer Ruine zusammengetrieben. Ihre silbernen Schuppenpanzer schienen vom schlammigen Regen rostig, und ihre roten Helmbüsche aus Pferdehaar tropften vor Nässe. Sie peinigten ihre Opfer mit Schlägen und Stichen, harsche Befehle wurden gebrüllt. »Grabt eure Schätze aus, dann wird euch nichts geschehen. Wir können aber auch ganz andere Saiten aufziehen! Los! Bewegung!«

Ein Soldat mit goldgeschmückten Epauletten drückte sein vom Regen rostiges Schwert in Seals Rücken. Seal war ein fetter brutaler Mann, ein träger Klotz und Gulls Feind, seit er denken konnte, doch nun, bedroht von diesen Fremden, war er Gull wie ein Bruder. Plötzlich sah der Holzfäller, daß auch seine Familie dort war: seine Mutter Bittersweet, sein buckliger Vater Brown Bear, seine Schwestern Rainfall, Angelwing und Poppyseed und auch Cub und Lion, seine Brüder. Doch wo war Sparrow Hawk? Und wo war Greensleeves?

Nachdem sie ihre Feinde abgeschlachtet hatten, verlegten sich die herzlosen Söldner nun aufs Plündern. Sie wußten, daß Dörfler ihre wenigen Münzen fast immer vergruben, meist irgendwo auf den Feldern, doch oft auch im Haus selbst, und so würden sie einige von ihnen töten und dem Rest das Graben befehlen.

Der Holzfäller fragte sich, was er tun konnte, doch mit einem Mal sprang er erschreckt auf, so daß sein Kopf beinahe gegen die Dachkante der Scheune knallte: Etwas hatte seine Hand berührt! Gull fuhr herum und sah direkt in das nervös grinsende Gesicht seines jüngeren Bruders. Sparrow Hawk!

Der Junge hatte den schelmischen Humor und das ansteckende Lächeln seiner Mutter. Das rote Haar hing ihm in feuchten Strähnen in die Stirn, das Wasser rann in kleinen Bächen die sommersprossige Nase entlang. »Wovor versteckst du dich, Gull? Willst du sie nicht fertigmachen?« flüsterte er.

Anstatt seine Waffen niederzulegen, legte der Holzfäller den starken Arm um die Schultern seines Bruders und drückte ihn fest an sich. »Psssst, du Knalltüte! Wir brauchen einen Plan!«

»Was?« Der Junge drückte die Nase an die Bretterwand und spähte durch einen Spalt. »Können wir sie nicht einfach überrumpeln? Sieh mal, ich hab auch 'ne Waffe!« Er hielt Gull stolz einen rostigen Goblinspeer vor die Nase.

Der Holzfäller seufzte. Gerade einmal elf Sommer alt, wollte dieses Kind die ganze Welt erobern! Er konnte Sparrow Hawk die Begeisterung nicht vorwerfen, aber er hatte die Pflicht, ihn zu beschützen. »Sieh mal, Hawk. Nimm diesen Schweinestecken und halte dich bereit. Ich werde sie von dieser Seite angreifen, und du mußt mir den Rücken freihalten. Pieks einen von ihnen in den Hintern. So – aah, ooh!«

Als Gull durch das Astloch blickte, sah er, wie einer der Schurken den kleinen Chipmunk am Haarschopf packte und ihm das Schwert gegen die Stirn drückte. »Ich will euer Silber, oder dieses Kind verliert seinen Skalp!« bellte er. Chipmunk heulte auf, als der Soldat zum Schnitt ansetzte und die Haut sich in einer feinen Linie teilte. Der Regen ließ das hervorquellende Blut über die fest geschlossenen Augen des Knaben strömen. Eine Frau schrie.

Seal, normalerweise feige wie eine Ratte, trat vor, um seinen Sohn zu verteidigen, doch ein Söldling stieß ihm das Schwert in den fetten Leib. Er lachte bösartig, als der Dicke aufstöhnte. Seals Frau Feverfew schrie auf und wurde von dem Krieger geohrfeigt. Ein anderer hob seine Klinge: »Schlitzt ein paar von ihnen auf, das wird die anderen schon zur Vernunft bringen!«

Gull fluchte: »Beweg dich, Kleiner! Gib mir Dekkung!« Er schob seinen Bruder zum hinteren Scheunenausgang, dann rannte er zur anderen Seite hinaus, schwang wild seine Axt und griff an: »Alle Mann zu mir! Zu den Waffen! Jaaaaaaaaahhhhhh!«

Wie er gehofft hatte, verblüffte sein plötzlicher Angriff die Feinde so sehr, daß einige von ihnen wie erstarrt waren. Aber ein paar ältere Veteranen handelten blitzschnell: Vier von ihnen gaben sich gegenseitig Deckung und versuchten, die Quelle der Bedrohung ausfindig zu machen. Der junge Soldat, der Chipmunk festhielt, stutzte und tastete nach seinem auf dem Rücken befestigten Schild. Wie ein riesiger schreiender Berserker sprang der regennasse Gull auf den Söldling zu und schwang sein Beil. Zu spät erhob der Mordbube sein Schwert, und die Holzfälleraxt traf ihn mit voller Wucht unter der Achsel. Der Getroffene taumelte zur Seite, grunzte und brach blutüberströmt über der Schneide zusammen. Mit seinem letzten Herzschlag bäumte sich der Soldat auf und rutschte von der Klinge.

Das war der erste, dachte Gull, und schwang seine

Axt herum. Fünf noch. Einer der Soldaten, der Äxte wohl nicht besonders schätzte, wich von seinem gefallenen Kameraden zurück und floh. Ohne zu zögern erhob Gull seine regennasse Waffe und griff die vier Veteranen an. Doch sie waren bereit: Sie hatten sich in Zweierreihen formiert, ohne – wie Gull gehofft hatte – sich gegenseitig zu behindern. Ihre Schilde waren wie eine Mauer aus Stahl. Dies hier wird mein Ende sein, dachte der Holzfäller, aber zumindest meine Familie ist sicher. Hoffentlich finden sie Greensleeves.

Gerade außerhalb der Reichweite ihrer Schwerter kam er schlitternd im Schlamm zum Stehen, krächzte einen weiteren Kriegsschrei und schwang seine Waffe über den Kopf, gerade so, als wolle er Klafterholz spalten: Er hatte seine Taktik neu überdacht. Neben der größeren Reichweite seiner Axt war dies sein großer Vorteil, denn die Feinde hatten mit einem weiteren seitlich geführten Hieb gerechnet, den sie mit ihren Schilden hätten abblocken können. Der sonnengebräunte Mann ganz vorn verzog das Gesicht, in Vorausahnung des Schmerzes. Die Söldner waren stark und schnell und hoben ihre Schilde, um zu blocken, doch Gulls Waffe war keines dieser Stutzerbeile – leichtgewichtige, dünne Klingen zum Schneiden von Fleisch. Er schlug mit acht Pfund schwerem, rasiermesserscharfem Stahl zu, der dazu gemacht war, Eichen zu fällen.

Die Axt traf den Soldaten wie ein Blitz, verbog und zerbrach den eisenbeschlagenen hölzernen Rundschild und zertrümmerte die Knochen des dahinterliegenden Arms. Der Getroffene schrie gellend auf, als Gull mit einem wilden Grunzen an der Waffe zerrte, um sie freizubekommen. Doch der Holzfäller hatte zu fest gezogen, kam ins Straucheln und landete auf dem Rücken im Matsch. Gull hatte Glück im Unglück: Der Kamerad des Verwundeten hatte mit dem Schwert nach Gulls Bauch gestoßen, doch nun verpaßte er den Stürzenden und schlitzte nur die lederne Tunika auf. Ein anderer

Soldat tauchte plötzlich über Gull auf, das Schwert zu einem tödlichen Schlag erhoben. Der Holzfäller riß die Hände vor das Gesicht, um die Klinge abzuwehren, die wie eine Schlangenzunge nach ihm stieß, doch er wußte, daß ihn dies nur noch einige Finger kosten würde, bevor ihn sein unvermeidliches Schicksal ereilte …

Plötzlich taumelte der Schwertschwinger heulend zurück: Ein Stein hatte ihn mitten ins Gesicht getroffen und ihm einige Zähne ausgeschlagen. Weitere Steine trafen die Söldner, die mit ihren Schilden parierten. Gull trat mit seinem Hickoryholzschuh dem verwundeten Mann das Knie weg und krabbelte auf allen vieren aus der Gefahrenzone hinter seinen Vater, der den Angriff anführte.

»Macht sie nieder, Weißfelser!« Selbst als buckliger Krüppel war Brown Bear noch ein kräftiger Mann. Aus einem Schutthaufen im Inneren der Hausruine hatte er mit jeder Hand einen Stein ergriffen und schlug damit nach den ungeschützten Beinen des Soldaten. »Seal, ziel auf die Köpfe! Badger, die Beine! Bluebell, wirf den Balken nach ihnen!«

Aber seine Ratschläge waren nicht mehr nötig. Fluchend zogen sich die Soldaten zurück, während die Steine scheppernd gegen ihre Schilde prallten. Durch den dichten Regen getarnt, gerieten sie langsam außer Sicht und verschwanden hinter einer weiteren Ruine. Aber wann würden sie zurückkehren?

Sparrow Hawk war in diese Richtung gerannt, dachte Gull mit Entsetzen. Ob er ihnen über den Weg gelaufen war?

Eine schmutzige Hand legte sich auf seine Schulter. Sein halbverkrüppelter Vater half ihm auf und mußte den Kopf verdrehen, um in das Gesicht seines hochgewachsenen Sohnes sehen zu können. In diesem Moment sah Gull seinem faltigen, grauhaarigen Vater sehr ähnlich. »Gute Arbeit, Sohn! Gute Arbeit! Ich hätte es ihnen auch so gegeben, wenn ich nur gerade stehen könnte. Du bist …«

»Mach dir doch darüber keine Sorgen!« schnitt ihm Bittersweet das Wort ab. »Gull, wo hast du Greenie gelassen? Und hast du Hawk gesehen?«

Eilig erzählte ihr Sohn ihr von der dornigen Höhle in der Hecke und daß seine Schwester einfach verschwunden war, und als er gerade von Hawk berichtete – erzitterte plötzlich der Boden unter seinen Füßen erneut. Ein Mann schrie auf: »Ein Nachbeben!«

»Nicht schon wieder!« knurrte sein Vater, gerade so, als seien Erdbeben nichts Schlimmeres als Bauchgrimmen. Doch diesmal bäumte sich die Erde nicht auf, nur ein leichter Ruck durchfuhr sie, danach war Stille. Was mochte das bedeuten?

Langsam beruhigten sich die Überlebenden wieder. Dicht aneinandergereiht suchten sie in den Ruinen ihrer Häuser Schutz vor dem Regen und berieten ihre Lage.

Chipmunks Mutter, Feverfew, behandelte die Stirnwunde ihres Sohnes, und die Leute starrten auf Seals Bauchverletzung. Auf einmal war der fette Mann ein Held, und mit stolzgeschwellter Brust zog er seinen Gürtel hoch und schloß ihn fest über dem Einstich. Überall beruhigten Eltern ihre Kinder, wischten Nasen, trockneten Tränen und wickelten durchweichte Umhänge um ihre Schultern. Andere starrten in die Ruinen ihres Dorfes, hielten nach den Vermißten Ausschau und sprachen darüber, wie sie sich bewaffnen und einen Suchtrupp organisieren wollten. Cowslip stand in ihrem dornengespickten Kleid in der Nähe von Gulls Familie und blickte ihn unverwandt an. Ihre Lippen waren blau vor Kälte, und das Haar hing ihr in Strähnen ins Gesicht.

Der Holzfäller folgte den Spuren der Soldaten in die Ruine und versuchte so seinen Bruder zu finden, fand jedoch keine Spur von ihm. Wieder und wieder rief er seinen Namen, doch es kam keine Antwort. Wo steckte Hawk nur? Vermutlich war er losgezogen, um irgendwelche Abenteuer zu erleben. Gull seufzte. Nun, er würde selbst zurechtkommen müssen, denn zuerst galt es, Greensleeves zu finden. Zunächst jedoch kehrte Gull zu seiner Familie zurück, die mit den Dorfältesten darüber beriet, was nun zu tun sei.

»Wir werden dieses Jahr nichts ernten können!« äußerte ein alter Mann besorgt.

»Es wird uns wohl nichts anderes übrigbleiben, als wie Diebe und Räuber in den Wäldern zu hausen«, entgegnete ein anderer. Bittersweet wiegte den winzigen Cub in den Armen. »Wir müssen fortgehen. Diese Verwüstung wird uns noch die Pest ins Tal holen! Die alten Prophezeiungen sagen, daß sie jedem Krieg zwischen Magiern folgt.«

»Ja«, bestätigte Feverfew, »genausogut hätten sie Salz in den Boden pflügen können.«

Gull hörte nur mit halbem Ohr zu und erklomm den Steinhaufen, der einmal Badgers Haus gewesen war, um die Gegend besser überblicken zu können. Durch den dichten Regen und die Lücken in der Brombeerhecke betrachtete er das Schlachtfeld, das einstmals sein friedliches Tal gewesen war.

Hinten auf der Wiese wälzte und krümmte sich der zweiköpfige Riese am Boden und versuchte noch immer, den Fuß freizubekommen, während sein herzzerreißendes Wehklagen das Tal erfüllte. Der rechte Arm des Giganten war bis zum Ellbogen abgerissen, und sein Blut vermischte sich in großen Pfützen mit dem strömenden Regen. Das mechanische Monster stampfte auf drei Beinen den Waldrand entlang, als stünde dort ein unüberwindbarer Zaun. Einige grölende Goblins zogen etwas, das aussah wie eine Leiche, über den schlammigen Grund, wobei sie sich ständig anrempelten und schlugen. Von der Hydra war nichts mehr zu sehen. Ein Pferd oder ein Kentaur galoppierte schnell an einer Lücke in der Hecke vorbei, und im Norden des Dorfes trieben einige Soldaten eine Gestalt über den Fluß.

Im Süden, ganz in der Nähe der Sümpfe, hatten sich einige Dörfler versammelt, die anscheinend Angst davor hatten, ins Dorf zurückzukehren. Sie reagierten nicht auf Gulls Winken, und seine Rufe wurden vom dichten Regen verschluckt. Eine Gruppe von sechs Menschen, Snowblossom, Hedgehog und ihre Kinder, schlich von Schutthaufen zu Schutthaufen langsam über die Trümmer auf ihn zu. Gull winkte sie heran. Aber wo, bei Chatzuks Schuppen, waren Greensleeves und Sparrow Hawk?

»Wir werden nicht fortgehen.« sagte Brown Bear in die Runde. »Wir werden das Dorf wieder aufbauen und uns gegenseitig über den Winter helfen. Gull kann Bäume schlagen, und ich kann Bretter sägen …«

Plötzlich stieß Gull auf seinem Aussichtsposten einen überraschten Schrei aus: »Was …!?« Snowblossoms Familie war mit einem Mal verschwunden – in einem Loch?

Der Holzfäller packte seine Axt fester und forderte jemanden auf, ihm zu folgen. Dann rannte er geradewegs auf die Stelle zu, an der Snowblossom und ihre Familie verschwunden war. Ein gähnendes Loch, rund wie ein Brunnen, hatte sich nicht weit vom Fluß entfernt plötzlich aufgetan. Kam es von dem Nachbeben? Warum war es kein Riß?

Ein Kopf erschien in der nassen Dunkelheit des Kraters. Gull kniete sich an den bröckligen Rand des Abgrundes, konnte jedoch nicht erkennen, wer es war. »Snowblossom? Hedgehog? Nehmt meine Hand!« Seal hielt von hinten seinen Gürtel, während der Holzfäller sich so weit wie möglich über den Rand beugte. Doch seine Hilfe wurde nicht gebraucht.

Kräftige Finger krallten sich in den Schmutz, als eine dreckige Kreatur aus der Tiefe emporkletterte. Das Wesen schüttelte den dreckbedeckten Kopf und schleuderte Lehmklumpen in alle Richtungen. Darunter kam ein birnenförmiger blauer Schädel mit filzigem Haar zum Vorschein. Gulls Hand zuckte zurück: »Was ...?!«

In der Tiefe brodelte es. Ein Dutzend, zwei Dutzend, nein, fünfzig der kleinen Widerlinge quollen aus dem Abgrund hervor wie Ratten aus einem Mehlfaß. Sie waren etwa kniehoch, völlig nackt und unter der dicken Dreckschicht mit grauen oder blauen Schlangenschuppen bedeckt. Drahtiges Fell sproß ihnen an Schultern und Ellbogen. Abstehende Ohren, riesige Nasen und noch größere Münder vervollständigten die abstoßende Erscheinung. Sie sangen laut, als sie aus dem Krater herauskletterten: »Uh, uh, uh! Aufpaßt! Wolllen fangggen, wolllen schlagggen!«

Gull konnte nicht sagen, ob sie ihre Drohungen wohl ernst meinten.

Die Wesen, Trolle oder was auch immer, zerstreuten sich. Der Holzfäller und die anderen schraken vor ihnen wie vor Pestratten zurück, aber die kleinen Scheusale huschten einfach an ihnen vorbei. Eine Spur von Dreck und Schlamm hinter sich herziehend, verteilten sie sich überall im Dorf, durchwühlten Ruinen, drehten Steine um und gruben wild im Boden. Gull sah, wie einer der Trolle mit einem kupfernen Kessel aus einer Ruine auftauchte und seinen Schatz stolz in der Luft schwenkte.

Sie waren Aasgeier! Waren auch sie von den Zauberern beschworen? Es mußte wohl so sein. Als er sah, wie die Trolle die Ruinen nach Wertgegenständen absuchten, stieg der Zorn, von dem er dachte, daß der Regen ihn abgekühlt hatte, erneut in ihm hoch und ließ sein Gesicht puterrot anlaufen. War denn diesen Zauberern nichts heilig, daß sie einfach achtlos ein Dorf zerstörten und danach noch das Fleisch von den Knochen pickten?

Gull nahm seine Axt in die linke Hand und trottete auf einen Troll zu, der, wie ein Hund grabend, Dreck zwischen den Beinen aufwarf. Der Holzfäller packte das Ding an seinem dicken Nacken. »He, du! Verschwinde! Wir haben schon genug Ärger!«

Zu seiner Überraschung konnte er den Troll nicht anheben, das Wesen hätte genausogut aus Granit oder Blei sein können! Gull verstärkte seinen Griff, doch der Troll schüttelte ihn einfach ab. Dann hüpfte die winzige, fast schon lächerliche Kreatur an seine Seite, holte mit ihrem großzehigen Fuß aus und trat gegen Gulls Knie – das schlimme Knie!

Der Holzfäller glaubte, ein Maultier habe ihn getreten, doch er fiel nicht! Stöhnend rieb er sich das schmerzende Gelenk. Mit schadenfroh glänzenden Knopfaugen glotzte der Troll an seiner Knollennase vorbei und spuckte aus. »Ätssch! Denggs wolll, könnss mirr wass! Panssngsichtt!«

Er grub weiter, und einige Augenblicke später zerrte er einen Beutel aus Öltuch hervor und riß ihn mit den Zähnen auf. Silber- und Kupfermünzen spiegelten sich in der untergehenden Sonne. Triumphierend kichernd stopfte der Troll den Schatz in seinen Beutel und befestigte ihn sorgfältig an seinem schuppigen Leib. Dann machte er sich über den Schutt davon, wobei seine riesigen Füße schlappten und seine unglaublich große Knollennase zuckte.

Er scheint Metall riechen zu können, dachte Gull erstaunt, diese Trolle sind wirklich wie Mistkäfer! Und er konnte nichts gegen sie tun! Inzwischen waren mehr als hundert dieser Biester aus dem Loch hervorgekrochen, und der Holzfäller bezweifelte, daß eine Axt diese Pestbeulen auch nur im geringsten beeindrucken konnte. Hinkend kehrte er zu dem Krater zurück, aus dem ein ängstliches Rufen erscholl: Hedgehogs Familie! Und zahllose riesige Dreckfüße waren über sie hinweggetrampelt!

Er zog sie aus dem Loch und reinigte sie notdürftig vom Dreck des Trollbaus. Snowblossom berichtete, daß der Tunnel dort unten kein Ende nahm, die Götter allein wüßten, wohin er wohl führen mochte.

»Hm. Noch 'ne Gefahr für die Ernte«, nörgelte Gull. »Durch diesen Tunnel sickert bestimmt das Grundwasser ab.«

Langsam humpelten sie zum Rest der Dörfler zurück, als Seal plötzlich rief: »Seht mal! Dort!«

Hoch am regennassen Himmelsgewölbe flog ein Mensch!

Den ganzen Tag hatten die Dörfler seltsame Dinge gesehen, doch dies übertraf alles. Was könnte noch unglaublicher sein als ein Mensch, der wie ein Vogel fliegt?

Gull konnte wegen der nahenden Dämmerung nicht mehr viel erkennen, doch da die Gestalt von Norden kam, vermutete er, daß es die braungewandete Zauberin war, die Frau mit dem glänzenden schwarzen Haar. Zumindest schien es ihm, als leuchteten die gelben Streifen ihres Gewandes im Halbdunkel. Die Augen wegen des Regens zusammengekniffen, beobachtete Gull, wie sie vorüberschwebte, die Arme ausgebreitet wie die Schwingen eines Adlers. Die Frau schien kaum größer als seine Hand, als sie, den Äther reitend, immer über demselben Ort kreiste. Gull fragte sich, was sie wohl vorhaben mochte.

Dann stieß sie schnell wie ein Adler herab, und ein blendender Blitz teilte den Himmel. Durch Regen und Wind hörte Gull über seinem Kopf ihre Gewandung wie Wäsche auf der Leine flattern. Und wie der Odem des Todes überkam den Holzfäller plötzlich eine bleierne Müdigkeit.

Gulls schlimmes Knie gab nach, und er fiel zu Boden. Seine Axt schlug dumpf neben ihm auf, sein Bogen und sein Köcher schrammten über einen vorstehenden Balken. Aufstöhnend brach seine Mutter zusammen und fiel mit dem Gesicht nach unten wie eine Tote in den Schlamm. Gull schrie auf und griff nach ihr, doch es bereitete ihm Höllenqualen, seine Arme auch nur anzuheben. Wie ein Regenwurm kroch er auf sie zu und hatte gerade noch genug Kraft, ihr Gesicht aus einer matschigen Pfütze zu drehen, damit sie nicht ertrank. Doch sie atmete nicht mehr!

Voller Entsetzen schüttelte er den Kopf seiner Mutter und kniff ihr in die Wangen, aber ihre weitgeöffneten, mit Lehm verschmierten Augen starrten ihn nur glanzlos an. Er versuchte, um Hilfe zu schreien, doch mehr als ein schwaches Krächzen brachte er nicht zustande. Er konnte vor Müdigkeit nicht einmal mehr weinen. Seine Augenlider wurden immer schwerer, und das Kinn sank ihm auf die Brust. Verzweifelt schüttelte Gull den Kopf, doch davon wurde er nur noch benommener.

Wie durch einen dunklen Nebel sah er blinzelnd, daß die anderen Dörfler ebenso wie seine Mutter dalagen: Sein Vater lag mit weitgeöffnetem Mund auf der Seite, Regen tropfte auf seine Zunge. Cowslip hatte eine Hand über ihr Gesicht gelegt. War dies die Pest, von der seine Mutter gesprochen hatte?

Gull versuchte herumzurollen, und es gelang ihm tatsächlich, sich halb aufzurichten, als ihn ein scharfer Schmerz aufjaulen ließ: Ein spitzer Stein war gegen seine Stirn geprallt!

Weitere trafen ihn am Bein, an den Hüften, den Schultern, dem Fuß und der Brust. Ein ganzer Steinhagel brach auf ihn nieder, und schlagartig wurde ihm klar, daß dies das Werk eines Zauberers sein mußte. Denn wenn die eine Gestalt durch die Luft flog, würde ihr Gegner einen Steinregen beschwören, um sie stürzen zu lassen – selbst wenn er dabei alles andere Leben im Tal auslöschte.

Langsam hob Gull die schweren Arme über den Kopf und versuchte, sich und seine Mutter zu schützen, während weitere Steine auf ihn herabprasselten. Sein Vater lag kaum zwei Schritt entfernt, aber Gull war zu schwach, um zu ihm hinüberzukriechen. Steine in allen Größen – vom Kieselsteinchen bis zum faustgroßen Felsbrocken – schlugen um ihn herum auf den Boden und prallten dumpf auf Geröll, Balken, Gesichter und Köpfe: dicht wie Regen und tödlich, wie von den Göttern selbst geschleudert. Gull wimmerte wie ein hilfloses neugeborenes Kätzchen.

Ein schwerer Stein raste auf ihn zu, Bilder explodierten in seinem Hirn, und es war ihm, als tauche er in einen tiefen schwarzen Brunnen. Dann schwanden ihm die Sinne.

Gull öffnete die Augen, doch nichts als Schwärze umfing ihn. Einen Moment lang überkam ihn Panik: Hatte ihn der Schlag auf den Kopf erblinden lassen? Dann jedoch bemerkte er weit entfernt das schwache Licht des Silbermondes, der gerade über die Wipfel der Bäume stieg. Erleichtert stöhnte er auf und bedauerte es sofort: Ein brennender Schmerz durchfuhr seinen Kopf. Ganz langsam und vorsichtig rollte er sich herum. Sein Schädel schien zu zerspringen, doch Gull biß die Zähne zusammen und verdrängte die stechende Pein, die ihm jetzt auch noch sein Kiefer bereitete.

Seine schmutzige Hand tastete seinen Körper entlang und entdeckte neben zahlreichen anderen Verletzungen eine blutende Wunde direkt über dem Wangenknochen, wo ein Stein ihn getroffen hatte. Und doch konnte der Steinregen nicht sehr lange gedauert haben, denn selbst wenige Minuten hätten ausgereicht, ihn zu töten. Neben ihm, halb im Schlamm vergraben, lag ein mehr als faustgroßer Felsbrocken, der mit solcher Wucht vom

Himmel herabgeschleudert worden war, daß er ihm mit Leichtigkeit den Schädel hätte zermalmen können.

Seine Familie fiel ihm ein, und er tastete winselnd vor Schmerz nach seiner Mutter. Zuerst fühlte Gull nur kalten Schlamm, doch dann entdeckte er etwas Weißes dicht neben sich. Er berührte das Gesicht seiner Mutter, das kalt und feucht wie die Erde war. Tränen flossen ihm über die Wangen, und das Salz brannte in seinen Wunden. Unbeholfen wischte er mit zitternden Fingern den Schlamm aus ihrem Gesicht. »Mutter?«

Sie antwortete nicht und würde es nie wieder können. Was war mit den anderen? Er fand den eisigen Körper seines Vaters, dessen Schädel dicht über dem Ohr von einem scharfen Stein gespalten worden war.

Es sollte noch schlimmer kommen: Lion und Rainfall waren beide von den herabprasselnden Felsen erschlagen worden, aber Angelwing, Poppyseed und Cub lebten noch. Lion hatte den Körper seines Bruders mit dem seinen geschützt und lag nun halb unter Steinen begraben über ihm. Andere Dörfler hatten sich über seine Schwestern geworfen.

Gull nahm Cub in die Arme und dankte den Göttern mit einem Gebet. Er schüttelte seinen Bruder, um ihn aufzuwecken, obwohl er ihm Schreckliches zu berichten hatte. Doch dessen Kopf wackelte nur leblos hin und her, als wäre sein Genick gebrochen, und seine Augen blieben geschlossen. Der Holzfäller preßte sein Ohr auf die Brust des Jungen.

Ja! Er lebte noch, aber sein Atem ging flach, und sein Herz schlug langsam und unregelmäßig. Es erinnerte ihn an den Herzanfall seiner Großmutter, die eine ganze Woche im Bett dahingesiecht war, bis sie starb.

Er kroch um und über die leblosen Körper und hätte inmitten der zerschmetterten Dörfler die schmutzstarrende Gestalt seiner Schwester Angelwing fast nicht erkannt. Er zog sie aus der klammen Umarmung eines toten Nachbarn hervor und hielt sein Ohr an ihren winzigen Mund und ihre Brust. Er rüttelte sie und rief ihren Namen, doch er konnte sie nicht ins Leben zurückholen.

Von überall her war Jammern und Klagen zu hören. Cowslip und andere, allesamt jung und kräftig, konnten die Alten und die kleinen Kinder nicht aufwecken. Sie waren regungslos wie Leichen, und doch lebten sie.

Es war schlimmer als der Tod: Ihre Seelen waren ihnen genommen worden.

Halb verrückt vor Trauer rappelte Gull sich auf. Über dem Tal lag tödliche Stille, und ein eisiger Wind ließ dichten Nebel aufsteigen. Die Schlacht war vorbei, Soldaten und Monster waren dorthin zurückgekehrt, woher sie gekommen waren, und selbst der Wall aus Dornen und die dicken Wolken waren verschwunden. Auch von Weißfels war nichts mehr übrig. Es war zerschmettert, verbrannt und eingeebnet, seine Bewohner von Krankheit, Mord und Steinen gefällt worden.

Dies alles hatten Zauberer getan! Gull stand vor Erschöpfung schwankend da und erhob beide Fäuste gegen den schwarzen Nachthimmel, an dem die Sterne funkelten. Er schrie, heulte und verfluchte die Magie, die Zauberer und die Götter, die sie hervorgebracht hatten.

KAPITEL 4

Trotz eines lodernden Feuers aus den Überresten eines Hauses nahm die erbärmliche eisige Nacht für die Dörfler kein Ende. Niemand fand Schlaf, und sie scharten sich eng um das Feuer, das ihre Gesichter versengte, während ihnen Kälteschauer über die Rücken liefen.

Einige begannen Fragen zu stellen, aber sie wurden rasch zum Schweigen gebracht. »Die Morgendämmerung wird uns noch genug Grauen bringen«, betonte Catclaw.

Gull überlegte, was zu tun war, und verzweifelte fast daran: Greensleeves und Sparrow Hawk waren immer noch verschwunden, die Toten mußten begraben und die ›Nicht-Toten‹ versorgt werden. Er mußte ... Seine Gedanken verloren sich, und er versank in kalter, dumpfer, schmerzumnebelter Angst.

Die bläßliche Morgensonne ließ dampfenden Nebel aufsteigen. Ein Krächzen weckte den Holzfäller: Geier waren gekommen, um sich an den Leichen gütlich zu tun. Nicht weit entfernt warteten Raben und Krähen, bis sie an der Reihe waren, und balgten sich unterdessen um weniger schmackhafte Bissen. Gleichzeitig vernahm er das monotone Stampfen, Schaben, Quietschen, Knirschen ... des mechanischen Pferdes. Die arme Kreatur – oder Maschine – humpelte noch immer auf drei Beinen im Kreis durch das Tal, so wie sie es die ganze Nacht getan hatte.

Gull hörte ein weiteres Geräusch: das Huschen von Ratten. Die ganze Nacht hatten sie die Feuerstelle umschlichen und im Müll gewühlt. Er hob einen Stein, warf ihn nach einer kleinen, buckligen Silhouette und knurrte befriedigt, als sie von dem Schutthaufen herabpurzelte – aber das Trappeln hörte nicht auf. Das Erdbeben mußte sie hervorgebracht haben, dachte Gull, indem es ihre Bauten verschüttet hatte, doch nie hätte er geglaubt, daß es so viele Ratten in einem einzigen kleinen Dorf geben könnte. Auch waren die Nager nicht gesund und wohlgenährt, sondern klein und mickrig.

Genug gegrübelt, beschloß Gull. Sein Vater, dessen Leiche kaum vier Schritt entfernt im Dreck lag, hatte immer gesagt: ›Ein fleißiger Mann hat keine Zeit für trübe Gedanken‹, und Gull nahm sich vor, sein Andenken dadurch zu ehren, daß er diesen Rat befolgte. Mühsam stand er auf – und krümmte sich, da jedes Gelenk, jeder Muskel und die zahllosen Wunden an seinem Körper schmerzten. Er warf einen verzweifelten Blick auf die im Dämmerlicht liegenden Überreste seines Dorfes, doch dann schürte er langsam das Feuer und rüttelte die in Apathie versunkenen Menschen auf.

Flüsternd, um das Unglück nicht erneut heraufzubeschwören, begannen die Überlebenden, Pläne zu schmieden und Aufgaben zu verteilen. Snowblossom, Hedgehog und andere sollten versuchen, die Vorratskeller auszugraben, Seal sollte mit seinen Kindern streunende Ziegen und Vieh einfangen, Old Wolftooth sollte beim Stapeln und Verbrennen der Leichen helfen – es waren zu viele, um sie alle begraben zu können. Gull bot an, ein jenseits der Trümmer im Gras liegendes Pferd zu schlachten, obwohl er doch eigentlich …

Als hätte sie seine Gedanken gelesen, sagte Cowslip: »Ich werde Greensleeves und Sparrow Hawk suchen und mich um die Bewußtlosen kümmern.«

Letzte Nacht hatten sie diese dicht beieinander ans Feuer gelegt, um die Ratten von ihnen fernzuhalten, aber dennoch bestand wenig Hoffnung, daß sie überlebten. Die seltsame Magie hatte ein Drittel der Menschen sofort getötet, einem weiteren Drittel die Seele –

aber nicht das Leben – geraubt und den Rest schwach und ohnmächtig zurückgelassen. Gull schenkte Cowslip ein mühsames Lächeln. Sie hatten die ganze Nacht Seite an Seite verbracht, um sich gegenseitig Schutz und Wärme zu geben.

Die Leute machten sich mit eingefallenen Gesichtern und schlurfend wie lebende Tote an die Erfüllung ihrer unvermeidlichen Aufgaben. Die Zerstörung ihrer Heimat hatte auch etwas in ihnen zerstört, das lange Zeit nicht heilen würde. Gull packte seine Axt – die ihm schwer wie ein Amboß erschien –, ließ jedoch Bogen und Pfeile zurück und trottete seufzend durch den klammen Morgennebel davon.

Er bahnte sich seinen Weg vorbei an entwurzelten Hecken, zerschmetterten Häusern, Erdspalten, dem Wrack einer Goblin-Flugblase, rattenzernagten Leichen von blaubemalten Barbaren, roten Soldaten, toten Hunden … und Weißfelsern.

Er kam an einer Feuerstelle vorbei, die mit langen, verkohlten Knochen und winzigen Fußabdrücken übersät war. Sein müdes Hirn zermarternd, rekonstruierte Gull die Szene. Gestern hatten die Goblins etwas davongeschleppt, von dem er gedacht hatte, daß es eine Leiche war, aber jetzt wußte er es besser: Sie hatten den abgerissenen Arm des Riesen mitgenommen und gebraten! Angewidert wandte er sich ab und lenkte seine Gedanken wieder auf sein eigentliches Ziel.

Jenseits einer zertrampelten Wiese, am Rande des Flüsterwaldes, lag ein totes braunes Pferd. Mit verschwommenem Blick ging Gull an dem toten Riesen vorbei – und sprang entsetzt zurück, als dieser sich plötzlich bewegte.

Doch nein, eher war es etwas, das sich *auf* dem Riesen bewegte. Zwischen den beiden Köpfen lag ein langes, pulsierendes … gerupftes Huhn!?

Das Hühnchen war zweifellos hautfarben und nackt. Aber genauso groß wie er! Es beugte sich zwischen die beiden Köpfe des Riesen und präsentierte Gull zwei knochige Hinterbacken, unter deren durchscheinender Haut dicke, blaue Adern pochten. Was …!?

Der Schrecken vervielfachte sich, als der Gigant stöhnend einen kalten weißen Arm, dick wie ein Baumstumpf, erhob und sich schwach am Nacken kratzte. Gull erstarrte. Diese Geste war so hilflos, so menschlich, wie bei einem Säugling, der versuchte, einen gierig saugenden Moskito zu verscheuchen. Der Holzfäller empfand Mitleid mit dem Riesen, obwohl er doch als Söldner eigentlich keine Sympathie verdiente …

Der Gigant ächzte und trat wild mit seinem nackten, schmutzigen Fuß in die Luft, so daß Gull fast getroffen worden wäre, wäre er nicht blitzschnell zur Seite gesprungen. Trotz seiner Benommenheit litt der Riese offensichtlich Höllenqualen. Sein rechter Arm endete in einem blutigen Stumpf, aus dem zersplitterte weiße Knochen ragten, umgeben von eitrigen, fauligen Fleischfetzen. Jedesmal wenn die Wunde den Boden berührte, stöhnte der Gigant von neuem auf.

Das gerupfte Huhn hob den Kopf, und Gull schnappte nach Luft, als er den langen, haarlosen Schädel, die großen spitzen Ohren und die scharfen Reißzähne sah. Das Gesicht der Kreatur war mit einem Netzwerk aus blauen Äderchen überzogen, und rotes Blut rann von ihren dünnen Lippen. Ein Vampir, dachte Gull.

Fast anmutig legte das Ungeheuer seine Klauenhand auf das Gesicht des Riesen, drückte einen scharfen Fingernagel gegen das Auge – und stach zu! Der Gigant krümmte sich, und der Vampir riß sein Ohrläppchen hoch, um die Zähne in das darunterliegende weiche Fleisch zu graben. Gull, der schon Tiere geschlachtet hatte, wußte, daß hier eine blutreiche Ader verlief. Aber daran dachte er nicht, als er angriff!

Heulend packte der Holzfäller den Saum des geflickten Segeltuchkittels und zog sich daran hoch auf den schwer atmenden, runden Bauch des Riesen. Instinktiv fühlte er eine Verbundenheit mit dem Wehrlosen: Wie er war der Riese ein lebendes, fühlendes Wesen, und dieses untote Monster saugte sein Blut!

Der Vampir wirbelte herum, und Gull sah Häute zwischen seinen Fingern und unter seinen Armen, die an eine Fledermaus erinnerten. Die wie ein Spinnennetz blaugeäderte Haut des Ungeheuers war so dünn, daß das fahle Sonnenlicht hindurchschien und Gull das frische Blut in seinem Bauch erkennen konnte. Er fühlte ein Würgen in der Kehle und hob seine Axt über die Schulter: Mit einem Schlag würde er den Unhold von Kopf bis Fuß spalten und die Hälften den Krähen zum Fraß vorwerfen... Aber der Vampir stieß sich nur kurz mit seinen langen Zehen ab und war verschwunden. Überrascht schwang Gull herum und suchte seinen Gegner. Wo war er nur?

Dann traf ihn ein heftiger Schlag im Rücken, und er verlor das Gleichgewicht. Die Axt entglitt seinen Fingern und rutschte über weißes Fleisch auf die Wiese hinab. Mit dem Gesicht voran knallte der Holzfäller auf den schmutzigen Leib des Giganten und schmeckte dessen salzige, verschwitzte Kleidung. Doch da war noch ein anderer Geruch: ein ekelerregender Schlachthofgestank.

Eine Hand, kalt wie der Tod, verdrehte seinen Kopf und riß sein langes Haar zur Seite, um den Nacken freizulegen. Der Schmerz seiner frischen Wunden ließ bunte Lichter in Gulls Kopf explodieren, und er erinnerte sich an die Worte seines – toten – Vaters: ›Dem Tod blicke besser ins Angesicht, als ihn hinter dir zu wissen!‹

Gull trat heftig aus und versuchte sich umzudrehen, doch ein reißender Schmerz brannte in seinem verletzten Knie. Der Riese keuchte aus beiden Mündern. Der Vampir klammerte sich noch fester an den Holzfäller und krallte die Klauen in sein Gesicht. Klamme Finger zerrissen die Haut auf seiner Stirn, einer krümmte sich und kratzte über seinen Augapfel. Gull konnte sich nicht entscheiden, ob er wütend oder ängstlich war: Der Riesenblutegel, der seinen Lebenssaft ausschlürfte, erschütterte ihn bis ins Mark, aber dieser Angriff – er wußte nicht, der wievielte in diesen Tagen – brachte sein Blut zum Kochen.

Gull schüttelte den Kopf, biß nach der Hand des Untoten, trat ins Leere und schwang die geballte Faust. Zwar war der Vampir stark wie ein Maultier, doch sein dünner Arm ließ los, als ihm der kräftige Holzfäller den Ellbogen in den Leib rammte. Der Blutsauger fletschte die Zähne und biß mit seinen langen weißen, blutverschmierten Fängen nach Gulls Kehle, doch dieser wehrte ihn mit überkreuzten Armen ab, trat erneut zu, und beide stürzten kopfüber vom schweren Leib des Riesen.

Himmel, tote Haut, salzige Kleidung und Schlamm – all das raste an Gull vorbei, bevor er mit der verwundeten Schulter schwer auf das niedergetrampelte Gras der Wiese prallte. Aber der Schmarotzer hing immer noch an ihm. Er fühlte einen brennenden Schmerz in im Oberarm, als der Vampir seine Zähne bis zum Knochen in das Fleisch bohrte. Der Holzfäller jaulte und schmetterte seinen Ellbogen schwer auf den haarlosen, steinharten Schädel des Monsters, mit dem unerwünschten Ergebnis, daß dessen bösartige Zähne nur noch tiefer in seinen Arm drangen. Er versuchte erneut zu treten, doch sein Bein verfing sich im Gras. Neben ihm türmte sich der massige Körper des Riesen wie ein Berg auf.

Die Angst nahm überhand – er war hilflos und würde hier, halb unter Unkraut begraben, ausgesaugt werden und sterben. Wer würde Greensleeves finden? Und wer Sparrow Hawk? Verzweifelt stieß er wieder und wieder mit dem Ellbogen nach dem unnachgiebigen Kopf des Unholdes, denn mit den Händen konnte er ihn nicht fassen. In seiner Qual hörte er das schlürfende Geräusch, mit dem sein Blut eine untote Kehle hinabrann. Er schrie ...

Dröhnende Hufschläge näherten sich ... Der Himmel verdunkelte sich, und ... plötzlich wurde der Vampir von einer langen gefiederten Lanze durchbohrt und auf den Boden genagelt. Schwarzes Blut spritzte über den Leib des Riesen und den Holzfäller. Dicht vor seinen Augen steckte eine handbreite, gekerbte, grob geschmiedete, aber scharfe Speerspitze im Gras.

Gull wurde von den Todeskrämpfen des Blutsaugers, der wie ein Fisch am Angelhaken zappelte, hin und her geschüttelt. Der Ellbogen des Vampirs schrammte über sein Kinn, und die Fangzähne gaben seinen Arm frei. Dunkles Blut rann wie fauliges Wasser aus dem Mund des Blutsaugers, als er den Lanzenschaft umklammerte: Er würde sein untotes Leben so schnell nicht aufgeben.

Doch der hoch auf seinem Roß sitzende Krieger drehte den Spieß so, daß die Eingeweide des Unholds zerrissen wurden. Langsam zerfiel der sterbende Vampir zu Haut und Knochen, bis nur noch Schleim übrig war.

Angeekelt wischte sich der Holzfäller das untote Blut vom Körper und aus den Augen und rappelte sich auf. Der Reiter ergriff sein Handgelenk und zerrte ihn auf die Füße.

»Uff, vielen Dank, guter Herr! Ich war gefangen und ... konnte nicht ...«, stammelte Gull und sah gegen das schwache Licht des grauen Morgenhimmels, daß Roß und Reiter eins waren. Es war ein Kentaur!

Die dunkelbraunen Augen des Pferdemenschen starrten durch das Visier seines Helmes auf ihn herab. »Du Glück haben«, ertönte eine rauhe, seltsam wiehernde Stimme. »Spucke von Sengir Vampir wie Medizin. Blut fließen weiter. Nicht verfaulen.«

»Was …?« Gull drückte die Hand auf seinen blutenden Oberarm und glotzte.

Das Wesen wirkte unglaublich groß, und sein Helm ließ es durch den aufgesetzten Federbusch aus rotgefärbten Schweifhaaren sogar noch größer erscheinen. Sein Gesicht war hinter dem Visier verborgen, der kupferne Brustpanzer und der Helm waren mit Ornamenten versehen und bemalt und emailliert worden. Der Pferdemensch trug breite Armreifen und war mit Kriegsrunen und Handabdrücken geschmückt, die jedoch durch den unablässigen Regen verschmiert und fast schon abgewaschen waren. Die hintere Hälfte des Kentauren war rötlichgrau gefleckt, der Leib rotbraun und das spärlichere Fell auf Armen und Schultern von einem gleichmäßigen Rot. Auf den Rücken hatte er ein Kriegsgeschirr geschnallt, an dem einige Taschen befestigt waren. Die tödliche, abgenutzte Lanze war länger als das Wesen selbst und mit Lederbändern und inzwischen zerzausten purpur- und weißgefärbten Federn geschmückt.

Das Wesen grunzte, als es den Schleim des Untoten von seinem Spieß schüttelte, und verzog dabei angeekelt das Gesicht. »Sengir Vampir ist wie Elf. Genauso böse. Gehen immer allein. Immer fliegen zu Schlachtfeld. Du sehen Gefährte? Holleb? Ich Helki.«

Nun verstand Gull, warum die Stimme des Kentauren so hoch war: »Du bist … eine Frau!?«

»Ja«, der Helm wackelte, »und du Mann. Na und?«

Aber warum bist du so haarig? wollte Gull fragen, aber zum Glück hielt er sich zurück, denn Helkis Lanze hing bedrohlich wie ein Blitzstrahl über ihm. Er sah nach seinem Arm und war erleichtert, daß er aufgehört hatte zu bluten. In diesen zwei ereignisreichen Tagen hatte er mehr Narben erhalten als manch ein Mann in seinem ganzen Leben. »Also … ich hab deinen Gefährten nicht gesehen. Ich such selbst nach meinen Leuten.« Plötzlich erinnerte er sich an all die Toten und Vermißten, und der aufbrandende Schmerz raubte ihm fast die Sinne. »Ich … wir … unser Dorf ist zerstört.«

Sonderbarerweise nickte die Kentaurin mitfühlend. »Und unsere Leben. Ich glaube, wir zusammenarbeiten. Wäre gut.«

Ärger durchfuhr Gull bis in die Zehenspitzen. Zusammenarbeiten? Mit diesen Kreaturen, die bei der Vernichtung seiner Heimat geholfen hatten?

»Vielleicht jetzt niemand Problem haben von uns?« unterbrach sie seine Gedanken. Vor Vergnügen wiehernd, tänzelte sie auf ihren Hinterbeinen und galoppierte um den Giganten herum, der wie ein riesiger fleischiger Berg auf der Wiese lag, wobei ihr bemalter Schweif lustig im Wind flatterte. Gull hörte, wie sie rief: »Du suchen Zweibein? Aussehen wie du? Frau?«

»Was?« Der Holzfäller kam sich dumm und schwerfällig vor. Wie er …? Aber dann hatte er verstanden. Er hob seine Axt auf und rannte. »Greensleeves!«

»Die Götter wachen über Betrunkene, kleine Kinder und Narren!« zitierte Gull, als der andere Kentaur über die Wiese auf sie zutrabte, wobei er kleineren Kratern und Erdspalten geschickt auswich. Dies mußte Helkis Gefährte sein, denn er war größer und haariger als sie und unverkennbar männlich, wie Gull mit einem zielgerichteten Blick zwischen seine Beine sogleich erkannte.

Auf dem Rücken des Kentauren saß Greensleeves. Sie sah wohlbehalten aus: In ihrem zerzausten Haar und ihrer Kleidung hingen Strohhalme, Blätter und kleine Äste, und ihre kleinen Füße waren lehmig. Fröhlich plappernd glitt sie leichtfüßig vom Rücken des Kentauren, der mit einem geistesabwesenden Kopfnicken auf ihren Redeschwall antwortete. Vielleicht hielt er Greensleeves' unartikulierte Tierlaute für eine fremde Sprache …

Die beiden Pferdemenschen umarmten sich, Brustplatte an Brustplatte, und rieben sich zärtlich die Flanken, während sie unablässig melodische Laute in ihrer eigenen Sprache hervorbrachten, die wie Liebesgeflüster klangen. Auch Gull umarmte seine Schwester und fragte sie, wo sie denn gewesen sei. Sie keckerte wie ein Eichhörnchen, dann quiekte sie, entzog sich seiner Umarmung und trat an die Seite des Riesen.

Der monströse Mann war wieder in sich zusammengesackt, der eine Kopf lag mit vor Schmerzen weißen Lippen in einer Pfütze, während der andere mit glasigen Augen in den Himmel starrte. Kaum merklich drehte sich einer seiner Köpfe, als Greensleeves ihn an der massigen Schulter berührte und zärtlich über seinen faltigen, kahlen Schädel strich. Sie gurrte wie ihre Mutter, wenn es galt, ein verletztes Kind zu beruhigen. Aber Bittersweet war tot, und in gewissem Maße war dieser Riese dafür verantwortlich!

Gull zog sie grob von ihm fort und herrschte sie an: »Laß ihn! Laß ihn krepieren!« Hinter ihm war Hufgetrappel zu hören, und als er sich umdrehte, sah er die beiden bedrohlichen Kentauren mit ihren drei Schritt langen Lanzen. Er stellte sich schützend vor seine Schwester und erhob seine Axt, doch die Pferdefrau nickte nur in Richtung des Giganten. »Wir helfen. Er denkendes Wesen. Mit Schmerz.«

Gull wollte ausspucken, so wütend war er auf sich und die anderen, doch er besann sich. »Nein. Besser, die Kranken sterben. Und die, die gehen können, sollten gehen.«

Die Pferdemenschen bäumten sich auf. »So sagen Zweibeine Dank?« fragte Helki.

Die Worte schnürten ihm beinahe die Kehle zu, doch er polterte los: »Ich seh ja ein, daß wir euch etwas schulden. Du hast mir das Leben gerettet und er meiner Schwester. Aber das ist ja wohl ein bißchen wenig dafür, daß ihr unser ganzes Tal zerstört habt. Ich dachte immer, ein Söldner will keinen Dank, sondern nur sein verdammtes Blutgeld. Also holt es euch und verschwindet!«

Die Kentauren wichen zurück, als wollten sie Raum für einen Angriff gewinnen. Holleb schnaubte und wieherte wütend, worauf Helki mit einem Zwitschern antwortete. Dann wirbelte sie herum und blickte Gull direkt ins Gesicht, der daraufhin mit seiner Axt drohte.

»Ich verstehen, Zweibein-Rattenmann«, höhnte sie, »wir nicht Sold-Söldlinge. Kein Geld für Kampf. Gezwungen für Arbeit. Wir Sklaven von Zauberin und kämpfen ohne wollen. Würden wir können, heim und bleiben, aber nein. Du aber wissen alles besser, ohne zuhören!«

Mit diesen Worten schwang sie herum, stupste ihren Gefährten an, und beide galoppierten mit wehenden Schweifen über die Wiese in Richtung Wald. Nun hatte Gull genug Zeit, um über ihre Worte nachzudenken. Sklaven der Zauberin? Das mußte eine Lüge sein! Niemand konnte dazu gezwungen werden, gegen seinen Willen zu kämpfen. Und doch fühlte er Bedauern in sich aufsteigen, als die beiden ins Unterholz brachen, sich einen Weg mit ihren Lanzen bahnten und im Wald verschwanden. Wenn es doch wahr wäre …?

Greensleeves gluckste wie ein Dachs, zog ihn am Ärmel und zerrte ihn zu dem verwundeten Riesen. Gull protestierte: »Nein, Greenie, nein! Ich kann ihm nicht helfen! So viele unserer eigenen Leute brauchen Hilfe, und er ist nur ein Söldner!«

Doch sein Widerstand war zwecklos, denn obwohl er beinahe doppelt so schwer war wie sie, zog sie ihn einfach mit sich. Der blutige Armstumpf des Giganten stank nach Fäulnis und ließ Gull vermuten, daß er – oder sie? – ohnehin in Kürze sterben würde. Der linke Kopf des Giganten blickte sie an. Greensleeves tätschelte seine Nase, die genauso lang war wie ihr ganzer Arm. Mit zweifelnder Stimme fragte der Holzfäller: »Kannst du sprechen?«

»Sprechen?« Seine mandelförmigen Schlitzaugen öffneten sich langsam. Die Form der Augen und die eigentümlich gelbe Hautfarbe des Riesen ließen Gull vermuten, daß er von weit her gekommen sein mußte, denn er hatte gehört, daß es in den Domänen Menschen mit anderer Hautfarbe gab. Die zahlreichen Falten um Augen und Mund ließen auf sein hohes Alter schließen.

Langsam antworte er schließlich: »Ja. Ich spreche. Ich habe Schmerzen.«

»Bist du aus eigenem freien Willen hier, um für die Hexe zu kämpfen?« drängte Gull.

»Hek-se?« Die Stirn des Giganten legte sich in tiefe Falten. Eigentlich müßte man mit so einem riesigen Gehirn verdammt klug sein, dachte der Eseltreiber, aber dieser Kerl war dumm wie ein Brathuhn. »Die Hek-se zwang mich herzukommen. Zwang mich, zu kämpfen.«

»Bezahlt sie dich dafür? Füttert sie dich?« Gull kam sich immer törichter vor und schämte sich.

»Füttern? Ich habe Hunger!«

»Bist du denn jetzt ein Sklave der Zauberin?« bohrte Gull beharrlich weiter. »Skla-ve?« Eine lange Pause folgte. »Ich muß tun … was sie will.«

»O je«, seufzte der Holzfäller, »Greensleeves, ich bin hier der Einfaltspinsel!«

Kurz darauf hatten Cowslip und Greensleeves die Wunde des Giganten gesäubert und einen Umschlag aus frischem Dung (vom entlaufenen Vieh jedoch keine Spur) aufgelegt. Währenddessen hatte Gull das tote Pferd geschlachtet und aus Mangel an Verbandszeug die unbearbeitete Haut um den Armstumpf des Verwundeten gewickelt. Der Riese setzte sich auf und verschlang den Pferdekadaver mitsamt den Innereien bis zum letzten Fetzen, obwohl er, wie er langsam erklärte, für gewöhnlich rohen Fisch zu speisen pflegte.

Cowslip bestürmte ihn mit Fragen, und nach und

nach erfuhren sie, daß er am Meer lebte und Fischer war, seinen Flickenkittel aus den Segeln der gestrandeten Schiffswracks selbst hergestellt hatte und Liko hieß. (Der einzelne Name, vermuteten sie, stand für eine Persönlichkeit, nicht zwei – ein Gehirn in zwei Schädeln, mit einer großen Lücke dazwischen.) Der linke Kopf beantwortete ihre Fragen, während der rechte tagträumend durch die Gegend starrte.

Während des langen Tages erholten sich die Dörfler nach und nach. Es blieb ihnen nur wenig Zeit zum Trauern, auch wenn sie sehr still waren. Überall wurde Gull an das Leben erinnert, das nun für immer verloren war: ein Baum, in dem er mit seinen Brüdern und Schwestern ein Baumhaus gebaut hatte, ein Stein, auf dem seine Großmutter die Sonne genossen und ihre Geschichten erzählt hatte, ein Steinwall, den er mit seinem Vater aufgetürmt hatte.

Einzig Greensleeves schien nicht niedergedrückt zu sein, denn vermutlich verstand sie überhaupt nicht, was geschehen war. Wie immer wuselte sie gurrend herum, beruhigte verzweifelte Menschen und den Riesen, rührte Wasser mit Löwenzahn, Kletten und Fenchelblättern für heilende Umschläge an und war bei allen gern gesehen. Einige der Überlebenden hatten ein noch brauchbares Dach wiederaufgestellt, den Boden darunter gesäubert und die bewußtlosen Dörfler unter diesem erbärmlichen Schutz auf die bloße Erde gelegt. Einige hatten aufgehört zu atmen und waren nicht weit entfernt in einem Keller begraben worden. Sie hatten ein kleines Mädchen mit einer Rute losgeschickt, um die Ratten zu verjagen, die überall herumstrichen. Cowslip zeigte Gull einen entzündeten Rattenbiß auf ihrem Handgelenk, den sie davongetragen hatte, als sie ein verwundetes Kind vor den widerlichen Nagern verteidigte. Der Rand der Wunde war gerötet, und über ihren Leib krabbelten Flöhe, die sie in dem kleinen Badeloch mit Schlamm abreiben mußte. Doch sie scherte sich wenig darum und kümmerte sich weiterhin um die Kranken und Verletzten.

Eine Frage ließ sie nicht los. »Was sollen wir nur tun, Gull?«

»Tun?« Gull unterbrach seine Bemühungen, einen Vorratskeller auszugraben, in dem wohl noch einige Winterrüben lagern mußten. Sein Kopf schmerzte noch vom gestrigen Steinregen. Als er sich langsam umdrehte, ließ ihn der durch den Vampir verursachte Blutverlust schwindeln. »Ich ... ich weiß nicht, 'slip. Wiederaufbauen vielleicht? Was können wir sonst schon tun?«

Die Frau blickte über das Tal und warf ihr langes weizenblondes Haar zurück. »Wiederaufbauen? Auf einem Friedhof?«

Der Holzfäller zuckte mit den Schultern und trat einen Schritt zurück. Fragen nach dem Leben, dem Tod und dem Jenseits hatten ihn noch nie interessiert. »Sonst könnten wir nur weggehen. Aber wo sollten wir schon hin? Meine Mutter hat immer gesagt, das die Geister unserer Ahnen bei uns bleiben, uns beobachten und uns beschützen. Jetzt gibt's ein paar mehr. Aber in fünfzig Jahren wird diese Tragödie nur noch eine Geschichte sein, die man Kindern erzählt.«

Cowslip legte ihre braungebrannte Hand auf seinen Unterarm. »Wessen Kinder, Gull?«

Gull betrachtete ihr Gesicht. Trotz des Schmutzes und der Müdigkeit war sie wunderschön! Mit seiner verstümmelten linken Hand strich er ihr sanft eine Haarsträhne aus der Stirn. »Unsere Kinder. Weil wir hierbleiben werden.«

Plötzlich lag sie in seinen Armen, das Gesicht an seiner starken Brust geborgen, und schluchzte hemmungslos. Gull streichelte mit seinen schwieligen, schmutzigen Händen über ihr weiches Haar und brummte: »Komm, komm, weine nicht! Wir werden uns gegenseitig beschützen, Cowslip.«

Mit tränenverschleiertem Blick sah sie zu ihm auf, und er küßte sanft ihre salzigen Lippen.

Doch noch bevor die Sonne sank, sollte er sich an die warnenden Worte seines Vaters erinnern: ›Wenn die Götter beschließen, einen Mann zu bestrafen, dann tun sie dies gründlich.‹

Den ganzen Nachmittag hatte Gull Ziegen und Kühe in den Wäldern gesucht, doch außer Goblinspuren und einigen Tierknochen nichts gefunden. Er beschloß, diese schlechten Neuigkeiten für sich zu behalten. Seit die Tragödie begonnen hatte, hatte er ein Wechselbad der Gefühle durchlebt – von tiefster Verzweiflung bis zu hoffnungsvoller Zuversicht. Vielleicht konnte er nicht mehr klar denken, aber das störte ihn nicht: Er war verliebt. Cowslip im Arm zu halten, hatte ihm ein Gefühl beschert, wie er es nie zuvor empfunden hatte. Und so hüpfte er beinahe unbeschwert durch den Wald. Sie würde ihm eine gute Ehefrau sein und er ihr ein guter Ehemann – hoffte er. Gemeinsam würden sie ihr Heim wieder aufbauen, den Garten bepflanzen, den Fluß eindämmen und umleiten, den Nachbarn beim Wiederaufbau helfen und zusehen, wie Weißfels neu erblühte.

Eine weitere Lebensweisheit seines Vaters kam ihm in den Sinn: ›Ein Mann ist erst dann geschlagen, wenn er flieht.‹ Pfeifend verließ er die Wälder und sah, wie in der Ferne im alten Dorfkern notdürftige Unterkünfte errichtet wurden. Aber dann kam Cowslips Bruder Gray Shoat aufgeregt auf ihn zugerannt, und sein Rufen ließ Gull vor Entsetzen erstarren:

»Gull! Cowslip ist krank!«

KAPITEL 5

Cowslip lag auf dem Rücken, ganz allein, und der entsetzte Gull mußte zweimal hinschauen, bevor er sie erkannte.

Sie war zusammengebrochen, als sie Wasser für die Opfer der mysteriösen Schwäche holen wollte. Ein zerbrochener tönerner Krug lag in einer kleinen Pfütze neben ihrer Hand. Ihr Mund war weit geöffnet, ihre Arme waren unnatürlich verdreht, und eines ihrer Beine war unter ihren Körper gezogen. Selbst unter ihrem wollenen Kleid sah man die Schwellungen an ihren Achseln und Leisten, die so dick waren, als wollten sie gleich aufplatzen. Ihre Haut war blauschwarz angelaufen, so als würde sie qualvoll ersticken. Vielleicht war sie es schon?

Keiner der vor Angst erstarrten Dörfler wagte sich in ihre Nähe, Väter hielten ihre Kinder zurück, und Frauen weinten bitterlich – eine von ihnen Cowslips Mutter.

Als Gull sich nähern wollte, ergriff ihn der alte Wolftooth am Arm. Der Holzfäller fuhr ihn an: »Laß mich los! Ich muß zu ihr! Warum hast du nicht …«

»Nicht!« krächzte Wolftooth. »Es ist die Pest! Der Schwarze Tod! Ich kenne es aus den Legenden. Es trifft dich wie aus heiterem Himmel. Oft stirbt die herbeigerufene Heilerin, noch bevor sie sich um ihren Patienten kümmern kann!«

Gull starrte nur, aber näherte sich nicht. Auch er kannte die Geschichten von ganzen Städten, die von der Pest ausgelöscht worden waren. »Was, wenn sie noch …«

»Sie ist tot«, unterbrach ihn Wolftooth. »Wie all die

anderen dort im Haus.« Das ›Haus‹ war nichts anderes als das Dach, unter das man die Opfer gelegt hatte. »Es war der Rattenbiß, der sie getötet hat. Arme Cowslip.«

Das also war ihr Nachruf, dachte Gull. Arme Cowslip, die die Ehefrau von Gull, dem Holzfäller, hätte werden sollen. Tränen brannten in seinen Augen und rannen ihm über die Wangen, als er unbeholfen in einem großen Bogen um die Leiche herumstolperte und in das ›Haus‹ spähte.

Dicht am Eingang lag Otter, der Junge, der die Ratten hatte verscheuchen sollen, und auch er war geschwollen und blau angelaufen. Mehr Flöhe, als Gull jemals gesehen hatte, tummelten sich auf seinem Leib. Überall im Inneren der Unterkunft glitzerten häßliche kleine Augen – es mußten Hunderte sein! Die Ratten enblößten ihre gelben Zähne und setzten ihr schauerliches Mahl fort.

Gulls Geist verschloß sich vor dem übermächtigen Kummer, damit dieser ihm nicht den Verstand raubte. Alles, was er denken konnte, war: Zuerst seine Mutter und sein Vater, dann all seine Geschwister, danach hatte es Sparrow Hawk erwischt, und jetzt die Frau, die er gerade zu lieben gelernt hatte …

Noch vor wenigen Augenblicken war er pfeifend durch die Wälder gezogen, und jetzt haßte er sich – und die ganze Welt. Hinter sich hörte er, wie Wolftooth mit Seal, dem Dorfschläger, zu zanken begann und bald das ganze Dorf lauthals stritt. »Wir werden gehen. Und zwar jetzt. Das ist mein letztes Wort!«

»Wohin denn?« fragte Gull, in seine alte Gewohnheit verfallend, Seals Meinungen stets zu hinterfragen. Die anderen Dörfler hörten auf zu streiten und starrten die beiden Männer an.

»Weit fort!« knurrte der fette Mann. »Das Dorf ist verflucht! Es ist ein offenes Grab!«

»*Wohin* denn?« wiederholte Gull. »Du sagst nicht *wohin*. Du bist doch nie irgendwo anders gewesen!«

»Das ist egal. Nur einfach weg.«

»Aber Seal, glaubst du nicht…«, warf Feverfew schüchtern ein. Der fette Mann drehte sich zu seiner vor Angst zusammenzuckenden Frau um und schlug ihr ins Gesicht. »Pack unser Zeug zusammen, aber beeil dich!« Er hätte sie wieder geschlagen, wenn Gull nicht sein Handgelenk ergriffen und so fest gedrückt hätte, daß Seal vor Schmerz aufstöhnte.

Der Holzfäller rief den Dörflern zu: »Ist dies der Mann, dem ihr folgen wollt, wenn ihr das Dorf verlaßt und eure Heimat aufgebt? Diesem feigen Raufbold? Denkt dran, was ihr hier zurücklaßt!«

Aber niemand antwortete ihm oder erwiderte auch nur seinen Blick. Sie hatten Angst und eilten davon, und es wäre sinnlos, sie dafür zu verdammen. Vielleicht würden sie eines Tages zurückkehren, vielleicht auch nicht. Es gab nichts, was Gull dagegen unternehmen konnte. So setzte er sich auf einen Felsen, nicht weit von Cowslips zerschundenem Körper entfernt, und beobachtete die Dörfler bei ihren letzten Vorbereitungen für den Aufbruch.

Während Greensleeves mit einem Marienkäfer sprach, der auf einem Löwenzahnblatt saß, die Ratten unter dem aufgestellten Dach umherhuschten, die Fliegen summten, das mechanische Untier in der Ferne stampfend sinnlose Kreise zog und Liko trotz seines bandagierten Stumpfes auf der Wiese schlief, saß Gull einfach nur da und tat nichts.

Es gab nichts zu tun. Er konnte nicht einmal Cowslip oder seine Familie aus Furcht vor der Fäulnis begraben, und so würden sie in der kommenden Nacht in den Mägen der unersättlichen Ratten enden. Der Holzfäller hatte keine Ahnung, wo er Sparrow Hawk suchen sollte – der Junge hätte sich in den Wäldern verirren oder von Soldaten oder dem Zauberer gefangengenommen worden sein können, aber wahrscheinlich war er eine der vielen Leichen, die den Boden des Tales bedeckten. Die Sorge um Greensleeves war das einzige, was ihn jetzt noch am Leben hielt.

Als die Schatten länger wurden, hatten die Dörfler ihre wenigen Habseligkeiten zusammengepackt und verschwanden einer nach dem anderen auf der zerstörten Straße nach Norden über die Hügel. Einige wenige winkten Gull zu, doch er winkte nicht zurück. Bei Sonnenuntergang hatte der letzte Dörfler, der alte verkrüppelte Wolftooth, den Ort der Schlacht hinter sich gelassen.

Greensleeves kam zu ihrem Bruder und miaute, ein Zeichen, daß sie hungrig war. Er nahm sie bei der Hand: »Ja, Zeit zu essen. Wir gehen in die Wälder. Das ist alles, was uns jetzt noch übrigbleibt.«

Er bewaffnete sich mit Axt, Bogen und Köcher, nahm seine Schwester bei der Hand, und gemeinsam verschwanden sie in der flüsternden Tiefe des Waldes.

Als würde er sie willkommen heißen, bescherte der Wald den beiden zwei fette Fasane, die Gull leicht fangen konnte. Schnell fanden sie die Lichtung wieder, die er ... erst gestern morgen geschlagen hatte, und schon kurz darauf brannte ein flackerndes Feuer aus frischen Eschenzweigen.

Anstatt die Vögel zu rösten, nahm Gull sie aus, umhüllte sie, ohne sie zu rupfen mit Lehm und begrub sie unter der heißen Asche. Sie wollten erst später essen, denn der Holzfäller war nicht hungrig, und Greensleeves hatte sich erneut ins Dickicht geschlagen, wo sie zu ein paar Tauben in der Krone einer Birke aufgurrte. Gull überlegte, ob er sie nicht zurückhalten und am Umherschweifen hindern sollte, denn wer wußte schon, welches Unheil noch auf sie wartete – die Goblinspuren waren unübersehbar. Aber Greensleeves festzuhalten war wie der Versuch, Rauch einzufangen. Sie ging überall hin, wohin sie wollte, und nur die Götter konnten sie jetzt schützen – Gull konnte sich schließlich nicht um alles kümmern.

Flossy war sichtlich erfreut, als sie ihren Herrn erkannte, und selbst Knothead ließ sich ohne zu beißen die kurzen, steifen Haare am Hals streicheln. Obwohl nicht angebunden, waren die Maultiere auf der Lichtung geblieben, auf der sie friedlich grasten und Gulls Rückkehr erwarteten. Er fühlte sich dadurch seltsam beruhigt. »Ich sehe, es geht euch gut. Besser als Weißfels jedenfalls. Ist schon gut«, sprach er zu ihnen. »Unsere alte Heimat gibt's nicht mehr, aber vielleicht wird dieser verhexte Wald unsere neue…« Plötzlich überwältigte ihn Trauer, und er preßte schluchzend das Gesicht an Flossys weiche Wange, die darüber etwas verwundert war, aber dennoch stillhielt. Gulls Trauer währte nicht lange, denn er hörte das Trampeln vieler Füße in der Dunkelheit des Waldes. Soldaten! schrie sein erschöpfter Geist. Mehr aus Sorge um das Leben seiner Maultiere und das seiner Schwester als um sein eigenes ergriff er seine Axt. Verdammt, wo war Greensleeves? Er sollte sie nicht immer umherstreifen lassen, das war viel zu gefährlich…

Im flackernden Feuerschein erschienen Helki und Holleb, die Kentauren, die tänzelnd mit schlagenden Schweifen stehenblieben. Sie setzten ihre Lanzen neben ihre Vorderhufe auf den Boden. Als sich das Licht des Feuers auf ihren Brustpanzern und geschlossenen Helmen spiegelte, erinnerten sie Gull an heldenhafte Ritter in schimmernder Rüstung. Stille lag über der Lichtung, und im Widerschein der Flammen, die die Klinge der Axt, die silbrigen Blätter und das glänzende Fell der Kentauren in ein unwirkliches Licht tauchten, wartete der Holzfäller, die Axt beidhändig erhoben. Ein Tannenzapfen fiel in das Feuer und versprühte knisternd Funken, und Gull trat ein in Brand geratenes Grasstück aus. Ansonsten bewegte sich niemand.

Schließlich brach die gesprächigere Helki das lange

Schweigen. »Wir sehen, du sprechen mit Tiere. Feine Maultiere.«

Sie hatten ihn weinen sehen? Gull war entsetzt und rieb sich unwillkürlich die Augen. Er fühlte sich so müde und zerschlagen, als hätte er eine Woche nicht geschlafen. Doch die Kentaurin wollte ihn nicht bloßstellen, sondern nur ein Gespräch beginnen. »Vielen Dank!« antwortete Gull, erinnerte sich seiner guten Manieren, senkte die Axt und stellte sie auf den Boden. »Wollt ihr euch an meinem Feuer wärmen?«

Der Kopf unter dem gefiederten Helm nickte, und obwohl ihre Augen tief im Schatten lagen, war ihre Stimme unverkennbar freundlich. »Vielen Dank. Wir wollen. Feuer ist gut in kalter Nacht.«

»Ja«, war alles, was Gull sagen konnte. Helki blickte ihn fragend an. »Ich hab mit Liko, dem Riesen, gesprochen. Er war auch ein Sklave der Zauberin. So wie ihr es wohl seid.«

»Ist wahr«, sagte Holleb mit einer Stimme, die so rauh wie Geröll war, das von einem Hügel hinabrollte.

»Also ...«, sagte Gull, »... ich muß mich wohl entschuldigen. Es .... tut mir leid.«

Die Kentauren berieten sich in ihrer eigen Sprache – Pferdegeflüster, schoß es Gull durch den Kopf. Schließlich faßte Helki zusammen: »Wir auch traurig. Wegen verlorenem Heim. Wir unter Bann. Zwang zu gehorchen und nur kämpfen können.«

»Ich verstehe ... jetzt!«

»Jetzt alle sprechen wahr. Müssen reden.«

»Wenn ihr darauf besteht ...«, seufzte Gull, zu müde um zu streiten. »Aber wovon denn reden? Es ist nichts mehr da. Genausogut könnt ihr in eure Heimat zurückkehren.«

»Kein Weg zurück«, meinte Helki, und zum ersten Mal hörte Gull ein Zittern in ihrer Stimme. »Ist unmöglich.«

Der Holzfäller grub die in Lehm gebackenen Fasane aus, brach die harten Krusten auf und trennte Haut und Federn vom knusprigen Fleisch. Dann legte er die Vögel auf einen Baumstumpf, drittelte sie und bot den Kentauren etwas davon an. Greensleeves würde für sich selbst sorgen und genügend Pilze und Beeren im Wald finden, sie mochte ohnehin kein Fleisch und hätte es wohl nicht einmal angerührt.

Während er das Mahl vorbereitete, entledigten sich die Kentauren ihrer Rüstungen. So als könnten sie nicht genug davon bekommen, sich unablässig zu berühren, halfen sie sich gegenseitig aus den Brustpanzern und befestigten sie gemeinsam mit ihren Helmen an dem Geschirr auf ihren Rücken. Dort hingen bereits Hafersäcke, Werkzeugtaschen, zusammengerollte Seile und Wasserflaschen. Selbst die Lanzen wurden durch Schlaufen an ihrer linken Seite gehalten, so daß sie jederzeit ohne Verzögerung davonstürmen konnten, falls es nötig war.

Doch Gull achtete kaum darauf, da er ununterbrochen – obwohl er sich bemühte, es nicht zu tun – auf ihre fremdartigen Gestalten starrte. Unter ihren Helmen kamen angenehme, beinahe gewöhnlich zu nennende Gesichter mit hervorstehenden gelben Zähnen zum Vorschein. Ein rötlicher Flaum, ähnlich ihrem Fell, überzog die Köpfe der Kentauren bis zum Mähnenansatz an der Stirn. Hollebs weißhäutiger Oberkörper war mit mattem Haar bewachsen, während Helkis Leib von flachen Brüsten mit daumendicken Nippeln geziert wurde.

Schließlich saßen der Mann und die Pferdemenschen am Feuer, letztere mit untergeschlagenen Beinen. Selbst sitzend strahlten sie Würde und Grazie aus, so daß Gull sich mit seinen verkrüppelten Gliedern und seinen Axtnarben verunstaltet und plump vorkam. Er bot ihnen auf Rindenstücken das Fleisch dar, das sie dankbar annahmen, und im Gegenzug holte Holleb aus seinem Hafersack einige getrocknete Orangen, die Gull genüßlich verspeiste. Schweigend aßen sie eine Weile, bis Gull das Wort ergriff: »Ich verstehe wenig von dem, was hier passiert. So wie eine Ameise nichts von einem Gewitter versteht. Wie seid ihr unter den Bann dieser Hexe geraten? Und warum könnt ihr nicht heimgehen?«

»Wir nicht mehr verstehen«, seufzte Helki. »Unser Volk leben in Taiga und Steppe. Wir nennen Grünland. An Honigmeer. Wenn betrachten Sonne, ist im Osten. Viele Länder angrenzen und oft Krieg. Wir Krieger seit kleine Kinder. Wir Kundschafter, wenn Sache gut. Ein Tag, Zauberin, fremde Reisende, kommen. Uns werben für Land überwachen. Wir zweifeln, aber dienen. Zauberin sagen Dank und schütteln Hand. Dann war weg.«

»Weg? Meinst du, sie verschwand einfach?«

»Nein. Auf Pferd weggegangen. Mit Dienern. Bald wir vergessen. Ein Tag Holleb und ich aber plötzlich finden auf Schlachtfeld. Zauberin dort. Nun Herrin, wir nicht wissen warum. Bann über uns, wir müssen gehorchen. Aber in Herz nicht wollen, vergeblich. Zwei Willen in uns. Ein Wille befehlen, ein Wille unterwerfen. Kämpfen Zwerge. Kleine Leute, stark. Und Stiermenschen. Dann Kampf aus und wir zu Hause. Wie Traum, aber Narben.« Sie zeigte ihren linken Ellbogen, auf dem die Spuren einer gut verheilten Wunde zurückgeblieben waren. »Passieren zweimal mehr. Immer anderer Ort. Wenn Schlacht aus, Zauberin winken und uns heimschicken. Dann Tag vorher. Spähen und kämpfen hier. Aber Schlacht aus, Zauberin nicht da. Niemand uns heimschicken.«

»Die Zauberin rannte davon«, grummelte Gull. »In allen anderen Schlachten vorher hat sie wohl gewonnen. Also konnte sie sich um ihre Leute kümmern und dafür sorgen, daß sie sicher nach Hause kamen. Aber diesmal hat es sie erwischt, und sie rannte wie ein Hase und hat euch hier zurückgelassen. Ist es das?«

Die Worte blieben Helki in der Kehle stecken, und sie konnte nur nicken, während Holleb einen dicken Ast aufhob und ihn langsam in kleine Stücke zerbrach.

»Genau wie dieses dumme mechanische Tier da draußen«, sagte Gull, die Teile des Puzzles zusammensetzend. »Und diese nutzlosen Goblins und dieser arme Riese mit dem abgerissenen Arm ... Na, zumindest erklärt das den Boden unter dem Dornenwall.«

»Dornenwall? Was ›Dornen‹?« Trotz ihrer Verzweiflung war Helki neugierig, denn jede noch so unbedeutend erscheinende Kleinigkeit könnte die Lösung zu ihren Problemen beinhalten.

Gull erklärte: »Dieser Haufen aus Dornenbüschen. Als ich meine Schwester versteckte, bemerkte ich, daß der Boden rot war. Wir haben keinen solchen Boden in unserem Tal. Ich hab nur davon gehört. Von Reisenden. Das heißt, daß die ganze Dornenhecke von irgendwo aus den Domänen hierhergebracht und bei uns wieder eingepflanzt wurde ... Stellt euch mal die Macht vor, die man dafür braucht, einen Teil der Erde zu entwurzeln und an einen anderen Ort zu bringen! Seht nur, was diese Zauberer zu tun vermögen! Und trotzdem verbringen sie ihre Zeit damit, gegeneinander Krieg zu führen und unschuldige Leute dazu zu zwingen, bis zum Tod zu kämpfen für ... ja, wofür eigentlich? Könige kämpfen um Ruhm und Soldaten für Gold, aber was wollen Zauberer?«

»Macht«, grollte Holleb und erschreckte die anderen beiden. »Macht für werden Götter.«

Das Feuer brannte langsam nieder, bis nur noch rote Glut übrig war. Um sie herum war der Flüsterwald so still, daß Gull sich anstrengen mußte, um das Wispern und Murmeln der Blätter überhaupt zu hören.

Einige Teile des Rätsels hatte er zwar gelöst, doch mehr und mehr neue Fragen tauchten auf. Wenn Zauberer um Macht, Magie oder *Mana* – oder wie auch immer sie es nannten – Kriege führten, warum waren dann zwei von ihnen hierhergekommen? Die einzige Kraft in Weißfels war die des Wassers gewesen, das die Mühle in Gang hielt. Und es gab nur wenig Magie, denn ihre Weise Frau war eher eine Hebamme als eine Hexe gewesen. Sie konnte zwar das Saatgut segnen, und der Schmied konnte bei seiner Arbeit Funken heraufbeschwören, aber sonst … Es machte einfach keinen Sinn, daß die Zauberer in ihr Tal eingefallen waren.

Bei diesem Gedanken flammte sein Zorn erneut auf. Wie konnten sie es nur wagen, Menschen wie Werkzeuge zu benutzen und sie einfach wegzuwerfen, wenn sie sie nicht mehr brauchten oder davonlaufen mußten?

Plötzlich ertönte das Krachen und Splittern von Holz aus dem Wald. Gull schoß aufgeschreckt hoch, packte seine Axt und sah sich nach Greensleeves um. Die Kentauren sprangen auf, zogen ihre Lanzen aus den ledernen Schlaufen, und alle drei verschwanden im Schutz der Dunkelheit. Gull fühlte, wie der Boden unter seinen Füßen unter einem gleichmäßigen Stampfen erbebte, und packte den Griff seiner Axt fester. Was auch immer es war …

Hoch oben über dem Rand der Lichtung teilten sich die Zweige, und Liko, der zweiköpfige Riese, trat in den schwachen Schein der Feuersglut. Von seinen Schultern rieselten Blätter und Zweige herab und gaben dem Feuer neue Nahrung. Durch das Fehlen seines schweren rechten Armes war sein Körper leicht nach links geneigt, und seine verschlafenen Mandelaugen schweiften über die Lichtung. »Habt ihr Essen? Ich habe Hunger.«

Liko ließ sich am Boden nieder, gegen eine mächtige knarrende Eiche gelehnt, und stöhnte vor Schmerzen. Seine beiden schweißglänzenden Gesichter waren bleich wie Birkenrinde.

Gull fragte den Riesen, wie er sich fühlte, erhielt jedoch nur ein Murmeln als Antwort. Also wandte er sich an die Kentauren. »Was sollen wir tun? Er ist ein Waffenbruder, ein Opfer der Zauberin wie ihr!«

Wieder berieten die Kentauren in ihrer eigenen Sprache, die sich diesmal wie das Knurren und Schnappen kämpfender Hunde anhörte. Dann sprach Helki: »Wir Vieh in anderem Wald sehen. Wir können fangen. Er essen Fleisch?«

»Er ißt alles! Aber könnt ihr wirklich Vieh in der Nacht finden?«

Holleb, der Pferdemensch, wurde wütend: »Du scherzen?«

»Nein!« Gull war überrascht. »Aber ich hab auch... nach Vieh gesucht... Götter, gerade heute morgen, und hab... keine Spur gefunden!«

Helki schnaubte belustigt: »Holleb finden Marienkäfer auf See. Wir fangen.« Mit klirrendem Geschirr galoppierten sie in die Dunkelheit.

Weil niemand sonst da war, untersuchte Gull die Wunde des Giganten, dessen linker Kopf ihn dabei neugierig beobachtete, während der rechte schlief. Als er die grünliche Pferdehaut abwickelte, stieg ihm ein brechreizerregender Gestank in die Nase. Zersplitterte Knochen ragten aus dem flammend roten, verrottenden Fleisch, und seufzend verband Gull die Wunde wieder. Kein Wunder, daß der Riese so müde war, dachte er. Mit solch einer Entzündung! Doch bald schon würde er erlöst sein, und der Friede des Grabes würde ihm Ruhe schenken, dann nämlich, wenn das vergiftete Blut sein Herz erreichte. Gull versuchte, Liko aufzumuntern: »Giganten sind hart wie Stahl, das sehe ich jetzt. Kein Wunder, daß man Legenden über euch erzählt.« Der Holzfäller war nicht sicher, ob der Riese ihn verstand, denn obwohl er mit seinen Schlitzaugen, seiner dünnen, pergamentartigen Haut und seinen kahlen Schädeln alt und weise aussah, schien ihn doch das meiste zu verwirren. Um das Thema zu wechseln, fragte Gull:

»Wie bist du denn in den Dienst dieser Zauberin geraten, Liko? Hat sie dir auch die Hand geschüttelt?«

Liko runzelte die Stirn. »Zauberin?«

Gulls Nacken wurde langsam steif, weil er ständig zu dem Riesen aufschauen mußte, der ihn selbst im Sitzen um beinah eineinhalb Schritt überragte. »Die Frau in Braun und Gelb, die immer mit den Händen wedelt! Hat sie dir die Hand geschüttelt?«

»Nein. Sie gab mir ein Weinfaß. In einem winzigen Boot.« Er hob die Arme, um die Länge des Bootes zu demonstrieren, stellte jedoch fest, daß ihm eine Hand fehlte, und runzelte wieder die Stirn. Sein schwerer Atem blähte sein geflicktes Gewand wie der Wind die Segel eines Schiffes auf See. »Guter Wein. Gute Freundin.«

Gewieft wie Urzas Unterhändler selbst, dachte der Holzfäller, einen Sklaven mit einem Faß Wein zu kaufen! »Warum ruhst du dich nicht aus, Liko? Die Kentauren werden bald Essen bringen.«

»Ich möchte gerne Wein«, sagte Liko.

»Wollen wir das nicht alle? Da wirst du wohl warten müssen bis zur Herbstlese.«

Ein Zweig knackte hinter ihm, und zwar nicht im Feuer. Gull wirbelte herum.

Ein Goblin stahl gerade seine Axt!

»Jaaaaaahhhh!« heulte der Holzfäller, um den Dieb zu erschrecken, und sprang unbeholfen über die Feuerstelle. Kurzbeinig und durch die acht Pfund schwere Axt niedergedrückt, kam der Goblin nicht weit. Gull packte ihn und schmetterte ihn gegen einen Baum. Kreischend ließ die Kreatur ihr Diebesgut fallen und versuchte davonzukrabbeln, doch Gull packte ihr knochiges Fußgelenk und riß sie wie einen Fisch an der Angel in die Höhe! Der zerrissene Kilt, der ihr jetzt über den Kopf hing, verriet dem Eseltreiber, daß die Kreatur offensichtlich männlich war. Der Goblin wog kaum vierzig Pfund und hatte wie ein Stinktier eine schwarze Strähne im grauen Haar.

Der Kerl wimmerte, flehte, drohte, ruderte mit den Armen und wand sich wie ein Aal in Gulls Hand, doch dieser schüttelte ihn so, daß sein Kopf wie ein Glockenschwengel hin und her tanzte. Der Goblin stellte seine Gegenwehr ein und schwieg. »Das ist schon besser. So ... soll ich jetzt dein Hirn an diese Eiche klatschen, oder wirst du mir sagen, warum du meine Axt geklaut hast?«

»Ich war's nicht! Ich war's nicht!« schrie das Wesen, dessen Gesicht – normalerweise moosgrün – sich inzwischen in ein sattes Kleeblattgrün verfärbt hatte.

Gull schnaubte verächtlich und ging hinüber zu den wieder aufflackernden Flammen. Während er den Goblin über dem Feuer hin und her schwenkte, fragte er: »Was hast du gesagt?«

»Schon gut! Ich war's! Ich hab geklaut! Ist das sooo schlimm?« »Was!? Natürlich ist das schlimm! Es ist falsch, zu stehlen. Und ganz besonders von mir!«

»Ja, ja, ich seh's ja ein! Ich werde es nie wieder tun! Ich schwör's!«

»Pah! Einmal ein Dieb, immer ein Dieb.« Er schüttelte zur Untermalung seiner Worte das knochige Bein.

»Ja, Herr, sehr richtig! Aber ich bin ein schlechter Dieb. Siehst du: Ich bin gefangen worden, also werd ich mich ergeben!« Da er bis jetzt noch lebte, beruhigte sich der Goblin. »Wenn du jetzt mein Bein loslassen könntest ... Herr?«

»Schweig!« herrschte Gull das Geschöpf an und ließ seinen Kopf auf den Boden schlagen. Was sollte er mit ihm tun? Er könnte ihm einfach den Hals umdrehen und den Kadaver den Ameisen überlassen. Einer war keine große Bedrohung, aber Goblins waren wie Ratten oder Schaben und sollten zertreten werden, wann immer man die Gelegenheit dazu hatte.

Ein Rascheln ließ den Holzfäller herumfahren. Es war Greensleeves, die aus dem Wald zurückkehrte und mit fragendem Blubbern eine Hand auf Gulls Arm und die andere auf den Fuß des Goblins legte. Von unten griff der Goblin nach ihrem zerrissenen Saum. »Oh, rettet mich, schöne Dame, edles Fräulein! Ich bin unschuldig – wirklich! Dieser grausame Kerl hat mich gequält, mich, einen armen Teufel, der niemals etwas Böses getan hat!«

»Nichts Böses!?« Gull konnte nicht anders, als über diese dreiste Lüge zu lachen. »Du und deine Meute, ihr habt versucht mich abzuschlachten und meine Schwester zu fressen! Likos Arm *habt* ihr ja gefressen! Ich sollte ...«

Fiepend drückte Geensleeves den Arm ihres Bruders herunter. Der Goblin versuchte, spinnengleich davonzukriechen, krallte sich an einem Felsen neben dem Feuer fest und schrie auf, als er sich dabei die Finger verbrannte.

»Greenie ...« Aber mit sanftem Beharren überredete sie schließlich Gull dazu, den Übeltäter fallenzulassen.

Der Goblin prallte mit dem Kopf auf dem Boden, rollte sich auf die Füße und keifte: »Haha! Reingelegt! Weißhäutiger Trottel! Du Esel, du dämliches Kamel! Ich bin entkommen! Es braucht mehr als einen riesigen dummen Fleischklops, um Egg-Sucker zu besiegen! Haha!« Seine Verhöhnungen verloren dadurch, daß er sich ständig die versengten Finger blasen mußte, etwas an Wirkung.

Gull machte einen Schritt auf ihn zu, und der Goblin schoß in die Dunkelheit des Waldes davon. Der Holzfäller wandte sich wütend um, um seine kleine Schwester zu schelten, gab dieses Vorhaben jedoch auf, als ihre Augen in Bewunderung zu ihrem großen Bruder aufschauten. »Das war töricht, weißt du. Ein tollwütiges Stinktier wie dieses einfach laufen zu lassen. Aber ich schätze, es ist wohl schon zuviel Blut geflossen ...«

Seine Schwester blickte über seine Schulter. Waren die Kentauren zurückgekehrt? Nein!

Als er sich umdrehte, sah er im Feuerschein einen Mann stehen, der in seinem grellen gestreiften Gewand und mit seinen leuchtenden blonden Locken wie ein Sonnenaufgang strahlte. Ohne nachzudenken, packte Gull seine Axt und griff an. »Ich bring dich um!«

KAPITEL 6

Gull war mindestens einen Kopf größer und sicherlich anderthalb mal so schwer wie der Zauberer. Außerdem schwang er eine acht Pfund schwere zweischneidige Axt, während der Magier nur dastand und eine Kinderrassel in der Hand hielt.

Trotzdem war es Gull, der zu Boden geschleudert wurde. Sein Fuß knickte um, er rutschte auf den feuchten Eichenblättern aus, schlug in voller Länge auf und verlor die Axt. Tölpel, verfluchte er sich selbst, im Angesicht des Feindes zu stolpern!

Laut fluchend rappelte er sich auf und griff erneut an. Diesmal hielt er die Axt über den Kopf, um sich bei einem weiteren Stolpern nicht daran zu verletzen. Wenn er in die Nähe dieses Zauberers kam, würde er keine Waffe mehr brauchen, er würde ihm die Kehle mit den Fingernägeln aufreißen ...

Sein rechter Arm verkrampfte sich plötzlich und zuckte wie wild auf und ab, so daß Gull erneut das Gleichgewicht verlor, aufs Gesicht fiel und wieder Eichenblätter schmeckte. Was war nur mit ihm los?

Diesmal wollte er es ohne Heulen und Fluchen versuchen und dafür kalt und überlegt seinen Verstand einsetzen. Also ließ er seine Axt fallen und rollte sich auf den Magier zu, um diesen umzuwerfen. Auf diese Weise konnte er wenigstens nicht wieder stürzen! Vielleicht konnte er ihm die Füße ...

Doch eine schmerzhafte Muskelzerrung im Oberschenkel und ein Krampf im Knie stoppten seine Bewegung. Dieses, dachte er, war nicht seine Schuld! Es war diese verdammte Rassel! Vielleicht könnte er kriechen und das Fußgelenk des Mannes ...

Als Gull sich schweratmend am Boden krümmte, strich ihm eine Hand über die Stirn. »Zorn und Ärger sei'n dahin, in Frieden ich gekommen bin! Ein trefflich Gespräch ist mein Begehr.«

Gulls Wut schmolz dahin wie der Schnee unter den wärmenden Strahlen der Frühlingssonne. Vielleicht war es doch keine gute Idee, diesen Zauberer zu töten ... Vielleicht wäre reden wirklich besser ... Vielleicht könnte er sogar helfen ...?

Doch eine dunkle Stimme in seinem Innern warnte ihn: Womöglich hatte er nur einen weiteren Zambospruch angewandt ... Gull verwarf diesen Gedanken, schließlich kannte er sich besser. Er war wohl nur müde, von diesen zwei Tagen des Kämpfens, Fliehens und Sterbens. »Na schön«, seufzte er, »reden wir.«

Als seine Muskeln ihm wieder gehorchten, stand er schwankend auf. Der Magier verstaute die silbern glänzende Rassel, die mit Kerben und kleinen Erhebungen verziert war, in seinem Gürtel. »Was ist das für ein Ding?« wunderte sich der Holzfäller.

Der Zauberer berührte den Kopf der Rassel: »Oho! Nichts Wicht'ges ist's wohl. Einzig soll's mir trefflich Schutz gewähren vor gar üblen Attacken, denn ein Greuel ist's mir, müßt' ich einem Geschöpfe ein Leid zufügen!«

Leid? dachte Gull – all das hatte auch der Goblin gesagt. Die Stimme des Mannes klang sehr jung, und trotz seines buschigen Schnurrbartes war er wohl kaum zwanzig Jahre alt. Seine Hände waren zart wie die eines Kindes, und sein mit Wachs gesteiftes blondes Haar war zerzaust wie das eines Jungen. Sein Gewand war aus einem glänzenden, wie Seide knisternden Material, dessen Falten im Widerschein des Feuers funkelten. Die bunten Bänder, aus denen das Gewand gewebt war, waren nicht mehr als fingerbreit und zeigten alle

Farben des Regenbogens: von roten Schulterkappen über eine gelbe Taille bis zu einem dunkelblauen Saum, an dem kein Stäubchen haftete. Der Gürtel des Zauberers war mit Knöpfen, Juwelen und winzigen Gesichtern besetzt, aber am seltsamsten war das kleine messingbeschlagene Buch, das auf seiner linken Seite an einer Kette herunterbaumelte.

Gull hatte in seinem Leben erst ein einziges Buch gesehen, jenes, das Wolftooth von seinen Reisen mitgebracht hatte. Es war voll mit Bildern von wunderlichen Tieren und weit entfernten Städten gewesen. Der Holzfäller fragte sich, was ein Mann nur an einem Buch finden konnte, daß er es so dicht an sich gekettet trug.

Als könne er seine Gedanken lesen, legte der Zauberer eine Hand auf das Buch. »Lediglich trefflich Weisheiten sind's, das Vermächtnis meines Meisters. Ihm würd's wohl nicht zum Amüsement gereichen!«

Gull merkte, daß er zustimmte. Dieser jungenhafte Zauberer hatte ein ansteckendes Lächeln... Oder war dies ein weiterer Bann? Er schüttelte den müden Kopf und versuchte, sich zu konzentrieren. »Warum bist du hergekommen? Hast du nicht genug damit angerichtet, dieses ganze Tal zu zerstören? Nichts ist mehr da, nicht mal mehr Krümel für die Ratten!« Ärger erstickte seine Stimme, doch mit Leichtigkeit nahm ihm der Zauberer den Wind aus den Segeln.

»In der Tat, ich sah's. Gar schröcklich war's wohl! Ein lieblich Tal, anheimgefallen dem graus'gen Verderben.«

»Warum dann...«, das gestelzte Geschwätz verwirrte den Holzfäller, »...warum war die Schlacht denn... denn nötig?«

»Sie war's mitnichten! Gewähret Er mir die erquicklich' Wohltat seines wärmend' Feuers?«

Der Holzfäller konnte bei so viel Höflichkeit schlecht ablehnen und winkte ihn heran. Der Zauberer raffte seine Röcke (wie eine Frau, dachte Gull) und ließ sich auf einem Baumstumpf nieder, wobei Liko und Greensleeves ihn neugierig betrachteten. Gull ließ sich aufseufzend auf einen Stein fallen. So verwundet, zerschrammt, dreckig und verkrüppelt an Hand und Knie, fühlte er sich uralt und müde, im Vergleich zu diesem affektierten Magier. Er verhärtete seine Stimme. »Wie kann diese Tragödie nicht deine Schuld sein, wenn du doch mitgekämpft hast?«

Der blonde Mann schlang die Finger um sein rechtes Knie und lehnte sich zurück. Die Flammen ließen sein Haar fast weiß erscheinen, was ihm ein seltsames jungaltes Aussehen gab. »So wie's mit allem beschaffen ist, so gibt's auch der Magie brave und der Magie üble. Das garst'ge Weib ist schändlich, und so einfach ist's. Finst're Ränke sie wohl geschmiedet hat, als Sklaven fortzuführen sein ganzes trefflich Volk. Sah Er nicht jene rotberockten Buben einherschreiten, das Dorf zu attackieren? Die greulich Hex' invocierte den Titanen so wie den prasselnd Regen aus Stein …«

»… der meinen Vater getötet hat!«

»So ist's wohl. Der Tod ist ihr Gefolge und so die Pestilenz in Gestalt des eklen Rattengezüchts …«

»… das die Frau getötet hat, die ich – liebte!« Das letzte Wort blieb ihm in der Kehle stecken. Nie zuvor hatte er es geäußert, und sicher niemals zu Cowslip. Er hoffte, daß ihre Seele ihren Frieden gefunden hatte.

»Sieht Er's nun: Dem gleichen trefflich Zwecke sind wir dienlich! So oblieget's mir, ein schlichter Suchender zu sein, zu finden die Wahrheit und zu vollbringen gute Taten, die allerorts und allerzeiten jedwedem wohl zum Wohl gereichen …«

»Warum dann deine eigene Armee? Du hast eine Wolke beschworen, die diese blauen Barbaren hervorgebracht hat!«

Der Hexer wippte wie ein zappeliges Kind. »'s ist wohl wahr. Doch sollt's nur zum trefflich Schutze sein, meinerselbst und der Meinigen.«

Gull erinnerte sich an die Wagenburg mit all den

Leuten, die im Inneren Schutz gesucht hatten. Wo mochten sie jetzt wohl ein? Er blickte sich nach hinten um, sah jedoch nur Dunkelheit. Wohin waren die Wagen nach der Schlacht verschwunden, so daß sie jetzt zurückkehren konnten – oder war der Zauberer allein?

Gerade schwafelte er wieder: »... hat Er denn die defensive Intentio meiner Magie nicht bemerket? Niemals wollt ich ...«

»Fliegende Goblins, die Eisenspeere schleudern? Ein Wall aus Dornenbüschen? Eine Hydra, die den Arm des Riesen abbeißt?«

Bei diesen Worten runzelten Likos Köpfe die Stirn. Falls dieser Zauberer jedoch fürchtete, daß der Gigant sich erheben und ihn zu Brei zerstampfen würde, zeigte er es nicht. »So war's nur mein Sinnen, zu mindern die Destructio. Denk Er an das Feuerhorn der Hex! Ich bracht den trefflich Regen, zu ertränken seine sengend Flammen. Gewiß möcht Er nicht denken, der tosend Sturm wär ein göttlich Geschenk gewesen!«

Gull runzelte die Stirn. »Zwei Zauberer erscheinen, und meine Heimat ist zerstört! Da kann man doch nur annehmen, daß die beiden die Hand im Spiel haben!«

Mild entgegnete der Magier: »Sein Gedank versteh ich wohl. Doch wie ist's: Wenn der Wolf den Hasen hetzet, über diesen trefflich Fleck hinweg, und Asch und Glut derart verstreuet werden, auf daß der Wald entflamme, wollt Er dann beide des Unheils beschuldgen?«

»Wir sprechen hier von Menschen, nicht von Hasen und Wölfen!« brauste Gull auf. Liebenswürdig mochte er ja sein, aber sein Ton war beleidigend, so als spräche er mit einem zurückgebliebenen Kind, und seine Antworten kamen so leicht und schnell, als habe er sie einstudiert, doch niemals trafen sie den Kern der Sache.

Der Zauberer seufzte: »Er ist von granitner Härte. Jedwed mißlich Tat, welch ward verursacht durch mein

Persona, kann selbge auch wieder richten. Würd Ihn eine Demonstratio meiner aufrichtgen Gesinnung wohl zu frohrem Mute gereichen?«

»Vielleicht. Es wird zumindest diesen Sturm an Worten beenden, den du in meinem Kopf verursacht hast.«

Der Zauberer stand auf, trat zu dem Riesen und legte eine Hand auf dessen Oberschenkel. »Zum Gruße, edler Herr! Erlaubet mir einen raschen Blick, Euer verwundet Glied betreffend?«

Liko verstand die Worte vermutlich nicht, aber er hob seinen Stumpf, den der Magier freilegte und mit seinen langen, feinen Fingern untersuchte. »Verzeihet, Herr Ries, so seid Ihr wohl von nahe der See?«

»Sein Name ist Liko!« warf Gull ein.

»So sei's denn wohl – Herr Liko. Seid Ihr nun von dorten? Eure Gewandung ist mir wohl geläufig. So begab's sich, als ich dereinst reiste, daß durch Eure Land ich kam. Gar lieblich war's und trefflich anzuschaun die Vögelein, gleich jener Möw mit güldnem Bauche.« Beeindruckt nickte Liko, und seine beiden Köpfe betrachteten den Gecken aufmerksam, als dieser fortfuhr: »So würdet Ihr's wohl vorziehen, zurückzukehren in Eure trefflich Heimat? Ich mag's wohl für Euch arrangieren.«

»Hei-mat?« fragte Liko, und Gulls Herz floß über vor Mitleid, denn Liko erschien ihm wie ein verlorenes Kind. »Ja, heim. Ich würde gerne gehen.«

»Gewißlich würdet Ihr, wie's wohl jedweder gerne tät, welchselbger verloren in fremden Landen. So schauet denn: Ein winzges Sprüchlein nur, zu heilen Euer Glied, ihm neues Wachstum zu bescheren.«

»Wachstum?« polterte Gull. »Das geht doch gar nicht!«

Zum ersten Mal blickte der Hexer wirklich mißmutig drein. »Die Ars Arcana vermag der Dinge viel, zu heilen oder töten, zu schaffen oder zu zerstören.« Der Holzfäller hätte am liebsten ausgespuckt, er wurde wie ein Idiot behandelt. Warum verprügelte er diesen Lackaffen nicht einfach?

Letzterer hatte eine Hand auf Likos Stumpf gelegt, zog das seltsame an den Gürtel gekettete Buch zu Rate und murmelte eine Zauberformel, die Gull nicht verstand. Dann geschah das Wunder: Die Wunde heilte. Rote rohe Muskelfasern rollten sich wie kleine Schlangen ineinander und verknäulten sich wie Garn, während das faulige Fleisch sich wie sonnenverbrannte Haut abschälte, der zersplitterte Knochen sich zu einem stumpfen Ende glättete und weiße Haut wie Frostblumen an einem Fenster über die Wunde krochen. Erstaunt berührte der Holzfäller den geheilten Stumpf, der inzwischen glatt und rosig war wie die beiden kahlen Schädel des Riesen. Ein Wunder war vor seinen Augen geschehen, aber dann fiel ihm ein …

»Du hast gesagt, er würde wieder wachsen! Aber du hast ja nur dafür gesorgt, daß sich die Wunde geschlossen hat.«

»Gut Ding braucht Weil«, seufzte der Magier. »Ad primo sei die trefflich Heilung, ad secundo die Reconstructio. Er mag sich wohl erinnern, wie's ist, wenn ein Haus darniederstürzet, wo's zunächst wohl angebracht sei, die Trümmer hinfortzuschaffen?«

Gull knirschte mit den Zähnen, denn alles, was dieser Zauberer sagte, erinnerte ihn an die Zerstörung seines Dorfes.

Doch wieder schweifte der Buntgekleidete ab, um Gulls Zorn zu besänftigen. »Mein Befehl war's, das Glied solle wachsen, und so sei es. Und so er dereinsten wohl zurückgekehret in seine heimatlichen Lande, so wird sein Geist sich freien von marterndem Gedank und so die Heilung wohl beschleunigen.«

Der Holzfäller legte eine Hand auf Likos riesigen Arm. »Bist du sicher, du weißt, woher er kommt? Gelbbäuchige Seemöwen gibt's wohl an vielen Küsten. Am

Ende landet er irgendwo, wo er genauso weit von daheim entfernt ist wie hier!«

»Ein Unkundger ist Er in der Tat, die Ars Arcana betreffend. Eine Creatura, welchselbge geschaffen ward an einem Orte, trägt wohl stets eine Prägung des jenselbgen. Er mag's sich vorstellen: gleich einer Persona, welchselbge durch eisgen Schnee geschritten, eine Prägung ihrer Schuh dorten lasset, welchselbge zurückzuführen ist zu jenem Orte, an welchem besagte Persona ihre trefflich Wanderung begann.« Er wandte sich um. »Herr Liko, wünscht Ihr heimzugehen?«

Als der Riese mit seinen beiden Köpfen nickte, erinnerte er Gull an einen weisen alten Mann. »Ja, ich gehe heim. Fischen.«

»Wahrlich, der trefflich Fischlein reichlich werdet Ihr wohl habhaft werden«, lächelte der Zauberer. Dann ging er hinüber zu den Füßen des Riesen und legte seine langen, schmalen Finger auf dessen große, dreckige Zehen. »So kehre heim ins eigne Land, und heilen wird die wunde Hand.«

Noch bevor Gull sich verabschieden oder auch nur winken konnte, glitzerte der Riese wie ein Irrlicht im Mondschein oder Schnee in einem Lagerfeuer oder Regen … und war verschwunden.

Mit offenem Lächeln und ausgebreiteten Armen wandte sich der Zauberer um. »Sah Er's? Geheilet und zurückgesandt hab ich seinen hochgewachsnen Gefährten. So sag Er's mir, wes Geistes Kind ich sei, der braven Leut oder der finstren Gesellen?«

Ein Zitat seines zynischen Vaters schoß Gull durch den Kopf: ›Ein Mann kann anderen ein bißchen helfen und immer noch sich selbst sehr viel.‹ Der Zauberer nahm Gulls Schweigen als Zustimmung. »So pflichtet Er mir also bei. Mein Herz frohlocket, und so das seine, denn mein Kund gar freudig ist: In Brot und Lohn will ich ihn nehmen!«

»Bist du noch ganz bei Trost? Für einen Zauberer arbeiten? Für einen von diesen gottlosen Widerlingen, die mein Heim zerstört und meine Familie ausgelöscht haben?« Gull sah sich nach seiner Axt um. Er hatte die ganze Zeit recht gehabt: Er hätte diesen salbungsvoll schwatzenden Schönling in dem Augenblick abschlachten sollen, als er auf die Lichtung trat. Aber er hatte es versucht, erinnerte ihn sein tückischer Geist, und er war dabei auf die Nase gefallen. »Ich fasse diese Frechheit einfach nicht! Ich – für dich arbeiten? Ich traue einem Zauberer nicht mehr über den Weg als einer Klapperschlange! Ich wünschte, die Götter würden jeden einzelnen Zauberer aus den Domänen fegen, das wäre das Ende allen Elends!«

Als er Atem holen mußte, warf der Zauberer gekränkt ein: »Ist's denn wohl zu fassen? Hab ich's nicht wieder und wieder erkläret? Gut Werk sind mein trefflich Pläsier, und Ihm sei die Ehre, mir zu assistieren. Will Er nun endlich hören? Mein Dank sei Ihm wohl gewiß!« Als Gull schließlich nachgab, nahm der Magier wieder auf dem Baumstumpf Platz, zupfte affektiert sein Gewand zurecht und fuhr fort: »Mein trefflich Frachtmeister verschied. Als die trutzig Wagenburg errichtet ward, da gab ich Order abzuspannen und die Rosse abseits zu führen, auf daß sie nicht in töricht Furcht davonstürmten und gar noch jemand Schaden nähme an Leib und Leben. Der brave Meister war beharrlich in der Pflicht und nicht bereit, die Rosse unbehütet dort zu lassen. So ward er denn ein traurig Opfer der fliegend Flammen. So ist da niemand mehr, welchselbger die Tierlein hegen könnt, und so dacht ich, als ich seine Maultier sah – wohlauf und glänzend das trefflich Fell –, Er könnt mir wohl dienlich sein, als Eseltreiber, Frachtmeister oder Gespannführer – wie immer Er's beliebet zu benennen. So öffne Er die Augen und erkenne: Keine Causa gibt's für Ihn zu bleiben im schaurig flüsternd Wald, um eine hilflos scheinend Schwester zu behüten. Dien Er mir, und es soll Sein Schad nicht sein.«

Mißtrauisch fragte der Holzfäller: »Wie kommt's, daß du von meiner Schwester weißt?«

Eine Handbewegung wischte Gulls Bedenken fort. »Wohlinformieret bin ich stets, und alles pfleg ich zu studieren über den Ort und jene, die ihn bewohnen, welchselbge ich zu protektieren geruhe. Ich erblickt Ihn in der Schlacht – er möge pardonnieren – und Seine löblich Müh, das trefflich Schwesterlein zu retten. Gar tapfer war's und klug, wie Er's geschützet. Ein Mann wie Er kommt mir grad zupaß. Gold will ich ihm geben, zwei Krönlein wohl den Tag, und Speis und Trank sein Ihm gewähret. Er mag reisen und kassieren zugleich, wahrhaftig leben in Saus und Braus und ein lieblich Heim erbauen in fremden Landen.« Er lachte. »So dien Er nur drei Sommer lang, und schon mag Er *erwerben* ein eigen Dorf!«

Verwirrt durch das Gerede des Magiers und dessen seltsames Angebot, konnte Gull keinen klaren Gedanken mehr fassen. Er saß auf seinem Felsen und stocherte mit einem Stock im Feuer. »Wo findet ein Sucher von Wahrheit und Wissen soviel Gold?«

Die andere Hand wischte Gulls Zweifel hinfort. »Auf der Suche nach verborgnem Wissen drang ich wohl dorthin vor, wo kein Seel zuvor geschritten, und so ward mir manch großer Schatz zuteil, als hätt er seiner trefflich Entdeckung nur geharret. Oftmals war's mehr, als ich zu tragen vermocht, und so gab ich's den Bäuerlein am Orte, zum Tausche gegen die Legenden der Altvorderen, denn darinnen oft großes Wissen und Magie verborgen ist. Doch soll Er sich nicht fürchten, jenwelche mir dienen, täusch ich nimmer! So sprich Er nun: Wie mag seine trefflich Respons wohl lauten?«

Ein weiterer von Brown Bears Kommentaren fiel dem Eseltreiber ein: ›Überschlafe jeden Handel, Fehler machst du ohnehin.‹ Mehr an seinen toten Vater gewandt als an den Stutzer, antwortete Gull: »Ich muß nachdenken. Ich geb dir ... Euch Antwort morgen früh.«

»Er ist weise, in der Tat, sehr weise«, nickte der Magier. »Als Frachtmeister wird Er mir zu Wohlgefallen gereichen, und fürwahr, scheint Er doch gewitzter als der arme, verblichne Gorman. Er find sich ein in der Morgenröt, so denn überhaupt, denn bald schon wollen wir von dannen ziehn.« Er erhob sich, um zu gehen; seine Streifen schimmerten im Feuerschein.

»Warte!« rief Gull. »Wenn ich komme, muß ich meine Schwester mitbringen. Ich muß mich schließlich um sie kümmern!«

Der Zauberer lächelte. »Er ist gleich gut zu Mensch und Tier! So mag sie Ihn wohl begleiten, denn wenig Speis scheint ihr genug. Er ruhe wohl, und möge Sein morgiges Erscheinen mein Herz erfreuen.« Noch einmal leuchteten die Streifen seines Gewandes, als der Zauberer in der Dunkelheit verschwand.

Lange Zeit saß der Holzfäller nachdenklich am knisternden Feuer und dachte über seine Zukunft nach, während Greensleeves sich wie eine Katze in seinem Schoß zusammengerollt hatte. Sollten sie gehen oder nicht? Konnten sie überhaupt hierbleiben? Viele Gründe sprachen dagegen: Sie hatten weder Vorräte noch Vorratskammern, und der Flüsterwald bot keinen Überfluß an Wild, und so würden sie bald Hunger leiden, wenn sie hierblieben. Auch die Ratten würden im Dorf bald schon keine Nahrung mehr finden und dann ebenfalls die Wälder heimsuchen, wie eine Armee von habgierigen Räubern. Und wenn die Pest und der Hunger sie nicht umbrächte, die Kälte des Winters würde es gewiß. Dabei ging es ihm gar nicht um sich selbst, aber auf seinen Schultern lastete die Verantwortung für seine Schwester. Auch sprach noch ein weiterer Grund dafür, mit dem Magier zu ziehen. Vielleicht würden sie irgendwo auf die schwarzhaarige Zauberin treffen.

Dann könnte er endlich Rache nehmen für die Zerstörung von Weißfels, obwohl er noch keine Ahnung hatte, wie er das anstellen sollte. Ein Zweifel nagte an ihm. Was wäre, wenn Sparrow Hawk zurückkehrte? Doch tief in seinem Herzen wußte Gull, daß der Junge verloren war, wahrscheinlich für immer. Als er sich schließlich dazu entschlossen hatte fortzugehen, fühlte er sich wie ein entwurzelter Baum, lebendig zwar, aber langsam absterbend, sich verhärtend und gleichzeitig verfaulend. Eine weitere Sache fiel ihm ein, die er vergessen hatte zu fragen: Wohin gingen sie?

Am nächsten Morgen verließen zwei Menschen, zwei Maultiere und zwei Kentauren den Flüsterwald und kamen zu einer Wagenburg auf einem Hügel oberhalb des zerstörten Dorfes.

Gull hatte seine Maultiere vor den Schlitten gespannt, mit dem er gewöhnlich Baumstämme transportierte, und hatte ihn mit seiner Ausrüstung beladen: zwei Sägen, zwei Äxten, einem Hammer, Feilen und Schleifsteinen, einem Hafersack, einem tönernen Krug, seinem Langbogen und seinem Köcher sowie einem Mantel für schlechtes Wetter. Bekleidet war er mit seiner ledernen Tunika, seinem Kilt und den Holzschuhen – dies war alles, was er noch besaß. Mit ihm kam Greensleeves, die nichts als einen zerrissenen Kittel und einen Umhang trug, nicht einmal Schuhe, denn sie verlor jedes Paar, das man ihr gab. Sie hielt ein Bündel Farnkraut in ihrer erdverschmierten Hand, und ein Eschenblatt hing in ihrem unordentlichen braunen Haar. Der Holzfäller entfernte das Laub und dachte daran, wie ihre Mutter ihr stets das Haar geordnet hatte. Nun besaßen sie nicht einmal mehr einen Kamm.

Die Kentauren trugen volle Rüstung, jedoch keine Kriegsbemalung, und ihre Lanzenspitzen wiesen in den Morgenhimmel, die bunten Federn flatterten lustig im Wind.

Niemand sprach, da sie die ganze Nacht hindurch beraten hatten. Helki und Holleb hatten zugestimmt, daß es zwar zahllose Geschichten von grausamen Zauberern gab, aber auch einige wenige, die davon berichteten, wie ein Magier Seite an Seite mit einem Helden gegen finstere Mächte focht. Also könnte der gestreifte Zauberer – dessen Name Gull bisher nicht erfahren hatte – doch ein harmloser Adept sein, und es könnte ein gutes Werk sein, für ihn zu arbeiten. Doch jetzt mochten die Pferdemenschen nicht mehr reden, denn sie waren zu begierig endlich fortzukommen, und so marschierten sie mit acht Hufen im Gleichschritt, die Köpfe hoch erhoben und ausgelassen wie junge Fohlen im ersten Schnee.

Während ihr Herannahen vom Gefolge des Zauberers beobachtet wurde, fand Gull, der sich hinkend über die moosigen Felsen schleppte, Zeit, das seltsame Lager zu betrachten. Die Wagen schienen recht neu zu sein und waren mit leuchtenden Farben bemalt, die Planen zwar vergilbt, aber ohne Risse. Das Lager war ordentlich und frei von Unrat und Essensresten, selbst der Abtritt war mit einem Stück Segeltuch bedeckt. Der Magier duldete keine Schlamperei. Nur die Pferde und Maultiere, die an einem Balken nebeneinander angebunden waren, sahen sehr vernachlässigt aus. Gull runzelte die Stirn, als er ihr stumpfes Fell, ihre ungestriegelten Schweife, ihre zu langen Hufe und ihre trüben Augen sah. Plötzlich war er froh darüber, daß der Gespannmeister getötet worden war – er hatte es verdient. Im Inneren der Wagenburg saßen sieben Männer und etliche Frauen beim Frühstück, während die fette Köchin über dem Feuer schwitzte. Nach zwei Tagen karger Nahrung ließ der Geruch von Pfannkuchen und Honig Gulls Magen knurren. Ein großer dunkler Mann in schwarzem Leder rief in einen Wagen hinein, und der Regenbogenmagier trat lächelnd heraus.

Elegant sprang er über die Deichsel und hob beide

Hände. »Meine Freunde! Euch zu blicken, macht diesen trefflich Morgen schöner noch! So tretet doch ein wenig näher und ehret mich als meine Gäst. Habet Ihr bereits gespeiset?«

Gull brachte seine Maultiere zum Stehen und hielt Greensleeves davon ab, einem Schmetterling nachzujagen. Die Kentauren traten unruhig auf der Stelle. »Zuerst das Geschäft, bevor wir das Brot brechen«, sagte der Holzfäller. »Ich hab über dein Angebot nachgedacht, und wir werden anheuern. Ich kann deutlich sehen, daß deine Tiere Pflege nötig haben. Und Greensleeves wird sicher keinen Ärger machen. Aber ich muß ... Euch um eine ... Gefälligkeit bitten.«

Als er sah, daß er Gull für sich gewonnen hatte, strahlte der Zauberer wie ein König. »Was ist also Euer Begehr? Was darf ich Euch gewähren?«

Gull streckte deutend die Hand aus: »Das da ... sind Helki und Holleb. Sie wurden von der braunberobten Magierin hierher beschworen und können nicht mehr heim. Wenn Ihr vielleicht ... zusehen könntet ...«

»Sie heimzusenden gleich dem Titanen?« lächelte der Gestreifte, der im Tageslicht noch jungenhafter aussah denn je – fast schon wie der vermißte Sparrow Hawk. »Es ist mir ein Pläsier. Noch bevor der Lerche lieblich Liedlein erklang, hat's mir gefallen, einge ... heimzusenden. Meine Wächter über Leib und Leben wurden einger ekler Goblins habhaft, welchselbge die Dreistigkeit besessen, sich zu laben an dem, was unsres ist. So mag's der Strafe reichlich sein, jenselbge zurückzusenden in deren öde Wüsteneien. Auch jenes hölzern Pferd, gar greulich zugericht, sandt ich wohl heim, in wohlgefällger Hoffnung, jener, dem es gehöret, möge es rasch finden und reparieren.«

Das war seltsam, dachte Gull müßig. Wie konnte er wissen, woher das Untier gekommen war? Hatte es ein Hirn? Hatte es gesprochen?

»Sodann erlaubet mir die Frage ...«

Die Kentauren-Krieger beschrieben ihre grünen Steppen an der Nordküste des Honigmeeres. Der Zauberer stellte viele Fragen und zählte fremde Namen auf, bis er das Zehbrech-Gebirge erwähnte, worauf die Kentauren erfreut zu tänzeln begannen. »Ja. Wir kennen Berg. Nahe bei Heimat. Du dort gewesen?«

Zur Antwort lächelte der Magier. Ohne weiteres Aufhebens – und ohne Bezahlung, wie Gull bemerkte – legte der Hexer die Hände auf ihre Brustplatten. Sie scheuten bei der ungewohnten Berührung, aber der Zauberer beruhigte sie und flüsterte eine Formel.

Doch Helki wieherte, wich verwirrt zurück und trat auf Gull zu. »Wir gehen. Aber wir Dank sagen. Für Freundlichkeit an Feuer. Immer denken als Freund.«

»Ich auch!« schluchzte Gull mit tränenerstickter Stimme. Es tat so weh, sich erneut verabschieden zu müssen, nachdem er bereits so viel verloren hatte. »Es tut mir leid, daß ich an eurer … Aufrichtigkeit gezweifelt habe.« Greensleeves streichelte das glänzende rötlichgraue Fell und bot Helki das Farnkraut an, die es geistesabwesend an sich nahm. »Es ist gut, daß ihr heimgeht«, sagte Gull. »Es ist wichtig, ein … Heim zu haben.«

Tränen rannen unter Helkis Visier hervor, als sie mit der Lanze grüßte und zu dem Zauberer zurücklief, der wie ein kindischer Großvater grinste. Dann legte er ihnen die Hände auf, flüsterte, und mit einem Funkeln wie die Sterne in der Dämmerung verschwanden die Kentauren.

Zufrieden rieb sich der Stutzer die Hände, tätschelte Greensleeves' zerzaustes Haar und schüttelte Gull die Hand. »Mein Herz frohlocket über Sein Bleiben, da wir Seiner sehr bedürfen. Wohlgelitten sei auch Sein trefflich Schwesterlein und ihr liebenswürdig Wesen. Sodenn, genieße Er sein Mahl, und hernach mache Er sich flugs ans Werk! Wie Er's bereits bemerket, ist trefflich Pflege angebracht.«

»Aber wie heißt du eigentlich?« fragte Gull. »Wie soll ich... Euch... adressiern?«

Ein Schulterzucken folgte. »Der Etikette soll's nicht zuviel sein. Ich zähl wohl wenger an Sommern als fast ein jeder hier, und so wär's nicht angebracht, wenn Er mich mit ›Meister‹ titulieret. Nenn Er mich Towser.«

»Towser?«

Ein kleines Lächeln umschmeichelte die Lippen des jungen Mannes. »In der Tat, Er hat's recht gehöret. Eines kleinen Hündchens Nam ist's wohl, jedoch: Meines Vaters Professio war die eines Narrn bei Hofe, und bisweilen überkommet's auch mich.«

So begab es sich, daß Gull zwei Stunden später Pferde und Maultiere an die Wagen spannte, die ihm der Küchenjunge wies. Er überprüfte den Sitz der Geschirre, zog die letzten Riemen fest und gab Bescheid, daß die Gespanne bereit seien. Seine eigenen Maultiere waren vor zwei anderen am Küchenwagen angeschirrt, den Gull lenkte, während Greensleeves nebenherhüpfte. Im Inneren des Wagens legten sich die Köchin und der Küchenjunge zwischen Kisten, Säcken und Fässern schlafen.

Gull schnalzte, und seine Tiere zogen an, die anderen Wagen folgten. Towser machte nur unbestimmte Andeutungen über ihr Ziel und ordnete lediglich an, daß der Wagenzug bei der erstbesten Lücke, die es erlaubte, in den Flüsterwald einfahren sollte.

Während sie am Hügelkamm entlang fuhren, brachte Gull es nicht fertig hinabzuschauen: Er würde nur noch bleiche Knochen erblicken in dem Tal, das einmal seine Heimat gewesen war und das er niemals wieder sehen sollte.

KAPITEL 7

Eins war sicher, dachte Gull, während er die Maultiere antrieb, diese neue Arbeit würde ihm keine Zeit für finstere Gedanken lassen. Plötzlich hatte er tausend neue Aufgaben unter Fremden auf einem fremden Weg durch einen verhexten Wald. Na schön, fügte er im stillen mürrisch hinzu, er war wenigstens zu beschäftigt, um zu trauern.

Die Wagen schlingerten und holperten durch den dichten Flüsterwald. Dennoch war der Weg gut befahrbar, denn die Bäume waren genauso hoch wie alt und bildeten ein Blätterdach, das das Sonnenlicht fernhielt und so verhinderte, daß der laub- und nadelbedeckte Boden vom Dickicht überwuchert wurde. Nur Gebirgslorbeer – oder Rhododendron –, der mannshoch und dicht am Wegesrand stand, hätte sie aufhalten können, doch sie umgingen diese Stellen. Auch die Misteln, die wie Vorhänge von den Eichen herabhingen, waren leicht aus dem Weg zu räumen. In der Tat waren die einzigen Hindernisse die Unebenheiten des Bodens mit seinen felsigen Flußbetten, Findlingen, Senken und Erhebungen.

Das schlimmste aber war das unablässige Wispern der Bäume, an das Gull und Greensleeves gewöhnt waren, das die anderen jedoch beinahe um den Verstand brachte. Das Wispern war wie das Rauschen des Meeres, hatte der alte Wolftooth immer gesagt (wie es ihm wohl ergangen war; und Seal und den anderen?), oder wie ein Chor von tausend flüsternden Stimmen, die Geheimnisse und Geschichten austauschten – wie die alten Klatschweiber am Dorfbrunnen oder schnatternde Gänse. Das Säuseln kam von überall, als spukten Geister in den Büschen, doch blieben sie unsichtbar, sosehr man sich auch bemühte, einen Blick auf sie zu erhaschen. Das bedrohliche Gewisper hatte jeden Dörfler vom Wald ferngehalten, außer Brown Bear, der vor nichts Angst hatte und deshalb der örtliche Holzfäller geworden war. Jahrelang hatte er seinen mageren, furchtsamen Sohn mitgeschleppt, bis dieser groß und stark geworden war und – gestählt von dem fortwährenden Kampf gegen gefährliche Baumriesen – ebenfalls fast nichts mehr fürchtete.

Towsers Leute jedoch warfen ängstliche Blicke auf die düsteren Bäume und das bedrohliche Blätterdach über ihren Köpfen, das nur von vereinzelten Sonnenstrahlen durchbrochen wurde, so daß im Walde ein stetes Dämmerlicht herrschte. Selbst der Späher, ein stämmiger Mann mit einer Pelzweste, blieb immer in Sichtweite des Küchenwagens. Wer wüßte schon, dachte Gull, ob nicht doch einige Ungeheuer in den zwielichtigen Tiefen des Waldes lauerten. An diesem Morgen war er tiefer in den Wald gelangt als je zuvor. Nie hatte er etwas Größeres zu Gesicht bekommen als Bären, doch manchmal hatte er seltsame Spuren bemerkt.

Mit einem »Hoo!« wendete er das Gespann und trieb es einen Abhang hinauf, auf den Kundschafter zu, der auf dem Kamm eines kleinen Hügels wartete. Die Hufe der Maultiere wühlten sich durch die Blätter in den lehmigen Boden, und die Räder des Wagens rutschen zur Seite, so daß Gull einen Augenblick lang befürchtete, sie könnten sich überschlagen. Doch die Zugtiere fanden Halt, und der Wagen kam wieder in die Spur: Gull konnte weiterhin dem Pfad des Spähers folgen, der den geeignetsten Weg nach Nordwesten auskundschaftete.

Als der Eseltreiber sich umblickte, sah er, daß die anderen Fahrer seinem Beispiel folgten und ebenfalls den Hügel sicher erklommen. Bis jetzt hatten sie Glück gehabt und immer einen begehbaren Weg gefunden, doch bald schon würden sie vielleicht schieben, die Wagen einen Hügel hinaufziehen oder Bäume fällen müssen, um weiterzukommen. Aber bis dahin würde noch einige Zeit vergehen, und sicher wüßten sie mit diesen Schwierigkeiten fertig zu werden.

Dies war also jetzt sein Leben: Wagen und Gespanne zu lenken, von deren Existenz er vor drei Tagen nicht einmal etwas geahnt hatte. Die Wege der Götter waren fürwahr unergründlich! Welche Überraschungen lagen wohl noch vor ihnen?

Die Wagen – seine Wagen – waren robust und stabil, dennoch leichtgängig und mit hohen Rädern, um Steine und Furchen überwinden zu können. Zudem waren sie schmal, lang und bauchig, so daß ein Umkippen der in der Vertiefung geborgenen Fracht fast unmöglich war. Insgesamt waren es fünf Fahrzeuge, davon vier mit Segeltuchplanen und eines mit einem festen Aufbau. Gull fuhr den Küchenwagen, in dem die eisernen Kochtöpfe, Bratspieße, Grillroste, Apfelkisten, Tongeschirre, Mehl- und Salzsäcke einen klappernden, polternden Chor abgaben. Bei ihm im Wagen waren Greensleeves, die fette Köchin und ihr magerer Helfer.

Als nächstes kam der Frauenwagen mit sechs der schönsten Frauen, die Gull je gesehen hatte. Tänzerinnen, in fließende Seide und Satin gehüllt: Towsers rollender Harem. Die Tänzerinnen flatterten wie Singvögel von einem Wagen zum anderen, doch der Holzfäller stellte fest, daß die eine oder andere immer bei Towser war.

In der Mitte des Konvois, und somit am sichersten Platz, fuhr der Kastenwagen des Zauberers, der üppig verziert war mit filigranen goldenen Ornamenten, geschnitzten Masken und prächtigen Bildern mit Szenen aus aller Welt. Der Magier verbrachte die meiste Zeit des Tages und der Nacht im Inneren seines Wagens, der von einem schielenden, graugekleideten Bediensteten mit tintenbefleckten Fingern gelenkt wurde. Gull entschied, daß dieser ein wichtiger Mann sein mußte, da er für die Auszahlung des Lohnes verantwortlich war.

Dicht dahinter folgte der Wagen der Sterndeuterin, der einem – wenn Gull richtig gehört hatte – Eunuchen, der sich als Heiler und Kräutermann versuchte, der Astrologin, deren Aussehen einem verschrumpelten Apfel ähnelte, und einer leichtbekleideten Frau, die wegen ihrer großen Leier als Bardin erkennbar war, Platz bot.

Als letzter kam der Männerwagen, in dem die vier Leibwächter untergebracht waren – ein jeder mindestens ebenso groß und kräftig wie Gull. Abwechselnd waren immer drei von ihnen neben ihm und dem Grauen als Fahrzeuglenker beschäftigt, während der vierte als Späher ihren Weg auskundschaftete, vor Gefahr warnte und, wenn möglich, Wild erlegte. Doch ihre Hauptaufgabe bestand darin, Towser zu beschützen – wenn nötig mit ihrem Leben.

Achtzehn Menschen zählte Gull, von denen jeder mindestens zwei Goldkronen pro Tag erhielt, wobei er selbst nach dem Küchenjungen vermutlich am wenigsten verdiente. Was für eine Unsumme, die Towser jeden Tag allein für Bequemlichkeit und Stil ausgab! Der Zauberer hatte Geld als nebensächlich abgetan, aber er konnte es sich auch leisten, denn er hatte haufenweise davon.

Grübelnd, träumend oder einfach vor sich hin starrend, fuhr Gull auf dem schaukelnden Wagen. Weißfels lag nun weit hinter ihnen, und wenn schon sonst nichts, so könnte er vielleicht auch einige Sorgen weit hinter sich lassen.

Am Mittag waren sie bereits acht oder neun Meilen in den Wald vorgedrungen, und die fette Köchin erhob sich von ihrer Pritsche, kämpfte sich bis zum Bock des schaukelnden Wagens vor, griff mit ihren brandvernarbten Händen nach Gulls Schulter und drückte sie. »Find 'ne flache Stelle und fahr die Wagen in 'nen Kreis, Großer. Wir wollen essen.«

Der Küchenjunge war bereits hinten aus dem Wagen gesprungen, um Feuerholz zu suchen. Geschickt zogen die erfahrenen Gespanne die Wagen zu einem Kreis zusammen, die Fahrer stellten die Bremsen fest, während alle anderen aus den Kutschen sprangen, um bei den Essensvorbereitungen zu helfen. Zwei der Tänzerinnen holten in Eimern aus Segeltuch vom nahegelegenen Fluß Wasser, die Leibwächter berieten sich mit dem zurückgekehrten Kundschafter. Dann bewaffneten sich zwei von ihnen mit Armbrüsten und Schwertern und patrouillierten um das Lager, während die anderen beiden beim Abschirren der Gespanne behilflich waren. Der graue Buchhalter verschwand in Towsers Wagen, aus dem eine Tänzerin herauskam. Eine andere Frau nahm sofort ihren Platz ein. Der Eunuch half beim Anfachen des Feuers, die Bardin setzte sich auf einen Felsen und stimmte ein Lied an, nur die alte Sterndeuterin legte sich auf eine Decke in die Sonne und hielt ein Nickerchen.

Gull machte sich ebenfalls an die Arbeit, es gab genug zu tun. Er tränkte und fütterte die Tiere – acht Maultiere und zwölf Pferde –, ließ sie jedoch aufgehalftert und kratzte ihre Hufe aus. Er überprüfte jeden einzelnen Huf nach Rissen oder unter den Hufeisen festgeklemmten Steinen. Insgesamt untersuchte er achtzig Hufe, und einige dieser früher mißhandelten Tiere nutzten jede Gelegenheit, ihm auf die Zehen zu treten, wenn er gerade unaufmerksam war. Der Eseltreiber sprach mit jedem einzelnen Tier, klopfte ihm den Hals und streichelte es. Er wußte, daß er Zeit brauchen würde, ihr Vertrauen zu gewinnen, so wie es damals mit Flossy und Knothead gewesen war. Am kommenden Abend würde Gull ihr Fell striegeln, ihre Mähnen kämmen und entzündete Mückenstiche und vom Geschirr aufgescheuerte Stellen behandeln. Falls nötig, wollte er eine kleine provisorische Schmiede errichten und die Tiere neu beschlagen. Überdies hatte er das lederne Zaumzeug einzufetten, kaputte Teile zu ersetzen, zerbrochene Eisenteile zu reparieren, Achsen zu ölen, die Räder auf Risse und andere Beschädigungen zu untersuchen und die ledernen Halteriemen zu kontrollieren. Außerdem mußte er natürlich den ganzen Tag einen Wagen lenken und vier weitere beaufsichtigen. Seine Tage würden sicherlich noch vor der Morgendämmerung beginnen und erst spät in der Nacht enden. Und dann gab es noch Greensleeves ... apropos, wo war sie eigentlich?

Im Lager erklang das Klappern der Töpfe und Roste, das Hacken von Feuerholz, der Gesang und die Musik der Bardin, das Plappern der Mädchen und Frauen und das rauhe Scherzen der zwei unbeschäftigten Leibwächter. Doch von seiner Schwester keine Spur. Gull kochte vor Wut. Es war schwer, auf sie acht zu geben, denn sie war wie Rauch im Wind. Die Götter und ihr angeborenes Glück würden sie beschützen müssen. Er hatte dafür nicht auch noch Zeit.

»He, Großer!« Die über dem Feuer schwitzende fette Köchin hielt ihm einen Teller hin. »Komm her und hol's dir, oder die Schweine kriegen's!«

Gull befestigte seine Maultierpeitsche auf dem Rücken und nahm den Blechteller, auf dem gekochtes Pökelfleisch, eine Scheibe frisches Maisbrot und einige Essiggurken lagen. Dazu gab es einen Krug warmes Bier. Gull war beeindruckt. Nach dem langen Winter war das Essen in Weißfels nicht sehr reichhaltig gewesen, und er hatte seit mindestens drei Monden kein frisches Brot mehr gesehen, geschweige denn Bier. Das Fleisch war gut gewürzt und saftig, das goldgelbe Brot knusprig, die Essiggurken frisch und knackig und das Bier tiefbraun und stark. Der Holzfäller quoll über vor Lob, und die Köchin grinste. »Freut mich, daß es dir schmeckt. Is verdammt harte Arbeit. Wo is deine kleine Schwester? Ich hab noch ihren Teller hier.«

Mit vollem Mund schüttelte Gull den Kopf. »Für gewöhnlich ißt sie nichts. Sie findet genug Essen im Wald oder lebt von Luft wie eine Fee.«

Die Köchin wischte sich mit dem Arm über das Gesicht und füllte einen weiteren Teller. »Ach deshalb is sie so dünn. Ich werd das schon hinkriegen. He, Schwarzer, komm und hol dir deinen Fraß!«

Ins Essen vertieft, wurde Gull plötzlich an der Schulter gerempelt, und sein Teller fiel zu Boden. Der neben ihm stehende Mann mit kurzgeschorenem schwarzen Haar lachte. Er war vom narbigen Kopf bis zum Fuß in schwarzes Leder gekleidet: von den Armriemen über die geschnürte Tunika und die derbe Hose bis hin zu den schweren Stiefeln. Der Leibwächter war kaum älter als Gull, doch noch schwerer gezeichnet. Eine Narbe zog sich von seiner linken Schläfe bis zu seinem Kiefer. Die Gesichtshaut des Söldners war rauh und runzlig wie abgeraspelt, doch am auffälligsten war, daß ihm das linke Ohr fehlte.

Mit zynischem Grinsen musterte er die Narben auf Gulls Gesicht, so als hätte der Holzfäller den Kampf bereits verloren. »Was'n los? Deine Hände glitschig vom Pferdeschweiß? Troll dich! Will keine Pferdescheiße beim Fressen riechen!«

Mild nickte Gull und wandte sich zum Gehen. »Ja, Herr.«

Der Arm des Schlägers griff nach seinem Teller, als der Holzfäller plötzlich herumwirbelte und ihm den Ellbogen zwischen die Rippen rammte. Der Narbige sackte keuchend zusammen, doch er zog, obwohl außer Atem, blitzschnell ein Messer aus dem Gürtel, fuhr herum und stach nach Gulls Arm. Der Holzfäller war jedoch schon zurückgewichen und trat dem Leibwächter nun mit seinem Holzschuh in den Hintern. Die Köchin schrie entsetzt auf, als der Ledermann in die

Feuerstelle fiel, dabei den Rost umstieß und Asche in das Essen stäubte. Der Narbige rollte sich geschickt ab, sprang auf die Füße und warf sein Messer.

Ein Klatschen erscholl, und die Waffe verschwand glitzernd wie ein eiserner Schmetterling im Buschwerk. Gull hatte seine Peitsche hervorgeholt und die Waffe in der Luft getroffen. Während das ganze Lager und selbst der narbige Schläger dem Geschehen wie gelähmt folgte, wirbelte der Holzfäller grinsend die Peitsche über seinen Kopf und holte erneut aus. Die unsichtbare Peitschenspitze summte wie eine Wespe am Kopf des Leibwächters vorbei, und dieser jaulte auf, als sie sein verbliebenes Ohr aufriß. Gull schlug erneut zu, und wie eine dressierte Schlange wickelte sich die lederne Schnur dreimal um den Hals des Söldners.

Ohne Eile ließ Gull locker und holte die Peitsche ein, während der Schläger eine Hand an sein blutendes Ohr hielt. »Nächstes Mal bist du tot!«

»Versuch's doch!« antwortete Gull. »Beim nächsten Mal schlag ich dir das Auge aus.«

Er griff nach dem Teller des Leibwächters, und die Köchin gab ihn ihm. »Laß gut sein. Jemand, der Essen verschwendet, kann auch ohne auskommen. He, Lahmer, ich hab auch was für dich!«

Fast alle im Lager waren zusammengelaufen, um zu sehen, wie der Narbige, der sich mittlerweile aus dem Staub gemacht hatte und im Wald verschwunden war, den Neuen auf die Probe stellte. Während Gull aß, grinste ihn ein anderer Leibwächter, ein wettergegerbter, braungebrannter Kerl, mit einem zahnlückigen Mund an und hob den Daumen. Ein Freund, ein Feind, sinnierte Gull. Nicht schlecht für einen Morgen.

Greensleeves kam zurück, als der Eseltreiber gerade das letzte Gespann anschirrte. Sie trug ein langes, grauschwarzes Ding mit sich, das ihn anknurrte, als er auf sie zutrat, und sich als Dachs entpuppte. Trotz seiner mächtigen Fänge trug sie das schwere Tier, das sich eng an sie gekuschelt hatte, an ihre Brust gepreßt. Es ließ sich sogar streicheln, obwohl es sicherlich ungezähmt war. Gull lachte, als er sah, daß das eine Ohr des Dachses abgerissen war – vermutlich von einer Wildkatze. »Du solltest ihn nach diesem Schläger benennen«, scherzte er. »Aber laß ihn hier, Greenie, er kann nicht im Wagen mitfahren!«

Gurrend und piepsend streichelte Greensleeves den gestreiften Kopf des Tieres, spielte mit seinen steifen Schnurrhaaren und kitzelte ihm das Maul, was der Dachs mit sichtlichem Vergnügen über sich ergehen ließ. Schließlich setzte sie ihn zu Boden, und in Windeseile war er im dichten Gebüsch verschwunden. Gull gluckste und hob seine Schwester, die wie ein kleines Kind mit offenem Mund gähnte, an der Hüfte auf den Kutschbock.

Innen freute sich die Köchin: »Ha, da ist ja der kleine Schatz! Komm schon, Süße, und leiste Felda bei einem Schläfchen Gesellschaft!« Mit dreckverschmierten Beinen stolperte Greensleeves in den Wagen und rollte sich dort wie ein Hund zusammen.

Gull humpelte um die Fuhrwerke und überprüfte sie ein letzes Mal. Als er am Frauenwagen entlanglief, spuckte der narbige Ledermann, der auf dem Kutschbock saß, vor ihm auf den Boden. Sein Ohr war zerschrammt und aufgeschwollen, so daß es fast doppelt so groß schien wie vor der Auseinandersetzung. »Du wirst die Nacht nich überleben, Dreckskerl!« höhnte er.

Der Holzfäller grinste und legte eine Hand an sein Ohr. »Waaaas!? Ich kann dich nicht verstehen! Irgendwas stimmt mit meinem Ohr nicht!«

Die Adern an den Schläfen des Schlägers schwollen an, und der wettergegerbte Leibwächter, der zwei Wagen weiter hinten Dienst tat, lachte still über den Scherz. Gull beendete seine Inspektion und gab dem Grauen Bescheid: »Fertig!«

Der Buchhalter drehte sich um, sprach einige Worte in den Wagen und nickte: »Anfahren!«

Mit knarrend gelösten Bremsen, klatschenden Zügeln und dem Schnalzen der Wagenlenker löste sich der Ring auf, und der Zug setzte sich wieder in Bewegung – geradewegs auf dem Weg, den ihnen der Späher mit der Schafswollweste, den die Köchin den ›Lahmen‹ nannte, wies.

Als der Zug ratternd, holpernd und schwankend dem Pfad immer tiefer in den Flüsterwald folgte, fragte sich Gull, wie groß dieser wohl sein, wo sein Rand liegen und was nun als nächstes kommen mochte. Der Wagen streifte einen Felsblock, und er brüllte Knothead an: »Paß doch auf, du dämlicher räudiger, schlaffohriger, hirnloser Sohn eines blinden geschecktem Schweines!«

Jeder, der nicht lenken mußte, konnte sich aufhalten, wo er oder sie wollte, so wie die Bardin, die fortwährend neben den Wagen einherschritt, ihre Leier bemühte und wie ein Vogel pfiff. Die Tänzerinnen huschten von einer Kutsche zur anderen und ab und zu auch in Towsers, aber nur, wenn es verlangt wurde. Gull war dennoch überrascht, als ein weißgekleidetes Tanzmädchen neben seinem Wagen auftauchte und nach einer Ecke des Kutschbocks griff: »Reich mir deine Hand!«

Sanft zog Gull sie auf den Wagen und wandte sich dann sofort wieder seinen Tieren zu, denn bei einem solchen Manöver konnte man in diesem Teil des Waldes leicht einen Baum streifen und ein Rad ruinieren. Als er dennoch einen kurzen Blick riskierte, erkannte er trotz ihrer dick aufgetragenen Schminke, daß sie noch ein Mädchen war, kaum älter als seine Schwester. Zunächst saß sie nur schweigend neben ihm, doch schließlich lobte sie: »Das hast du gut gemacht, das mit Kems Ohr.«

Gull kicherte, als er daran dachte. »Ach, das war doch nichts. So schlag ich immer Fliegen vom Ohr meines Esels, ohne daß der was spürt. Er wollte nur meinen Mut testen. Jetzt wissen wir, was wir voneinander zu halten haben.«

»Ach, hör nicht auf seine Drohungen. Er schlägt nur Leute, die sich nicht wehren können. Er hat unserem letzten Frachtmeister das Leben zur Hölle gemacht.« Deshalb hatte sich der Kerl damals bei seinen Tieren versteckt, wo er von einem Feuerball geröstet wurde, dachte Gull.

Mit einem Schnalzen dirigierte er sein Gespann um einen Birkenhain herum. »Du sprichst wohl aus Erfahrung?«

»Ja«, sagte sie offen. »Ich hab's mal mit ihm gemacht, und er hat mir eine gewischt. Danach war nichts mehr zwischen uns.«

Aha, schoß es dem Holzfäller durch den Kopf. Sie war dankbar, daß er Kem verprügelt hatte. »Was hat denn Towser dazu gesagt?«

»Zu was? Zum Schlagen?«

»Nein, zum … Machen.«

»Ach so. Wir dürfen's mit jedem Mann machen, so lange der löhnt, schließlich sind wir bei Towser angestellt.«

»Und was machst du für ihn?« fragte Gull um der Konversation willen, obwohl er keine Antwort erwartete.

Doch sie erwiderte lächelnd: »Nicht das, was du jetzt denkst. Er sorgt sich sehr um seine Gesundheit und seine Sterne. Zu sehr, als daß er 'ne nette Nummer genießen könnte.«

»Was? Seine Gesundheit und seine Sterne?«

»Ja.« Sie streckte sich wie eine Katze und gähnte. »Er denkt – wirst du ihm sagen, was ich dir erzählen werde?«

»Was?« Gull drehte den Kopf und sah, daß ihr Haar

an den Seiten kurz geschnitten war und ihre Wangen berührte, am Rücken aber in einem langen Zopf, der von vielen weißen Bändern zusammengehalten wurde, auslief. Ihre gesamte Kleidung – eine durchsichtige Bluse, eine mit gelben und blauen Blumendarstellungen geschmückte Brokatweste, eine weite bändergeschmückte Hose und zarte Schuhe – war in Weiß gehalten. Er wandte sich wieder seinen Maultieren zu. »Nein. Du kannst mir vertrauen.«

»Hmm ...«, murmelte sie und begann ihre Erklärung. »Towser denkt, daß seine Arbeit mit der Magie seine ›Lebenssäfte‹ austrocknet. Er schwafelt dauernd über die ›Balance der Säfte‹ und die ›Erhaltung der Elektrizität‹, was auch immer das ist. Darum hat er auch ein Kindermädchen: Zumbel, den Eunuchen. Sechsmal am Tag läßt er sich glibberige grüne Tränke verpassen, einen in den Mund, den anderen von hinten. Lächerlich. Und dann hat er auch Angst vor dem ›Einflusse der Gestirne‹, und deshalb hat er immer diese Hexe Kakulina bei sich. Alles, was sie tut, ist Blödsinn reden und ›Gestirnkartographien‹ pinseln. Ich wünschte, ich hätte ihre Arbeit. Sie muß nicht dauernd jemanden unterhalten, der nur über seine Verdauung und seine Glücksbringer faselt.«

Belustigt wegen der seltsamen Ansichten seines Dienstherrn, lächelte Gull. »Warum hast du dich nicht als Eseltreiberin beworben?«

»Ja, das hätte ich tun sollen. Köchin hätte ich nie werden können, das ist sicher. Ich hab's nie gelernt.«

»Du kannst nicht kochen?« Gull war erstaunt. »In meinem Dorf kann das jedes Kind!«

Das Mädchen ließ einen Fuß aus dem Wagen baumeln, während das Sonnenlicht ihr gepudertes Gesicht sprenkelte und sie puppenhaft und ungesund aussehen ließ. »Als ich Kind war, haben mich meine Eltern an ein Bordell verkauft. Elf Münder konnten sie eben nicht füttern, und ich war zu hübsch zum Behalten. Dort brachten sie mir bei, einen Tisch zu decken, Bier und Tee zu servieren, Wein einzuschenken, zu tanzen und zu singen. Ich lernte Krankheiten erkennen, mein Geld so zu verstecken, daß es die anderen Mädchen nicht klauen konnten, mich vor geschleuderten Krügen zu ducken und einen Mann davon abzubringen, mich zu schlagen. Später, als ich älter war, wurde mir gezeigt, wie ich einen Kerl anmachen und seine Wünsche erfüllen kann ...«

»Du brauchst mir den Rest nicht zu erzählen.«

Die Tänzerin starrte geradeaus. »Trotzdem, niemand hat mir das Kochen beigebracht.«

»Hört sich nicht nach einem lustigen Leben an.«

Sie zuckte mit den mageren Schultern. »Es ist nicht die schlechteste Arbeit. Ich muß keine Fische ausnehmen, nicht pflügen, gerben oder Schweineställe ausmisten. Ich muß nur einen Mann pro Nacht bedienen, nicht sechs oder sieben, und Towser braucht auch nicht viel. Und ich hab mir mein Geld gespart. Eines Tages werd ich mein eigenes Geschäft haben.«

»Ach?« Der Holzfäller lächelte gedankenverloren, denn diese Frau erinnerte ihn irgendwie an die arme Cowslip: Sie war genauso praktisch und vorausschauend, und doch so zart und zerbrechlich wie keine andere Frau, die er bisher kannte. »Was denn für ein Geschäft?«

»Ein Laden für die feinen Damen und Herren. Einen Kleiderladen. Ich werd nur die teuersten Hüte und Handschuhe verkaufen. In irgendeiner großen Stadt.«

Der Holzfäller nickte. »Die Leute werden immer Kleidung brauchen, also wirst du wohl kaum verhungern. Ich find's schön, wenn man Ehrgeiz hat. Alles, was ich gelernt habe, ist, wie man Bäume fällt, Bretter macht und Maultiere antreibt. Es schien ja auch genug zu sein, bis vor drei Tagen mein Glück plötzlich ...«

»Mach dich nicht verrückt deswegen. Sei froh über

das Heim, das du hattest. Manche von uns hatten nicht mal so viel Glück.«

Eine Weile saßen sie schweigend nebeneinander, bis Gull wissen wollte: »Wie bist du eigentlich hierhergekommen?«

»Towser hat meinen Vertrag gekauft, vor einem Jahr. Er war auch irgendwie ... seltsam.«

»Wieso seltsam?« Diese Frau bot Gull eine Überraschung nach der anderen.

Sie runzelte die Stirn und erinnerte sich: »Er ließ uns alle in der Eingangshalle antreten. Dann nahm er ein silbernes Medaillon aus einer Schachtel und drückte es einer nach der anderen in die Hand, ohne Erklärung. Schließlich hat er um mich gefeilscht, und meine Herrin ließ mich gehen.«

Der Holzfäller konnte sich auch keinen Reim darauf machen und zuckte mit den Schultern. »Wie heißt du eigentlich?«

»Lily. Towser wollte, daß ich mich weiß kleide. Die anderen Frauen sind Rose, süß, aber beschränkt, Orchid, die sich für 'ne Königin hält, Peachblossom, ganz nett, Jonquil, zum Schweineschlachten geeignet, und Bluebonnet, eine solche Hündin, daß sie Welpen werfen könnte.«

»Danke für die Warnung«, brummte Gull nachdenklich. Die Tänzerinnen waren wie die Frauen im Dorf nach Blumen benannt, und doch hatte es dort keine Lily gegeben, eine zarte Blume, die nur in gepflegten Gärten wuchs. Eine Cowslip war eine zähe Wildblume, die selbst auf Misthaufen gedieh. Er schwieg, denn die Gedanken an seine Heimat und das, was er verloren hatte, machten ihn traurig.

Kurz vor der Abenddämmerung ließ der Späher den Zug anhalten und winkte Gull von einer kleinen Anhöhe heran. Der Holzfäller drückte Lily die Zügel in die Hand und hinkte neugierig den Hügel hinauf, wo der wettergegerbte, braungebrannte Mann schon auf ihn wartete. Er legte eine Armbrust auf seinen knorrigen Unterarm und deutete zu Boden. »Was meins'n du?«

Vorsichtig, um nichts zu verwischen, ließ sich Gull auf den Boden nieder und untersuchte die dort sichtbare Spur. Grundwasser hatte sich in den parallelen, gut einen Schritt voneinander entfernten Furchen in dem schlammigen Boden gesammelt, und kaum einen Fuß entfernt waren tiefe Abdrücke im Matsch zu erkennen.

»Nieten auf einem Eisenring«, meinte Gull. »Nicht wie bei unseren Rädern. Die sind ja glatt. Jemand ist vor uns ... vielleicht vier Wagen?« Er untersuchte die Erde am Rand der Spuren und stellte fest, daß sie schon trocken und bröselig war. »Vor zwei Tagen, würd ich mal sagen.« Er blickte auf und spähte durch ein Loch im dichten Blätterdach. »Sie sind aus dem Norden gekommen, haben aber ihre Meinung geändert und diesen Weg genommen. Deshalb haben wir sie bisher auch nicht gesehen. Ob sie dahin fahren, wo wir auch hinwollen?«

»Kann ich nich sajen, Kumpel«, rasselte der Mann. »Weiß ja auch nich, wo wir hinkrabbeln. Ich bin Morven, übrijens. Dreißich Jahre auf See, bis ich von dem Blau hätte kotzen möjen. Un darum hab ich Anker jelichtet un Kurs aufs Inland jenomm'n, un bei dem hundsjemeinen Zauberer un seinen Schläjern jeheuert. Wie heiß'n du?«

»Gull.« Er schüttelte die knochige Hand des ehemaligen Seemannes, in dessen wirrem Bart und Haar sich graue Strähnen zeigten. Sein Gesicht war vom Blinzeln gegen Wind und Sonne zerfurcht wie das eines Krebses, und in seinem ausgebleichten blauen Hemd, seiner weißen Leinenhose und seinen Sandalen an den verwachsenen Füßen erinnerte er den Holzfäller an den alten Wolftooth, den einzigen Mann in Weißfels, der jemals auf Reisen gegangen war.

»Gull, wie die Seemöwe?« Morven blinzelte.

»Ja. Eine ist damals auf unserem Haus gelandet, als ich geboren wurde. Die erste und letzte, die je in unserem Dorf gesehen wurde.«

»Dann is es bestimmt, daß du eines Tajes zur See fährst.«

»Vielleicht.« Gull zuckte mit den Schultern. »Ich weiß ja nicht, was die Götter vorhaben. Sie machen mit uns, was sie wollen. Ich weiß ja nicht mal, was Towser will, außer daß ich seine Tiere glücklich machen soll.«

»Irjendwas jlücklich zu machen, is jenuch für 'nen Mann. Un so is es auch mit den Frauen. Ich weiß, was ich sach, denn ich hab dreizehn jehabt.«

Gull mußte lachen. »Deshalb bist du so weit weg vom Meer!«

Morven lachte zurück. »Laß man sajen, daß ich klar Schiff jemacht hab, in den Häfen. Komm. Woll'n mal dem alten Faltenarsch die schlechten Nachrichten bringen.«

Sie gingen zurück zum Wagenzug. »Faltenarsch?«

»Tows Buchhalter, der Pfennichfuchser, der Tintenkleckser. Der, wo uns bezahlt, wenn er's nich jrad verjißt.«

»Wir werden schon dafür sorgen, daß er sich erinnert, nicht?«

»Oho, aye! Aber jerne wird er nie das Jeld rausrücken. Nich lieber, als daß Kem dich küssen würd, dafür daß du sein Ohr jespalten hast.« Morven gluckste erneut. »Bei allen Meerjungfrauen, um das noch mal zu sehen, würd ich 'ne Monatsheuer löhnen! Das blöde Jesicht von dem! He, Faltenarsch, schwing deinen fetten Wanst hierher!«

Selbst Towser verließ seinen Wagen, um die mysteriösen Spuren zu untersuchen, doch er entschied, weiter gen Nordwest zu fahren, wenn möglich parallel zu den gefundenen Radabdrücken. Als der Zug sich wieder in Bewegung setzte, überkam Gull siedendheiß eine Erkenntnis. Sie fuhren nach Nordwesten, genau dahin, wo vor einem Mond der Stern vom Himmel gefallen war, die Erde erschüttert und die Wälder in Brand gesetzt hatte – als Vorbote eines dunklen Schicksals. Weißfels war zerstört worden, und was würde mit ihm und Greensleeves passieren, wenn sie dort angekommen waren?

Gull lag auf der Seite und starrte in die sterbenden Flammen. Er war erschöpft und konnte doch nicht schlafen. Kurz nach Mitternacht am bisher arbeitsreichsten Tag seines Lebens war er unter den Küchenwagen und in seine Decke gekrochen, nachdem er Greensleeves bei Felda, der Köchin, in der Kutsche untergebracht hatte. Er wollte im Freien bleiben, um seine Tiere besser bewachen und verteidigen zu können, falls Wölfe oder Bären auftauchten. So hatte er Bogen, Pfeile und seine zweischneidige Axt über der Achse des Wagens verstaut und hatte sich auf seinem Lager niedergelassen, wo er erneut ins Grübeln kam.

Er war Meilen entfernt von seinem Heimattal, weiter als er jemals gewandert war, und jede Umdrehung dieser Räder brachte ihn und Greensleeves noch weiter fort. Gull kannte den Schmerz des Heimwehs nicht, denn er war noch nie von zu Hause fort gewesen. So fragte er sich jetzt, ob es wirklich so schlecht gewesen wäre, wenn er und seine Schwester mit den anderen gestorben wären? Wäre die Familie dann nicht wieder vereint – an einem besseren Ort?

»Gull!« flüsterte jemand. Er erschrak, als es hinter ihm raschelte. Blitzschnell drehte er sich auf den Rücken und griff nach seiner Axt, doch ein Hauch von Parfüm und eine schlanke Hand auf seinem Mund ließen ihn ahnen, was folgen sollte. Mit geschickten Fingern öffnete Lily seine festgezurrte Decke und legte sich neben ihn. Ihr weißgepudertes Gesicht wirkte im

Schein der letzten Flammen gerötet, ihre Füße waren kalt, doch ihr Körper war warm.

Kichernd drückte sie ihre rotbemalten Lippen auf die seinen und küßte ihn gierig. »Wenn wir leise sind, können wir viel Spaß miteinander haben!« wisperte sie. »Du brauchst mich nicht zu bezahlen. Keiner wird's merken. Ich werde dir deine geheimsten Wünsche erfüllen!«

Das Blut hämmerte in Gulls Schädel wie ein Hammer auf einem Amboß, als Lily sich an ihn drängte, an seinen Lippen knabberte und unter seinen Kilt faßte. »Warte!« Vollkommen überrascht und mit den Gedanken noch in Weißfels, packte Gull sie bei den Handgelenken. Doch Lily faßte dies als Spiel auf, beugte sich über ihn und biß ihn sanft in die Brustwarze. Etwas regte sich unter seinem Kilt, doch er zog ihre Hände weg.

Lilys rote Lippen zogen einen Schmollmund. »Was ist denn? Magst du's lieber anders? Ich kenne alle Arten der ...«

»Pssst ... Süße!« Fast hätte er ›Kind‹ gesagt, denn sie hatte zwar so viel mehr gesehen als er, doch sie war noch so jung, daß er sich fast wie ihr großer Bruder fühlte. »Ich will nicht ...«

Ihre Verwirrung wandelte sich langsam in Zorn. »Männer wissen nie, was sie wollen. Deshalb kommen sie zu uns. Ich kann ...«

»Himmel! Würdest du bitte zuhören?« Seine Gedanken wirbelten durcheinander. Ein Teil von ihm wußte genau, was er wollte, doch er blieb standhaft. »Es liegt nicht an dir, Lily. Du bist sehr schön und süß. Es liegt an mir. Ich bin ...«

Lily wartete, sie war es gewöhnt. Schließlich platzte er heraus: »Ich bin immer noch verdammt traurig. Mit dir zusammenzusein wäre zuviel Glück im Augenblick. Es würde die Erinnerung an mein Dorf und meine Familie entehren. Verstehst du das?«

Sie lehnte sich zurück, sah ihm ins Gesicht und schüttelte das bändergeschmückte Haar. »Ich … Nein … Das ist … Niemals hat sich einer so entschuldigt. Zu müde, zu betrunken. Aber noch nie …« Sie war vollkommen verblüfft, und Gull empfand plötzlich große Sympathie für sie. Lily wollte ihm auf die einzige Weise, die sie kannte, ihre Zuneigung zeigen, und er hatte sie zurückgewiesen.

Eine alte Weisheit seiner Mutter kam ihm in den Sinn: ›Eine einfache Umarmung zeigt mehr Liebe als alle Begierde dieser Welt.‹ Wieder machten ihn die Gedanken an seine verlorene Heimat traurig, und so nahm er sie plötzlich fest in den Arm. Ihr Kopf lag an seiner Brust, und ihr schwarzes Haar duftete nach Parfüm. »Laß mich dich nur ein wenig halten, bitte?«

Sanft und vorsichtig erwiderte sie seine Umarmung, denn sie konnte ihn nun endlich verstehen: Auch sie war einsam, und die Erinnerungen an ihr Zuhause machten sie traurig. »Du bist ein seltsamer Mann, Gull, aber ganz in Ordnung … Autsch!«

Lily schimpfte und schrie, als sie an den Haaren aus seinen Armen unter dem Wagen hervorgerissen wurde. »Was zum …? Verschwinde, Streunerin!« grollte eine Stimme. »Ich werd jetzt deinen Freund umlegen!«

KAPITEL 8

Es war Kem, der vernarbte Leibwächter, der, einen hinterhältigen Angriff im Sinn, nach Gulls Haar gegriffen hatte, ohne zu wissen, daß Lily neben ihm lag. Falsch gedacht, freute sich der Holzfäller.

Die halb unter dem Wagen hervorgezerrte Lily hörte nicht auf zu schreien, doch Gull griff an ihr vorbei, umklammerte Kems haariges Handgelenk, stützte seine freie Hand gegen ein Wagenrad – und zog mit aller Kraft. Ein Fluchen und ein Poltern verrieten ihm, daß Kems Gesicht mit der Wagenwand Bekanntschaft gemacht hatte. Der Narbige ließ Lily los, und sie konnte sich dank ihrer reichlichen Erfahrung mit betrunkenen Schlägern unter der Hinterachse davonrollen. Weiter Flüche ausstoßend, duckte sich der so in seiner Bewegung eingeschränkte Kem und schlug nach Gull. Der Holzfäller fürchtete, daß sein Gegner mit einem Messer nach ihm stach, und so zog er erneut heftig an dessen Handgelenk. Kem fluchte, als es ihm nicht gelang, Gulls Arm aufzuschlitzen.

Der Holzfäller trat nach ihm und rollte sich unter dem Wagen hervor auf die Feuerstelle zu. Die Flammen tauchten seinen vernarbten, schweißglänzenden Körper in ein gelbes Licht. Gull, der nur seinen ledernen Kilt trug, schaute sich nach nichttödlichen Waffen um und sah Klafterholz, Erde, eisernes Kochgeschirr und ein schweres Tau, das an einem Wagen hing. Genug …

Kem stürmte um das Ende des Wagens herum und nahm Kampfstellung ein, wobei ein langer Dolch in seiner Faust glänzte. »Jetzt werden sich unsere Wege trennen, Möwendreck!«

Gull ließ die Finger knacken. »Dazu mußt du erst mal an mich herankommen, Schlappohr! Na, Angst?«

Mit einem Knurren stürzte der Narbige auf ihn zu, doch der Holzfäller sprang zur Seite, riß einen gutgefüllten Futtersack vom Küchenwagen und schwang ihn nach Kems Kopf. Dieser konnte zwar ausweichen, verpaßte aber so die Gelegenheit, Gull mit dem Dolch zu verletzen. Gull warf ihm den Sack ins Gesicht, machte einen Schritt auf den Gegner zu und schmetterte die Faust auf dessen Handgelenk. Dadurch wurde es kraftlos, und der Dolch fiel zu Boden. Doch Kem hatte Kampferfahrung, während Gull nur über schiere Kraft verfügte.

Der Ledermann ließ die Waffe liegen und versuchte, dem Holzfäller zwischen die Beine zu greifen. Doch dieser zuckte mit der Hüfte zur Seite und rasch wieder zurück, um die Hand gegen den Wagen zu quetschen. Jetzt, wo er nahe genug war, zog er seinen rechten Unterarm hoch und verpaßte Kem einen Kinnhaken. Dicht aneinander gedrängt, atmeten sie gegenseitig ihren Schweißgeruch ein und fühlten die Haare des anderen am Körper. Kem stieß schlangengleich vor und verbiß sich wie ein Bluthund in zwei Fingern des Holzfällers. Gull fauchte und stieß mit den zwei restlichen Fingern nach Kems Augen, woraufhin der Leibwächter die Hand freigab, um nicht zu erblinden. Er schlug Gull in den Bauch, in die Rippen und gegen die Kehle.

Der Holzfäller beendete diesen Angriff, indem er Kems geschwollenem Ohr einen Schlag mit der flachen Hand versetzte, so daß dieser vor Schmerz gurgelte. Dann senkte der Narbige den Kopf, rammte ihn Gull hart in den Bauch, stemmte sich mit beiden Beinen in den Boden und drückte ihn fest gegen ein Wagenrad. So wurde der Holzfäller durch seine eigene Taktik, den Wagen als Mauer zu nutzen, gefangen. Wieder griff Kem nach Gulls Weichteilen, und dieser versuchte, sich mit einem Kniestoß zu revanchieren, doch sie waren zu sehr ineinander verkrallt, um sich wirklich weh zu tun. Plötzlich glitt eine Schlinge über den Kopf des Eseltreibers und zog sich um seine Kehle zusammen.

Atemlos flogen Gulls Hände zu seiner Kehle. Er verkrallte sich in der Schlinge und riß dabei nur seine eigene Haut auf, denn die Schnur hatte bereits zu tief ins Fleisch eingeschnitten. Panik überkam ihn, er trat, warf sich hin und her und schlug seinen Körper gegen das Wagenrad, um freizukommen – doch die Schlinge hielt ihn fest.

Der Schläger mußte einen Helfer haben, schrie sein benebeltes Hirn. Nun, da Gull aufgehört hatte zu kämpfen, erkannte auch Kem, daß er Unterstützung bekommen hatte. Der narbige Mann nutzte den unerwarteten Vorteil, holte aus und versenkte die harte Faust in Gulls Magengrube. Der Schlag erschütterte ihn und drückte Luft in seine Kehle, die jedoch nicht entweichen konnte. Der Holzfäller versuchte, nach dem Narbigen zu treten, doch er war so eng an das Wagenrad gepreßt, daß er weder Knie noch Fuß heben konnte.

Das Licht des Feuers verblaßte, als hätte jemand es erstickt. Das ist nur eine Vision, dachte Gull, die ihm sein entweichendes Leben vorgaukelte. Er nahm die Hand von der schmerzenden Kehle, stieß den Ellbogen nach hinten, schrammte ihn am rauhen Holz des Wagenrads auf und streifte den Arm des Meuchlers. Ein schallendes Gelächter war zu hören, als er ein zweites Mal kraftlos zustieß. Währenddessen zerschmetterte Kem ihm den Kiefer und schlug ihm das Auge blau, doch Gulls Kehle und Lunge schmerzten so sehr, daß er dies kaum noch spürte.

All meine Sorgen werden in Kürze vorbei sein, dachte er, doch wer wird sich um Greensleeves kümmern? Durch das Rauschen in seinen Ohren hörte Gull einen dumpfen Schlag, und plötzlich konnte er wieder atmen, als tauche er aus tiefem Wasser auf: Die Schlinge hatte sich gelöst.

Würgend, keuchend und hustend riß er sie von seinem Hals. Kem ahnte, was geschehen war, und sprang einen Schritt zurück, doch er war zu langsam. Noch immer würgend, senkte Gull den Kopf und griff an. Sein Schädel krachte auf den Kiefer des Leibwächters, und ein befriedigendes Knacken ertönte. Wieder stieß der Holzfäller nach dem Mann, packte seine Schultern an der festen Lederweste und schwang ihn schnaubend herum. Der Narbige taumelte in die Feuerstelle.

Das Kochgeschirr war weggeräumt worden, so daß nur eine steinbegrenzte Grube übriggeblieben war, in der die Flammen zwar erstarben, doch noch immer heiß genug waren. Kem faßte beim Versuch, seinen Fall abzufangen, tief in die Asche und die rotglühenden Kohlen. Er schrie gellend auf, als Gull sich auf ihn stürzte und ihm beide Knie in den Rücken rammte. Seine Hände wurden noch tiefer in die heiße Asche gestoßen, und seine Knie knickten ein. Mit beiden Fäusten hämmerte Gull wieder und wieder auf den knochigen Hinterkopf seines Feindes – einmal, zweimal, dreimal.

Doch als er sie ein viertes Mal heben wollte, erwiesen sie sich als zu schwer. Die schwarze Nacht wurde noch schwärzer, und er fiel völlig erschöpft hintenüber.

Ein mit einer Sandale bekleideter Fuß stieß Gull in die Rippen. Langsam öffnete er ein geschwollenes Auge und sah in ein verrunzeltes, sommersprossiges Gesicht, das ihn angrinste. Es war Morven, der Seemann. »Jenuch jespielt, Kinners. Zeit fürs Bett!«

Stöhnend wälzte sich Gull am Boden und sah, daß Kem nicht mehr in der Feuergrube lag und daß ein Paar Füße unter dem Küchenwagen hervorragten. Er kroch darauf zu und erkannte einen weiteren Leibwächter, einen gutaussehenden dunkelhaarigen Mann, den die Köchin immer den ›Süßen‹ nannte. »Chad«, erklärte Morven. »'n Freund von Kem. Is wohl sein einzijer. Schnell mit der Würjeschlinge.«

»Was ...«, hustete Gull, und seine Kehle brannte wie Feuer. »Was ... ist passiert?«

Kichernd hob Morven seine Armbrust. »Ich kreuzte so über 'n Breitenjrad. Hab 'n Krach jehört, beim Kombüsenwajen. Hab jedacht, daß es so 'n Dieb is, nich, der Felda den Kuchen stibitzen will. Hab's ihm hiermit jejeben. Hättste das jedacht? Einer von unsern Leuten. Mein Fehler.« Er zupfte blutverschmierte Haare vom Griff der Armbrust.

Gull rieb sich die Kehle. »Ist Towser ... damit einverstanden ... daß sich seine eigenen Leute gegenseitig umbringen?«

Morven heftete den Blick auf einen weit entfernten Stern. »Towser hat zuviel um die Ohren, um sich darum zu kümmern. Wir machen's unter uns aus.«

»Es klappt ja auch ... ganz gut. Ich muß sie nur alle beide ... umlegen – dann ist alles in Ordnung.«

»Der würd dann nur neue heuern. Sei man zufrieden. Sie wern dich schon in Ruhe lassen.« Morven lehnte die Armbrust gegen den Wassertrog, packte Chad, hob ihn hoch wie ein Kind und warf ihn in den Männerwagen. Im Inneren wurde laut protestiert: »He!«

»'schuldije!« Morven nahm die Armbrust wieder an sich und kehrte zu seinem Wachdienst zurück.

Lily tauchte aus dem Schatten auf und bürstete den Schmutz von Gulls Rücken. »Bist schwer umzubringen.«

»So lange wie ... Morven hinter mir steht.«

Sie kniete vor ihm nieder, um seine Beine zu säubern und den Kilt zu glätten. »Es werden noch einige weitere hinter dir stehen. Kem und Chad kann niemand leiden.«

»Ich würd gern mal ... etwas schlafen, zur Abwechslung.«

Lily nahm seine Hand, führte ihn unter den Küchenwagen, kniete sich hin und strich seine Decke glatt. »Nein, du willst Gesellschaft. Meine.«

Gull hob zum Widerspruch an, doch sie wickelte ihn in die Decke und kuschelte sich neben ihn. »Ich weiß, ich weiß. Keine Nummer, nur ein bißchen umarmen. Und vielleicht ein bißchen küssen?« Sie preßte ihre roten Lippen auf sein zerschundenes Gesicht, und ihre Zunge glitt fordernd in seinen Mund. Diesmal war er zu schwach, um sie abzuwehren.

Die folgenden Tage verliefen in eintöniger Routine: Sie brachen das Lager ab, fuhren, aßen, fuhren, bauten das Lager wieder auf und schliefen. An jedem siebten Tag legten sie eine Pause ein, doch für Gull bedeutete dies einen Tag für Instandsetzungsarbeiten. Sein ganzes bisheriges Leben hatte er in einem ruhigen Bauerndorf zugebracht, mit viel Zeit für Schläfchen, Klatsch und Spiele. Er konnte sich mit dieser Eile nicht anfreunden und fragte sich, warum der Zauberer sie so schnell vorantrieb. Welche Geheimnisse oder Schätze winkten ihm, die nicht noch einen weiteren Tag oder zwei warten konnten? Gull lenkte sein Gespann, kümmerte sich um die Tiere und um die Wagen, aß, schlief – und wiederholte all das in seinen Träumen. Gelegentlich tauchten sein Vater oder seine Mutter aus den Traumnebeln auf und erzählten ihm eine alte Anekdote oder Geschichte, und Gull erwachte jedesmal voller Trauer und Verzweiflung. Doch seine Geschäftigkeit half ihm schnell darüber hinweg.

Als sie sich dem Hügelland im Norden näherten, wurde der Waldboden unebener. Aus sanften Senken wurden tiefe Schluchten, die so steil waren, daß man sie umgehen mußte. Die granitenen Felssimse wurden massiver und breiter, und oft türmten sie sich stufenartig bis auf halbe Wagenhöhe empor. Manchmal mußten junge Bäume gefällt und die Wagen über Erdspalten gehoben werden. In diesem rauhen, felsigen Land waren auch die Bäume kleiner und verkrüppelt, so daß Gull gelegentlich Äste abhacken oder Stämme dicht über dem Boden absägen mußte, damit die Wagen ihren Weg über die Stümpfe fortsetzen konnten. Deshalb verlangsamte sich ihre Geschwindigkeit auf wenige Meilen am Tag. Noch immer fanden die Späher einen geeigneten Pfad, aber es dauerte länger, und oft mußten die Wagen auf ihre Rückkehr warten, um dann schließlich doch zurückzufahren und einen anderen Weg zu versuchen. Oft waren sie gezwungen, meilenweite Umwege in alle möglichen Richtungen zu machen, nur um eine halbe Wegstunde weiter nach Nordwesten zu gelangen.

Lily fuhr mit Gull, wann immer sie konnte, und niemand störte sich daran, so lange sie Towsers Rufen gehorchte und ihre Lagerarbeiten erledigte. Greensleeves streifte durch die Wälder, fand Blumen, Salamander und Vogeleier, doch immer blieb sie in Rufweite, als ahne sie, daß ihr Bruder sich um sie sorgte. Kem lenkte die Pferde mit verbundenen Händen, während Chad unter schrecklichen Kopfschmerzen litt. Beide achteten darauf, Gull nicht zu nahe zu kommen. Im Gegensatz dazu gewann der Holzfäller immer mehr Freunde: einige Tänzerinnen, die Köchin Felda, den Küchenjungen Stiggur, den Buchhalter Knoton und Towsers ›Kindermädchen‹ Zumbel. Sie wünschten sich gegenseitig herzlich einen guten Morgen und straften Kem und Chad mit Mißachtung.

Andere waren in ihre eigenen Welten versunken, so der stille Leibwächter Oles, die Bardin Ranon Spiritsinger, die alte Astrologin Kakulina – und natürlich Towser.

»Was tut er nur die ganze Zeit in diesem Wagen?« fragte Gull. »Da muß es doch verdammt eng und stickig sein. Was beschäftigt ihn nur?«

Lily hob eine Augenbraue. »Nun, ich könnte dir ja

sagen, was er mit uns Tänzerinnen macht, aber du würdest nicht viel lernen. Was er sonst so tut, hält er geheim. Ich weiß, daß er eine Kristallkugel hat, und oft ist er so hypnotisiert davon, daß er nicht einmal bemerkt, wenn ich reinkomme.«

»Was sieht er denn darin?«

»Weiß nicht. Ich hab mal reingeschaut, aber nichts gesehen.«

Gull grübelte. »Aber was sonst? Kein Mensch kann den ganzen Tag nur auf Luftblasen in einem Glas starren, oder?«

Lily gähnte, rutschte ein Stück zur Seite und bettete ihren Kopf auf seinen Oberschenkel. »Du sprichst von Menschen. Er ist ein Zauberer. Nicht so wie wir. Er spielt mit Dingen herum oder ›studieret‹ sie. Er hat eine Truhe voll mit Büchern, Tiegeln mit stinkendem Zeug und kleinen Maschinen. Er hat sogar eine Kiste voll mit Muscheln, wie sie ein Kind am Strand aufsammelt. Und Glücksamulette, komische Blätter, Feenstaub und so was. Aber ich glaub nicht, daß das wertvoll ist. Er ist damit sehr unordentlich und stopft das Zeug dahin, wo's ihm gerade paßt. Die Sachen fallen aus den Regalen und liegen auf dem Tisch herum. Es würde ihn nicht einmal stören, den ganzen Wagen zu verlieren, glaub ich…« Gerade war sie dabei einzunicken, als sie plötzlich ihre geschminkten Augen aufriß. »Nein! Da ist doch was Wertvolles. Sein Grimoire!«

»Grim… was?«

»Grimoire. Sein Zauberbuch, das er an den Gürtel gekettet hat.«

»Ach, das. Ist es voll von Zaubersprüchen? Heißt das, wenn ich einige lesen würde – wenn ich lesen könnte –, könnte ich Magie machen?«

Sie schüttelte den Kopf auf seinem in Leder gehüllten Oberschenkel. »Nein. Das wenige, das ich gesehen habe, waren nur Skizzen, die er gemalt hat. Ich glaube, die erinnern ihn an Sprüche, die er schon kennt. Genau wie die Köchin Bilder auf ihr Gewürzschränkchen malt.«

»Ach. Na ja, ich will sowieso keine Magie … ausüben. Ich käme mir albern vor in einem gestreiften Mantel.«

Sie kicherte und tätschelte sein Knie. »Nein. Deine Talente liegen woanders.«

»Woher willst *du* denn das wissen?« Er nahm die Zügel in die linke Hand und zauste ihr Haar, bis sie quiekte. »Bis jetzt mußtest du ja nur meine Küsse ertragen.«

Sie setzte sich auf und ordnete ihre Haarnadeln. »Ts, ts, ts, eine Frau weiß so was.«

»Frau!« neckte Gull. »Du hast ja noch nicht mal Holz vor der Hütte!«

»Ich bin achtzehn, Großvater, und ich hab mehr gesehen und erlebt als du!«

»Das kann ich mir vorstellen!« Er schnalzte seinen Maultieren zu. »Man wird sich viele Geschichten über dich erzählen, in dreißig Jahren, wenn du eine fette Großmutter bist.«

»Das will ich hoffen.« Sie seufzte plötzlich. »Aber welcher anständige Mann würde schon eine Hure heiraten?«

»Du wärst überrascht.«

»Würdest … du eine Hure zur Frau nehmen?«

Gull dachte an einen Scherz, doch ein Blick verriet ihm ihre Ernsthaftigkeit. »Nein, sie würde schon mit der Hurerei aufhören müssen. Und kochen lernen. Meine kann es nämlich nicht.«

Lily schloß ihre Hand um die seine, die die Zügel hielt. »Die anderen Mädchen sind eifersüchtig, weißt du. Weil ich dich für mich selbst habe.«

»Nun, dann erzähl ihnen halt, daß ihnen nicht besonders viel entgeht.« Plötzlich wurde er wütend auf sich. Lily war so süß und so aufmerksam, und er konnte ihr nicht einmal die Beachtung schenken, die sie verdiente, weil sein Geist noch immer von Gefühlen aufgewühlt war. Um das Thema zu wechseln, fragte er: »Also reisen wir nur, damit Towser in sein Buch kritzeln kann?«

Lily runzelte die Stirn, unsicher, was er wohl dachte, und schüttelte dann den Kopf. »Nein, wir reisen, damit er *Mana* sammeln kann. Soweit ich das verstehe, gibt's in allen Ländern Magie, mal mehr, mal weniger. Beim Durchqueren eines Landes sammelt Towser etwas davon auf. Er benutzt die Energie, um Dinge zu lernen und gegen andere Zauberer zu kämpfen.«

»Ts, ts, ts, und nicht, um anderen Leuten zu helfen?«

Lily zuckte mit den Schultern und starrte in den Himmel. »Es wird bald regnen. Nur wenige Männer sind wie du, Gull. Es gibt da eine Stadt im Westen, die heißt Estark. Das ist einer dieser Plätze der Macht, hab ich gehört. Da, wo die Zauberer ihre seltsame Magie machen. Einmal im Jahr veranstalten sie da ein Turnier, manchmal auf Leben und Tod. Der Sieger geht dann mit einem der höheren Zauberer davon, einem sogenannten ›Wanderer‹, der wie ein Gott herabsteigt. Die ganze Stadt lebt nur für die Magie, und überall schließen sie Wetten ab, wer wohl das Turnier gewinnt. Späher klappern das ganze Land ab, um Leute zu finden, die vielleicht auch magisch begabt sind. So als ob die Domänen ein riesiger Bauernhof wären, die Magier die Bauern und der Rest von uns das Vieh.«

Gull schnaubte. »Hier ist eine Bulle, der nicht freiwillig zur Schlachtbank geht.«

Lily betrachtete ihn mit ihren weisen Augen. »Aber du arbeitest für einen Zauberer, genau wie ich.«

»Stimmt«, seufzte der Holzfäller. Der Wagen polterte über einen Felsen, und er griff in die Zügel. »He, ruhig! Mein Vater sagte immer, nichts lieben die Götter mehr, als einen Mann dazu zu bringen, daß er einen Eid bricht.«

»Eid? Du hast einen Eid geschworen?«

»Ja. Jeden Zauberer zu töten, der meinen Weg kreuzt.

Und nun sieh mich an.« Erneut zornig auf sich und alles andere, schwieg er.

Später dann winkte ihn Oles, der ruhigere der Späher, zu sich heran. Gull übergab Lily die Zügel und sprang vom Wagen. Der Leibwächter stand vor einigen Schierlingspflanzen und spähte durch ihre Äste auf den Landstrich, der vor ihnen lag. Gull sah, daß der Wald in ein mit Zedern bewachsenes Moor überging, und stöhnte.

»So ist es überall im Nordwesten«, murmelte Oles. Er hatte struppiges Haar, einen buschigen Schnurrbart und war mit einer Schafswollweste und ausgebeulten Hose bekleidet. Er verscheuchte eine Fliege von seinem Ohr. »Ich würde sagen, unpassierbar. Towser wird nicht zustimmen. Er wird in seinem Wagen bleiben, während wir aufgefressen werden.«

Wie um seine Worte zu bestätigen, schlug Gull nach den unzähligen Fliegen und Mücken, die aus dem Moor aufgestiegen waren und hungrig um ihn herumsummten. »Was ist mit dem Westen?«

»Noch sumpfiger. Bin bis zu den Knien versunken.« Dabei deutete er auf seine lehmverkrusteten Hosenbeine.

»Norden?« Im Gespräch mit Oles gebrauchte auch Gull eine knappe Ausdrucksweise.

»Den Hügel hoch. Trocken, aber kein Durchkommen. Hohe Bäume.«

Gull wedelte mit den Händen und fluchte. »Was, zur Hölle … o Greensleeves!« Seine Schwester war leise wie ein Reh aus dem Schierling aufgetaucht. Sie trug etwas langes Graues, Sackartiges – einen weiteren Dachs. Oles starrte verwundert auf das kleine Mädchen, das ein wildes Tier an ihre Brust drückte.

Gull streichelte das Haar seiner Schwester. »Du hast Glück, du kannst nicht verlorengehen. Du bist immer verloren. Oder nie.«

Greensleeves blubberte fragend, schaute auf die Wagen und den baumbestandenen Sumpf und gurrte wie eine Taube.

»Ja, scheint so«, dachte Gull laut. »Wir werden tagelang Bäume fällen müssen für einen Knüppeldamm. Was denn?« Greensleeves zog an seiner Hand und deutete nach Norden. »Nein, Schätzchen, die Bäume sind zu groß«, sagte ihr Bruder.

Plötzlich trat der herabbaumelnde fettbäuchige Dachs nach dem Mädchen, das sich daraufhin bückte und ihn losließ. Der Dachs schlich ins Dickicht, doch bevor er verschwand, hatte Gull bemerkt, daß sein Ohr abgekaut war. Er blieb stehen und warf dabei fast seine Schwester um: »He, dieser Dachs ...«

Warte mal, dachte er. Vor einigen Tagen hatte sie einen Dachs mit einem abgerissenen Ohr gefunden, ihn jedoch laufen lassen. Konnte dies dasselbe Tier sein? So viele Meilen entfernt? Dachse liefen für gewöhnlich nicht so weit, sie blieben in ihren Revieren. War er ihnen gefolgt? Über Meilen? Unsinn! Dann ... hatte Greensleeves ihn den ganzen Weg getragen? Nein. Ihn im Küchenwagen versteckt? Unmöglich! Aber wie dann ...?

Greensleeves zog weiter an ihm, und er mußte ihr folgen. Außerdem war er neugierig, denn sie war selten so beharrlich, außer vielleicht, wenn sie ein verwundetes Tier gefunden hatte, das zu schwer für sie war. Sie zerrte ihn ins Dickicht. Ein Weg, kaum einen Fuß breit, schlängelte sich durch weniger dichtes Gestrüpp: Ein Wildpfad! Büschel von weißem Bauchhaar – Reste von Winterfell – hingen an abgebrochenen Ästen. Greensleeves konnte aufrecht gehen, doch Gull mußte sich bücken. »Was auch immer es ist, Greenie! Laß uns nicht zu weit gehen. Ich muß Bäume fällen!

Er trat zwischen zwei gegabelten Eichen hindurch und stand plötzlich im Freien. Sie befanden sich in einer Schlucht, die wie viele aussah, an denen sie bisher vorbeigekommen waren.

Ihre Ränder wurden von verkrüppelten Eichen und dichtem Buschwerk gesäumt. Doch der sandige Untergrund war vom Regen glattgewaschen und stieg langsam an. Die einzigen Hindernisse waren kleinere Felsen, die man mühelos aus dem Weg räumen konnte. Gull lief an seiner Schwester vorbei und erklomm mit schmerzendem Knie den Ausgang der Schlucht. Oben angelangt, fand er hohe Bäume mit weiten Zwischenräumen vor, die es ihm erlaubten, mehr als eine halbe Meile weit zu schauen.

Er drehte sich um, als hinter ihm Steine ins Rutschen kamen, und sah Oles, der ihm mit der Armbrust gefolgt war. »Hm. Hab diese Lücke übersehen. *Sie* sollte kundschaften.«

»Ja«, bestätigte Gull und blickte auf seine Schwester, die einen kleinen Stein angehoben hatte, um einen roten Salamander zu kitzeln. »Vielleicht sollte sie.«

Gull weitete den Wildpfad, so daß der Wagenzug Greensleeves' Abkürzung nehmen und in zwei Tagen die Schlucht durchqueren konnte. Als sie wieder festen Boden unter den Rädern hatten, kamen sie während der nächsten sechs Tage gut voran. Obwohl die anderen keine Ahnung hatten, vermutete Gull, daß sie ihrem Zielort immer näher kamen. Eines Tages war er sich sicher, denn er konnte es riechen: Ein scharfer Geruch wurde vom Nordwind an ihre Nasen getragen, ein nasser Qualm, wie von einem alten Lagerfeuer, nur stärker und so bitter, als hätte auch die Erde gebrannt – was sie tatsächlich hatte!

Dann sahen sie die ersten Zeichen der Zerstörung weit zu ihrer Rechten. Der Späher Chad, der es haßte, mit Gull zu sprechen, deutete nur schweigend und ging weiter. Der Holzfäller nickte nur. Er hatte recht gehabt. Auf einer großen dreieckigen Fläche war der Wald völlig niedergebrannt. Der Boden war schwarz, die Baumstümpfe waren verkohlt und die Blätter verwelkt und braun. Die Spitze des Dreiecks deutete nach Nordwesten, woher der Wind gekommen war, der das Feuer angefacht hatte. Dann durchquerten sie wieder ein Stück gesunden Wald, bis sie einen weiteren verbrannten Fleck entdeckten und schließlich dorthin kamen, wo der Waldbrand am stärksten getobt hatte. Selbst die fette Köchin kam aus dem Wagen, um zu schauen. Sogar Towser!

Der Gestank nach verkohltem Holz brannte in ihren Nasen und klebte an ihrer Kleidung und ihrer Haut. Als stünden sie auf einem grünen Strand, schwappte eine schwarze Flut vor ihren Füßen und dehnte sich nach Nordwesten bis zum Horizont aus. Das wellige Land war zu schwarzem Lehm verkohlt, obwohl das Feuer einige Senken und Felsbänke verschont hatte. So hatten ein paar große Bäume mit dichten grünen Kronen überlebt, während die kleineren wie Fackeln abgebrannt waren. Doch durch den klaren Himmel und die milden Frühlingswochen hatte sich die Natur erholt, und grüne Triebe sprossen überall in der schwarzen Einöde.

Nach tagelangem Marsch durch den schattigen Wald ließ die grelle Sonne die Reisenden blinzeln.

Um seine Theorie zu überprüfen, fragte Gull Towser, der in seinem gestreiften Gewand wie ein Feuerwerk im Sonnenschein leuchtete: »Wir haben vor zwei Monden eine Sternschnuppe gesehen. Könnte sie den Waldbrand verursacht haben?«

»'s mag sich so begeben haben …«, entgegnete Towser geistesabwesend, und Gull wußte, daß er richtig gelegen hatte. »So lasset uns denn ohn Zaudern frisch voranschreiten!«

»Immer noch nach Nordwesten?« hakte Gull nach.

»Gewißlich!« Towser wandte sich wieder zu seinem Wagen um. Felda widersprach: »Wir können hier nicht lagern. Es gibt kein Wasser!«

Towser wischte den Einwand beiseite. »Doch *Mana*

ist's, welchselbges uns erwartet! Hurtig voran! 's ist müßig, zu grübeln über eine trefflich Lagerstatt, eh nicht gefunden ward ...« Er hielt inne.

»Was gefunden?« fragte ein Dutzend Stimmen im Chor. Aber der Zauberer kletterte in seinen Wagen und zog den Vorhang vor. Nachdenklich kletterte auch sein Gefolge auf die Kutschen und schnalzte den Gespannen zu.

Am nächsten Tag fanden sie es. Im schwärzesten, ödesten Zentrum des verbrannten Gebietes, in dem es weder Bäume noch Felsen gab, war der Boden zu einem riesigen Erdkreis aufgeworfen. Wieder war es das gesamte Gefolge, das über den erdigen Rand des Kraters spähte. Sie sahen ein etwa siebzig Schritt durchmessendes kreisrundes Loch, tief wie ein ausgetrockneter See.

Erdschichten zeigten schwarzen Lehm, gelben Sand, grauen Ton und grauen Sand. Tief im Innern des Kraters befand sich ein kleineres Loch, in das man aber von oben nicht hineinschauen konnte. Niemand sprach, kein Vogel sang, kein Schmetterling flatterte, und sogar der Boden war leblos – es gab nicht einmal Ameisenhügel. Der Wald hielt den Atem an, als läge die erschreckende Gewalt des Unglücks noch über ihm.

»Am Ziele angelanget sind wir wohl!« Towsers frohlockendes Glucksen erschreckte sie. Er streckte deutend die Hand aus. »Ein Sternelein war's, das gefallen vom Himmelszelte hoch droben und zerwühlet hat die Erd allhier. Wohlan, ans Werk, ans Werk!«

»Aber was ...«, fragte Kem.

»Das Sternelein zu bergen gilt's!«

KAPITEL 9

Sie gruben.

Die Männer holten fünf kurze Spaten, zwei Spitzhacken und ein Brecheisen aus den Wagen und stiegen den Abhang hinab in das kleine Loch am Grunde des Kraters. Das Loch war glockenförmig, maß etwa zwei Armspann im Durchmesser und war angefüllt mit Steinen, Ästen und regenfeuchtem Laub. Sie warfen den Schutt hinaus und gruben.

Zunächst arbeiteten alle vier Leibwächter zusammen, bis das Loch zu tief war, um die Erde hinauszuschleudern. Dann wurden Eimer an Seilen befestigt, um die Erde hinaufzuziehen und oben auszukippen. Da dies die Arbeit sehr verzögerte, befahl Towser in fieberhafter Eile den Tänzerinnen, dabei zu helfen. Als das Lager eine halbe Meile entfernt in der Nähe eines sauberen Flusses errichtet worden war, mußten auch der Küchenjunge und das ›Kindermädchen‹ helfen, und selbst der Buchhalter Knoton wurde dazu angehalten, seine Hände zu beschmutzen, was er mit vorwurfsvollen Blicken auf die Blasen an seinen Fingern quittierte.

»Was auch immer hier unten ist«, grollte Gull, »er scheint es ja dringend zu benötigen.«

Da sie gezwungen waren, Schulter an Schulter mit gefährlichen Werkzeugen zu arbeiten, schlossen Gull und Morven auf der einen und Chad und Kem auf der anderen Seite einen unausgesprochenen Waffenstillstand. Sie sprachen soviel wie nötig und nicht mehr, doch wenigstens mußten sie sich nicht vor dem Hieb einer Spitzhacke im Rücken fürchten. Gull bemerkte: »Towser würde uns wahrscheinlich in Kröten verwandeln, wenn wir hier unten anfingen, uns gegenseitig die Hacken ins Kreuz zu schleudern.« Niemand widersprach ihm.

Das Gefolge mußte den ganzen Tag graben, mit nur kleinen Essens- und Wachpausen. Gull ergriff erfreut jede Gelegenheit, die Arbeit zu unterbrechen, und wenn er mit der Wache an die Reihe kam, nahm er Köcher und Langbogen und verschwand, so schnell ihn die Füße trugen.

Die neue Patrouillenroute umfaßte sowohl das Lager als auch den Krater, was einen Rundgang von mehr als einer Meile bedeutete. Der zerstörte Wald mit seinen verdorrten Bäumen, verkohlten Baumstümpfen und den frischen Trieben unter seinen Füßen erlaubte ihm einen guten Überblick, obwohl es einige Stellen gab, die der Holzfäller nicht einsehen konnte. Vorsichtshalber zog er einen Pfeil aus dem Köcher und hielt den Bogen bereit, da es überall Spuren von Wild und anderen Tieren gab, die von dem frischen Frühlingsgrün angezogen wurden. Als er plötzlich ein Rascheln hinter sich hörte, wirbelte er herum, spannte seinen Bogen und schoß beinahe auf Stiggur, den Küchenjungen. »Nicht schießen, nicht schießen! Es tut mir leid!« Zitternd hob der Junge die Hände. Trotz regelmäßiger Mahlzeiten war Stiggur knochendürr und klein, was Gull vermuten ließ, daß er bereits als kleines Kind hatte hungern müssen und wohl niemals größer werden würde. Er war mit einem schlichten, aber sehr sauberen Leinenkittel bekleidet, und sein Haar war kurzgeschoren, um zu vermeiden, daß Läuse und Dreck ins Essen fielen. Felda legte sehr viel Wert auf Sauberkeit, so achtete sie stets darauf, daß sie sich regelmäßig die Hände wuschen, das Wasser nur einmal verwendeten, das Geschirr schrubbten und den Abtritt weit entfernt vom Lager aushoben. Ein Anfall von Ruhr oder Lagerfieber konnte leicht das gesamte Gefolge auslöschen – und damit Towsers hektischen Zeitplan verzögern.

»Was gibt's denn, Kleiner?« fragte Gull, der, außer um nach mehr Essen zu fragen oder ihm einen guten Morgen zu wünschen, niemals viel mit dem Jungen gesprochen hatte.

»Ääh, ich wollte nur … mit Euch gehen, Herr!« antwortete Stiggur mit hoher Stimme, die kurz davor war zu kippen. Gull schätzte sein Alter auf etwa zwölf Jahre – Sparrow Hawks Alter, wenn dieser noch leben würde.

Er runzelte verwirrt die Stirn, und der Junge trat ängstlich einen Schritt zurück. Doch dann wurde dem Holzfäller bewußt, daß er offenbar bewundert wurde, und er sagte: »Na schön. Bleib zu meiner Rechten und hinter mir, in sicherer Entfernung zum Bogen. Und geh leise. Ich hoffe auf frisches Wildbret oder Schweinefleisch.«

»Ja, Herr.« Gull blieb stehen. »Spar dir das ›Herr‹ für Towser. Ich bin einfach Gull.«

»Jj-ja … Gull.«

Als sie weitergingen, versanken Gulls Holzschuhe und Stiggurs bloße Füße in der schlammigen Erde und verfingen sich im niedrigen Buschwerk. Manchmal streiften sie einen toten Baum, so daß verbrannte Rinde und Zweige auf sie niederregneten. Gull ließ die Augen wandern, um Bewegungen schnell erkennen zu können, hielt den Kopf aufrecht und lauschte angestrengt.

Verärgert fuhr er auf, als der Junge ihn wieder ansprach: »Ich bewundere die Art, wie Ihr Eure Peitsche knallen laßt, Herr … ich meine, Gull.«

»Ach, tust du das?« grummelte Gull.

Ermutigt schwatzte Stiggur darauflos: »Ja, Herr … Gull, es ist toll, wie Ihr zwischen die Ohren Eurer Maultiere peitschen könnt, ohne sie zu treffen. Und wie Ihr Kems Ohr gespalten habt …« Er hielt inne, unsicher, ob er über einen anderen Erwachsenen herziehen durfte.

»Das Ohr des armen Kem muß ja schon von dem

ganzen Gerede darüber weh tun.« Gull legte den Finger auf die Lippen, als sie um einen mächtigen Baumstamm herumspähten und ein Bärenjunges sahen, das unter einem Stein nach Larven stöberte.

»Ihr werdet es doch nicht erschießen«, wisperte Stiggur.

»Ich könnte«, zischte Gull. »Bärenleber schmeckt verdammt gut, besonders von einem so jungen Tier. Aber ich hätte seine Mutter am Hals, bevor ich den Bogen neu spannen könnte. Siehst du, da?« Er deutete einen Abhang hinab, auf dem eine Bärin mit zerzaustem Winterfell an einer Esche rüttelte, um ein sich daran festklammerndes Opossum herabzuschütteln. Gull führte den Jungen in die entgegengesetzte Richtung. »Schieß niemals einen Braunbären, wenn du nicht mindestens eine Meute Jagdhunde und einige Treiber bei dir hast.«

Stiggur hing bewundernd an Gulls Lippen. Warum nur, dachte der Holzfäller, liefen ihm immer die kleinen Jungen hinterher? Nie hatte er durch Weißfels gehen können, ohne über Kinder zu stolpern, die ihn anhimmelten. Um das Starren zu beenden, zog er seine Maultierpeitsche aus dem Rückengurt. Das weiche, über vier Schritt lange Leder lag schwer in seiner Hand und fühlte sich lebendig an, fast wie eine Schlange. »So. Wenn wir schon nicht jagen können, weil irgend jemand ständig quasselt, können wir genausogut hiermit üben.« Er verstaute den Pfeil wieder im Köcher, hängte sich den Bogen über die Schulter und erklärte: »Halt sie ganz locker, dann wirf die Schnur hinter dich auf den Boden. Nicht neben dich, denk dran, hinter dich. Achte darauf, daß sie gerade liegt. Dann laß sie nach vorn schnellen, und wenn die Hand auf Schulterhöhe ist, schlag zu – ganz leicht, so, als würdest du die Hand eines Mädchens nehmen. Versuch mal, den Busch da hinten zu treffen.«

Ehrfürchtig nahm Stiggur die Peitsche und zog sie

vorsichtig gerade. Dann machte er einen großen Schritt und knallte mit aller Macht. Die Peitsche bäumte sich auf, wand sich wie eine Schlange und traf den Jungen in die Kniekehle. Er heulte vor Schmerz auf.

Gull nickte. »Das ist ein Vorteil. Wenn du nicht zuhörst, folgt die Strafe auf dem Fuße. Paß auf.« Er nahm die Peitsche, ließ sie leicht nach hinten schnellen und schlug zu. Das Leder zischte wie eine Drachenzunge und riß einen handbreiten Ast von einer Stieleiche.

»Toll!« staunte der Junge.

Der Holzfäller gab ihm die Peitsche zurück. »Das war ein leichter Schlag. Du bist an der Reihe.«

In vier Versuchen erwischte Stiggur sein Fußgelenk, seinen Hals und seinen Rumpf, doch der letzte Hieb traf den Busch. Vor Freude auf und ab hüpfend, präsentierte er stolz den abgebrochenen Zweig, als wäre dieser eine Kampftrophäe.

Gull lachte. »Ein guter Anfang. Aber du mußt fleißig weiterüben. Falls wir einen Hirsch schießen, können wir seine Haut in Streifen schneiden, und ich zeige dir, wie du deine eigene Peitsche flechten kannst.«

»Wirklich!? Das wäre ja großartig!«

»Ich sagte ›falls‹. Wenn es hier jemals still genug sein wird, um jagen zu können.« Der Holzfäller zauste dem Jungen das kurzgeschorene Haar, doch er hielt plötzlich inne, da er ihn so sehr an Sparrow Hawk erinnerte, daß ihm das Herz in der Brust vor Schmerz zu zerspringen drohte. »Wo ist deine Familie, Stiggur?«

»Hatte nie eine. Felda fand mich eines Morgens an einem Weidengatter. Das bedeutet auch mein Name: Gatter.«

»Ein Findling ohne Heimat, hm? Dann sind wir schon zu zweit.«

Liebevoll schob er den Jungen zurück zum Lager. »Na komm, mein Dienst ist fast vorbei, wenn ich den Stand der Sonne richtig deute. Das heißt graben für mich und Feuerholz sammeln für dich.« Zusammen stapften sie durch das frische Grün.

Auch nach vier Tagen unermüdlicher Arbeit fanden sie nichts als Erde. Anfangs hatten sie sich durch ein von dem Einschlag des Meteoriten teilweise verschmolzenes Gemisch aus Sand, Erde und Lehm gewühlt, doch jetzt fanden sie nur noch reinen zusammengebackenen Sand mit einem Erdstreifen in der Mitte. Dicht nebeneinander gruben sie mit frischem Eifer. Was Towser wollte, war ein großer klumpiger Stein aus Eisen und Nickel, der rostig, zusammengeschmolzen und verkohlt wie Schlacke sein sollte, denn daraus, so hatte er erklärt, ›waren's gefüget, die Sternelein‹. Für die einfachen Leute waren dies seltsame Neuigkeiten, und Morven vermutete, daß Sterne verflucht heiß sein mußten, wenn sie selbst Eisen und Nickel in Brand stecken konnten. Doch worauf sie schließlich stießen, war keineswegs ein runder eiserner Stein.

Chad traf ihn zuerst. Alle hielten inne, als sie das scharfe *Pling* hörten, ein ungewohntes Geräusch, das scheinbar nicht von einem Felsen herrührte. Der Leibwächter fiel auf die Knie, hielt das Spatenblatt mit beiden Händen und kratzte vorsichtig, denn Towser hatte sie davor gewarnt, das ›Sternelein‹ zu beschädigen. Ein scharfes rechtwinkliges Gebilde ragte aus dem Sand hervor, und Gull schickte Stiggur zum Lager, um Towser zu holen. Die anderen Männer beugten sich über das wunderliche Objekt und stießen hart mit den Köpfen zusammen, als sie vorsichtig den Sand mit den Händen beiseite schafften. Als sie drei der Seiten freigelegt hatten, hörten sie auf.

Es kam eine etwa kopfgroße Kiste, rosafarben wie sonnenverbrannte Haut, zum Vorschein, in die regelmäßige Furchen geriefelt oder geätzt waren. Zwei der Seiten waren mit erhabenen Quadraten verziert, die anderen zwei mit runden Erhebungen, die an Gürtelschnallen erinnerten. Die Wülste sahen aus wie Riemen, die diese Schnallen zusammenhalten sollten, und doch bestand der Fund nur aus einem einzigen Stück, einem porösen rosafarbenen Felsen.

»Korallen«, sagte Morven. »Sieht aus wie Korallen.«

»Was ist denn das?« knurrte Chad.

»Das is'n Stein, der im seichten Wasser wächst wie 'n Baum. Unter den Wellen. Fische schwimmen durch, wie Affen, die durch 'nen Baum turnen. Jibt's in allen Farben, aber meistens sin sie rosa. Aber die Korallen sin weich. Kannst du mit 'nem Messer schnitzen. Aber dieses Ding muß hart sein, um vom Himmel runterzufallen un dabei 'n Krater zu reißen, wie den da, un heil zu bleiben.«

»Für mich sieht's aus wie Schweinedärme«, meinte Kem. »So als hättest du 'ne Kiste in Schweinedärme gewickelt, wie wenn du Wurst draus machen willst. Wie was Totes.«

Gull tippte mit einem Fingernagel dagegen. »Hört sich massiv an. Sieht aber aus, als könnte man es öffnen.«

»Aber ja«, sagte Knoton, der Buchhalter. »Es erinnert an eine Stahlkassette ohne Schloß.«

»Denkst du, Towser kann es öffnen?« fragte Gull. »Meinst du, er wagt es? Immerhin ist es von den Sternen gefallen. Wer weiß schon, was drin ist.«

Der Buchhalter zuckte mit den Schultern. »Er hat uns quer durch einen halben Wald fahren und tagelang danach graben lassen. Was glaubst denn du?«

Gull rückte ein wenig zur Seite. »Ich hoffe, wir sind weit weg, wenn er es aufbricht.« In diesem Punkt waren sich alle einig.

Die Entdeckung erfreute Towser so sehr, daß er ihnen den Tag freigab. Mit dankbarem Stöhnen nahmen die Arbeiter ihre Werkzeuge, krochen aus dem Loch und schlurften zurück zum Lager. Sie schälten sich aus ihren Schuhen und Hemden und badeten ausgiebig im Fluß. Felda sang, während sie das Abendessen vorbereitete. Alle waren froh, daß das Ding gefunden war, denn nun konnten sie dieses verbrannte, stinkende Ödland endlich verlassen – jeder andere Ort wäre besser als dieser.

In einer selten vergnügten Stimmung blieb Towser außerhalb seines Wagens, nahm auf einem Baumstumpf Platz und schlürfte honiggesüßten Tee. Dabei spielte er mit der rosafarbenen Kiste. Er drehte und wendete sie, hielt sie gegen das Sonnenlicht und schielte nach Rissen, Riegeln oder irgend etwas anderem, um sie zu öffnen. Gull nahm einen Teller mit Salzheringen, getrockneten Kartoffeln und den unvermeidlichen Essiggurken, bekam einen Krug Bier von Stiggur und lehnte sich gegen ein Wagenrad nicht weit von Towser entfernt. Er kaute eine Weile und fragte dann wie beiläufig: »Also, was ist es denn, Towser?«

Der Zauberer hielt mit seinen Spielereien inne und blickte Gull strafend an. »Ich begehr von Ihm keinerlei Belehrung, die Pfleg seiner trefflich Eselein betreffend, so mag ebenso wohl Er davon abständig bleiben, mir mit Fragen ob der Ars Magica mein kostbar Zeit zu rauben.«

»Na schön.« Gull zuckte mit den Schultern, beobachtete den Magier beim Weiterspielen und wartete.

Schließlich sprach Towser doch, da er zu aufgeregt war, um nicht zu plaudern. »Darinnen wohl vortrefflich *Mana* gesammelt ist.« Gull sah ihn interessiert, aber verständnislos an. »Um's mit Seinen Worten zu künden: Ein Speicher ist's, darinnen magische Energie, *Mana* wird's wohl geheißen, gar kostbar aufbewahret wird. So mag Er einsichtig sein: Jedwedes Ding ist von Magie durchströmet, sei's wohl das duftend Lüftlein allhier, sei's das erquickend Naß des Flusses, seien's die beständig Erden, auf welchen wir zu wandeln belieben. Doch ach, die Kraft ist fürwahr dünn gestreuet. So vermag's wohl nur jenselbger Schatz, die mächtig Energie zu umfassen, so wie's ein Börslein tut mit schnödem Golde. Und wert ist's mir, wie ein gänzlich Reich, und auch ist's nunmehr wohl zu meinen Diensten, gleich wie ich seiner wohl bedarf.«

»Wirklich?«

Der Zauberer hüpfte freudig auf der Stelle, wie ein Kind mit einem neuen Spielzeug. »In der Tat, so ist's! Fürwahr! Und ist's prall gefüllet, wie ich mutmaße, so vermag ich wohl zu wirken hundert, nein, gar tausend Sprüch, allein durch des Sterneleins Geschenk. Und fürwahr, beschleunigen wird's meine trefflich Studien! Wöge man's auch mit Golde – gar Platinum – auf, so wär's beileibe nicht genug. Doch wertlos ist's für jedwedes Bäuerlein, welchselbges sich nicht auf die Kunst verstehet«, fügte er hastig hinzu.

Gull stellte sich dumm. »Ja, klar. Kein Nutzen für uns. Ich bin nur froh, daß ich nicht mehr graben muß.« Towser lachte über diesen Einfaltspinsel, den er da angeheuert hatte.

Dann stürzte er seinen kalten Tee hinunter, klemmte die Kiste unter den Arm und wollte in seinem Wagen verschwinden, doch Greensleeves versperrte ihm den Weg. Towser runzelte mißbilligend die Stirn. Bisher hatte er dem schwachköpfigen Mädchen keine Beachtung geschenkt, sie wie eine Hauskatze behandelt, die weder arbeiten noch Befehle ausführen konnte, und niemals zu ihr gesprochen. Und nun stand sie ihm plötzlich im Weg. Als er sie zur Seite schieben wollte, stand Gull auf. Wie eine Biene von einer Narzisse fühlte sich Greensleeves von der rosafarbenen Kiste angezogen und streckte fragend eine schmutzige Hand danach aus. Towser wandte sich ab, aber sie folgte ihm. Gull fand ihr Verhalten sehr seltsam, da sie niemals zuvor an einem künstlichen Gegenstand Interesse gezeigt hatte. Käfer, Vögel, Blumen, Farn, Blätter und Schneeflocken waren alles, worum sie sich bisher gekümmert hatte, doch jetzt hatte es ihr diese steinerne Kiste angetan.

»Hinfort, hinfort! Mitnichten darf sie's berühren!« Towser hob die Hand, um sie zu schlagen, hielt jedoch inne, als Gull sich drohend räusperte. Niemand würde seine Schwester mißhandeln. Sanft faßte er sie am Arm. »Komm schon, Greenie. Das ist nichts für dich.«

Der Magier bestieg seinen Wagen, und Greensleeves wehrte sich gegen den Griff ihres Bruders, wie ein hungriges Kätzchen miauend, selbst nachdem der Vorhang längst geschlossen war. Gull zerrte sie zur Feuerstelle und fragte Felda nach einer Süßigkeit für sie. Aber seine Schwester ließ den Löffel mit Honig einfach zu Boden fallen, und der Holzfäller mußte sie davon abhalten, in Towsers Kutsche zu klettern.

»Na, wenn das mal nich seltsam is«, murmelte die Köchin. »Das kleine Schätzchen will diese Kiste. Sieht sie vielleicht was, was wir nicht sehen?«

Verärgert schüttelte Gull den Kopf. »Es ist wohl nur die Farbe. Scheint für sie auszusehen wie ein Strauß Blumen oder … was weiß ich. Ein Ferkel vielleicht.« Aber die Dorfältesten pflegten zu sagen, die ›Gesegneten‹ besäßen ein zweites Gesicht und könnten Dinge spüren, die normale Sterbliche nicht wahrnehmen konnten. Was hatte Greensleeves in dieser Kiste gesehen? Nicht, daß dies eine Rolle spielte, denn sie gehörte Towser, und Greensleeves würde lediglich Ärger heraufbeschwören, wenn sie weiterhin so beharrlich wäre.

»Komm schon Greenie, ich muß mal nach den Pferden sehen. Komm! Ich laß dich auch die Maultiere streicheln.« Er zog sie herum. »Nun komm schon!« Und so zerrte er seine quäkende Schwester quer über den verbrannten Lehm zu den Tieren.

Nachdem Lily sich ein dutzendmal im Schlaf gedreht und Gull wieder und wieder mit Ellbogen und Knien gestoßen hatte, setzte er sich schließlich auf, duckte sich unter den Achsen des Wagens und rüttelte sie sanft an ihrer schmalen Schulter: »Willst du schlafen oder tanzen?«

Die Tänzerin schlug die Decke zur Seite und strich ihr schweißverklebtes Haar aus der Stirn. Gull konnte ihre Gesichtszüge deutlich erkennen, da der Nebelmond die Nacht in weißes Licht tauchte und sie mit ihrer schimmernden Haut mehr wie eine Statue denn wie eine lebende Seele aussehen ließ. »Tut mir leid. Es sind ... schlechte Träume. Da ist ... irgendwas in der Luft ...«

Gull ließ sich stöhnend auf den Rücken fallen. »Nicht du auch noch! Erst Greensleeves, die nach diesem rosafarbenen Felsen schreit, und jetzt plagt dich ein Alptraum!«

Das Mädchen zitterte und schmiegte sich an seine nackte Schulter. »Es ist dieser Ort. Er ist voller Stimmen, die in meinem Kopf flüstern. Tut mir leid, daß ich dich aufgeweckt habe, Liebster.«

»Hört sich an, als wären wir immer noch im Flüsterwald«, murmelte Gull. »Greensleeves hat es auch immer gehört ... wie hast du mich genannt?« Er erhielt keine Antwort, und es half auch nichts, daß er sich auf einem Ellbogen aufstützte, weil er jetzt ihr Gesicht in der Dunkelheit nicht mehr erkennen konnte. »Lily ...«

»Das ist so rausgerutscht.« Plötzlich schlang sie die duftenden Arme um seinen Hals und klammerte sich an ihn. Tränen kitzelten ihn an der Schulter. »Aber es war nicht falsch.«

»Lily ...« Er wußte nicht, wie er anfangen sollte.

Sie murmelte: »Du bist so lieb. Du behandelst mich so anständig und sprichst mit mir, als wäre ich eine Dame und nicht eine ...«

»Schsch!« Er hielt ihr den Mund zu. »Ich mag das Wort nicht. Es paßt nicht zu dir.«

Sie schniefte und seufzte. »Aber das bin ich nun mal. Eine Hure. Ich mach's mit Männern für Geld. Ich hab mit allen geschlafen: Towser, Chad, Oles, Kem, sogar Morven.«

Gull schreckte zurück. »Morven?!«

»Ja. Er war der netteste aus diesem ganzen Haufen. Geil … aber sanft. Er wollte immer …«

»Ich will nichts davon hören!«

Sie schluchzte. »Du mußt mich ja auch nicht wiederlieben.«

»Das ist es nicht …« Gull hob die Fäuste gegen den Wagenboden. Er hätte die Eichenbretter durchschlagen können, denn Worte schienen sinnlos. »Sieh mal, Schatz …«

Ein Schrei zerriß die Nacht. Gull griff seine Doppelaxt und rollte sich unter dem Wagen hervor. Ein Mann schrie – Oles.

In der schwarzen Nacht jenseits des mit Asche gedämpften Lagerfeuers machte Gull die dreckige Schafwollweste des Mannes aus. Sie schien über dem Boden zu flattern wie ein Schwan, der sich in die Luft erhebt, als der lahme Kerl schneller als je zuvor auf das Lager zurannte, schneller noch, als wenn Felda zum Essen rief. Er war zwar mit einem Schwert im Gürtel und einer Armbrust in der Hand bewaffnet, doch schien er dies vergessen zu haben. Mit weit ausholenden Schritten rannte er den ganzen Weg zum Lager zurück und stieß dabei ohne Atem zu holen einen langen, wehklagenden Schrei aus.

»Was ist denn los!« rief Gull und packte seine Axt fester, denn Angst war ansteckend, besonders in dunkler Nacht. »Was ist hinter dir her?«

Dann sah er sie. Eine Armee aus wandelnden Toten marschierte in einer schwankenden Linie auf die Wagen zu.

Diese seit langem toten Kreaturen, diese Dinge, sahen aus wie wandelnde Birkenstümpfe, als sie steif und weiß über den unebenen Boden schlurften, sich dabei anrempelten, umdrehten, zu Boden stießen und doch immer weiterstolperten. Ihre Köpfe waren meist haarlos, doch oft hing ihnen die Haut in Fetzen herab, so daß der bleiche Knochen stumpf im Mondlicht schimmerte. Ihre Gesichter waren verdorrt wie altes Leder, das sich um die leeren Augenhöhlen kräuselte. Ihre Münder waren zu stummen Schreien geöffnet, so als beklagten sie die Schmach, aus ihren klammen Gräbern gerissen worden zu sein. Die Untoten waren in Leichenhemden oder rattenzernagte Lumpen gehüllt, manche trugen nichts als ihr fauliges grünliches Fleisch. Langsam und plump, aber entschlossen taumelten sie durch die Dunkelheit auf die Wagenburg zu, sicherlich ein halbes Hundert oder mehr. Das Schlimmste aber war, daß sie außer Schlurfen und Knistern keinen Laut von sich gaben.

Vor Angst schwitzend und mit weit aufgerissenen Augen versuchte Gull zu denken. Diese Wesen bewegten sich so langsam, daß sie keine große Bedrohung zu sein schienen, sie konnten schließlich kaum die Arme heben. Doch andererseits würden sie nicht leicht aufzuhalten sein – sie waren ja schon tot! Er sah, daß einer von ihnen Oles' Armbrustbolzen tief in der Brust stecken hatte.

»Bei Urzas Göttern!« kreischte Lily. »Zombies von Scathe!«

Dem Holzfäller blieb keine Zeit, sich zu fragen, woher eine Tänzerin wußte, was Zombies waren und woher sie kamen, falls ›Scathe‹ überhaupt ein Ort war. Das ganze Lager war in Aufruhr, überall stolperten Leute aus den Kutschen, und eine Tänzerin schrie so durchdringend, daß Gulls Ohren schmerzten.

»Immer die gleiche Scheiße«, brummte Kem, nahm eine Armbrust vom Haken und spannte sie. »Ich brauch 'ne neue Arbeit!«

»Versteckt euch!« brüllte ein Mädchen. »Geht in Deckung! Towser wird uns beschützen!«

»Towser hat uns das erst eingebrockt!« fauchte Chad, während er sich sein fleckiges Hemd über den Kopf zerrte.

»Nee, so nich, du Weichei von 'ner Landratte!« ertönte Morvens Stimme. Er zerrte Oles aus dem Inneren des Männerwagens heraus. »Du wirst hier mit uns kämpfen.«

»Steh auf, Stiggur«, erklang Feldas gedämpfte Stimme aus dem Küchenwagen. »Steh auf, du Faulpelz! Wir werden angegriffen!«

»Facht das Feuer an!« quiekte Knoton aus dem Inneren von Towsers Wagen. »Towser befiehlt es!«

Endlich hatte Gull Arbeit gefunden. Er nahm lange Bretter, spaltete die Enden und blickte sich nach Segeltuch und Lumpen um, um daraus Fackeln zu machen. Jedes Lebewesen fürchtete das Feuer, vielleicht auch die Toten? Weitere Schreie und Rufe ertönten. Und noch bevor Ruhe im Lager einkehren konnte, schreckte das schrille Wiehern der Pferde die Angegriffenen erneut auf.

Wie gewöhnlich hatte man die Herde in der Nähe des Lagers angekoppelt, so daß sie die Nacht über grasen konnte. Gull vermutete, daß etwas Furchtbares vorging, denn er hatte ein Knurren wie das eines Wolfes vernommen, aber tiefer, und ein Husten, das nichts glich, was er je gehört hatte. Er griff unter den Küchenwagen nach Bogen und Köcher, bemerkte, daß er zuwenig Hände für alle Waffen hatte, und warf Lily seine Axt zu, die sie prompt fallenließ. Der Holzfäller spannte seinen Bogen und ging auf die Herde zu, ohne zu wissen, welcher Feind auf ihn lauerte.

Chad stürmte auf der Flucht vor den herannahenden Zombies quer durch die Wagenburg, fluchte und legte seine Armbrust über einen Kutschbock. Die Sehne schnellte mit einem Schnappen zurück, und ein Bolzen zischte durch die Luft. Von Morven geschoben, ging

Oles ungeschickt in Stellung und schoß ebenfalls, doch nur der Schrei eines Maultieres war zu hören. Gull brüllte: »Reiß dich zusammen, du Idiot! Paß auf, wohin du schießt!« Die Götter, sich selbst und alles dazwischen verfluchend, spähte er an seinem Pfeil entlang nach einem Ziel.

Auf der schwarzen, durch das Mondlicht silbern gesprenkelten Erde bewegten sich die weißen und gescheckten Pferde wie geisterhafte Schemen, während die dunkleren Maultiere beinah unsichtbar zwischen den schwarz verbrannten Baumstümpfen standen. Was war nur …

Da: Etwas Pferdegroßes, Gelbbraunes schlich zwischen den angebundenen Tieren umher. Gull konnte vor lauter Pferdeleibern nichts erkennen, doch schließlich erspähte er einen gelben Kopf mit wilder Mähne. Dann zwei weitere Köpfe – ohne Mähnen …

Ein stämmiges braunes Pferd hatte offensichtlich seine Fußfesseln zerrissen und rannte los. Doch innerhalb von drei Galoppsprüngen holten es zwei der gelbbraunen Gestalten ein und rissen seine Flanken mit ihren langen Krallen auf, so daß das Blut hervorquoll und das Tier zusammensackte.

Große Katzen, erkannte Gull, gigantische Wildkatzen mit sandfarbenem Fell, und die männlichen Tiere hatten zottige Mähnen. Sie töteten seine Pferde und Maultiere! All dies wurde ihm in Sekundenschnelle klar, und als er sah, daß ein struppiges männliches Tier hinter einer weißen Stute herrannte, zögerte er nicht länger, sondern zielte auf das Herz der Katze und schoß. Der Pfeil flog davon, und die Bogensehne klatschte schmerzhaft gegen sein Handgelenk. Das riesige Tier erschauerte und löste seine Umklammerung. In weiter Ferne schrie das andere Pferd auf, und verzweifelt versuchte Gull, es auszumachen.

Plötzlich drang aus der anderen Richtung, aus der auch die Zombies kamen, das rhythmische Dröhnen von Hufschlägen an seine geschulten Ohren: Ein Trupp Kavallerie! Beim Knochenthron! Woher kamen diese Dinge? Dann fiel es ihm ein, und er fluchte hart und verbittert.

»Es ist wieder ein verdammtes Magierduell!«

KAPITEL 10

In Gulls Leben gab es zwei Verpflichtungen: für seine Schwester zu sorgen und auf seine Tiere zu achten.

Gull hängte sich den Bogen über die nackte Schulter, entriß Lily die Axt und sprang auf den Bock des Küchenwagens. Dabei stieß sein Kopf beinah mit Greensleeves' zusammen, die schläfrig durch die Vorhänge linste. Resolut legte er ihr die Hand auf den Kopf und drückte sie in den Wagen zurück: »Bleib!« Der harsche Befehl drang selbst in ihren benebelten Geist. Dann sprang er vom Wagen und rannte zu seinen anderen Schützlingen.

Die riesigen Wildkatzen – Chad hatte sie ›Löwen‹ genannt – hatten das braune Pferd zu Boden gerissen.

Obwohl es schwer war, in den Schatten des fahlen Mondlichts etwas zu erkennen, vermutete Gull, daß sie ihm wohl die Hinterbeine zerbissen oder den Rücken gebrochen hatten, da das Pferd in wilder Panik schrie und dennoch mit ausgestreckten Beinen am Boden liegenblieb. Da ihnen diese Beute sicher war, sprangen die Löwinnen auf, um erneut zu jagen. Offensichtlich wollten sie erst ein halbes Dutzend Tiere verkrüppeln, bevor sie schließlich fraßen, gleich einem Fuchs, der in einem Hühnerstall wütet, um dann doch nur ein Huhn in seinen Bau zu schleppen.

Die Katzen schwärmten in einem Dreiviertelkreis aus, um die Herde in einer Zangenbewegung gegen eine granitene Felswand zu treiben – gewissermaßen in einen Schlachtpferch. Gull bemerkte, daß diese Raubtiere gewitzt waren, und plötzlich fiel ihm ein, daß Towsers alter Frachtmeister während eines Zaubererduells, als er die Herde zu beschützen versuchte, umgekommen war.

Es waren sicherlich acht oder neun Untiere, die sich zwischen den verkohlten Baumstümpfen verteilt hatten. Ein riesiges männliches Tier mit schwarzer Mähne war außer Gefecht gesetzt, weil es versuchte, den Pfeilschaft in seiner Schulter mit Zähnen und Klauen herauszureißen und sich dabei wild im Kreise drehte. Der Holzfäller zählte zwei weitere Löwen – jung und knochig – und fünf oder sechs große Löwinnen. Aufgrund dessen, was er von Katzen wußte, vermutete Gull, daß sie die gefährlicheren waren. Und jetzt waren sie darauf aus, unter seiner Herde zu wüten wie Schweine im Korn!

Übereile nichts! Schieß zuerst, ermahnte er sich. Geh nur nahe ran, wenn es unbedingt nötig ist! Er zwang sich, stehenzubleiben und ruhig einen langen Pfeil aufzulegen. Ein Kopfschuß würde nur wenig bewirken, da ihre Schädel vermutlich hart wie die von Ochsen waren. Er zielte im unbeständigen Mondlicht – es war, als müsse er durch Wasser schießen – auf den Bauch einer Löwin und schoß.

Die Raubkatze sprang in die Luft, als der Pfeil ihre Haut durchschlug, dann rollte sie sich wild fauchend und spuckend über den Boden, so daß der Pfeilschaft mit einem lauten Knacken abbrach. Das machte jetzt schon zwei Blattschüsse auf diese Löwen, dachte Gull grimmig, und keiner von ihnen war bis jetzt tot. Sie waren schwer zu töten, aber um so leichter zu verärgern!

Der verwundete weise alte Löwe hatte den Zusammenhang zwischen den Schmerzen und dem Mann mit der Waffe erkannt, wirbelte herum und griff brüllend an. Gull blieb vor Entsetzen der Mund offen stehen, als das Raubtier schneller als ein Pferd – beinah über den Boden fliegend – auf ihn zukam. Er könnte ihm niemals entkommen oder sich auch nur hinter einem Baum verstecken. Also ließ er seinen Bogen fallen, ergriff seine schwere Axt und holte aus. Gerade noch rechtzeitig!

Gull sah nichts mehr außer dem sandfarbenen Ungeheuer. Er betete zu den Göttern, daß er nicht danebenschlagen würde – oder falls doch, einen schnellen Tod fände –, fluchte und hieb zu. Mit einem ekelhaften Knirschen klatschte die Klinge auf den knochigen Schädel des Löwen, als träfe sie auf einen Felsen. Die lange Blattschneide fraß sich durch Stirn und Auge, schälte Haut und Fell vom Knochen und prallte schließlich ab. Die Wucht des Aufschlages durchfuhr Gulls Arme und lähmte sie bis zu den Schultern, doch er konnte das Biest nicht aufhalten. Es brach wie eine Lawine über ihn herein – so viele Hiebe gleichzeitig, daß Gull sie nicht zählen konnte, und jeder einzelne ließ ihn kreiseln.

Eine tellergroße Pranke schleuderte ihn halb herum und riß seine Schulter mit ihren drei rasiermesserscharfen Krallen auf. Zum Glück verhinderte sein prall gefüllter Köcher aus dickem Leder, daß ihm der Rücken zerfetzt wurde, und so wurde ihm nur das Bündel heruntergerissen, als der riesige blutige Kopf gegen den seinen schlug. Die Barthaare des Löwen raspelten ihm die Haut von der Stirn, und eine Brust, schwer wie ein Wasserfaß, drückte ihn zu Boden. Der Gestank von Raubtierschweiß und Urin raubte ihm den Atem.

Der Holzfäller umklammerte die Axt, seine einzige Hoffnung, krümmte sich zu einer Kugel zusammen und schnellte unter dem Körper des Löwen hervor. In zwei Schritt Entfernung sprang er auf und duckte sich sofort wieder, so daß das erneut angreifende Tier nur seine Brust mit den Hinterbeinen streifte.

Von den zwei Hieben außer Atem, schnappte Gull nach Luft und rieb sich über die feuchte, klebrige Brust. Warum hatte ihm die Katze nicht die Krallen ins Fleisch geschlagen und ihn am Boden festgenagelt? Vielleicht war sie durch den Axthieb doch schwer getroffen worden? Gull fand keine Erklärung, er wußte nur, daß er noch am Leben war – zumindest jetzt noch.

Keuchend schwang er herum und erwartete den nächsten Angriff. Trotz seiner Samtpfoten ließ der Löwe den Boden erzittern, als er seinen Sprung beendete. Knurrend drehte er sich um, und Gull erhob die blutige Axt. Blut rann von der Stirn des Tieres, und ein Hautfetzen hing über seinem zerschnittenen Auge. Der Holzfäller wußte, daß Kopfwunden zwar immer sehr stark bluteten, aber nur selten tödlich waren, und so mußte es auch bei Löwen sein.

Sein verletztes Knie, das er irgendwie verdreht hatte, schmerzte stechend, als er versuchte, auf die blinde Seite des Löwen zu humpeln. Dieser hustete, als würde er ein Haarknäuel auswürgen, doch vielleicht holte er nur tief Luft für einen weiteren Sprung. »Warum ... vergessen wir's nicht einfach ...«, japste der Holzfäller, der ahnte, was kommen würde, als das Raubtier sich duckte. Er fühlte sich wie eine Maus in der Falle, die hungrige Katze direkt vor sich.

Der Löwe stieß sich mit seinen mächtigen Hinterbeinen ab, die Pranken zu einem tödlichen Hieb erhoben. Gull atmete so tief ein, daß er meinte, sein Leib würde zerspringen. Er riß seine Axt hoch, um den Löwen unter dem Kinn oder in die Kehle zu treffen, doch eine mächtige Vorderpranke lenkte seinen Hieb ab. Durch die Wucht des Schlages und den Aufprall des Raubtieres verlor Gull das Gleichgewicht und fiel hart zu Boden.

Schmerz durchschoß ihn in Wellen, als seine aufgerissene Schulter über den Grund schrammte. Juckender, beißender Schmutz drang ihm in die Nase, Schweiß und Blut verklebten mit Asche und Lehm, und heißes Blut aus seiner aufgekratzten Stirn rann ihm in die Augen. Macht nichts, dachte er wild, trotz der brüllenden Schmerzen in seinem Kopf. Wo war nur dieser verfluchte Löwe?

Gull rappelte sich auf und sah ihn etwa vier Schritt entfernt auf sich zuhinken. Er mußte ihm die Vorderpfote mit seinem Schlag gebrochen oder verstaucht haben. »Jetzt sind wir quitt!« knurrte der Holzfäller. »Beide halb blind und verkrüppelt!«

Die verwundete Pranke war auf der blinden Seite des schweratmenden Tieres, so daß dieses bei jedem Schritt stolperte. Die Gegner umkreisten sich vorsichtig, dann ließ der Löwe ein drohendes Gebrüll ertönen und hüpfte auf drei Beinen zurück zu seinem Rudel. Löwen sind klüger als Menschen, stellte Gull fest, sie kämpfen nicht bis zum Tod.

Gleich darauf riß er den Kopf herum, als er das schrille Wiehern der Pferde und das Schreien der Esel hörte. Die Löwinnen waren in die Herde eingefallen, sie witterten, bissen und schlugen mit ihren entblößten Krallen nach den verängstigten Tieren. Die Schlacht war noch nicht vorüber, sie hatte kaum begonnen.

Gull erkannte, daß er zu erschöpft und entkräftet war, um diese Überzahl an Feinden zu bekämpfen, und doch, er mußte sie von der Herde wegtreiben. Vielleicht würde ihm ein Trick helfen: Tiere haßten laute Geräusche! Also griff er seine Axt mit der einen Hand, seinen Langbogen mit der anderen und schwenkte beide Waffen wild. Laut schreiend griff er an, in der Hoffnung, daß er nicht von einem halben Dutzend hungriger Fleischfresser zermalmt würde. »Jjaaaah! Heja! Hejaahjjaaah! Los! Los! Macht euch davon! Heiaah! Jjjaaah!«

Es wirkte – zumindest für den Augenblick. Die Löwen und Löwinnen scheuten, als dieses verrückte zweibeinige Wesen mitten zwischen sie stürmte. Auch die Pferde bäumten sich in panischem Schrecken auf und versuchten trotz ihrer ledernen Fußfesseln davonzugaloppieren. Die Löwen knurrten, zogen die Köpfe ein und wichen langsam zurück, und der Holzfäller forderte sein Glück heraus, indem er einer langsamen Katze noch einen Schlag auf den Rumpf mitgab.

Dann drängte er sich an einem grauen Maultier vorbei, duckte sich unter dem Kopf einer scheckigen Stute und versteckte sich zwischen den ängstlichen Pferden. Instinktiv tätschelte Gull den Tieren beruhigend die Nüstern. Die Pferde drängten sich um ihn herum und stupsten ihn mit ihren weichen Nasen in die Rippen, während die Löwen die Herde langsam umkreisten. Knothead, das Maultier, trieb sie zurück, indem er einer Löwin seine kräftigen Hinterbeine gegen den Kiefer schmetterte, woraufhin diese fauchend zurückschreckte.

Ein Augenblick tödlicher Ruhe folgte. Die Raubtiere grollten wie weit entfernter Donner, und die Pferde zitterten wie Espenlaub und stapften unruhig mit den Hufen. Als Gull sah, wie die jungen Löwen bereits das Blut von der bebenden Flanke des braunen Pferdes leckten, hoffte er einige Augenblicke lang, daß die Raubkatzen sich zurückziehen würden und zufrieden damit wären, dessen Fleisch zu verschlingen. Er könnte eine Pause gut gebrauchen, denn er blutete stark an Stirn, Rücken und Schulter. Doch die Löwen zogen die Schlinge immer enger und umkreisten die Herde wie hungrige Geier. Erschreckt stießen sich die Pferde gegenseitig an und steigerten so noch ihre Angst.

Die Ruhe konnte nicht lange dauern. Wenn die Löwen angriffen, würden sie mindestens ein Dutzend der Tiere töten oder verkrüppeln. Besser, ein paar von ihnen zu opfern, überlegte Gull. Fluchend griff er seine Axt dicht unter dem Blatt. Er hatte nicht genug Platz, um sich zu bücken und die geflochtenen Lederfesseln mit den Fingern lösen, und wenn er sich zwischen den aufgeregten Pferden hinknien würde, lief er Gefahr, von einem Huf bewußtlos geschlagen zu werden.

Knothead konnte für sich selbst sorgen – er hätte es ohnehin verdient, aufgefressen zu werden, denn als Gull sich vorbeugte, riß dieser undankbare Kerl ihm mit den Zähnen ein Haarbüschel aus. Er ließ die Axtschneide zwischen die knotigen Vorderbeine und die tödlichen Hufe der Tiere fallen und durchschnitt die Lederfesseln. Als er nach und nach alle Fesseln zerhackte, dachte er grimmig, daß er sein restliches Leben damit verbringen würde, neue Riemen anzufertigen – falls er überhaupt die Nacht überlebte und noch einige Tiere übrigblieben.

Die Axt schlug dumpf auf den Boden, Pferde und Maultiere bäumten sich auf, während die Löwen lauernd die Herde umschlichen und deren Mut auf die Probe stellten. Schwitzend durchschnitt Gull Fessel um Fessel und schmeckte Schmutz und Pferdeschweiß, während er sich in der Dunkelheit zwischen den stampfenden Hufen zu schaffen machte. Irgendwie gelang es ihm, sich selbst nicht in die Füße zu schneiden und nur einige Pferdegelenke aufzuschürfen. Als die schnaubenden Tiere nach und nach entdeckten, daß sie frei waren, kämpften zwei gegensätzliche Triebe in ihnen: bei der Herde zu bleiben oder zu fliehen.

Schließlich entschied Knothead diese Frage, indem er plötzlich herumschwang und unbeholfen wie eine Kuh davongaloppierte. Flossy folgte sofort, dann nach und nach die übrigen Tiere. Bald rannten alle davon, und Gull mußte die letzten zwei Pferde am Halfter festhalten, um sie von den Fesseln zu befreien.

Die Herde donnerte nach Süden auf den unverbrannten Wald zu, und der Holzfäller klatschte dem letzten Wallach aufmunternd auf die Kruppe, um ihn anzufeuern. Schwitzend wischte er sich mit einer blutigen Hand über das Gesicht und stellte fest, daß er allein unter hungrigen Löwen stand – ohne Deckung!

Doch zum Glück zerstreuten sich die Raubtiere. Vier Löwinnen setzten den Pferden nach, um zu sehen, welches zurückfallen und sterben würde. Die jungen Löwen hatten die Seite des braunen Pferdes aufgerissen, seine im Mondlicht glänzenden Gedärme und Innereien verstreut und balgten sich nun um die Fleischklumpen des armen Tieres wie Welpen um einen Knochen. Der große Löwe, den Gull mit einem Pfeil angeschossen und mit der Axt verwundet hatte, war zusammengebrochen und lag flach wie ein Bettvorleger auf der Seite.

Gull suchte seinen Bogen, stellte fest, daß die Sehne zerrissen war, und warf ihn fort. Er hatte seinen Köcher ohnehin verloren. Ohne weitere Zeit zu verlieren, rannte er um einen verbrannten Birkenhain herum und hetzte auf die Wagenburg zu. Dort hatte sich der Lärm noch verstärkt: Schreie, Rufe, Flüche und das Klirren von Stahl auf Stahl!

Ein Trupp schwarzgerüsteter Kavallerie griff die Wagen an.

Es waren – Gull schnaufte und zählte – zehn oder zwölf Reiter, und alle waren mit schwarzen Rüstungen, schwarzen Helmen und schwarzen Umhängen bekleidet. Sie ritten auf nachtschwarzen Pferden mit schwarzem Zaumzeug, hatten die Visiere hochgeklappt und schwarzbärtige Gesichter enthüllt. Lediglich die Schilde der Angreifer zeigten Farbe, zur Hälfte silbern mit einer lachenden Dämonenfratze in der Mitte. Gegen diese Ritter wirkten Towsers vier Leibwächter wie wehrlose Kinder!

Lange schwarze Schwerter klapperten an ihren Seiten, doch sie schwangen Seile, an deren Spitzen stählernen Haken befestigt waren. Wie schwarze Phantome vor einem schwarzen Nachthimmel donnerten die Ritter in einem engen Kreis um die Wagenburg herum – ihre Taktik erinnerte Gull an den Angriff der Löwen. Sie schrien Befehle oder Schmähungen oder riefen ihren Kameraden Ermunterungen zu, während sie ihre Seile zischend und rasselnd über den Köpfen wirbelten. Das Rasseln verriet, daß die einen Schritt langen Seile in Wirklichkeit Ketten waren und somit unempfindlich gegen Schwerthiebe.

Die meisten von Towsers Gefolge hatten sich in den Wagen verschanzt, und nur seine vier Leibwächter stellten sich dem Angriff. Oles legte seine Armbrust an und schoß, doch der Bolzen schlug nur in einen Schild. (Der Holzfäller schloß, daß die Schilde aus einem sehr harten Holz gefertigt sein mußten, Hickorynußbaum, Eberesche oder Steineiche.) Einer der wirbelnden Haken traf Chad am Kopf und streckte ihn nieder – oder hatte er sich nur schnell fallen lassen?

Kem rutschte unter einen Wagen und versuchte, mit seinem Kurzschwert nach den Beinen eines Pferdes zu schlagen, doch das erfahrene Schlachtroß sprang zur Seite, ohne seinen Reiter zu behindern. Ohne den tanzenden Reigen seiner Kettenwaffe zu unterbrechen, zog der Ritter sein Schwert und schlug nach Kems Kopf. Dieser tauchte rasch unter den Wagen, als die schwere Klinge Eichenholz zersplitterte.

Nur Morven als Veteran zahlreicher Seeschlachten war der Situation gewachsen. Gelassen stützte er seine Waffe auf einen Kutschbock, zielte genau und schoß im richtigen Augenblick. Die galoppierenden Marodeure boten verwirrende Ziele, aber einer von ihnen schrie plötzlich auf und wurde von einem Armbrustbolzen, der ihm mitten ins Gesicht schlug, aus dem Sattel gehoben.

Gull kochte vor Wut, denn hinter dem Baumstumpf, der ihm Deckung bot, war er hilflos. Er hatte seinen Langbogen nicht mehr, konnte nicht mit der Axt angreifen und auch nicht zu den Wagen gelangen. Verzweifelt schaute er sich nach einem Stein um, den er werfen konnte, fand aber keinen. Beim Drachen von Shivan, was sollte er tun? Und was wollten diese Ritter?

Mit Gebrüll schlugen drei der Ritter ihre Kettenhaken in den Männerwagen, schlangen die Seile um die Sattelknäufe und befahlen ihren Pferden zu ziehen. Als die Tiere Schritt für Schritt rückwärts gingen, riß zwar einer der Haken aus der Segeltuchplane und rutschte über den Boden, die anderen beiden saßen jedoch fest. Die Kutsche ruckte, knirschte, knarrte und neigte sich auf zwei Räder. Die Leibwächter brüllten und wichen zurück. Oles schoß erneut, zu tief, und ein Pferd wieherte schrill.

Mit einem letzten Ruck krachte der Wagen auf die Seite. Eine Lücke war entstanden, die zwei der Angreifer ausnutzten und in die Wagenburg stürmten. Gull griff eine Handvoll Erde und rieb damit den schlüpfrigen Axtgriff ab.

Jetzt würde das Gemetzel beginnen, und Towsers Leute waren hilflos wie Fische in einem Faß!

Zwei Ritter und zwei Schlachtrösser waren zuviel für die enge Wagenburg, und die Reiter fanden sich in einem kleineren Loch wieder, als sie es sich vorgestellt hatten. Trotz der Hitze der Schlacht überlief es Gull kalt. Diese seltsam krächzenden Männer wirbelten ihre Tiere herum, als wären sie mit ihnen zu einem einzigen Körper verwachsen – wie die Kentauren Helki und Holleb. Zum Glück, dachte Gull, war er aber zu beschäftigt, um sich zu fürchten, denn er griff nun ebenfalls an.

Die zwei tapferen, törichten oder ruhmsüchtigen Ritter im Inneren der Wagenburg schwangen ihre Schlachtrösser herum und drängten sie gegen die Leibwächter, die gehetzt unter den Wagen Zuflucht suchten. Sie schwangen ihre langen, scharfen Schwerter und durchschnitten Segeltuch, Holz, Seile und alles andere mit ihrem kalten Stahl.

Der Holzfäller sah, daß die Reiter außerhalb des Verteidigungsringes ihre Umkreisung mit schwingenden Ketten fortsetzten. Also vermutete er, daß die Ritter im Inneren Armbrustschüsse vereiteln sollten, während die anderen – was? – einen weiteren Wagen an den Haken nahmen, um den Wagenzug zu zerstören? Was wollten sie nur? Towser? Und wo steckte er, dieser feige Bastard? Diese ritterliche ›Gauklertruppe‹ hatte er ihnen schließlich eingebrockt!

Den richtigen Zeitpunkt abwartend, rannte Gull auf eine Lücke zwischen einem Pferdekopf und dem Ende des umgestürzten Wagens zu. Er hoffte, sein pochendes Knie würde nicht einknicken und ihn im Stich lassen. Doch wie durch Zauberei stürmte ein schwarzes Pferd heran, glitt so dicht an einem Wagen vorbei, daß es dessen Futtersack streifte, und schnitt ihm den Weg ab. Gull schnappte nach Luft: Diese Ritter schienen ihre Pferde beinah fliegen lassen zu können!

Mit einem schabenden Geräusch zog der Reiter sein Schwert und rief ihm etwas zu: Eine Herausforderung? Eine Schmähung? Die anderen Ritter scherten aus und weiteten ihren Kreis um die beiden Kämpfer. Gull fluchte: Er war zwischen Pferdeleibern gefangen und hatte nichts als seine dreckige Axt in der Hand.

Der Ritter starrte auf ihn nieder, das Weiß seiner Augen leuchtete über dem schwarzen Bart. Er brachte sein Pferd ganz knapp vor Gull zum Stehen. Vielleicht waren diese Pferde dazu ausgebildet, Infanterie niederzutrampeln? Doch wie auch immer, der Reiter erhob sein Schwert gegen den dunklen Nachthimmel, und Gull wußte, daß er ihn aus dieser große Höhe wie ein Hühnchen spalten konnte.

Instinktiv duckte er sich und sprang auf den Kopf des Pferdes zu, denn wie er gehofft hatte, war der Ritter nicht bereit, so nah am Ohr seines Tieres vorbeizuschlagen, so daß er nur nach Gulls nackter Schulter schlug. Der Holzfäller schwang seine Axt seitwärts nach oben, um den Hieb mit dem Griff abzufangen, doch statt dessen klirrte das Schwert so laut auf den stählernen Kopf des Beiles, daß es in den Ohren schmerzte. Funken sprühten und verlöschten in der Dunkelheit. Die Wucht des Schlages kribbelte bis in Gulls Fingerspitzen. Mit einem Fluchen erhob der Ritter sein Schwert, dessen Klinge silbern im Mondlicht aufblitzte, zu einem weiteren Schlag.

Da der Eseltreiber nicht wußte, was er sonst tun sollte, versetzte er dem Pferd einen Boxhieb in sein großes braunes Auge. Das Tier schrie und bäumte sich auf, so daß sein Reiter im Sattel hin- und hergeworfen wurde und sein Schwert nicht niedersausen lassen konnte. Ermutigt drosch Gull auf die empfindliche Nase des Tieres, und es warf den Kopf zur Seite, worauf der Reiter erneut schwankte.

Warum nicht, dachte der Holzfäller, ließ seine Axt fallen und sprang vor. Mit verschränkten Händen packte er den Stiefel des Ritters am Fußgelenk und zog ihn nach hinten aus dem Steigbügel. Der Mann schrie überrascht auf, als Gull wild an dem Gelenk zerrte, während seine verwundete Schulter wie Feuer brannte. Der Ritter schlug mit seinem Schwert nach Gulls Kopf, doch um zu treffen, mußte er sein Gewicht verlagern und sich im Sattel herumdrehen. Der Holzfäller nutzte dieses aus und riß den Fuß seines Feindes mit einem Ruck nach oben, so daß dieser aus dem Sattel gehoben wurde und scheppernd auf den Boden krachte.

Gull hätte vor Kampfeslust johlen können, doch als ein weiterer Ritter nach ihm schlug, verging ihm schnell der Spaß. Er duckte sich unter dem zischenden Hieb, der ihn leicht hätte köpfen können, und hob seine Axt vom Boden auf. Der gestürzte Ritter mühte sich auf der anderen Seite seines Pferdes auf die Füße.

Was nun? Ein Schwert-Axt-Duell im Dunkeln? Mit einem ausgebildeten Kämpfer? »Nein, danke!« rief Gull und griff tastend nach den Zügel des schwarzen Pferdes, schnalzte ermunternd und wich langsam rückwärts durch die Lücke ins Innere der Wagenburg. Indem er das Pferd als Schild benutzte, konnten ihm die schwarzen Reiter nicht nahe kommen. Im Mondlicht sah Gull, wie der nunmehr pferdelose Ritter nach einem Kameraden rief, dessen Hand ergriff und sich hinter ihm in den Sattel schwang. Er mußte zugeben, daß sie gute Reiter waren.

Während der Holzfäller das aufgeregte Pferd in die Mitte zog, rief er fortwährend: »Nicht schießen, ich bin's, Gull! Gull!«

»Wer braucht dich schon«, begrüßte ihn Kem in seiner gewohnt herzlichen Art, und Gull hätte am liebsten gelacht, doch ein gewaltiges Krachen in der Mitte der Wagenburg erinnerte ihn wieder an die Gefahr. Bilder taumelten durch seinen Verstand, als er eilig die dunklen Zügel um ein Rad des Küchenwagens wickelte und instinktiv mit dem Pferd sprach.

Plötzlich hörte er ein Gurren hinter sich. Es war Greensleeves, die beim Geräusch seiner Stimme die Vorhänge des Wagens beiseite geschoben hatte und hinausblickte. Gull drohte ihr mit der Axt und fauchte: »Geh zurück! Rein mit dir! Es ist zu ... o mein ...«

Drei weitere Reiter schrien, ließen ihre Ketten wirbeln, schlugen die stählernen Haken tief in bemaltes Holz und zogen an. Der Küchenwagen schaukelte. Im Inneren schrie Felda auf und, neugierig wie sie war, lehnte sich Greensleeves noch weiter hinaus. Dann blökte sie plötzlich wie ein Lamm, als der Wagen zu kippen begann. »Neeeeiiiiiinn!« heulte Gull.

Gull griff nach dem Arm seiner Schwester, doch verpaßte ihn, da das Mädchen von hinten angestoßen wurde, als Felda, die fette Köchin, aus dem Wageninneren nach draußen drängte. Greensleeves stürzte in den Fußraum des Kutschbocks. Der Wagen neigte sich weiter, und das schwarze Pferd, das an seinem Rad angebunden war, schnaubte und schrie dann vor Schmerz auf, als sein Kiefer nach oben gerissen wurde.

Gull griff nach dem in der Luft hängenden Rad des Wagens, um ihn mit seinem Gewicht herunterzudrücken, doch es drehte sich, und er fiel zu Boden. Am Ende der Kutsche packte Morven die Segeltuchplane und hängte sich daran, um das Umkippen zu verhindern, während einer der Reiter sein Pferd anfeuerte, fester zu ziehen. Obwohl er durch seine schwere Axt und seine wie von einem Blitzschlag brennende Schulter behindert wurde, bekam der Holzfäller die Seite des Wagens zu packen und klammerte sich verzweifelt daran fest. Der Wagen neigte sich langsam wieder zurück.

Doch plötzlich schlug eine Schwertklinge neben seinem Kopf ins Holz des Fuhrwerks, und er war gezwungen loszulassen. Er hatte die zwei Ritter im Inneren der Wagenburg vergessen, und Zeit zum Ausweichen blieb ihm nicht. Erneut senkte sich der tödliche Stahl wie ein silberner Blitzstrahl, und Gull riß seine Axt hoch. Zu spät.

Anstatt ihn zu treffen, krümmte und drehte sich der Ritter plötzlich. Er flatterte wild mit den Armen und fiel beinah aus dem Sattel. Seine Klinge schlug in das Holz des schrägstehenden Wagenrads und ließ den eisernen Beschlag an dessen Rand splittern. Nur noch einen Fuß im Steigbügel, hing der schwarze Reiter hilflos über dem Sattel und war nicht in der Lage, irgend etwas zu greifen, fast so, als ob er gelähmt wäre. Sein Kopf zuckte unter unsichtbaren Schlägen, und dem anderen Ritter in dem engen Kreis erging es auch nicht besser.

Gull starrte wie gebannt. Woher kam diese Heimsuchung? Wo hatte er so etwas schon einmal gesehen? Dann erinnerte er sich: Es war ihm selbst widerfahren! Rasch blickte er sich um. Towsers Wagen!

Die Umrisse des Magiers leuchteten gegen den silbernen Himmel, die Streifen seines Gewandes schimmerten in Weiß und Schwarz, und in seiner linken Hand trug er das Zepter, das er auch gegen Gull eingesetzt hatte und das ›jedwede Attack zu revidieren vermag‹. Gull wußte wie: Es löste Muskelkrämpfe aus – für eine kurze Zeit.

Selbst unter Krämpfen gelang es dem Ritter, sich in den Sattel zurückzuziehen, doch er hatte sein Schwert verloren. Der andere Marodeur hatte sich auf dem Pferd halten können, doch keiner der beiden Männer wurde angegriffen, und Gull fragte sich, ob Towser auch seine Leibwächter gelähmt hatte. Doch was scherte es ihn! Er wirbelte herum, um sich wieder an den Küchenwagen zu klammern, doch es war bereits zu spät!

Trotz Morvens Gewicht und dem des angebundenen Pferdes knirschte und erzitterte die Kutsche und krachte auf die Seite. Feldas Schreie endeten jäh, als etwas auf sie niederfiel. Greensleeves wurde leicht wie Distelwolle durch die Luft geschleudert und rollte durch den Dreck. Die drei Ritter hatten ihre Kettenseile fallen lassen, denn das plötzliche Auftauchen des Mädchens vor den Hufen ihrer Pferde erschreckten diese so sehr, daß sie scheuten.

Dadurch, daß der Wagen umgestürzt war, hatte Towser freie Sicht. Er winkte mit dem Zepter in der Hand und erwirkte einen Zauber. Einer der Ritter heulte auf, als sich seine Muskeln verkrampften, selbst das Pferd warf den Kopf hoch, und der Reiter purzelte aus dem Sattel. Der Arm eines anderen Reiters zog sich so hart zusammen, daß er sein Pferd scharf herumriß. Das Tier bockte, als würde es von Bienen gestochen. Als der dritte Angreifer die Silhouette des Magiers erkannte, der den Zauberstab deutend ausgestreckt hielt, ließ er sein Pferd auf die Hinterbeine steigen, um sich teilweise zu schützen, und dirigierte es rückwärts aus der Gefahrenzone.

»Beschwör doch die Felsenhydra!« rief Gull. »Sie wird die Pferde zu Tode erschrecken!«

»Ich will's ihm künden: Des Tags Geschöpf ist die Hydra fürwahr und bedarf wohl des trefflich Sonnenlichts zum Kampfe!« ermahnte Towser. »So mag's seinen unnütz Rat für sich selbselbsten behalten, das tumbe Bäuerlein!«

Der zurückgewichene Ritter ließ sein Pferd auf alle viere hinunter. Jetzt, wo er außerhalb der Reichweite des Zauberzepters war, stieß er einen kurzen Fluch aus, eine Beleidigung. Der Magier schrillte wütend zurück – das erste Mal, daß Gull ihn ärgerlich sah –, doch der Ritter lachte nur. Hinter Towser erschien der Kopf einer weißen Gestalt: eine Tänzerin, die vor lauter Neugier nicht an ihre Sicherheit dachte.

Mit einem kurzen Befehl sammelte der lachende Ritter – vielleicht ihr Anführer – seine Leute in sicherer Entfernung, ließ aufsitzen und wendete sein Pferd mit einem höhnischen Gruß.

»Wir lassen sie so einfach ziehen?« fragte Gull in die Runde, doch dann mußte er sich schnell ducken, denn anstatt davonzureiten, hielten die ungestümen Ritter direkt auf die Lücke in der Wagenburg zu. Lachend und johlend donnerten sie durch das Lager.

Während die Leibwächter davonkrochen, packte einer der Reiter die Zügel des angebundenen Pferdes, ließ jedoch schnell wieder los, als es ihm mißlang, diese zu lösen. Towser sprang so schnell ins sichere Innere seines Wagens, daß Gull nur noch den Segeltuchvorhang reißen hörte.

Aber jemand war zu langsam. Weiß wie ein Gespenst stand eine verlassene Gestalt auf dem Kutschbock von Towsers Gefährt. Als das schwarze Pferd des Anführers die Wagendeichsel übersprang, packte der Mann die Tänzerin. Mit einem Aufschrei knallte sie bäuchlings auf den Sattel, trat und wand sich, bis eine behandschuhte Faust in ihren Nacken krachte und sie lähmte. Lachend zog der schwarze Anführer seine Truppe zusammen. Wie ein Schwarm Krähen scharten sie sich um ihn – er hatte die Beute, der Rest die Wunden und Verletzungen. Die Hufe ihrer Pferde wirbelten den verbrannten Boden auf, als sie davonsprengten.

In diesem Moment wurde es Gull klar: »Lily!«

KAPITEL 11

Gull bückte sich nach seiner Axt, griff hastig nach den Zügeln des erbeuteten Pferdes, sprang in den Sattel und stöhnte gequält auf, als seine Brustwunde stechende Schmerzen durch seinen Körper jagte. Doch dessen ungeachtet trieb er das Pferd mit einem lauten »Heja!« an und nahm die Verfolgung der erfahrenen, hochgerüsteten und schwerbewaffneten Ritter auf. Er war bis auf Kilt und Axt nackt, doch wie sein Vater immer gesagt hatte: ›Wer wagt, gewinnt!‹

Das gut ausgebildete Pferd sprang durch die Lücke zwischen den Wagen und donnerte seinen Gefährten hinterher. Morven rief ihm nach: »Schnapp sie dir, Gull!« Dieser zog den Kopf ein und versuchte verzweifelt, sich im Sattel zu halten: Bisher hatte er nur Ackergäule geritten, ohne Sattel, im Schritt und nur zum Spaß. Doch – wie gesagt: Wer wagt, gewinnt!

Vor ihm teilte sich der Pulk der Ritter auf. Ihr Anführer und Lily, deren weißes Tanzkleid und deren Beine in der Dunkelheit leuchteten, wandten sich in Begleitung zweier Kameraden nach rechts, während der Rest der Truppe ausscherte. Warum sie das taten, konnte Gull nicht sagen. Vielleicht waren sie zu dem anderen Zauberer zurückbeordert worden …

»He!« sagte er laut und überraschte sich selbst damit. Wo *war* dieser andere Zauberer, Towsers Gegner, bloß? Bis jetzt hatten sie zwar unter seinen Attacken durch Zombies, Rittern und Löwen gelitten, doch noch keine Spur von dem zu sehen bekommen, der sie verursacht hatte. Wann würde dieser geheimnisvolle Magier auftauchen? Und was für eine Art von Unhold war das, der Leichname aus ihren Gräbern riß? Und vielleicht war es diese Gruppe gewesen, die die Wagenspuren hinterlassen hatte, die Morven vor einigen Tagen gefunden hatte? Falls dem so wäre, wo waren dann die Wagen geblieben, und warum war Towsers Gefolge zuerst hier angekommen?

»Vergiß es«, tadelte er sich laut, »für Fragen ist später noch Zeit.« Er drückte die Knie fest gegen den Pferdeleib und versetzte ihm einen Schlag mit der Axt, woraufhin das überraschte Tier noch schneller wurde, bis sie den hinteren Ritter beinah eingeholt hatten. Die drei hatten ihre Geschwindigkeit deutlich verringert, nachdem sie außer Sichtweite von Towsers zerstörtem Lager gekommen waren, doch für diese Trödelei sollte einer von ihnen nun mit seinem Leben bezahlen.

Ohne Feingefühl, lediglich mit roher Gewalt, brachte Gull sein Reittier links neben das des Ritters. Da dieser die Hufschläge unter seinem lärmdämpfenden Helm nicht gehört hatte, drehte er sich erst im letzten Augenblick um und erschrak beim Anblick des halbnackten, augenrollenden Wilden neben sich. Gull schwang seine Axt mit einer Hand, und obwohl er nicht mit aller Kraft zuschlagen konnte, weil seine verletzte Schulter ihm starke Schmerzen bereitete, drang die scharfe Spitze der Waffe in den Rücken des Ritters. Sie zerteilte die Wirbelsäule des Mannes, so daß er nach vorn über den Sattelknauf kippte.

Gull riß seine Axt mit einem Ruck aus dem sterbenden Körper und hielt auf den nächsten Feind zu, wobei er ebenso laut schnaufte und keuchte wie das Pferd unter ihm. Der Krieger fühlte, daß etwas nicht stimmte, wendete sein Pferd und erschien wie ein schwarzes Gespenst vor dem schwarzen Wald. Da Gull kein geübter Reiter war und nicht über den Kopf des Pferdes hinweg kämpfen konnte, war er gezwungen, sich dem Mann von rechts zu nähern – dessen Schwertseite!

Eine gründliche Ausbildung machte sich bemerkbar,

als der Ritter seine Waffe in Sekundenschnelle zog und mit dem im Mondlicht schimmernden Schwert zu einem flachen Schlag ansetzte, der entweder das Gesicht des Pferdes oder das des Reiters treffen sollte. Gull war weder durch Rüstung noch Schild geschützt und hatte keine Ahnung, wie er auf einen derartigen Angriff reagieren sollte. Instinktiv riß er seine Axt hoch und rettete damit sein Leben. Die scharfe Schwertklinge traf auf das harte Hickoryholz, rutschte ab und klirrte auf das Blatt der Axt. Gull fluchte, war aber erleichtert, daß er so niedrig gegriffen hatte, denn er hätte es gehaßt, auch Finger seiner rechten Hand zu verlieren.

Er trat sein Pferd brutal in die Flanken und drängte es gegen das Tier des Kriegers, dem so sein Vorhaben unmöglich gemacht wurde. Der Ritter gab seinem Pferd die Sporen, um Armfreiheit zu gewinnen, doch Gull blieb dicht an ihm. Wahrscheinlich war es nur die Verrücktheit seines Angriffs, die ihn am Leben hielt.

Und tatsächlich – der Holzfäller warf die Axt in seine Zügelhand und stocherte mit der Linken in Richtung seines Gegners. Sein Arm hüpfte im Takt der Pferdehufe, die über den unebenen Boden stampften, auf und ab. (Wo wollten diese Ritter bloß hin?) Er schnappte nach dem Mantel des Ritters, bekam ihn aber nicht zu fassen, lehnte sich dann aus dem Sattel, drängte sich an dem Schwertarm des Kriegers vorbei, verkrallte sich in einem ledernen Rüstungsriemen – und zog.

Der an Schwertduelle und nicht an Raufereien gewöhnte Ritter war darüber so überrascht, daß er sich an den Zügeln festhalten mußte, um nicht aus dem Sattel zu fallen, doch dieses Unterfangen riß nur den Kopf des Pferdes herum, so daß es abrupt stehenblieb. Laut schreiend und brüllend zerrte der Holzfäller an seinem Feind wie an einem Flaschenzug und klebte an ihm wie ein Blutegel. Der Ritter versuchte, Gull mit einem Schwerthieb zu köpfen, doch der Holzfäller duckte sich und klammerte sich noch fester an sein Pferd, bis seine Beinmuskeln sich verkrampften. Er zog erneut, vor Anstrengung ächzend.

Als das Pferd des schwarzen Reiters zufällig über eine Unebenheit im Boden stolperte und der Ritter dadurch ein wenig aus dem Sattel gehoben wurde, nutzte Gull die Gelegenheit, ihn vom Pferd zu reißen. Der Schwarzgerüstete verlor den Halt, und Gull ließ schnell los. Lachend setzte der Holzfäller seinen Weg fort – hinter sich hörte er einen dumpfen Aufschlag und böse Flüche –, denn nur ein Reiter interessierte ihn wirklich: der Anführer, der seine Lily entführt hatte!

»Mach dich bereit!« heulte der Holzfäller, lockerte sich, packte die Axt unten am Heft und wirbelte sie über dem Kopf. »Für Weißfels!«

Obwohl der Anführer scharf geritten war und gleichzeitig die zappelnde Tänzerin festhalten mußte, hatte er gesehen, wie seine zwei Kameraden außer Gefecht gesetzt wurden. Er spornte sein Pferd an, um Abstand zu gewinnen, was Gull vermuten ließ, daß er entweder ein Feigling oder zu stolz war, sich mit einem einfachen Holzfäller zu schlagen. Oder vielleicht wollte er nur um jeden Preis mit seiner Beute entkommen?

Der Ritter rief seinem Pferd Befehle zu, woraufhin es sich nach rechts wandte, Gulls Pfad kreuzte und um einen Baum herumschlitterte, der zu groß gewesen war, um in den Flammen zu sterben. Der schwarze Reiter umritt einen weiteren Baum, wobei das Pferd fast anmutig zu tanzen schien. Dabei näherten sie sich dem Rand des Sternenkraters, und Gull wußte, daß der Anführer der Ritter auf freiem Gelände einen Vorteil hatte. Es würde ihm nie gelingen, einen erfahrenen Reiter auf einem ausgezeichneten Pferd einzuholen, außer er würde seine einzige Waffe werfen. Eine andere Möglichkeit gab es nicht, denn sein eigenes Pferd lahmte bereits, und der Ritter würde auf seinem Schlachtroß mit

Lily entkommen. Und wenn der Mann und sein Pferd zu dem Land zurückkehrten, aus dem sie von jenem unbekannten Zauberer herbeigerufen worden waren, ginge auch Lily mit ihnen, und Gull würde sie für immer verlieren!

Aber er wollte sie nicht verlieren, und so stemmte er die nackten Füße in die Steigbügel, da er hart im Sattel hin und her geworfen wurde, als das Pferd mit unregelmäßigen Sprüngen herumschwenkte. Er hob seine lange, schwere Axt über die Schulter und warf! Ächzend vor Anstrengung ließ er sich in den Sattel zurückfallen, um nicht abgeworfen zu werden, denn wenn er diese Jagd verlor, würde er Lily verlieren!

Die Axt wirbelte wie ein Kugelblitz durch die Nacht, doch der Wurf war zu tief angesetzt, streifte nur den Rumpf des Pferdes mit dem Heft und prallte vom Rücken des Ritters in das schwarzgrüne Unterholz ab. Daneben, dachte Gull, seine letzte Chance war dahin!

Aber er hatte Glück, denn das Pferd, das mitten in einem Galoppsprung getroffen worden war, bockte in der Luft. Der schwarze Reiter, der zusätzlich noch durch die zappelnde Lily behindert wurde, nahm die Zügel an und versuchte, sein Tier mit polternder Stimme zu beruhigen. Dieses jedoch, verwirrt durch die Befehle und den seltsamen Hieb, scheute. Gull wußte nicht, ob es deshalb oder aus einem anderen Grund stehenblieb, und es interessierte ihn auch nicht, denn für einen Augenblick verharrte sein Feind. Dies genügte ihm, um aufzuschließen und anzugreifen.

Ohne eine Waffe, die ihn schützen konnte, lenkte er sein schnaubendes Pferd an das des Ritters, zog die Füße aus den Steigbügeln, stützte sich mit einem Fuß am Sattel ab und sprang. Es war ein unbeholfener Sprung in der Dunkelheit, von einem schwankenden Pferd auf ein bewegliches Ziel, doch wieder hatte der Holzfäller Glück.

Seine rechte Hand traf den schwarzen Ritter am

Oberarm, rutschte ab und verfing sich in dessen Mantel. Seine verletzte Schulter krachte in den Rücken des Mannes, und Gull knurrte vor Schmerz, da die Ritter auch am Rücken mit Metall gerüstet waren. Als er abrutschte, prallten seine Rippen knirschend auf den Hinterzwiesel des Sattels. Doch während er sich noch vor Schmerzen wand, fand seine Linke die Zügel des Pferdes, und er klammerte sich fest. Ein Geruch nach Rauch, Dung, Knoblauch und Duftwasser stieg ihm in die Nase, und er hörte den Ritter kehlig fluchen. Lily quietschte, als Gulls Ellbogen ihr Gesäß rammte. Bei dem neuerlichen, unerwarteten Stoß machte das Pferd einen Schritt zur Seite, und jetzt endlich begriff Gull, warum es gescheut hatte: Sie befanden sich direkt am Rand des Sternenkraters!

Das Tier verlor das Gleichgewicht.

Das Heulen von drei Menschen und einem Pferd durchdrang die Nacht, als sie in einem Gewirr von Armen, Beinen, Hufen, schwarzen und weißen Kleidungsstücken über den Rand fielen.

Die Sterne des dunklen Nachthimmels wirbelten vor Gulls Augen, als er durch die Schwärze purzelte. Der Mantel des Ritters flatterte ihm um die Ohren, und Lilys weiße Beine versetzten seinem Kiefer einen heftigen Schlag. Der Magen rutschte ihm in die Kehle, und er schmeckte Erbrochenes. Anscheinend fiel er mit dem Kopf voran.

Wenn er sich weiterhin an dem Ritter festhielt, würde er vielleicht beim Aufprall unter dem schweren Pferdeleib erdrückt werden, und so ließ er los. Außerdem hatte er den Anführer vorerst aufgehalten, und er brauchte dringend eine Atempause.

Gull landete hart auf den bloßen Füßen, sie rutschten unter ihm weg, und er schlitterte auf dem schmerzenden Rücken durch die von den Pferdehufen aufgewühlte Erde. Sein Fußgelenk traf schmerzhaft auf einen

Felsen, und die Hand, mit der er sich in der Erde festkrallen wollte, griff ins Leere, da er schnell um die eigene Achse wirbelte. Hart prallte er auf und verstauchte sich das Handgelenk, so daß er jaulend hinter Pferd, Reiter und Lily herpurzelte.

Es war noch dunkler geworden, denn der Nebelmond war hinter einige zersplitterte Bäume gesunken, wo er aussah, als sei er in lauter kleine Stücke zerbrochen. Doch der gelbe Sand des Kraters leuchtete in seinem eigenen Licht, als strahle der gefallene Stern noch immer im Erdinneren. In diesem flackernden Schein sah Gull den Anführer der schwarzen Reiter und sein Gefolge.

Der finstere Ritter befreite sich aus dem Sattel und taumelte nach hinten über den Rumpf seines Pferdes. Von dem zusätzlichen Gewicht befreit, rutschte das Tier langsam den Abhang hinab, wobei es sich verzweifelt mit den Vorderbeinen abzustützen versuchte. Da sie sich nicht traute hinabzuspringen, klammerte sich Lily an den Sattelgurt und hüpfte wie ein am Sattelknauf befestigter weißer Mehlsack auf und ab. Der Ritter rappelte sich auf, lehnte sich gegen den steilen Abhang und griff nach seinem Gürtel, um, wie Gull wußte, sein Schwert zu ziehen. Dabei verfluchte er den über ihm stehenden Holzfäller aufs bitterste.

Gull war wütend genug, um es diesem Schönwettersöldner mit gleicher Münze heimzuzahlen. »Jetzt hab ich dich, du Schweinehund!« schrie er und stolperte in einem Schauer von Schmutz und kleinen Steinchen den Abhang hinab.

Da er von oben herabstürmte, wurde er mit jedem Schritt schneller, bis er fast zu fliegen schien. Er erwartete, daß die schimmernde Klinge ihm den Weg abschneiden würde, und zweifellos würde er sich selbst aufspießen, falls der Mann sie rechtzeitig erhob. Doch aus irgendeinem Grunde konnte der Schurke sie nicht ziehen, und plötzlich ging Gull ein Licht auf: Das

Gepurzel hatte die stählerne Schwertscheide verbogen und damit die Waffe gefangen.

Mit einem gellendem Schrei sprang der Holzfäller in die Luft und schmetterte dem sich abmühenden Ritter beide Füße gegen die Brustplatte. Der heftige Stoß brachte sie beide aus dem Gleichgewicht und ließ sie gemeinsam auf den Boden des Kraters zurollen. Als Gull zum Stillstand gekommen war und sich auf die Füße mühte, sah er, daß sein Feind angriff. Aus einer Scheide auf seiner rechten Seite zog der Ritter eine lange weiße Klinge und krächzte einen seltsamen Befehl: Der Dolch in seiner Hand ging in Flammen auf!

Noch mehr verdammte Magie, dachte der Holzfäller. Eine brennende Klinge! Ob sie mehr oder weniger schmerzen würde als ein normaler Dolch? Bei Scarzams Narben, er haßte Magie!

Mit einem schauerlichen Schlachtruf hielt der Ritter an, stemmte die Füße in den Boden und zielte mit dem Feuerdolch nach Gulls Bauch. Der Holzfäller antwortete mit dem einzigen, was er hatte: einer Handvoll Dreck.

Die sandige Erde traf das Gesicht des Ritters, doch dieser hatte gesehen, wie Gull sich gebückt hatte; er öffnete die Augen wieder und grinste höhnisch. Der Holzfäller sprang zurück, als das Messer die Luft durchschnitt. Der Luftzug drückte das Feuer der brennenden Klinge nieder, doch es flackerte wieder auf, als der Ritter die Waffe zur Ruhe brachte. Gull fand das Schauspiel hypnotisierend, und prompt stolperte er, schlingerte seitwärts und ging beinah zu Boden, als sein verkrüppeltes Knie nachgab. Hinter ihm befand sich das Loch, das sie tagelang gegraben hatten, um das ›Sternelein zu bergen‹ – die rosafarbene Steinkiste. Er konnte nirgendwohin entkommen, außer in das Loch …

Obwohl er mit dem Untergrund nicht vertraut war, sah der Ritterführer die schwarze Tiefe hinter den

Füßen seines Gegners gähnen, und so stürzte er brüllend auf ihn zu, um ihn hineinzustoßen. Doch der Holzfäller machte sich klein wie ein Knollenblätterpilz.

Der Ritter hielt stampfend an, holte aus, und die weißglühende Klinge küßte Gulls bereits aufgeschrammte Schulter. Erst hörte er ein Zischen, als seine Haut verbrannte, und dann stieg ihm der Gestank von versengtem Fleisch in die Nase. Die Wunde fühlte sich gleichzeitig eiskalt und glühend heiß an. Gull schrie auf und stieß mit den Händen gegen die Knie seines Feindes, der jedoch nur zurücktaumelte.

Falls er rückwärts in das Loch stürzte, wäre er gefangen wie eine Maus in einem Mehlfaß, und falls er versuchen würde, fortzukriechen oder zu -rennen, brächte ihm das nur eine Klinge im Rücken ein. Er versuchte sich festzuhalten, und seine Hände stießen im sandigen Erdreich auf hartes Holz.

Mit fliegenden Fingern wischte er den Sand beiseite und fand einen glatten, abgegriffenen Holzstab – den Griff einer Spitzhacke, die die ermüdeten Arbeiter gestern nachmittag liegengelassen hatten. Grunzend ergriff Gull das Werkzeug und vollführte einen Sprung auf den Ritter zu, um ihn zu verwirren. Der Mann lehnte sich zurück, holte aus, stieß seine Flammenklinge direkt nach unten – und schrie überrascht auf, als Gull ihm die Füße mit einem seltsamen schweren Werkzeug wegschlug.

Zwar hatte der Holzfäller nur linkisch mit dem Holzgriff und nicht mit der eisernen Spitze zugeschlagen, aber dennoch wurde sein Gegner zu Boden geworfen. Er rollte sich blitzschnell davon, halb in seinen Reitmantel verwickelt. Gull setzte ihm nach, zielte, warf die Hacke wie eine Axt über die Schulter und schlug so hart zu, wie er nur konnte.

Spitz wie ein Raubvogelschnabel drang das schwere Eisen durch stählerne Rüstung, Haut, Fleisch, Organe, Knochen, weitere Haut und Rüstung und schließlich durch Erde. Schwer atmend und erschöpft klammerte sich Gull an den Schaft der Spitzhacke, und das Todeszucken des sterbenden Mannes wanderte das Holz hinauf durch seine Arme geradewegs in sein Herz. Doch unbarmherzig hielt Gull fest. Allmählich ließen die Zuckungen des Ritters nach und hörten schließlich ganz auf. Die Flammen auf dem langen Dolch, den der Ritter noch immer mit der schwarzbehandschuhten Hand umklammerte, erloschen mit einem letzten Flackern.

Ein Keuchen ließ Gull herumfahren: Ein Geist griff ihn an!

Instinktiv zerrte er am Griff der Spitzhacke, doch sie steckte in der Rüstung fest. Dann warf sich der Geist mit einem Schluchzen in seine Arme, der Geruch von Moschus und Duftwasser umschmeichelte seine Nase. »Lily!« säuselte er.

Die Tänzerin preßte ihren heißen Körper zitternd gegen den seinen und bat weinend wie ein kleines Mädchen darum, von ihm festgehalten zu werden, doch Gull mußte sie von sich schieben. »Wir müssen zurück! Die anderen werden uns brauchen!«

»Kem?! Chad?!« schmollte sie. »Warum willst du dein Leben aufs Spiel setzen, um die beiden zu retten?«

»Greensleeves. Felda. Stiggur«, entgegnete er. »Komm schon!« Er wußte, daß er ohnehin in Bewegung bleiben mußte, denn wenn er auch nur einen Augenblick stehenbliebe, würden ihm all seine Wunden und Verletzungen die Sinne rauben und ihn hilflos machen.

Er stolperte am Abhang des Kraters entlang und fing das Pferd des toten Ritterführers ein. Es wich zurück, aber Gull brummte beruhigend, ruckte kurz an den Zügeln, und es gehorchte. Zu wund und benommen, um aufsteigen zu können, ergriff er Lilys Hand und gab dem Pferd einen Klaps, so daß es sie den Abhang hinaufzog.

Oben angelangt, schaute sich Gull nach seinem früheren Reittier um, konnte es jedoch nicht finden. Jetzt, wo der Mond untergegangen war, war die Nacht tiefschwarz, und nur einige geisterhafte Birkenstümpfe leuchteten in der Dunkelheit. Ihre verbrannten Stämme mahnten wie graue Finger in der Nacht. Der Holzfäller konnte im Sternenlicht kaum die Hand vor Augen sehen. Sie würden zum Lager zurückkriechen müssen.

Trotz des Widerspruchs der Tänzerin – sie wollte auf keinen Fall wieder auf ein Pferd steigen – kletterte Gull unter Schmerzen in den Sattel und zog sie vor sich, dieses Mal aufrecht. Schnalzend wendete er sein Pferd nach Westen. Erschöpft und mit doppelter Last konnte das Tier nur langsam gehen, und da er selbst zu Tode erschöpft war, ließ Gull es gewähren.

Das Lager war vermutlich eine halbe Meile entfernt, und durch verkrüppelte Baumstümpfe und dorniges Gestrüpp konnten sie bereits Licht erkennen. »Das Lagerfeuer!« zirpte Lily.

Gull murmelte: »Sie haben's wahrscheinlich hochgeschürt, um uns ein Zeichen zu geben.«

»Denkst du, die Schlacht ist vorbei?«

Er zuckte mit den Schultern. Die kurze Pause hatte ihn wieder an seine Verletzungen erinnert, und jede von ihnen brannte, juckte, stach und schmerzte. Wo immer seine Haut Lilys zerrissene, verdreckte Kleidung berührte, klebten Schweiß und Blut mit Dreck zusammen, und doch drückte sie sich nach Geborgenheit suchend eng an ihn.

»Vielleicht«, sagte er, »doch das könnte auch schlecht sein. Wenn Towser sieht, daß er unterlegen ist, flieht er vielleicht, so wie diese braungelbe Zauberin beim Kampf um Weißfels.« Der Name seiner verlorenen Heimat schnürte ihm die Kehle zu. Ärgerlich schüttelte er den Kopf. »Und deshalb müssen wir uns beeilen. Wenn Towser verschwindet, nimmt er vielleicht alle anderen mit. Auch meine Schwester. Sie ist die einzige, um die ich mir Sorgen mache.«

»Und was ist mit mir?« schmollte Lily.

Zu Gulls Schmerzen und Sorgen gesellte sich nun auch noch Verwirrung. Er schnalzte und trieb das Pferd sanft zu einem schnelleren Schritt an. »Du auch... natürlich. Aber wir müssen jetzt ...«

Das Pferd schnaubte und hielt jäh an, als wäre es gegen eine Wand gelaufen. Gull fluchte und trieb es an, doch dann spürte er etwas vor ihnen in der Dunkelheit. Die seichte Brise, die sie vorher gekühlt hatte, hatte sich gelegt.

Vorsichtig ließ er sich hinabgleiten und ging langsam mit ausgestreckter Hand vorwärts. Plötzlich stach ihn etwas in die Hand, und er nahm einen vertrauten bittergrünen Geruch war. »Bei meinen Klöten! Es ist wieder Towsers verdammte Dornenhecke. Und was jetzt?«

Er blickte nach rechts und links, verfing sich mit den Haaren in kratzenden Dornen und fluchte. »Kannst du einen Weg drumherum sehen?«

Hoch auf dem Pferd verrenkte sich die Tänzerin den Hals. »Da! Ganz hinten! Rechts! Da ist was Weißes! Das können doch keine Dornen sein, oder?«

»Wer weiß«, seufzte Gull, »wenn sie erst mal mit ihren Zaubereien angefangen haben, gibt es keine Regeln mehr. Nichts macht Sinn.« Er zog das Pferd auf die weißen Was-auch-immer zu und schützte in der tintenschwarzen Dunkelheit sein Gesicht mit der Hand. Der Dornenwall schlängelte sich wie eine wilde Hecke durch die Landschaft. Dornen schrammten Gull die Schultern und Hände auf, manchmal trat er barfüßig in einige hinein, und oft lief er gegen Baumstämme und war gezwungen, diese zu umgehen. Mit der Zeit wurde er immer mürrischer, er mußte zurück zu Greensleeves, bevor irgendein Unheil das Lager ereilte! Als sie sich den weißen Erhebungen näherten, glaubte Gull, in ihnen – Zähne zu erkennen.

Zunächst war die Dornenhecke noch mit den weißen Zähnen vermischt, doch dann wich sie zur Gänze zurück. Die Zacken waren in allen Größen vorhanden, von Fingerhöhe bis zu einer Höhe, bei der es ihm unmöglich war, die Spitze zu berühren. Gull betastete einen von ihnen und fand ihn glatt und schlüpfrig, doch die Spitze scharf genug, um seine Haut zu durchstechen. Er umfaßte einen schlankeren Zahn wie einen Eiszapfen mit der Hand und versuchte, ihn zu zerbrechen, doch er scheiterte bei allen, die dicker waren als sein Daumen.

»Ich hab diese Dinger schon mal gesehen«, sagte Lily, »sie wachsen in Höhlen, vom Boden und von der Decke. Man nennt sie Steinspeere. Riechst du's? Die Erde ist bedeckt mit Fledermausdung.«

Gull kräuselte die Nase bei dem trockenen, ätzenden Geruch. Die Erde war grauweiß, und aus dem Kot drang das Schaben von Millionen von Insekten, die in dem Zeug lebten. Ein weiteres Stück aus den fernen Domänen, dachte Gull, aus dem Boden irgendeiner Mammuthöhle gerissen und hier in den westlichen Ausläufern des Flüsterwaldes fallengelassen! Welche Wunder verschwendeten diese Zauberer nur in ihrer Gier nach Macht!

Die Zähne glänzten im Sternenlicht weiß wie ein Wall aus Schwertern und zogen sich im Zickzack durch den verkohlten Wald, als wären sie von einem Trunkenbold gesät worden. An keiner Stelle war der Wall breiter als sechzig Schritt. Als sie endlich klare Sicht hatten, wartete bereits eine neue Überraschung auf sie: Das Feuer, das sie erspäht hatten, war nicht das ihres eigenen Lagers, sondern das eines anderen Zauberers.

Es war keine Grube für ein Kochfeuer, sondern ein riesiges Freudenfeuer, das nur knapp hundert Schritt von ihnen entfernt war. Gull mußte zugeben, daß er sich ohne den Mond als Wegweiser wohl verlaufen hatte. Zwischen den schwarzverkohlten Baumstämmen, die ihm wie Gitterstäbe die Sicht versperrten, konnte er nur wenig erkennen.

Schwarze Ritter tummelten sich um das Feuer, einige zu Pferd, andere abgesessen. In der Mitte wandelte eine mächtige Gestalt auf und ab – sehr groß, stellte Gull fest, beinah so hoch wie die Reiter auf ihren Pferden. Die Figur stolzierte zwischen den Rittern umher und hielt wahrscheinlich eine flammende Rede an ihre Truppen, die gefährlich wie Löwen waren. Das Licht ließ den Mann leuchten, als wäre er von Kopf bis Fuß in eine schimmernde Rüstung gehüllt. Jenseits des Kreises waren weit entfernte Hügelketten zu sehen: Doch Gull entschied sich schließlich dafür, daß es dunkel bemalte und mit schwarzen Segeltuchplanen bedeckte Wagen waren.

Dies also war der Wagenzug, dessen Weg sie vor einigen Wochen gekreuzt hatten. Doch wo war Towsers Lager? Und wo waren die Zombies? Und wie würde der nächste Angriff aussehen? Würden sie es mit etwas Schlimmerem als Untoten zu tun bekommen?

Lily wisperte seinen Namen und deutete in die Ferne. Als sein Blick dem weisenden Weiß ihres Ärmels folgte, sah er das schwache Glimmen eines abgeschirmten Feuers, die undeutlichen Schemen sich bewegender Gestalten und die Umrisse eines Rades – den Bug eines umgestürzten Wagens. Gull zischte sein Pferd an und bedeckte dessen Nüstern mit der flachen Hand, um zu verhindern, daß es seinen Gefährten zuschnaubte und somit die Aufmerksamkeit der schwarzen Ritter auf sie lenkte. Behutsam führte er das Tier durch den Schwertwall, während er in dem düsteren Zwielicht mit den nackten Füßen vorsichtig über den Boden schlurfte, damit er nicht versehentlich auf eine herausragende Spitze trat. Er hoffte, daß sein Pferd ebenso klug war. Der ihm zwischen den Zehen hervorquellende Fledermauskot und das laute Knacken der Chitinpanzer verursachten ihm Übelkeit.

Doch bald schon verließ er den widerlichen Höhlenboden und betrat weichen, schwarzen Lehm. Gull wischte sich die Füße ab und schwang sich hinter Lily in den Sattel. Das schwache Glimmen des Lagerfeuers würde ihnen den Weg weisen, so daß sie auf das Lager zureiten konnten, und, falls die Ritter kämen, konnten sie so besser fliehen.

Donnernde Hufschläge dröhnten plötzlich an sein Ohr, doch nicht aus der Richtung des in der Ferne lodernden Feuers, sondern aus der Richtung von Towsers Lager. Gull zügelte sein Pferd hinter einem dicken Baumstamm. Lily fragte: »Wer ist …«

»Pscht!« Zwei Reiter galoppierten schnell und elegant um die Baumstämme herum. Ein Schreien hob an, und ein seltsamer heulender Kriegsruf zerriß die Stille der Nacht. Gull schnappte überrascht nach Luft, denn er kannte diesen Schrei: »Helki! Holleb!«

Das verschwitzte bronzefarbene Fell der Kentauren glänzte im Sternenlicht. Sie waren ohne ihre Rüstungen, Helme und Kriegsbemalung nackt bis auf ihre Armreifen und gefiederten Lanzen. Von Ratten zerfressenes Haar, das fast so lang wie ihre Schweife war, wehte hinter ihnen her. Was war nur geschehen? fragte sich Gull. Früher hatten sie mit ihrer bemalten, polierten und sauber in den Geschirren verstauten Ausrüstung so ordentlich und soldatisch ausgesehen. Warum waren sie jetzt so schäbig und ungepflegt? Und warum waren sie hier? Warum nicht daheim, in ihrem Steppenland?

Als sie an ihm vorbeisprengten, rief Gull ihre Namen. Holleb antwortete nur mit seinem blutrünstigen Kriegsschrei, doch Helki wieherte aus Furcht oder Scham: »Gull! Wir angreifen müssen! Wir Gefangene! Wir nicht können … uhuhuhu!« Sie unterbrach sich, um ihren Schrei auszustoßen, und wie Holleb legte sie ihre Lanze an. Am weit entfernten Freudenfeuer rannten die Ritter durcheinander und bestiegen ihre Pferde, während die große Gestalt in der Mitte mit ihren goldglänzenden Armen winkte.

Gull war durch Helkis Wort wie gelähmt. Gefangene? Schon wieder? Die braungelbe Zauberin hatte sie zurückgelassen, und Towser hatte sie heimgeschickt. Also … hatte er sie jetzt selbst herbeigerufen und sie für seine eigenen Zwecke versklavt? Es schien so, denn sie kamen von seinem Lager und galoppierten auf den Feind zu. War Towser also genauso schlecht, abgebrüht und kaltherzig wie all die anderen Zauberer? War Gull denn wirklich so ein Trottel, daß er für ihn arbeitete?

»Oh!« schrie Lily. »Da, am Himmel!« Ein heller Blitz blendete Gull, und er kniff die Augen zu. Vom Lager des anderen Magiers schwang sich zischend ein flammendes Pferd in die Luft, glühend wie eine Sternschnuppe: »Ein Nachtmahr!«

KAPITEL 12

Das Zauberpferd flammte über den Himmel wie ein Komet.

Sein Körper und sein Gesicht waren grau wie ein Grabstein aus Schiefer, die Füße weißglühend und umlodert von gelben Flammen. Mähne und Schweif zogen eine feurige Spur durch den Nachthimmel wie ein brennender Papierdrache.

Das Geisterroß hatte sich gleich einem Katapultgeschoß aus dem gewaltigen Feuer des goldenen Magiers emporgeschwungen, und nun flog es in einem Bogen auf Towsers Lager zu. Die gleißende Helligkeit der Erscheinung brannte in Gulls Augen, als sie über den Wipfeln der Bäume durch die Luft galoppierte und ohne etwas zu berühren einen dröhnenden Hufschlag erklingen ließ, der in seinen Ohren schmerzte. Die Nüstern schnaubten Feuer und stießen schwarze Rauchwolken aus.

War es lebendig oder tot? fragte sich Gull. War es überhaupt ein Pferd? Seine Mutter hatte immer gesagt, er habe einen ›Nachtmahr geritten‹, wenn er schlechte Träume gehabt hatte. Doch nie wäre es Gull in den Sinn gekommen, daß ein echter Dämon ihn in den dunklen Stunden heimgesucht haben könnte.

Doch jetzt war nicht die Zeit für Vermutungen, denn das flammende Ungeheuer tauchte direkt auf Towsers zerstörte Wagenburg zu. »Greensleeves!« brüllte der Holzfäller, packte Lily fest um die Hüfte und trieb sein Pferd auf das Lager zu. Aber das Tier aus Fleisch und Blut scheute, entweder vor dem Feuer oder dem fremden, metallischen Geruch des Phantompferdes. Nach drei vergeblichen Versuchen, es anzutreiben, gab Gull auf, glitt aus dem Sattel und zerrte die stolpernde Lily mit sich.

»Komm schon!« Er wußte selbst nicht, wie er im Lager helfen konnte, da er vollständig waffenlos war, nachdem er sogar seine Axt fortgeschleudert hatte. Seine einzige Hoffnung bestand darin, Greensleeves zu packen und wie der Blitz davonzurennen.

Pfeifend stieß das Geisterroß wie ein Falke auf schutzlose Hühner in enger werdenden Kreisen auf Towsers Wagen nieder. Das Lager wurde durch sein Feuer hell erleuchtet, und Gull sah, wie Frauen und Leibwächter sich duckten. Selbst Chad und der angeblich so harte Kem rollten sich wie Igel ein und schützten ihre Köpfe mit den Armen – wie Kinder, die Angst vor dem Zorn ihrer Eltern haben. Alle Menschen im Lager, ob innerhalb oder außerhalb der Wagen, schrien um ihr nacktes Leben.

Entsetzen, dachte Gull, dieses Ding verbreitet Entsetzen! Es verursacht quälende Träume, aus denen man nicht erwachen kann! Ohne es zu bemerken, verlangsamte er seine Schritte, als wäre die Angst eine zurückweichende Flut, durch die er waten mußte. Er mußte sich so sehr konzentrieren, daß er beinahe hinfiel, als Lily plötzlich nach Luft schnappte und an seiner Hand zog.

Sie waren noch mindestens hundert Schritt vom Lager entfernt.

»Was ...?« Dann sah er es.

Im flackernden Licht des Geisterrosses entdeckte er zusammengekrümmte Gestalten, die den Waldboden vor ihnen bedeckten. Die Zombies von Scathe, wie Lily sie genannt hatte. Die Untoten lagen durcheinander und übereinander wie geschnittenes Korn, einige mit dem Gesicht nach unten, andere mit grotesk verdrehten Köpfen. Es waren sicherlich mehr als sechzig bewegungslos daliegende Gestalten, auf deren Körpern sich unzählige fette Maden wanden. Der faulige Odem der aufgedunsenen Verwesenden hämmerte Gull wie eine Faust ins Gesicht. Er hielt sich die Nase zu und stolperte keuchend und würgend mit der Tänzerin zurück.

Trotz des Grauens kam ihm die Szene seltsam vertraut vor: Es war wie in Weißfels, als die Menschen ausgestreckt wie Strohpuppen am Boden lagen. Damals waren die Dörfler, seine Eltern und Geschwister eingeschlossen, gegen Ende der Schlacht der Zauberer von einer mysteriösen unsichtbaren und unhörbaren Schwäche heimgesucht und der Kraft ihrer Körper beraubt worden. Gull selbst war seinerzeit zusammengebrochen, und nur die Gesunden und Starken hatten überlebt, während Alte, Kinder und Kranke starben. Viele andere hatten sich nie wieder erholt, sondern lagen in tiefer Bewußtlosigkeit da und welkten wie Schnittblumen bis zu ihrem letzten Atemzug dahin.

Und wenn dieser Schwächezauber – falls es ein solcher war – die Zombies hier gefällt hatte, dann mußte es in Weißfels der gleiche Zauberer gewesen sein, der diesen Bann erwirkt hatte: Towser!

Gull blieb vor Entsetzen stehen. *Towser* hatte seine Familie und Nachbarn auf dem Gewissen? Oder beherrschte jeder Zauberer einen derartigen Bannspruch?

Wenn es Towser gewesen war, gelobte sich Gull im stillen, würde er dafür mit dem Leben bezahlen. Er würde ihn töten! Er würde ihm jeden Knochen einzeln brechen und dabei die Namen aller Dörfler, die seiner Magie zum Opfer gefallen waren, aufzählen.

»Verflucht seien alle Magier! Und verflucht auch ich, weil ich für einen arbeite!«

Plötzlich erhob sich Geschrei aus dem entfernten Lager, und Gull wandte den Kopf um. Lilys rote Nägel schnitten tief in sein Fleisch. »Laß uns von diesen … Toten verschwinden.«

Doch das von einem brennenden Phantom heimge-

suchte Lager würde ihnen nur wenig Schutz bieten.
»Da! Sieh mal!« rief Gull. »Irgend etwas hat es aufgehalten!«

Hoch in der Luft hatte das Geisterroß seinen Angriff abgebrochen. Wild tanzte es in der Dunkelheit, stampfte ungebärdig mit den Hufen und wirbelte seinen feurigen Schweif, so daß Funken davonstoben, als hätte man einen Feuerstein geschlagen. Dort wo die kleinen Flammen auf dem Boden auftrafen, flackerten sie zwischen dem spärlichen Grün nur kurz auf und verloschen dann, denn es gab in diesem verrückten Alptraumwald nichts mehr, was Feuer hätte fangen können.

Und doch schien es, als könne das Geisterroß vertrieben werden, denn irgend etwas hielt es vom Lager fern. Im hell lodernden Schein des Feuers sah Gull Towsers gestreiftes Gewand. Der Magier stand auf dem Kutschbock seines Gefährts, und der Holzfäller dachte wütend, daß dieser Zauberer heute nicht viel Gelegenheit zum Angreifen bekam, weil er zu beschäftigt war, das Lager zu verteidigen und das Leben seiner Leute trotz der verschiedensten Attacken zu schützen.

Towser hielt einen Steinkrug in die Luft, als wolle er das Mondlicht darin sammeln (es hätte auch Bier sein können), während er einen trällernden Bannpruch anstimmte, der an das Kreischen von Wildgänsen erinnerte. Auch dies hatte Gull schon einmal gesehen. Die Öffnung des Kruges spie eine Wolke aus, die sich aufblähte, anschwoll und schließlich die Form einer aufgepumpten Schweinsblase annahm.

Allmählich dehnte sich die Wolke wie eine Seifenblase, löste sich vom Krug und waberte durch die Luft, bis sie endlich die Gestalt eines Mannes annahm. Das Wesen war groß, blau und so muskulös, daß es schon fett wirkte, mit einem knotigen schwarzen Haarzopf, der mitten auf dem Schädel entsprang. Es trug eine enge Weste und weite Pluderhosen wie die Tänzerinnen. Der blaue Mann stieg auf wie eine Luftblase im Wasser und stellte sich dem Geisterroß, das gerade außerhalb der Wagenburg in der Luft herumstampfte.

Das Gefolge hatte aufgehört zu schreien, und das allein, bemerkte Gull, war schon ein guter Grund gewesen, den Wolkenmann zu beschwören. »Ein Djinn!« hauchte Lily.

Gleich einer lebenden Wolke wehte der blaue Djinn langsam wie eine Nebelbank voran. Das Geisterroß zischte mit dem Flammenschweif, tänzelte auf den brennenden Hufen, entblößte gelbe Zähne und griff an.

Gull und das Mädchen hielten den Atem an, als das Phantom auf die blaue Wolke zustürzte – und durch sie hindurchgaloppierte. Das hätten sie nicht gedacht! Es schien so, als wäre Feuer auf Wasser getroffen, und der gewaltige Knall von etwas Platzendem erschütterte den Nachthimmel und ließ Gulls Ohren klingeln. Der Djinn war in tausend kleine Dampfwölkchen explodiert, die sich nun wie Rauch aus einem erstickten Feuer emporkräuselten.

Das Geisterroß blieb schlitternd stehen und schüttelte sich wie ein nasser Hund. Sein Feuer war erloschen, so daß die Nacht beinah schwarz geworden war, doch jetzt flammte es wieder auf. Hoch über ihm vereinigten sich die Dampf- und Rauchwölkchen des Djinns wieder und formierten sich erneut zu seiner fetten blauen Gestalt.

Feuerschnaubend griff das Geisterroß an, seine lodernden Flammen ließen die Luft kochen, und wo seine Hufe verbrannte Baumstümpfe berührten, knisterte das Holz und fing Feuer. Je näher es seinem Gegner kam, desto stärker wurde es und desto höher loderten seine Flammen durch die schwarze Nacht. Bis jetzt hatte sie nur die Tatsache, daß der Wald bereits gebrannt hatte, vor einer Feuersbrunst bewahrt, doch wenn dieses flammende Untier heiß genug brannte, vermochte die Hitze vielleicht auch die verkohlten

Stümpfe, die verbrannte Rinde und das innerste Holz der Bäume zu entflammen.

»Komm, Lily!« Gull zog sie mit sich. »Wir müssen in die Wagenburg!«

Sie zögerte und fragte durch den Lärm des brennenden Windes: »Aber… was ist da drüben los?« Gull starrte in Richtung des fremden Lagers, an das er nicht mehr gedacht hatte. Er stieg auf einen Baumstumpf, um besser sehen zu können, und erkannte, daß dort das Feuer noch höher brannte. Die Silhouette des riesigen silbern gerüsteten Mannes erteilte vor der Glut Befehle. Nur jetzt war er noch größer – näher!

Mit Riesenschritten und schwingenden Armen stapfte der Magier in der goldziselierten Plattenrüstung näher. Er war so massiv und schwer, daß er bei jedem Schritt bis zu den Fußgelenken in den weichen Lehmboden des Waldes einsank.

Um seine Beine wuselte eine Horde von Skeletten.

Sie waren klein und klapprig, nicht größer als Kinder und von leichtem Bau. Ihre langen Kiefer waren gespickt mit spitzen Zähnen. Die unbeschreiblich dünnen, knochigen Gesellen hüpften quicklebendig vor dem weit entfernten Feuer auf und ab.

Goblinskelette, erkannte Gull. Diese gemeinen, feigen Diebe! Lebendig waren sie nutzlos, vielleicht taugten sie als Tote mehr…

Mit einem schrillen Wiehern bäumte sich das erbeutete Ritterpferd auf und riß Gull die Zügel aus der Hand. Der Holzfäller ließ es laufen. »Wir sollten auch rennen! Zum Lager! Und bleib nicht stehen!« Sie konnten die Skelettarmee jetzt hören. Ihre durchdringenden pfeifenden Schreie wurden durch die dicke Nachtluft herangetragen und klangen wie das Gezeter eines Fledermausschwarmes. Über ihnen stürmte das Geisterroß erneut auf den Wolkenmann zu.

Auf einmal konnte Gulls Geist die Menge der gespenstischen Erscheinungen nicht mehr begreifen. Phantompferde, gerüstete Titanen, quietschende Skelette, Wolkenmänner, tote und untote Zombies! Und alle suchten einen zerstörten Wald heim! Wenn er über all das nachdächte, dann würde er sicherlich vor Angst verrückt oder irre werden. Also verdrängte er diese Gedanken aus seinem Kopf und befahl sich selbst: Hol Greensleeves! Hol deine Schwester und lauf, wie von tausend Teufeln gehetzt, denn vermutlich war eben dies der Fall – irgendwo in diesem öden, verrückten Landstrich.

Lily mit sich ziehend, torkelte er auf das Lager zu, bis er die schweißglänzenden Gesichter ausmachen konnte, die die kämpfenden Geister und den gepanzerten Magier mit seiner knochigen Horde entsetzt anstarrten. Über ihren Köpfen pflügte das Geisterroß wieder durch den blauen Djinn, doch diesmal lösten sich die durch den Nachtwind treibenden kleinen blauen Nebelwölkchen in Nichts auf – der Wolkengeist entstand nicht wieder. Offensichtlich beherrschte das Geisterroß die Nacht.

Triumphierend schnaubte und stampfte das Pferdeding über den Baumwipfeln, stärker und heller als je zuvor. Es war so heiß, daß es Funken versprühte, wie brennender Stahl in einem Schmiedefeuer. Die kleinen Flammen regneten auf Towsers Lager nieder und verloschen wie Glühwürmchen.

Aber Gull konnte in diesem Augenblick nicht viel vom Lager sehen, denn ein Nebel erhob sich wie aus einem Sumpf. Als er schweratmend in den Dunst hineinrannte, brannten sein Augen. Es war Rauch: niedergedrückter Rauch wie der von Lagerfeuern, wenn das Wetter sich verschlechterte. Niemand hatte das Kochfeuer geschürt, und es brannten auch keine Bäume, und doch verdichtete sich der Rauch, als schwele die Nacht.

»Noch mehr verdammte Magie!« keuchte Gull. Der Holzfäller und die Tänzerin stolperten blinzelnd und halb blind an dem umgestürzten Männerwagen vorbei und fielen fast über die hervorstehende Deichsel. Gull begriff, daß der Wagen entweder nochmals umgekippt oder einfach umgedreht worden war, denn das Dach der Kutsche zeigte nun zur Mitte der Wagenburg, so daß der Boden einen nützlichen Schutzwall bildete.

Jemand rief sie an, und sie stießen ihre Namen hervor. Dann wurden sie zu Morven geführt und kauerten sich hinter den Kutschbock des umgekippten Wagens. Inzwischen war der Rauch so dicht geworden, daß das Lagerfeuer nur noch als ein verschwommener orangefarbener Fleck auszumachen war und Gull nichts sehen konnte außer Morvens grauweißem Haar.

»Was ist mit dem Wagen passiert?« krächzte Gull.

»Wir haben versucht, das Ding hinzustellen, sind anjespukt worden, un das Ding is andersrum jefallen«, murmelte der Seemann. »Is'n Mist hier. Dieses Jequalm tut keinem hier nutzen. Hat der jute Towser nicht so nachjedacht bei. Rauch is zwar jut, um Tiere un normale Leute zu verjagen, aber den rüstijen Bastard un seine knochijen Landratten kann man damit nich ins Bockshorn jagen. Vielleicht tötet's aber die Flöhe in meiner Decke.«

»Wie kannst du…« – Gull mußte niesen –, »… wie kannst du darüber noch Witze machen!?«

Er fühlte mehr, als daß er sah, wie Morven mit den Schultern zuckte. »Da jewöhnste dich nach 'ner Weile dran. Tow wedelt 'n bißchen mit den Händen rum, un Scheiße fällt vom Himmel. Halt bloß dein Kinn runter un'n Mund zu. Keiner von uns is bis jetzt versenkt worden.«

»Den alten Frachtmeister hat's erwischt!«

»Ooch, der«, weiteres Schulterzucken, »aber der is ja auch aus dem sich'ren Hafen ausjelaufen. Der arme Jorman war auch mehr fürs Dreckschaufeln gut als fürs Denken. Ich hoff ja nur, daß der jute alte Towie noch 'n As aus 'm Ärmel zieht. Das jerüstete Unjeheuer sieht aus, als wie wenn's dreimal ›Haps‹ sacht, un der Wagen is durch.«

»Was wird er uns wohl antun?« röchelte Gull. Wie der Rest des Gefolges atmete er durch die Hände und seine Kleidung, während er die näherkommende Horde betrachtete. Durch den wabernden grauen Rauch sahen sie, daß ihre Feinde inzwischen bis auf dreißig Schritt herangekommen waren. Zumindest hatte sich der Schrecken unter Towsers Leuten etwas gelegt, denn das Geisterroß war in Baumwipfelhöhe nach Süden gedonnert und stand dort direkt dem gerüsteten Magier gegenüber wie ein Leuchtfeuer am Himmel. Towser hatte sich wieder in seinen Wagen verzogen.

Morven rieb sich die wäßrigen Augen. »Oh, die werden uns nich fress'n oder totfoltern, Junge. Halt nur das Steuerrad jerade, dann wirste auf kein Riff laufen. Wir sin nur Ameisen für die Zauberer. Wir werden in alle Winde zerstreut, wie die in deinem Dorf. Tut mir leid. Aber ich wett, der Pirat is hinter die Korallenkiste her. Wenn sie randvoll is mit Magie, wie Towie sacht, dann is sie 'n Machnet für alle die Handwedler auf 'm janzen Kompaß.«

»Vielleicht gibt Towser sie einfach her?« murmelte Gull. Morven und Lily schnaubten. Gull spielte nervös mit den leeren Händen. Ohne eine Waffe fühlte er sich so hilflos, so nackt, und nur mit seinem ledernen Kilt bekleidet war er das auch. Er befahl Lily dazubleiben und kletterte an ihnen vorbei auf den umgestürzten Küchenwagen zu – doch er kam nicht weit.

Der Wagen war ein einziges Durcheinander: Kisten, Töpfe, Schüsseln, Brotlaibe, Decken, verschüttetes Mehl und Bier, Wein und Butter türmten sich auf einer Segeltuchplane, und darauf lag, mit einem Tuch über dem Kopf, eine besudelte Felda, die Greensleeves eng umschlungen hielt. Stiggur hatte sich dicht hinter sie gekauert, während Gulls Schwester ruhig schlief. Einen

Vorteil haben diese Halbverrückten, dachte Gull, sie haben wenig Sorgen. Er sah, daß Greensleeves etwas Graues, das aussah wie eine Quaste aus Pferdehaar, eng an sich gedrückt hielt, und er fragte sich, wo sie das nun wieder gefunden hatte.

Die fette Köchin fragte ihn, was geschehen sei, doch er antwortete nicht. Er war gekommen, um nach seiner Schwester zu sehen und seine kleine Axt zu holen, die mit seinen Sägen und anderen Werkzeugen hinter einigen Kisten gelagert worden war. Doch um jetzt an sie heranzukommen, müßte er den ganzen Wagen entladen. Also fragte er Felda nach einer Waffe und bekam einen Schürhaken aus schwerem Stahl und ein Fleischermesser, das er vorsichtig hinter seinen Gürtel schob.

»Wenn es nötig wird, hier abzuhauen, komm ich euch holen! Ansonsten bleibt hier.« Niemand widersprach ihm, und so kletterte er rechtzeitig wieder hinaus, um zu sehen, wie die Skelettgoblins verschwanden.

Der Rauch hatte sich verflüchtigt und einen scharfen brennenden Geschmack in ihren Mündern und einen Ausschlag wie Sonnenbrand auf ihren Gesichtern zurückgelassen. Die Skelettgoblins waren um den gerüsteten Zauberer herumgehüpft wie Spatzen vor einem Raben, hatten Luftsprünge vollführt, herumgekreischt und mit ihren knochigen Armen in der Luft herumgewedelt – kurz gesagt, sie hatten sich genau wie im Leben wie nutzlose Idioten aufgeführt. Gull war sich nicht sicher, ob sie eine Bedrohung darstellten oder nicht: Was könnten sie schon tun außer beißen? Und ein kräftiger Tritt würde sie zweifellos in ihre Einzelteile zerlegen.

Jetzt machte einer nach dem anderen einen seltsam anmutenden Sprung, schwang herum, schrumpfte zusammen wie ein welkendes Buchenblatt, stieg glitzernd zum Himmel auf und wurde fortgeblasen wie Spreu von einem Wirbelwind. Aus Towsers Wagen kam ein triumphierendes Freudengekrächze. Die Ärmel bis zu den Ellbogen aufgekrempelt, rieb sich der Magier die Hände, als der letzte der Skelettschar wie Asche im Wind davonwehte.

»Der eine beschwört, der andere entschwört«, stellte Morven fest. »Der eine macht was, und der andre macht's wieder wech, um dem einen eins auszuwischen. Hätt ich nur 'n Hundertstel von dieser Kraft, die diese Hexer verprassen...« Dann hielt sogar der kommentierfreudige Seemann den Mund, denn der gerüstete Magier war angekommen, und es schien so, als ob Towser diesen nicht so leicht ›entschwören‹ konnte.

Der Kampfmagier hielt etwa sieben Schritt vor der Wagenburg an, wobei er noch tiefer in den Waldboden einsank. Er wiegt mit Sicherheit soviel wie eine Steinscheune, dachte der Holzfäller. Im unbeständigen Licht des schwebenden Geisterrosses und des Lagerfeuers versuchte Gull, Schwächen des gerüsteten Feindes zu erkennen. Es schien keine zu geben.

Der glänzende Magier war knapp drei Schritt groß und mit einer eindrucksvoll verzierten Silberrüstung geschützt. Die Brustplatte, Bein- und Armschienen waren wie die darunterliegenden Muskeln geformt, kreuzförmig angebrachte rote Röhren und verstärkende Riemen hielten das Plattenzeug an den Gelenken zusammen. An der Kehle, den Leisten und den Handgelenken war der Körper des Zauberers mit Kettenzeug bedeckt, und über die Schultern ragten breite Schwingen, die ebenso wie der Rücken der Panzerhandschuhe mit eisernen Dornen besetzt waren. Auf dem Topfhelm der Gestalt waren zwei silberne Hörner mit roten Spitzen angebracht, und das Gesicht des Helmes war bis auf die silbernen Beschläge rot bemalt. Kein Stück Haut, nicht einmal der Unterkiefer des Magiers war zu sehen. Es war ein fantastisches, irreales Bild, das selbst einem Alptraum Hohn spottete. Die Rüstung sah starr und unbeweglich wie eine Steinmauer aus, und doch trug der Magier – wie der Holzfäller erkannte – keinerlei Waffen bei sich, wodurch er unvorbereitet und unvollständig wirkte.

Towser stellte sich auf dem Kutschbock in Positur, was Gull überraschte, denn niemand konnte es mit dieser gerüsteten Erscheinung in einem Kampf aufnehmen. Doch Towser verbarg in aller Gemütsruhe die Hände in den weiten Ärmeln seines Gewandes. Er zeigte keine Anzeichen von Furcht, sondern schien im Gegenteil fast gelangweilt.

Der Krieger hob eine Hand und ballte sie zur Faust. Das Licht über ihm wurde plötzlich schwächer, als das Geisterroß zu einem Eschenblatt zusammenschrumpfte, das langsam durch den Nachthimmel davonwehte. Inzwischen hatte sich der Rauch aufgelöst, und nur das schwache Flackern des Lagerfeuers beleuchtete die Szenerie. Weit im Osten schimmerte das erste Grau der treulosen Morgendämmerung. Der Kampf hatte fast die ganze Nacht gedauert, und plötzlich spürte Gull, wie sich bleierne Müdigkeit in seinen Gliedern breitmachte und ihn wie ein steinernes Joch niederdrückte. Trotz der schmerzenden Wunden, die er in den schweren Kämpfen dieser Nacht davongetragen hatte, fielen ihm die Augen zu, und er gähnte so laut, daß sein Kiefer knackte.

Doch dann schreckte er bei Towsers Worten auf, als dieser seinem Gegner entgegenschrie: »So wisset denn, Herr Zaub'rer, daß Euer Zeit und Müh vergeudet sind. Ihr werdet's nicht vermögen, jenselbges an Euch zu bringen, weswegen Ihr wohl kamet, denn meinen trefflich Wünschen ist's zu Diensten und mitnichten den Eurigen.«

»Magie arbeitet für niemanden ... den, aber wir für sie ... sie.«

Seltsamerweise war die Stimme des Kriegers kein tiefes Hallen oder affektiertes Gesäusel, sondern die leichte – durch ihre Absonderlichkeit bisweilen erheiternde – Sprechweise eines Mannes mittleren Alters. Gull fragte sich, ob das Wesen im Inneren tatsächlich die gigantische Rüstung vollständig ausfüllte. »Wenn Ihr dies begriffen habt … habt, dann wißt Ihr einiges … ges.« Er fügte noch etwas in der wunderlichen Sprache der Magier hinzu, was sich wie ein Knurren und Grunzen anhörte.

Ein verächtliches Schnauben antwortete ihm. »Wahrlich, mein Begehr ist's nicht, die trefflich Kunst der Thaumaturgie zu diskutieren, ehedem nicht aufgetragen ward zum labend Morgenmahle, und gewißlich nicht mit einem solch bübisch Lümmel, welchselbger die Impertinenz innehatte, meine aufrichtig Gastfreundschaft wohl schmählich ad absurdum zu führen, indem jenselbger meine trefflich Wägelein gar bös entzweiet! Euch wird nimmer gegeben, um welchselbges Ihr ersuchet, also möget Ihr gleichwohl von dannen schreiten.«

Wieder knurrte und grunzte der Krieger, hielt jedoch inne, als Towser hinter sich in den Wagen griff und die rosafarbene Steinkiste herauszog. In dem dämmrigen Licht ähnelte sie – so wie Kem gesagt hatte – tatsächlich an eng zusammengeschnürte Schweinedärme, die so aussahen, als würden sie in der Morgensonne faulen.

Wieder sprach der Gerüstete, doch Towser hob die freie Hand und streckte sie deutend aus, dann ballte auch er eine Faust. Sein gepanzerter Gegner schwankte, als seine Knie einknickten, doch mit einer erstaunlichen Kraftanstrengung gelang es ihm, sich abzustützen und ebenfalls mit der geballten Faust zu winken. Langsam richtete er sich wieder auf, und Gull dachte, daß er wahrscheinlich Towsers Bannspruch – wieder ein Schwächezauber? – mit einem Gegenspruch abgeblockt hatte. Aber wer wußte schon genau, was Zauberer taten? Die normalen Sterblichen konnten nur zusehen und sich wundern.

Der Holzfäller fragte sich, was wohl als nächstes geschehen würde. Wenn der Panzermagier sich gegen Towsers *Mana*-Speicher nicht zur Wehr setzen konnte, was dann? Plötzlich hörte er Holz splittern und krachen. Towsers Wagen ächzte, schwankte und kippte, als er von unten gestoßen wurde. Gull strengte sich an, etwas in dem dämmrigen Licht zu erkennen, und sah, daß weiße Schwerter, wie jene aus der Domänenhöhle, unterhalb des Wagens entstanden und sich schnell vermehrten. Mit großer Geschwindigkeit wuchsen sie und hoben dabei Towsers Kutsche von den Rädern. Der Magier fluchte, suchte nach Halt und war dabei verzweifelt bemüht, die *Mana*-Kiste nicht loszulassen.

Wieder bei voller Kraft, änderte der silberne Zauberer seine Angriffstaktik und stampfte mit langen Schritten auf den Küchenwagen zu. Er packte die Achse des umgestürzten Wagens und schob ihn zur Seite. Im Inneren schrie Felda, während Lily jaulte, Morven fluchte und Gull seinen Schürhaken fester packte – obwohl die Waffe kaum geeignet schien, um einen so gepanzerten Magier auch nur ankratzen zu können.

Doch als er seine Schwester schreien hörte, die schließlich auch von den Schrecknissen eingeholt worden war, war seine Entscheidung gefallen. Den dünnen Schürhaken in der linken Hand schwingend, sprang Gull über die Deichsel des umgestürzten Wagens und griff schreiend an. »Stell dich mir, du Teufel!«

Die Dinge geschahen zu schnell, als daß Gull ihnen folgen konnte, doch ein Teil von ihm sagte, daß dies keine Rolle spielte. Er mußte seine Schwester beschützen, nichts anderes zählte, und so stürzte er sich in den Kampf.

Der Kampfmagier zerbrach dicke Eichenplanken wie Reisig und riß die Deichsel und die Vorderachse wie

Spielzeug vom Rahmen der Kutsche. Ein hölzernes Rad wirbelte durch die Luft und prallte gegen den silbernen Helm. Eine metallene Hand riß die Seitenwände des Wagens ab und zerfetzte die Segeltuchplane. Holzsplitter flogen durch die Luft, und Schreie ertönten.

Aus dem Loch in der Seitenwand des Wagens tauchte plötzlich Stiggur wie ein Holzspecht auf und warf eine Flasche gegen den Helm des Kriegers. Sie zerbarst, und der saure Geruch von Essig breitete sich aus. Der Magier schlug mit der metallenen Handkante nach dem Jungen und hätte ihn leicht geköpft, wäre dieser nicht schleunigst wieder in seinem Loch verschwunden. In der Zwischenzeit war Gull hinter den Zauberer gelangt, doch auch an seinem Rücken konnte er keine Lücken in der Panzerung erkennen. Und wo, bei allen Höllenfeuern, war Towser mit seinem Sack voller Tricks?

Der Holzfäller holte aus und donnerte den Schürhaken mit aller Wucht in die Kniekehle des Magiers. Doch das Kettenzeug erwies sich als guter Schutz, und Gulls Waffe verbog sich. Der Kampfmagier reagierte nur mit einer beiläufigen Handbewegung, so als wolle er eine Fliege verscheuchen. Gull riß den Arm hoch, um seinen Kopf zu schützen, doch der gepanzerte Handschuh krachte gegen seinen Ellbogen und hätte ihn dabei fast gebrochen. Gulls eigene Hand prallte gegen die aufgerissene Stirn, die von neuem zu bluten begann. Er fühlte sich, als wäre er von einem fallenden Baum getroffen worden, und rollte über den Waldboden, wobei er sich mehrmals überschlug.

Wie durch einen Schleier hörte er Schreie, und während sich die Welt vor seinen Augen drehte, sah er, wie der Kampfmagier Greensleeves am Mantel packte und aus dem Wagen zerrte. Das gerüstete Monster hielt sie an einem Arm fest, und das Mädchen quiekte bei der kalten Berührung wie ein Kaninchen in der Falle.

Gull versuchte sich aufzusetzen, aber seine Muskeln

wollten ihm nicht gehorchen. Er konnte weder Arme noch Hände finden, so als wären sie abgerissen worden – vielleicht waren sie das auch. Als er zu treten versuchte und sich erneut aufsetzen wollte, zuckte er nur, und Panik stieg in ihm auf: Vielleicht war sein Rückgrat gebrochen, wie das seines Vaters?

Ein weiterer Schrei erklang, als der Zauberer mit seinem gepanzerten Stiefel den Wagen beiseite trat, nach hinten griff und Lily an der Hüfte packte – die damit zum zweiten Mal in dieser Nacht entführt wurde. Sie zerrte an der metallenen Hand, bis ihre Finger bluteten, konnte sich jedoch nicht befreien.

Morven, der Seemann, legte seine Armbrust an und schoß aus drei Schritt Entfernung. Der schwere, mit einer Stahlspitze versehene Bolzen sprang vom Helm des Zauberers ab und bohrte sich wirkungslos in den Boden. Chad rannte herbei und spannte den Bogen seiner Armbrust, hielt jedoch inne: wenn ein Bolzen nichts ausgerichtet hatte, würde ein zweiter Schuß nur Verschwendung sein. Doch mehr hatten sie nicht zu bieten. Kem und Oles schwangen müde ihre Schwerter, da sie keine Schwachpunkte in der Rüstung des Angreifers finden konnten. Jonquil, eine der Tänzerinnen, kam mit einer Fackel herbeigestürmt, doch auch sie gab den sinnlosen Angriff auf.

Gull schüttelte benommen den Kopf. Wie durch einen Nebel sah er, wie der Krieger sich mit seinen zwei Gefangenen seinem eigenen Lager zuwandte, und hörte gleichzeitig, wie Towser einen magischen Befehl bellte. Das wurde auch Zeit, dachte der Holzfäller, und der Spruch zeigte Wirkung: Der Kampfmagier hielt inne, drehte sich halb herum und – sein Helm explodierte!

Gerade noch war der Helm des Zauberers zu bewundern gewesen, und in der nächsten Sekunde zerbarst sein Kopf wie von einem Blitzstrahl getroffen! Heißes, schartiges Metall flog in alle Richtungen. Ein Stück traf

Greensleeves an der Stirn und riß eine blutende Wunde. Lily heulte auf, als ein Metallstück sich in ihre Brust bohrte. Gull hörte, wie ein Splitter dicht neben ihm in den Boden schlug.

Alles was zurückblieb, waren Reste eines geschmolzenen Kragens. Als der Krieger einen weiteren Schritt machte, schälte sich dieser verkohlte, verzogene Streifen ab und zerknirschte unter den Füßen des Kopflosen. Die Kettenhaube des Magiers hing ihm in Fetzen auf die rotsilberne Brust herab. Doch der Gerüstete ging ohne Kopf einfach weiter.

»Ein Avatar!« gellte Towser. »Betrug! Betrug! Schändlich Betrug!«

Immer noch benommen, fragte sich Gull, was wohl ein Avatar war. Doch nicht für lange, denn der Titan – Phantom oder Geist oder was auch immer – schritt mit seinen Gefangenen auf das andere Lagerfeuer zu, und Gull stellte fest, daß er ihm – gelähmt! – direkt im Wege lag. Und ohne Augen konnte ihn der gerüstete Riese nicht sehen!

Ein riesiger Fuß tauchte über dem Holzfäller auf, dessen Augen weit aus den Höhlen traten, als er sich daran erinnerte, wie tief der Riese in den Lehmboden eingesunken war.

Kurz bevor ihn der Fuß wie eine Küchenschabe zertrat, wurde die Welt weiß.

KAPITEL 13

Eine Sekunde lang starrte Gull hilflos auf einen mit groben Nägeln gespickten stählernen Stiefel, der über seinem Kopf schwebte, und in der nächsten wurde der Himmel über ihm weiß.

Ein dumpfer, modriger Pilzgeruch schwappte über ihn, als sich etwas Gigantisches drohend über ihm auftürmte, etwas, das den gerüsteten Avatar vergleichsweise wie eine Maus erscheinen ließ. Es war, als wäre der Nebelmond selbst auf die Erde niedergekommen! Das Ding warf sein eigenes kränkliches Licht wie ein Irrlicht im Sumpf oder ein kalt glitzernder Leuchtkäfer.

Der Holzfäller sah einen Kopf in der Größe eines Bauernhauses, aus dem glühende gelbe Augen hervorglotzten und Zähne wie die Höhlen-Steinspeere herausragten. Das ungesund glänzende Untier war ganz und gar weiß und mit Reihen von braungrauen Klumpen gesprenkelt.

Pilze, erkannte Gull. Das Ding war ein einziger riesiger Pilz, der mit tausend weiteren bedeckt war. Der ekelhafte modrige Gestank des Wesens war überwältigend. Flocken, groß wie Teller, fielen von den Schultern des Untieres und zerbrachen am Boden, fast so wie Austernpilze, die sich im Herbst von den Buchenstämmen schälten.

Aber es waren die Zähne des Riesenpilzes, die dem Kopflosen, der stehenblieb, als sei er gegen eine Wand gelaufen, am meisten zu schaffen machten. Das Maul des Pilzmonsters beugte sich über ihn, biß zu, und mit einem widerlichen Knirschen zermalmten die steinernen Zähne die rotsilberne Rüstung.

Die Frauen fielen zu Boden, als der strampelnde Avatar verzweifelt versuchte, sich irgendwo festzukrallen, um nicht vom brunnengroßen Maul des Pilzes verschlungen zu werden. Doch dieses öffnete sich noch weiter und verschluckte die Hälfte des metallenen Kadavers. Gepanzerte Handschuhe hämmerten auf die klumpigen Lippen des Ungeheuers und ließen fleischige weiße Klumpen abbröckeln, die auf Gull und die beiden Frauen niederregneten. Von einer plötzlichen Woge panischen Schreckens angespornt, nahm Gull all seine Kraft zusammen, kroch aus dem Weg und prallte mit dem Kopf gegen seine Schwester und Lily.

Dann war der gerüstete Zauberer plötzlich verschwunden. Gull blinzelte: verschluckt, oder …? Nein, der Avatar hatte sich in eine glitzernde Aschewolke zersetzt und wurde wie ein Rauchfetzen vom Morgenwind davongetrieben.

Das gigantische Pilzmonster grollte tief in seiner Kehle, ließ seine glotzenden Fischaugen rollen und spähte nach neuer Beute. Das Ding war riesig, hoch wie die toten Bäume und lang wie eine Scheune. Es hob einen seiner aufgedunsenen, glibbrigen Füße und schleimte auf die Wagenburg zu, in der die Leute vor Entsetzen aufheulten.

Dann änderte der Pilz seine Farbe, als braune Wellen von den Füßen an aufwärts schwappten, in der Mitte grünlich anliefen und sich an der Spitze zu einem blauen Fleck vereinigten. Dieses Schauspiel erinnerte Gull an Towsers buntgestreiftes Gewand. Für wenige Sekunden stand das Pilzmonster in vielfarbiges Licht getaucht regungslos da, dann fiel es in sich zusammen, welkte und versank im Boden, ohne eine Spur zu hinterlassen.

Gull stützte sich mit einer Hand ab und setzte sich auf. Das ferne Freudenfeuer war erloschen, da sich niemand mehr darum gekümmert hatte. Verschwunden waren die schwarzen Ritter, die schwarzen Wagen, die

Löwen, der Avatar, der Rauch, die Skelettgoblins und das Geisterroß. Zurückgeblieben war nur ein Wirrwar aus Zombies und ein schlangengleicher Wall aus armselig dünnen Steinschwertern. Die Schlacht war vorbei. Von seinem Thron auf dem Kutschbock blickte Towser zum Horizont, wo das Sonnenlicht durch die zersplitterten Baumriesen im Osten sickerte. Das warme Licht gab ihnen neuen Mut, genauso wie das frische Grün, das sein Leben tapfer dem verbrannten Boden abtrotzte.

»Triumph! Fürwahr, Triumph! Der süße Sieg ist unser!« krähte der Zauberer. »Nun aber hurtig gepacket und rasch hinfort!«

Aber der Sonnenaufgang und die Rückkehr zur Normalität und Ruhe enthüllten ebenso die Nachwirkungen der Schlacht: Trümmer, Wunden und Zerstörung. Die meisten von Towsers Gefolgsleuten hatten nur wenige Stunden geschlafen, nach einem Tag mühevollen Grabens, um dann eine Nacht erbitterter Kämpfe zu bestehen. Dementsprechend sahen sie aus: Ihre Augen lagen tief in den Höhlen, sie waren von Wunden und Schmutz gezeichnet, halbnackt und nur zu einem heiseren Krächzen imstande. Gull konnte die Verletzungen an seinem Körper kaum zählen: ein dreifacher Riß auf seiner Schulter, der eigentlich genäht werden müßte, Schnitte im Gesäß, eine aufgeschürfte Stirn, schmerzende Rippen, zerquetschte Finger und vieles mehr, und doch mußten sie weiter. Obwohl Towser ihren Verdacht nicht bestätigte, vermutete Morven, daß der *Mana*-Speicher die Magier von nah und fern anziehen würde.

Während Felda das Bier würzte und den Schinken für das Frühstück schnitt, inspizierten Gull und die Leibwächter den Küchenwagen und stellten fest, daß er nicht mehr zu reparieren war. Die Achsen und Räder waren zerbrochen, die Seite zerfetzt und die Deichsel abgerissen. Sie richteten den Männerwagen, der noch intakt war, wieder auf und schoben ihn zur Seite. Dann zerrten sie die Rucksäcke und Decken der Leibwächter – Glücksritter besitzen nur wenig – heraus und hängten sie außen an den Wagen. Die Söldner würden im Freien schlafen müssen, egal ob es kalt, naß oder in mückenverseuchtem Gebiet war.

Schweigend wurden die Vorräte und Kochgeräte in den neuen Küchenwagen geladen. Die meisten Dinge waren heil geblieben, da sie aus Eisen bestanden, doch Teller, Krüge und Flaschen waren zerbrochen, und einige Fässer leckten und hatten so einen Teil der Trockenvorräte verdorben. Es gab genug Platz in dem neuen Wagen, obwohl die Güter statt in Schränken auf dem Boden gelagert werden mußten. Jeder fürchtete, daß das Essen knapp werden könnte.

Alles ging friedlich und glatt vonstatten, bis der erschöpfte Gull plötzlich stolperte und Kem dabei anrempelte. Sofort ließen alle das fallen, was sie gerade in den Händen hielten, und griffen nach ihren Messern. Gull packte seine Eselpeitsche, als der narbige Kem knurrte: »Du bist zu blöd für diese Arbeit, Dreckschaufler. Überlaß das den Männern!«

»Ich hab nicht gesehen, daß du letzte Nacht irgendwelche Drachen erschlagen hast«, knirschte Gull, »hast du vielleicht die Frauen von hinten bewacht?«

»Mach ihn fertig, Kem!« rief der ›süße‹ Chad ein bißchen zu laut. Ihre angespannten Nerven waren bloßgelegt. »Ich werd schon mit den Pferden fertig. Wirf ihn den Käfern zum Fraß vor!«

Morven trat auf sie zu. »Bist mit 'm Maul 'n schnelles Bürschchen, Chad. Jemand anders in 'ne Keilerei zu schick'n. Vielleicht hast du Lust, 'n Tänzchen mit mir zu wagen?«

Gull wußte, wenn irgend jemand ihm einen Fausthieb verpassen würde, dann würde er wahrscheinlich wie ein gefällter Baum umstürzen und liegenbleiben. Towsers hohe Stimme unterbrach sie. »Wahrlich, so löhn ich nicht für eitles Geplapper und ungefällig Müßiggang! So sei des heutgen Tages Golde verwirkt. Merket auf, Knoton! Und erdreisten sie sich's ein weitres Mal, so soll'n sie wohl ein Wöchlein darben.«

Niemand antwortete darauf, schließlich war es nur die großzügige Bezahlung, die sie hier hielt. Schnaubend und Drohungen murmelnd, nahmen sie die Küchengeräte und Lebensmittel wieder auf.

Kem zischte: »Das regeln wir später, Gully!«

»Dann wirst du mich totlabern, hm, Kem-plex?« Gull warf seine Ladung in den Wagen und humpelte davon, um die Tiere zu zählen. Nur ein halbes Dutzend von ihnen war zum Lager zurückgekehrt, der Rest hatte sich im gesamten Wald verstreut. Da Gull es nicht alleine schaffen konnte, sie wieder einzufangen, bat er den Buchhalter um Hilfe. Dieser sortierte gerade seine eigenen Papiere und Vorräte und nickte. »Nimm Jonquil. Sie ist die Tochter eines Pferdezüchters und kann reiten. Und Chad. Er hat auf den Ebenen mit Pferden gearbeitet. Und die Bardin. Sie kann alles.«

Also wurde Gull die gelb bekleidete Jonquil zugewiesen, eine große Frau mit kräftigen Armen und Beinen, riesigen Händen und Füßen, Sommersprossen und rotgoldenem Haar, sowie die mit Bändern geschmückte Bardin Ranon Spiritsinger. Chad war unter Towsers gestrengen Blicken höflich genug, Gulls Ansinnen zuzustimmen, im Süden der Wälder nach den Tieren zu suchen. Der Holzfäller und Jonquil wollten dagegen die Gegend im Norden in der Nähe des Kraters durchkämmen. Sie ritten auf dem bloßen Rücken der Pferde, da es keine Sättel gab, wobei sie die langen Fuhrleinen als Zügel benutzten, was bedeutete, daß sie eine Menge Leder auf dem Widerrist zusammenrollen mußten. Wegen der Schmerzen in seinem Rumpf und dem Brennen an seiner Schulter mußte Gull sich zusätzlich an der Mähne seines Tieres festhalten.

In dem abgebrannten Wald dauerte es nicht lange, bis er zwei umherstreifende Maultiere, ein Paar Pferde, die normalerweise ein Kutschgespann bildeten, und zwei schwarze Reitpferde mit glänzend schwarzen Sätteln und Trensen entdeckte. Ebenso seine Axt, die in der Nähe des Kraterrandes lag, wo er sie nach dem schwarzen Anführer geschleudert hatte. Er runzelte die Stirn, als er Rost auf der Klinge erblickte.

»Is er das da unten?« fragte Jonquil. Ihre Sprechweise war unakzentuiert und unkultiviert und ihre Stimme nicht zum Singen ausgebildet. Sie erinnerte Gull an die Bauerntöchter von Weißfels und mit einem Stich im Herzen an seine verlorene Cowslip. Ein kräftiger Finger deutete in den Krater, in dem ein schwarzgerüsteter Leichnam ausgestreckt dalag.

»Ja.« Gull pflockte die schwarzen Pferde an. »Irgendwas wird ihn schon früh genug fressen.«

Jonquil schwang sich leichtfüßig, aber kraftvoll vom Rücken des Pferdes. »Er wird dann kaum noch das brauchen, was in seinem Geldbeutel ist.« Während Gull arbeitete, glitt sie den Abhang des Kraters hinab und plünderte die Leiche.

Als sie zurückkehrte, fragte er sie: »Was gefunden?«

»Nicht viel.« Sie strich sich durch das Haar, doch ihre Beiläufigkeit wirkte aufgesetzt. Müßig fragte sich Gull, wieviel der schwarze Ritter wohl dabeigehabt hatte. Er hätte selbst nachschauen sollen, doch Kriegführung – und Plünderei – waren ihm noch neu.

»Hier. Du kannst das haben.« Sie reichte Gull ein Messer in einer Scheide. Neugierig nahm er es und erinnerte sich plötzlich: letzte Nacht hatte es in Flammen gestanden. Das Heft war kohlschwarz, schwarzes Leder, das von einem schwarzen Draht umwickelt war, der Knauf wie ein Diamant geformt und als Totschläger einsetzbar. Behutsam zog er die lange weiße Klinge und erwartete, daß sie aufflammen würde, doch nichts geschah. War der Zauber an die Lebenskraft des Ritters gebunden? Mit einem Schulterzucken zuckernd steckte er den Dolch in seinen Gürtel und dankte Jonquil, obwohl er vermutete, daß sie es niemals hergegeben hätte, wenn sie gewußt hätte, daß es magisch war.

»Liebst du Lily?« Jonquils plötzliche Frage erschütterte ihn.

»Was?« Gull hielt beim Aufsteigen inne. »Lieben? Ach, ich weiß nicht... ich... hab sie halt sehr gern...« Er runzelte die Stirn. In Wahrheit wußte er nicht, was er für sie fühlte. Lily war eine angenehme Gesellschaft, er fühlte sich mit ihr wohl. Halbverhungert nach ein bißchen Zuneigung, hatte sie sich ihm an den Hals geworfen. War das Liebe? Er war beinahe verrückt geworden, als er geglaubt hatte, Lily zu verlieren. War das Liebe?

Jonquil zuckte mit ihren breiten Schultern, griff in die Mähne ihrer Stute und schwang ihren ausladenden Hintern auf deren Rücken. »Sie liebt dich.«

Gull klatschte mit den Zügeln und war plötzlich unsicher, was er mit ihnen anfangen sollte. »Wenn du meinst.«

Jonquil rollte mit den rotgeränderten Augen und schnalzte. Gekonnt wendete sie ihr Pferd und umkreiste den Krater. Auf dem Rückweg stieg Gull ab, band die Pferde an einen Baum und inspizierte den wellenförmigen Wall aus Steinspeeren, die unterschiedlich hoch vom Waldboden aufragten. Am Tage waren sie nicht weiß, sondern schimmerten in den blassen Erdfarben: Weiß, Gelblich, Braun, Rot, Blaugrau. In welchem Teil der Domänen wuchsen sie nur? fragte er sich. Kopfschüttelnd brach er einen kleinen Speer ab, als Geschenk für seine Schwester, die hübsche Seltsamkeiten mochte. Als sie wieder im Lager angekommen waren, gab er Greensleeves das Mitbringsel und wurde durch ein glückliches Gurren belohnt.

Als er seine Tiere zählte, war er zufrieden. Sie hatten zwar vier von ihnen an die Löwen oder den Wald verloren, jedoch zwei Ritterpferde mit Sätteln gefunden, also fehlten nur noch zwei, rechnete Gull. Da sie aber auch eine Kutsche weniger hatten, waren es in Wirklichkeit zwei Pferde zuviel! Die Leibwächter waren darüber sehr erfreut, denn sie durften die gesattelten Rappen reiten. Towser entschied, einen der Söldner als Späher voranzuschicken und einen weiteren als Nachhut einzusetzen, um eventuelle Verfolger rechtzeitig zu bemerken.

Gull war weniger erfreut, denn der neue Küchenwagen hatte nun ein gemischtes Gespann aus zwei Pferden und zwei Maultieren, was wegen ihrer Größenunterschiede und anderen Gangarten immer Ärger bedeutete. Die Tiere, die das Gespann anführten, wurden ständig von den hinteren gebissen, doch seine Maultierpeitsche würde ihnen diese schlechten Angewohnheiten schon austreiben. Towser drängte zum Aufbruch. Schimpfend trieb er sie an, beleidigte sie und drohte ihnen mit der Entlassung, was Gull hier draußen wie ein leeres ›Versprechen‹ erschien. Immer noch sammelten sie die verstreuten Sachen zusammen, stopften sie in die Wagen, schauten sich um, ob sie irgend etwas vergessen hatten – fanden aber nur den Ritter, den Morven erlegt hatte – und rollten dann durch den zerstörten Wald davon. Innerhalb von zwei Stunden hatten sie die verbrannte Zone durchquert und fuhren wieder durch dichtes grünes Gehölz. Gegen Mittag verlangsamte sich das Tempo der Wagen, als die Kutscher einer nach dem anderen einschliefen. Towser mußte schließlich nachgeben und gestattete ein Nachtlager, woraufhin jeder dort einschlief, wo er sich gerade befand, und nicht vor dem Abend aufwachte.

Zum Glück wurden sie nicht angegriffen, dachte Gull, denn jeder von ihnen hätte sich sofort ergeben, nur um weiterschlafen zu können. Doch noch in seinen bleiernen Nachmittagsträumen formte Gull die Fragen, die er Towser stellen wollte – Dutzende von Fragen, die seinem Geist die Ruhe raubten.

Das Abendessen verlief ruhig, bis auf das Schimpfen von Felda, die sich darüber beschwerte, daß sie nichts wiederfinden konnte und daß das, was sie fand, entweder verbogen oder zerbrochen war. Stiggur trat zwischen dem neuen Küchenwagen und dem Feuer einen Pfad aus, da er ständig hin und her rannte, um Dinge herbeizuschleppen und Kisten zu stapeln.

Gull schob sein gepökeltes Schweinefleisch und die Essiggurken in einen halben Brotlaib und arbeitete weiter, während er aß. Hinkend und gebeugt wie ein alter Mann überprüfte er die Hufe der Pferde, strich Salbe auf die Wunden, die die Löwen gerissen hatten, auf Kratzer von Zweigen und auf die von den Zugriemen aufgeschürften Stellen. Auch seine eigenen Kratzer und Wunden behandelte er auf diese Weise und untersuchte dann die Wagen auf größere Schäden. Einige Aufgaben übersprang er jedoch, da er vor dem Schlafengehen noch etwas Zeit brauchte.

Dennoch war es bereits spät, als er sich Towsers Kutsche näherte. Der Zauberer saß im hinteren Teil seines Wagens, und da der Vorhang nicht zugezogen war, konnte Gull erstmals dessen Einrichtung bewundern. Er war innen genauso bunt bemalt wie außen, und er sah – wie Lily es ihm berichtet hatte – Kisten über Kisten, Bücher, stinkende Töpfe und kleine Maschinen. Entlang der Wände waren gläserne Lampen angebracht, die dem Magier das Arbeiten bei Nacht ermöglichten, obwohl eine davon in der Schlacht von letzter Nacht zerbrochen war. Zusätzlich war ein prächtig verziertes Bett gegen die Wand geklappt, das breit genug für drei Leute war: den Zauberer und zwei Tänzerinnen.

Gull erkannte ein paar Dinge, die Towser offensichtlich letzte Nacht eingesammelt hatte: einen schmutzigen Knochen, vermutlich von einem der Zombies, einen dicken Pilz vom Rücken des schleimigen Ungeheuers und ein langes, graues Haar, wahrscheinlich von dem Geisterroß. Doch Gull war nicht an Towsers Gewohnheiten oder Arbeit interessiert, lediglich …

»Towser, ich hätte gern einige Antworten.« Gull wußte, daß er selbstbewußt klang, denn er war wütend. Außerdem war er in einem Dorf unter Gleichen aufgewachsen und wußte nicht, wie man vor ›Höheren‹ katzbuckelte.

Der Zauberer sah nicht einmal auf. Im gelben Schein der Lampen kritzelte er mit einer Feder etwas in sein kleines Magiebuch, das Grimoire, das an seinen Gürtel gekettet war. Er bedeckte die Seite, damit Gull nichts sehen konnte. »Wer ist Er, sich zu erdreisten und wohl zu glauben, ich müßt Ihm Red und Antwort stehn? Ist Er mir zu Diensten, oder ist Er wohl des fälschlich Glaubens, ich selbselbsten sei Sein Lakai? Und mag's ihm bewußt sein, daß dero Fürsten gar trefflich Schätz zu geben bereit sind, allein der kostbar Antwort eines Magus wegen?«

Sein Tonfall war hochmütig und zurückhaltend. Gull vermutete, daß er diese Worte geübt – und vielleicht sogar sein Kommen geahnt hatte –, doch dickköpfig wie er war, ließ sich der Holzfäller nicht abwimmeln. »Da gibt es Dinge, die ich nicht verstehe, und Dinge die du tust, oder … die ich glaube, daß du tust. Dinge …«

Towser blies auf die Buchseite, um die Tinte zu trocknen. »So mag Er wohl endlich einsichtig sein. Mein Sorg ist den Antworten zuteil, und die Seine sollt wohl den wackren Vierbeinern gelten …«

»… die ich wissen muß, um weiter bei dir zu arbeiten. Ansonsten nehm' ich meine Schwester und meinen Lohn und verschwinde. Wir werden unseren Weg aus diesen Wäldern schon finden.«

Towser hob die Augen gen Himmel und seufzte, so

wie es ein Erwachsener bei einem quengelnden Kind tun würde. »So sei's denn. Wie Er gar trefflich bemerket, bedarf ich fürwahr eines braven Frachtmeisters. So mag Er denn wohl fragen. Rasch!«

Gull war überrascht, daß er so schnelle Fortschritte machte, doch wieder schien ihm Towsers Antwort einstudiert. War dieser Zauberer unglaublich klug oder dumm wie ein Maultier? Wie auch immer, er fragte. »Letzte Nacht hab ich die Kentauren aus der Schlacht bei Weißfels gesehen. Helki und Holleb. Sie schrien, daß sie Gefangene seien, gezwungen zu kämpfen. Du hast sie nach Hause geschickt, zu ihren Steppen. Aber jetzt hast du sie versklavt, damit sie für dich kämpfen?«

Kopfschüttelnd blätterte der Zauberer durch sein Buch und hielt bei einer anderen Seite inne. Er rieb sich den Bauch, als hätte er Schmerzen, und Gull fiel ein, daß er wohl Schwierigkeiten mit seiner Verdauung hatte oder es sich zumindest einbildete.

»Das fürwahr edle Volk der Centaurii, die da gebürtig sind in den lieblich grünen Landen der Zehbruch-Berge, sind, so merke Er auf, Mietlinge, welchselbge einherwandeln allüber den trefflich Domänen. Zu Diensten sind sie jedwedem Magus wohl, als fürwahr trefflich Kriegsleut. Doch sollt's gewesen sein ich selbselbsten, der jenselbge hat herbeigerufen, so geschah's mitnichten willentlich. Möglich wär's, das wackre Pferdsvolk hätt einem Meister der Zunft, welchselbger mir im Moment nicht gewahr, gelobet ihro treu Ergebenheit und ward somit teilhaftig dessen trutzig Heerschar.«

Auch Gull schüttelte den Kopf. »Ich verstehe nicht ... warum haben sie dann behauptet, sie wären Gefangene?«

»So mag's wohl sein, sie sind's.« Towser hörte auf herumzuzappeln und starrte Gull in die Augen. Der Holzfäller vermochte den Blick nicht abzuwenden, als sei er ein Kaninchen vor der Schlange. »So mag's sich's wohl gefüget haben, daß die trutzig Schar, welchselbge ich erwähnet, der gar schröcklich Gefangenschaft anheimgefallen. So ist's wohl Brauch, Gefangene für teuer Gold bisweilen auszulösen. Mein löblich Tat, sie an diesen wenig trefflich, da unwirtlich Fleck zu holen, um sie hernach in ihre heimatlichen steppig Lande zu versenden, hätt ihnen wohl das hohe Gut der Freiheit bescheret. Ohn Zweifel wär mir wohl ihr ewig Dank gewiß.«

Stirnrunzelnd erwog Gull, daß die Magie vielleicht doch seinen Horizont überstieg. Er versuchte eine weitere Frage: »Hast du diese Zombies mit einem Schwächespruch niedergemacht? Und war es der gleiche Spruch, der auch so viele Dörfler – und meine Familie – in Weiß …«

»Was deucht Ihm wohl? Sein gütger Herr nennt jenen ach so finstren grausgen Spruch mitnichten sein eigen. Fürwahr, 's war ein Sprüchlein wohl wider das widernatürlich Leben, welchselbges ich gewirket auf jene unheilgen Geschöpfe. Nicht Leben nimmt's, doch retournieren tut's jenselbges, nach dorten, woher's wohl einst entstammet, zurücklassend nur die leblos Hüllen. Wohl trefflich ist's fürwahr, daß jenes Sprüchlein kein Deut des kostbar *Mana* wohl entreißet von dero menschlich Wesen oder von den muntren Tierlein, welchselbge wohl am Orte kreuchen oder fleuchen. Selbst Er wird's wohl bemerket haben, kein unschuldig Vögelein hauchte dorten, wo der lebend Toten letzte Ruhestatt, sein fröhlich Leben aus.«

Tote Vögel, wunderte sich Gull, was hatten die damit zu tun? Er war völlig verwirrt. Towser starrte ihn weiterhin unablässig an, und durch das Licht hinter ihm leuchteten seine Augen wie die einer Eule, als seine Finger seltsame Kreise auf der Buchseite vollführten. »Na ja, macht nichts«, pflichtete der Holzfäller bei und scharrte mit den Füßen. »Ääh … was ist denn ein Avatar? Du hast das Wort benutzt …«

»'s ist wohl eine Projectio der Persona über die Distanz. Mein Gedank war's, wir fochten einen leibhaftgen Magus aus Fleisch und Blute in jenem blinkend Rüstzeug, doch ach, welch schändlich Betrug! So blieb der feige Bub verborgen und schickte das schimmernd Gepränge von dortdorten. Verlieh ihm selbst sein freches Stimmlein, gleich einem Simulacrum. Ein trefflich Sprüchlein, ach, ich wünscht, ich wüßt's.«

Ich auch, dachte Gull törichterweise. Dann könnte er sonstwo sein, außer Reichweite dieses brennenden Starrens. »Äh, was war das für ein Pilzmonster?«

Ein leichtes Schulterzucken und das erste Zeichen von Verschwiegenheit zeigte sich bei dem Magier. »'s war ein... Fungusaurus – wie er recht bemerket, ein ›*Pilzmonster*‹. Drunten, in den Tiefen leben's wohl.«

Gull hätte fluchen können. Natürlich! Er war so müde und so dumm. »Warum hat dieser Zauberer... oder Avatar versucht, meine Schwester zu entführen? Was wollte er von ihr?«

Ein weiteres Schulterzucken. »Dasselbge hätt er fragen mögen betreffs der Dame Lily, welchselbge ward gar schändlich geraubet von jenem finstren Rittersbub. Ihm blieb's bisher vielleicht verborgen, doch wird bisweilen der Manne gepacket von einer Art Begehr, welchselbge nur ein Weib befriedgen mag. Der grimme Feind mag wohl nicht realisieret haben das simple Naturell seines Schwesterleins. Doch bekümmert haben würd's ihn wenig. Hoho!« Bevor diese Beleidigung Gulls benebeltes Gehirn erreichen konnte, sagte Towser: »Spät ist's, Gull, und in aller Früh soll's weitergehn. Mag Er sich nicht zur Ruh begeben?«

Plötzlich fühlte Gull eine bleierne Müdigkeit, die ihn beinah zu Boden drückte. Er keuchte. So erschöpft war er, daß er kaum noch zu seiner Decke kriechen konnte. »Jj-ja. G-gute Idee. Gute... Nacht...«

»So ruhe wohl, mein Sohn!« lächelte der Zauberer, als der Holzfäller gähnend davontrottete.

Gull sah noch kurz zu seiner Schwester hinein, die in ihrem Umhang zusammengerollt wie eine Katze schlief, und kroch unter den Wagen. Lily erwartete ihn bereits unter der Decke. »Hast du Antworten von Towser bekommen?«

Sie wich rasch aus, als Gull lauthals gähnend zusammenbrach.

»Jj-ja … ich hab alles … rausgefunden …«

»Ich bezweifle das. Towser hat selbst Fragen. Ich weiß, daß er mehr über dieses Pilztier wissen will.«

»Häh? Was … ist damit?«

»Du hast nicht bemerkt, wie es verschwunden ist? Nein? Es war seltsam. Wenn Towser irgendein Ding beschwört, dann glitzert es wie Sterne in einer Sommernacht. Nicht wahr?«

Gull stöhnte. »Was auch immer … Schatz …«

»Und wenn der gerüstete Zauberer etwas beschwört und verbannt, dann zerfallen seine Figuren zu Asche und fliegen weg. Doch als das Pilzmonster erschien und wieder verschwand, wurde es von Farben überflutet, direkt vom Erdboden, wie eine riesige wachsende Pflanze. Das ist weder Towsers Magie noch die des anderen Zauberers, sonst hätte ihn das Monster nicht angegriffen. Du weißt, was das bedeutet.«

»Nein.« Es schmerzte, selbst dieses kurze Wort zu sagen. Gulls Löwenwunden brannten und stachen, und er war so müde, daß er nicht einmal den Kopf heben konnte.

»Es bedeutet, daß irgendein anderer Zauberer es beschworen hatte. Irgend jemand in der Nähe.«

»Die Sterndeuterin vielleicht, oder die Bardin. Können sie nicht auch ein bißchen zaubern? Sie kann sogar reiten … und das erinnert mich …« Trotz seiner Müdigkeit stützte Gull sich auf den Ellbogen. »Lily, warum hat Towser mich als Eseltreiber eingestellt? Chad ist ein Widerling, aber er ist ein besserer Frachtmeister als ich.

Jonquil genauso. Das hab ich heute gesehen. Warum also braucht Towser mich?«

Das Mädchen runzelte im Dunkeln die Stirn. »Jonquil hat mir gesagt, daß sie dir gesagt hat, daß ich dich liebe. Stimmt das?«

»Was … häh?« Gulls Geist wirbelte. Was war mit seiner Frage passiert? »Ähhm, ja … sie hat's erwähnt.«

»Und was denkst du darüber?« In der Dunkelheit beugte sie sich über ihn, so daß er den Duft ihres Haares und ihren frischen Pfefferminzatem riechen konnte.

»Ich … bin froh … das du mich magst …«, murmelte Gull.

»Ich liebe dich!« flüsterte sie, und ihr warmer Atem strich über sein Gesicht.

»Ja …«, war alles, was er antworten konnte. »Ich … mag dich sehr, Lily.«

»Das ist nicht das, was eine Frau hören möchte.«

»Ich weiß, und es tut mir leid. Ich weiß nicht … was ich überhaupt noch weiß. Jeden Tag scheine ich weniger zu wissen.«

Die Tänzerin lehnte ihren Kopf an seine Schulter. Ihr weiches Haar kitzelte seine Nase, aber er war zu müde, um es wegzustreichen. »Wir beide, Gull …«

»Hm? Wie meinst du das?«

Sie murmelte etwas, und er fühlte ihre weiche Wange auf seiner Haut. »Etwas geschieht mit mir, Liebster. Seltsame … Gedanken und Gefühle, die ich nie zuvor hatte. Dieses Flüstern in meinem Kopf und manchmal dieses Kribbeln in meinen Händen und Füßen … zum Beispiel, als der gerüstete Zauberer näher kam. Ich weiß nicht, was es bedeutet … aber ich weiß, daß ich dich liebe.«

Gull strich ihr linkisch durch das Haar und kämpfte gegen den Schlaf. »Du verdienst etwas Besseres als mich, Lily. Jemand, der dich liebt und der für dich sorgt und der dir ein anständiges Heim bietet. Ich hab nichts außer meinen Klamotten und einigen abgegriffenen Werkzeugen und einer Handvoll Silber.«

»Das ist mir egal. Du hast mein Leben gerettet. Mich aus den Fängen dieses lüsternen Schweineritters befreit. Ich werd dir das nie vergessen.« Mit diesen Worten rollte sie sich auf ihn und drängte ihre Lippen und ihren Körper gegen den seinen.

Halb schlafend, war Gull sich nicht sicher, was als nächstes geschah.

Einige Tage später verließen sie den Flüsterwald. Die Veränderung war deutlich, denn sie kamen an einen Felsabsturz, an dem der schwarze Waldboden und die riesigen Bäume jäh endeten. Zehn Schritt unter ihnen wurde der Boden sandig, und zwischen steifem Gras wuchsen immergrüne Bäume, die nicht höher als zwei Schritt waren.

»'ne Kiefernsteppe«, erklärte ihnen Morven, »is leicht durchzusejeln, wenn dich die Nadeln in der Takelage nich störn. Aber Wasser jibt's wenijer als Rum. Versickert im Sand, un wech is es. Kiefern und Zedern ham Pfahlwurzeln, die über 'ne Meile lang sin, hab ich jehört.«

Von der Anhöhe sahen sie, daß jenseits des Kiefernwäldchens eine Senke lag, über der einige Geier kreisten. Aber bald schon kamen die graugrünen Hügel außer Sichtweite. Towser entrollte eine Karte aus Pergament, verkündete, daß dies die Rauhreif-Hügel seien, und bemerkte einen Sumpf vor diesen: die verborgene Senke. »Da wird's wohl gar zahlreich Schwarzen Lotus geben, meine trefflich Kindlein. Ein güldnes Krönlein wird der ersten Persona winken, welchselbge mir ein derartges Pflänzelein zeiget. Doch lebendig, verstehet sich's wohl. Pflücket es nicht!«

Sie verfolgten ihren Weg zurück bis zu einem Fluß, füllten jedes leere Gefäß und verschlossen es sorgfältig. Dann machte sich Gull an die mühevolle Aufgabe, die Wagen den Absturz hinunterzubringen. Nach vielem

Nachdenken, Diskutieren und Experimentieren fanden sie einen Weg, einen Wagen zu leeren, ihn an einigen Bäumen zu befestigen, um ihn zu bremsen, ihn mit einem doppelten Maultiergespann langsam herabzulassen, während einige Männer mit langen Hebeln versuchten, ihn am Umkippen zu hindern. Dennoch brauchten sie drei Tage, bis sie endlich durch die Kiefernsteppe fahren konnten.

Der Boden war sandig, mit Wurzeln übersät, die wie Fußfallen aus dem Erdreich ragten, und mit Gras bewachsen, das so scharf war, daß es den leichten Schuh einer Tänzerin aufschlitzen konnte. Da sich in der Senke zwischen dem Wald und den Hügeln kein Lufthauch regte, wurden sie von Fliegen und Mücken geplagt, bis Gull und das ›Kindermädchen‹ Zumbel ein Mückenabwehrmittel aus Zedernnadelextrakt und Paraffin in Mineralöl zusammenmischten. Die Maultiere gingen sehr langsam, da sie sorgsam darauf achteten, wohin sie ihre Füße setzten, doch die Wagen rollten leicht über die knorrigen Wurzeln, und so verloren sie wenig Zeit.

Nach vier Tagen erreichten sie einen Sumpf, an dem sich im Süden ein sehr schlammiger Weg entlangzog. Hier waren die Insekten noch aufdringlicher, doch Gull freute sich, als er die abgerundeten und leicht zu bewältigenden Hügel sah.

Die Söldner stritten sich um die erste Wache, denn jeder war begierig darauf, Schwarzen Lotus zu ergattern. Lily erklärte, daß Towser häufig Prämien für gewisse Kostbarkeiten während ihrer Reisen auslobte. Man sagte, der Schwarze Lotus sei mit *Mana* angefüllt.

Kem zog den kürzesten Strohhalm und durfte die erste Wache übernehmen, doch etwa gegen Mitternacht beim Wachwechsel polterte Chad so laut durch die Gegend, daß er Gull aufweckte.

»Trampel da draußen weiter, ja? Einige von uns wollen schlafen!« knurrte der Holzfäller.

Chad zeigte ihm den Mittelfinger, doch fügte aus einer Laune heraus hinzu: »Kem ist bis jetzt noch nicht zurück. Er hat sich verspätet ...«

»Verspätet?« Sanft schob Gull Lilys Kopf von seiner Schulter und rollte sich aus seiner Decke. Rasch griff er nach dem Zedernöl und rieb sich verschwenderisch damit ein. »Er war noch nie zu spät.«

»Ich weiß!« feixte Chad, doch offensichtlich war er besorgt. »Als das Feuer niedergebrannt war, hab ich Lichter da draußen gesehen. Ich hab mich gefragt ...«

Gull packte ihn am Arm. »Lichter? Wo? Zeig sie mir!«

Mürrisch, aber ohne Widerworte führte Chad ihn zum Rande des Sumpfes. »Irgendwo da draußen.«

Gull spähte in die Dunkelheit. Nur einen Steinwurf entfernt schwebten Kugeln aus grünweißem Licht in allen Größen in der Luft. Sie stiegen auf und sanken nieder, gingen aus und wieder an. »Bei den Knien von Gnerdel!« keuchte der Holzfäller. »Weißt du nicht, was das ist?«

»Nein«, brummte Chad. »Was denn?«

»Dreh dich um, oder du bist verloren! Schau sie nicht an!«

Mit dem Rücken zum Sumpf erklärte Gull: »Sie sind manchmal im Sumpf unterhalb von Weißfels erschienen. Das sind Irrlichter! Sie locken Menschen in die Moore, die dort elendig krepieren, und der Sumpf verschluckt ihre Körper.«

»Dann ist Kem da draußen!«

KAPITEL 14

Gull pochte mit seinem Axtgriff gegen den Küchenwagen, den Frauenwagen, den Wagen der Sterndeuterin, ja sogar gegen Towsers Wagen, wobei etwas von der prächtigen Bemalung abblätterte. »Wacht auf! Wacht auf! Wir haben jemanden verloren! Stiggur, fach das Feuer an! Laß es hell auflodern! Wir brauchen ein Leuchtfeuer, um zurückzufinden!«

Die Leute quollen aus den Wagen und verfluchten sofort die Horden von Insekten, die sich auf sie stürzten. Gull zog seine lederne Tunika über den Kopf, rieb sich mit noch mehr Zedernöl ein, griff seine Peitsche und seine Axt und entzündete eine Fackel aus einem mit Birkenrinde umwickelten Hickorystab. Nach einer hastigen Erklärung stürmte er zum Sumpf und suchte mit erhobener Fackel dessen Rand ab. Er erinnerte sich daran, daß zunächst ein mit Schilf und Gras bewachsener schlammiger Untergrund vor ihnen lag und dann eine von modrigen Tümpeln durchsetzte Landschaft folgte. Dahinter war das Land von seltsam verkrüppelten Bäumen bestanden – Zypressen, wie Morven sie nannte – mit emporragenden knotigen Wurzeln, die aussahen wie Knie, und Zweigen, an denen sich Weinreben mit Trauben entlangrankten, deren dichte Vorhänge die Sicht einschränkten.

Doch sehr klar waren die auf und ab pendelnden, tanzenden Irrlichter zu sehen, die sie wie Versteck spielende Kinder neckten. Und damit hatten sie sicherlich Erfolg gehabt, dachte Gull, als er tiefe Löcher im Schlamm fand, die offensichtlich von Kems schweren Schuhen herrührten. Zwanzig Schritt weiter fand er im

Gras einen Stiefel. Gull fluchte. Wenn Kem so etwas Wichtiges zurückgelassen hatte, konnte es nur bedeuten, daß er hypnotisiert worden war. Der Holzfäller achtete darauf, die Lichter nicht direkt anzublicken, denn es war genauso gefährlich, als schaute man geradewegs in die Sonne.

Als der schwarze Schlamm zu sumpfig wurde, zog Gull seine Holzschuhe aus und schleuderte sie an den Rand des Sumpfes zurück. Zwar quoll der feuchte Schlick zwischen seinen Zehen hindurch, aber zumindest konnte er gehen. Er quälte sich durch das Sägegras, das seine Beine zerschnitt. Mühevoll zog er seine schlammtriefenden Füße wieder und wieder aus dem Sumpf und dachte gerade an den gehörigen Muskelkater, den er davontragen würde – als er hinter sich ein Platschen hörte.

Chad war ihm mit einer weiteren Fackel, einer Armbrust und einem Kurzschwert gefolgt. Hinter diesem flackernden Licht erspähte Gull Greensleeves. »Verdammt! Geh zurück!«

Chad rief: »Er ist mein Freund, und ich werde ihn retten! Was, zur Hölle, hast du überhaupt mit Kem zu schaffen?«

»Du doch nicht!« Gull versuchte sich umzudrehen, aber er steckte fest – und sank immer tiefer in den Boden. »Ich meinte meine Schwester, verdammt! Kem mag ja vielleicht ein Schwein sein, aber er verdient es nicht, durch diese Sümpfe zu wandern, bis er krepiert. Niemand verdient das. Greenie, geh zurück!«

Seine Schwester überhörte ihn einfach. Sie hatte genug Verstand, um ihren zerlumpten Rock hochzuheben und neben den Spuren der Männer zu laufen, damit sie nicht einsank, aber dennoch waren ihre Beine bis zu den Oberschenkeln mit Schlamm bedeckt.

Gull gab sein sinnloses Gebrüll auf. Da er sie schlecht an einen Baum fesseln konnte, sah er keine Möglichkeit, sie aufzuhalten, also würde er einfach doppelt vorsichtig sein müssen.

Er versuchte, sich an die Legenden von den Irrlichtern zu erinnern. Damals in Weißfels waren sie manchmal drei Sommer hintereinander aufgetaucht, um dann für mehr als drei Jahre wieder zu verschwinden. Niemand wußte, wie sie von nahem aussahen. Menschen, die sie zu lange betrachteten, wurden von ihnen hypnotisiert und konnten nicht anders, als direkt auf sie zuzulaufen. Falls man versuchte, sie davon abzuhalten, kämpften sie wie Wildkatzen, um weitergehen zu können, mußten in einer verschlossenen Scheune bis zur Morgendämmerung angebunden und dann jede Nacht beobachtet werden, damit sie es nicht wieder von neuem versuchten. Keiner verstand genau, was es mit diesen Lichtern auf sich hatte, doch man munkelte, daß sie ihre Opfer nicht zur Ruhe kommen ließen, bis diese vor Erschöpfung starben und ihre Körper den Sumpf fütterten. Doch wer verstand es schon? Am seltsamsten war, daß nur Menschen gebannt wurden, Tiere jedoch die Lichter nicht beachteten. Was mochte das bedeuten? Wieder wußte niemand etwas Genaues. Es war halt etwas, worüber man an langen Winterabenden rätselte.

Vielleicht, dachte Gull, würde er heute nacht mehr erfahren. Ob er dabei jedoch überlebte, war eine ganz andere Frage ...

Seltsamerweise fand der Holzfäller die Tümpel leicht zu durchqueren, denn ihr Grund war schlickiger, aber fester Lehm. Gull begrüßte die Möglichkeit, leichter voranzukommen und den fauliggrünen Schlamm abzuwaschen, bis er plötzlich entdeckte, daß seine Beine mit Blutegeln übersät waren.

Er biß sich auf die Lippen, um nicht laut aufzuschreien, und bekämpfte seinen Drang zurückzurennen. Er riß an den schleimigen Beulen, aber sie klebten fest und saugten gierig sein Blut. Der Holzfäller gab es auf und verdrängte sie aus seinem Denken. Vielleicht sorgten sie dafür, daß seine Schwester umkehrte, und was Chad anging, den konnten sie ruhig auffressen.

Er schlitterte und glitschte über den verräterischen Grund und balancierte mit seiner Fackel, damit er nicht ausrutschte, ins Wasser fiel und plötzlich in völliger Finsternis dastand. Schließlich erreichte er die ersten Zypressen. Der Holzfäller schwang seine Axt, um die zähen Weinranken zu zerteilen und die dicken Äste abzuhacken, die ihm den Weg versperrten, doch die schlüpfrigen ›Kniewurzeln‹ hielten ihn auf.

Dieser gottverlassene Sumpf ist kein Platz für Sterbliche, dachte er. Weiter würde er Kems Spuren nicht folgen können. Schließlich konnte er sonstwo sein, und dies wiederum bedeutete, daß Gull sich nun von den tanzenden Irrlichtern leiten lassen mußte und damit den Tod herausfordern würde!

Knurrend und fluchend blickte er in die Richtung der Irrlichter, schaute dann rasch wieder weg und ging auf sie zu. Chad folgte dicht hinter ihm, und überrascht stellte Gull fest, daß Greensleeves vor ihnen herlief. Das Mädchen hatte ihre schlammigen Röcke über die Schultern geworfen, so daß ihr nackter, magerer Popo wie ein kleiner Mond in der Dunkelheit leuchtete. Auch sie war mit Blutegeln gespickt, jedoch waren es bei weitem nicht so viele wie bei Gull, da sie sofort abfielen, wenn sie sich kratzte. Wieder ein Zeichen ihrer seltsamen Kraft, dachte er, selbst die Insekten achteten ihre Naturverbundenheit und quälten sie weniger als Leute, die bei klarem Verstand waren.

Irgendwie hüpfte sie mehr als dreißig Schritt entfernt durch den Sumpf, fast schon außer Reichweite des Fackellichts. Gull rief ihr zu, sie solle stehenbleiben, aber sie sprang leicht wie ein Reh weiter in den Sumpf, so daß er jetzt gezwungen war, ihr zu folgen. Aber wer wußte schon – vielleicht verfolgte sie ja Kem, und vielleicht konnte sie mit ihrem zweiten Gesicht Dinge sehen, die er nicht sehen konnte.

Er vergewisserte sich kurz, daß Chad ihm noch folgte, dann quälte er sich fluchend und stolpernd durch den Sumpf. Vielleicht standen die Schwachsinnigen unter einem besonderen Schutz – vielleicht aber auch nicht, denn plötzlich schrie Greensleeves wie ein Kaninchen in der Falle.

Gull brüllte, als schleimiggrüne, dürre menschenähnliche Gestalten über seine Schwester herfielen.

Einige ließen sich von Bäumen herabfallen, einige hüpften über die Wurzeln, und zwei tauchten aus dem Wasser auf, wie Barsche, die nach Libellen schnappten. Drei von ihnen packten Greensleeves Arme, einer ihre Beine, und sie zerrten in verschiedene Richtungen und fauchten sich dabei wie kämpfende Katzen an.

Gull hatte etwas Ähnliches schon einmal gesehen. Die winzigen Goblins hatten sich genauso gestritten; vielleicht waren diese Kreaturen ja mit ihnen verwandt? Aufheulend kletterte er auf eine Wurzel, rutschte aus und sprang auf die nächste. Er kam sich vor wie eine Schnecke, die versuchte, Spinnen einzuholen. Während er sich mühsam voranschleppte, flitzten die großen Goblins über Wasser, Wurzeln und Weinstöcke.

Gull wünschte dringend, er hätte seinen Langbogen bei sich! Trotz ihres Gezänks gelang es ihnen, mit der Dunkelheit zu verschmelzen – mit ihrer Beute, fort von Gull und seiner flackernden Fackel. Als er sich gerade an ein paar Weinstöcken festkrallte, tauchte Chad neben ihm auf, hob seine Armbrust und schoß. Gull schlug die Waffe nach oben. »Du wirst noch meine Schwester treffen!«

»Ha! Nicht sehr wahrscheinlich. Sieh doch!« Und tatsächlich, einer der kreischenden Goblins war durch einen Bauchschuß an einen Zypressenstamm genagelt worden. Die Männer platschten durch das Wasser, rutschten auf Wurzeln aus, rissen Weinstöcke beiseite und kämpften sich so zu dem getroffenen Goblin durch. Im Licht der Fackel war das Ding so häßlich, daß die Augen bei seinem Anblick schmerzten. Seine nackte graugrüne Haut war mit Warzen und Blutegelnarben übersät. Es war so dürr, daß seine Rippen und Hüftknochen hervortraten, spitze Ohren und strähniges schwarzes Haar rundeten die unappetitliche Erscheinung ab.

Der Armbrustbolzen hatte seine Hüfte durchschlagen, und das Ding kreischte, als es mit seinen schleimigen Händen am Schaft entlangglitschte, um den Dorn herauszuzerren.

»Schilftrolle«, knurrte Chad, »irgendwas zwischen Goblins und Orks.«

Gull fragte sich, ob diese Trolle mit den Irrlichtern im Bunde waren, oder vielleicht waren sie selbst die Irrlichter und benutzten irgendeinen Lichtzauber? Oder vielleicht folgten sie einfach den Irrlichtern und warteten auf ein hypnotisiertes Opfer? Doch dann schob er diese Gedanken beiseite. »Wo haben deine Leute meine Schwester hingebracht?« fragte er das Monster.

Chad hielt sich an einem Baumstamm fest, um nicht auszurutschen, und grollte: »Von dem kriegst du keine Antwort. Es sind Tiere. Sie haben keinen Verstand.«

Und bevor Gull noch irgend etwas tun konnte, schmetterte der Söldner den Kopf des Geschöpfes mit seiner Armbrust gegen den Baum. Doch der Troll war zäh. Aus einem der dreckigen Ohren tropfte Blut, doch das Ding schüttelte nur benommen den Kopf. Chad holte aus und schlug noch einmal zu. Diesmal zermatschte er den Schädel des Trolles, der wie ein Mehlsack am Haken zusammenfiel. Entsetzt fragte Gull: »Warum hast du das getan?«

»Um mir einen weiteren Bolzen zu sparen«, gab Chad zurück. »Na komm schon, wir müssen Kem finden.«

»Und meine Schwester!«

Gemeinsam schwangen sie ihre Fackeln und sahen sich um, bis Gull schließlich eine Lücke im dichten Traubenvorhang entdeckte. Sie schoben sich hindurch, wobei der Holzfäller die Führung übernahm. Er hielt seine Axt dicht am Körper, um besser nach den Ranken schlagen zu können und bereit für einen schnellen Hieb zu sein.

So quälten sie sich durch die Reben, watschelten auf schmerzenden Knien und Füßen über den glitschigen Boden, schlugen nach blutgierigen Insekten und fluchten, als sich ihre Fackeln im Geäst verfingen. Einmal hörten sie einen schwachen Schrei – den eines Mannes –, der jedoch rasch abbrach. Hackend umrundeten sie einige Baumstümpfe in noch tieferes Dickicht hinein und standen plötzlich auf festem Boden – einer Insel.

Gull entdeckte einen schmalen Wildpfad, und sie schlichen ihn entlang, als ein weiterer Schrei die Stille zerriß. Chad grunzte, als er ein Feuer roch, in dem Abfall verbrannt wurde. Zum Glück gab es keine Trollwachen, und bald schon konnten sie durch die Traubenvorhänge die ersten Flammenzungen flackern sehen. Sie löschten ihre Fackeln in einer Pfütze und krochen über Reisig und zertrampeltes Unterholz.

Es war kein Dorf, nur eine etwa zwei Armspannen breite Lichtung, die mit Knochen und Unrat übersät war. Neben der kreisförmigen steinernen Feuerstelle lagen Haufen von verrottetem Gras, die wohl als Betten dienten.

Gull, der als erster auf die Lichtung stürmte, sah, daß Greensleeves von vier Trollen, die auf ihrem Rücken saßen und ihre Hände festhielten, mit dem Gesicht nach unten in einen Grashaufen gedrückt wurde. In der Nähe des Feuers saßen fünf weitere, sowohl männlich als auch weiblich, auf Kems Rücken. Ein grauhaariges häßliches altes Weib senkte eine rostige Messerklinge, um den Ellbogen des Leibwächters durchzusägen. Das

Blut spritzte bis ins Feuer und verbreitete beim Verdampfen einen metallisch schmeckenden Rauch.

Die beiden Retter konnten die Überraschung der Trolle kaum glauben: Ihre grünen Gesichter schauten auf, ihre krummen Kiefer fielen herab, und ihre Augen traten aus den Höhlen. Gull bemerkte, daß sie so dumm wie Dorfköter waren. Dann schwang er seine Axt – und Trolle starben.

Der Holzfäller brüllte Chad zu, der sich hinter ihm auf die Lichtung quetschte, ihm den Rücken freizuhalten. Dann riß er seine zweischneidige Axt hoch – wobei er einige Weinreben über seinem Kopf zerteilte –, schwang sie herum und schlug grunzend zu. Die Axtklinge schnitt durch die mit dem Messer bewaffnete Trollfrau, so daß ihr Kopf wie ein Holzklotz durch die Luft flog und Blut und Gehirn verspritzte. Mit demselben Hieb zerteilte Gull zwei weitere Trolle, bis die Axt schließlich in dem vierten steckenblieb. Die anderen machten sich schleunigst davon, doch sie kamen nicht weit.

Etwas Langes, Breites, Niedriges mit gestreiftem grauen Fell brach von der anderen Seite auf die Lichtung. Gull sah einen flachen, teilweise gestreiften Kopf und aufblitzende weiße Zähne, die sich um das Bein eines Trolles schlossen und es abtrennten. Es war ein Dachs, so groß wie ein Maultier!

Chad sprang auf Gulls blinde Seite, umkreiste das Feuer und rannte direkt auf die Trolle zu, die auf Greensleeves saßen. Doch er stutzte, als ihm der gigantische Dachs das Trollbein vor die Füße spuckte, um einem anderen Opfer den Garaus zu machen. Er war wohl nicht hungrig, stellte der Holzfäller fest, sondern griff nur an, um zu töten, genauso, wie er dies mit Hühnern tat. Dickbäuchig rannte er auf kurzen Beinen hinter einem Troll her, der wie eine Maus quiekte.

Die Lichtung brodelte! Chad stach einem Weibchen sein Kurzschwert durch die Brust und drückte einen

Stiefel gegen ihren Kiefer, um seine Klinge wieder zu befreien. Dann stemmte er die Füße in den Boden und stach nach den anderen, die sich wie Fleischmaden wanden, sich duckten und zu entkommen versuchten. Er spießte einen weiteren Troll von hinten auf, bevor die Lichtung sich bis auf die Toten und Sterbenden geleert hatte.

Der Dachs schlug seine Zähne in einen Troll, knurrte, schnappte und schüttelte den Kopf, bis das Blut über seine Schnurrbarthaare spritzte. Vorsichtshalber hielt der Söldner sein Schwert in die Richtung des Untieres. »Wo ist denn das hergekommen? Bei Urzas Euter, das ist ja ein riesiger Dachs!«

»Diese Insel scheint an höher gelegene Gebiete zu grenzen, die sich durch den ganzen Sumpf ziehen«, mutmaßte Gull.

Der Holzfäller ging zu der Feuerstelle und stocherte mit seiner Axt in der Glut, um das Feuer zu schüren und dadurch vielleicht den Dachs zu vertreiben. Das Biest fraß gerade und knurrte dabei ununterbrochen. Gull hockte sich hin, packte seine Schwester am Fuß und zog sie in Sicherheit, wobei er vorsichtig nach den Zähnen und Klauen des Dachses Ausschau hielt.

Zerstreut setzte sie sich auf und klammerte sich an ihn, doch der Holzfäller löste sie aus seinen Armen, um sie zu untersuchen. Sie war zwar völlig verängstigt, aber unverletzt geblieben. Er tätschelte und streichelte sie beruhigend und fragte dann nach Kem.

Der narbige Mann erhob sich gerade und japste nach Luft, da die Trolle ihn beinah erstickt hatten. Von seinem Arm troff Blut, und Chad zerschnitt sein Hemd, um daraus einen Verband zu machen, der die Blutung zum Stillstand bringen konnte. Während er immer noch Greensleeves fest im Arm hielt, half Gull Chad dabei, Kem auf die Füße zu stellen. Noch immer benebelt, krächzte ihm der Söldner entgegen: »Glaub ja nicht, daß ich dir was schulde.«

Gull erwog mehrere Erwiderungen und entschied sich schließlich für die beleidigendste: »Nichts zu danken!«

Noch Tage später grübelte Gull laut nach. »Verdammt seltsam, wie dieser Dachs so plötzlich auftauchte.«

Lily, die neben ihm auf dem Kutschbock schaukelte, zuckte die Schultern. »Es war einfach ein großes Tier. Die Trolle waren größer als Goblins – vielleicht werden die Viecher einfach größer in diesem Sumpf.«

»Aber dieser Dachs – oh, er war so riesig – war kein bißchen dreckig! Er hatte nur gelben Sand auf seinem Fell, keinen Schlamm! Keine Blutegel, und wir waren damit übersät! Es ist sicherlich …«

»Du hast Chad erzählt, die Insel gehört zum Bergland und nicht zum Sumpf. Er ist aus seinem Bau gekommen, um Trolle zu jagen. Was ist daran so seltsam?«

»Aber es …« Gull hielt inne, um seine Maultiere um einen Felsvorsprung herumzulenken.

Sie hatten den Sumpf hinter sich gelassen. An seinem südlichen Rand hatte Towser seine ›trefflich schwarzen Lotus-Pflänzelein localisieret‹ und den ganzen Morgen damit verbracht, sie zu berühren und Zeichnungen von ihnen in sein Grimoire zu kritzeln, während sein Gefolge in eine aussichtslose Schlacht gegen die Mücken verwickelt wurde.

Der Weg wurde fester, als sie sich den Hügeln näherten, und sie fanden einen Paß in einem alten Flußbett. Zwar hatten sie große Felsen zu umrunden oder zur Seite zu schieben, aber sie kamen dennoch gut voran. Die grasbewachsenen Hügel rechts und links von ihnen waren von Laubbaumhainen bestanden, die Hirschen, Ziegen und kleinwüchsigen Büffeln – bei deren Anblick die Pferde vor Furcht schnaubten – Schutz boten. Das Hügelland schien sich endlos auszudehnen, doch Towser erklärte ihnen, daß das Meer nicht fern sei, als die ersten weißen Vögel am Himmel kreisten. Er erzählte seinem Frachtmeister, daß es ›lieblich Seemöwlein‹ seien, seine Namensvettern, und Gull zeigte reges Interesse, denn niemals zuvor hatte er das Meer oder eine Seemöwe gesehen.

Auch seine Schwester wurde lebhafter und schenkte zum ersten Mal in ihrem Leben ihrer Umgebung einige Beachtung. Sicherlich hundertmal am Tag steckte sie den Kopf zwischen Gull und Lily aus dem Wagen, um die Landschaft zu betrachten. Dann kletterte sie über die Küchengeräte, die Köchin und den Küchenjungen, um hinten aus dem Wagen zu schauen. Sie stieg aus, rannte um den Wagen herum, hob einen Felsen an oder riß ein Grasbüschel aus, um es ihrem Bruder zu zeigen, deutete auf weit entferntes Wild oder einen Büffel, plapperte, kletterte in den Wagen zurück und spähte wieder über seine Schulter.

»Was sucht sie denn nur?« fragte Lily.

»Ihr Benehmen haut mich um!« sagte Gull ratlos. »Irgendwas scheint sie zu interessieren! Vielleicht diese Rehe mit den großen Ohren? Vielleicht irgendwas, was wir gar nicht sehen können?«

Greensleeves schob einen Strauß Wildblumen in Lilys Hand, winzige Knospen, die wie eine weiße Wolke aussahen. Gull nannte seiner Schwester den Namen: Hirtentäschelkraut – er hatte es im Garten seiner Mutter oft gesehen. Seine Schwester runzelte die Stirn, und Lily murmelte: »Sie sieht aus, als würde sie nachdenken.«

»Das macht ein Maultier auch, bevor es tritt«, erwiderte der Holzfäller, doch mußte er Lily zustimmen, denn Greensleeves verhielt sich äußerst seltsam, selbst für jemanden, die mit dem ›zweiten Gesicht gesegnet‹ war.

Am nächsten Tag erklommen sie eine Anhöhe – und sahen das Meer! Gull riß vor Entsetzen an den Zügeln.

Es war so blau, so breit und so unendlich! Inseln waren als kleine Punkte am Horizont zu erkennen und formten im Süden eine lange gelbe Linie. Die ersten Schiffe, die er je in seinem Leben gesehen hatte, geisterten über das Wasser wie große hölzerne Schwäne.

Lily lachte: »Es ist auch ziemlich tief. Es steigt dir wohl über den Kopf!«

»Ärger mich nicht«, nörgelte Gull, »es ist einfach so viel zu sehen!«

Wieder lachte die Tänzerin und zog sich die Kapuze ihres Umhangs, den sie aus einer Kiste im Wagen gezerrt hatte, über den Kopf, denn eine steife, salzig schmeckende Brise blies ihnen ins Gesicht. »Es tut mir leid. Ich bin nun mal daran gewöhnt. Ich bin in einer Hafenstadt geboren worden. Meine Mutter war da eine Hure. So wie ich.«

»Schweig!« herrschte Gull sie an und nahm gleichzeitig besänftigend ihre Hand.

Greensleeves drängte sich zwischen sie und gluckste wie ein Dachs, als sie das Blau erblickte. Lily lachte über ihre Verwunderung und erklärte ihr: »Meer. M-e-e-r. Meeeeer.«

»Meeeer«, wiederholte das einfältige Mädchen.

Gull fiel beinah vom Kutschbock. »Was hast du gesagt!?«

»'saaaagt«, antwortete seine Schwester.

Gull starrte sie mit offenem Mund an, und Lily mußte laut über beide lachen. Verärgert knurrte der Holzfäller: »Hör schon auf. Das hier ist verdammt ernst. Noch nie zuvor hat sie irgendwas wiederholt.«

»Niemals? Wirklich?« Lily war verwirrt.

Greensleeves betrachtete die beiden forschend wie ein treuer Hund, der geduldig auf Befehle wartete.

Befehle kamen auch, aber von dem zweiten Wagen hinter ihnen, denn Knoton, der Buchhalter, schrillte: »Was hält uns auf? Voran! Herr Towser wartet!«

Gull ließ sich auf den Sitz zurückfallen, knallte mit

den Zügeln und zog die Bremse des Wagens an, als er langsam den Hügel hinabrollte. Der Weg, der entlang des Klippenrandes verlief, war die erste richtige Straße, auf die sie stießen, seit sie Weißfels verlassen hatten.

Greensleeves hüpfte im Rhythmus des holpernden Wagens auf und ab und starrte immer wieder auf das Meer hinaus. Der Seewind zauste ihr braunes Haar zu einem Glorienschein, und wieder und wieder gurrte sie »Meeeer!«

Nachdem sie an einigen frisch gepflügten und eingesäten Feldern, einem festungsartigen Farmhaus, dicht bewachsenen Feldrainen, weiteren Häusern und Feldern vorbeigekommen waren, erreichten sie die Stadt, die wohl einige hundert Häuser zählte.

Wieder war Gull beeindruckt. »So viele Leute an einem Ort!«

Und wieder lachte Lily: »Und das hier ist nur eine kleine Stadt. Du solltest mal eine richtig große sehen. Die sind nämlich immer von einer Mauer umgeben, und du würdest einen ganzen Tag brauchen, um einmal durchzulaufen. Oder auch zwei Tage.« Gull konnte es sich einfach nicht vorstellen. Obwohl sie ihn ständig ärgerte, war er doch froh zu sehen, wie herzerfrischend sie lachen konnte.

Towser befahl den Wagen, an der ersten Taverne anzuhalten, denn schon vor Wochen war ihnen das Bier ausgegangen, und aus seiner eigenen Tasche holte der zaubernde Stutzer die Münzen, um eine Runde auszugeben. Sein staubbedecktes und erschöpftes Gefolge stand mit müden Beinen an der Theke und zechte gierig. Towser ließ all ihre Becher erneut füllen und erhob seinen dampfenden Krug zu einem Trinkspruch:

»Zu eurem Wohle soll's gereichen, ihr braven, wackren Leut, die mir gefolget durch Pein und Not allzeit! Wohlgefällig für mein Aug war's wohl, Dienstbarkeit und stetger Fleiß, welchselbger uns hierhergebracht gar wohlbehalten. So künd ich's euch: Am erquickend Biere soll's nicht mangeln, gleichwohl mitnichten an der trefflich Speis. Müßiggang und Lustwandelei, so wie's euch wohl beliebet, will ich nicht verwehren, desgleichen nicht ein prallgefülltes Börselein.«

Zum ersten Male einhelliger Meinung, stieß die Gesellschaft an und trank. Als sie das Faß geleert hatten, gab Towser abschließende Anordnungen. Sie sollten ihr Lager außerhalb der Stadt aufschlagen, genügend Feuerholz bereithalten und eine Wache aufstellen, während der Rest von ihnen sich die Stadt ansehen konnte. Leicht angeheitert stimmten sie zu, als die Sonne rotglühend im Meer versank.

Bevor er richtig wußte, wie ihm geschehen war, hatte Gull Geld in seinem Beutel, einen schwarzen Dolch in seinem Gürtel, Greensleeves an der einen Hand, Lily an der anderen, während Stiggur ihnen wie ein Hündchen folgte. Zusammen marschierten die vier in die Stadt. Lily hatte ihnen viel Spaß versprochen, obwohl sich Gull nicht vorstellen konnte, was sie damit eigentlich gemeint hatte. Aber er war glücklich genug, die prächtigen Bauwerke bewundern zu können.

Während der nächsten Tage erforschten sie die Stadt, und Gull konnte die Mannigfaltigkeit, die Geschäftigkeit und die Farbenpracht kaum fassen. Er war begeistert! Die Straßen waren breit und ziemlich sauber, obwohl Hühner, Schweine und Hunde überall herumrannten. Die ein- bis zweistöckigen Gebäude waren mit salzverkrusteten Dachziegeln und Holzbrettern gedeckt, die Türen bunt bemalt und die Wände mit kleinen Bildchen geschmückt. Vor den Geschäften hingen bunte Schilder, und die Tavernen quollen über vor Seeleuten, Piraten, Bauern und Handwerkern. Am Hafen stapelten sich Güter, die von eleganten langen Galeeren und bauchigen Koggen entladen worden waren. Die

Werkstätten waren frei zugänglich, also konnten sie beobachten, wie Pferde beschlagen, Boote geteert, Fisch ausgenommen, Kerzen gezogen und Stoff gefärbt wurde.

Lily kaufte ihnen Speisen, die sie nie zuvor gekostet hatten: frischen Meeresfisch, in Olivenöl gebackene Kartoffeln, in Zwiebeln geröstetes Lamm, honiggesüßten Saft und in Bier gebackene Biberschwänze. Sie kaufte Greensleeves und Stiggur riesige Klumpen Bergkristall, die sich als aufgefädelter Rohrzucker erwiesen. Sie leistete Gull Gesellschaft, wenn er Biere von überall her probierte, gebraut aus Gerste und Hopfen, doch auch Kürbis-, Kartoffel-, Pilz- und sogar Birkenrindenbier.

Da er eine Börse voller Geld und die Gelegenheit hatte, es auszugeben, gab Gull einer Schneiderin den Auftrag, ein neues Kleid für seine Schwester zu nähen, aus hellgrünem Stoff mit dunkleren Ärmeln, so wie seine Mutter es vor langer Zeit getan hatte. Er ließ es zudem mit einem gesteppten Mieder versehen, da es am Meer sehr kühl war. Lily quietschte vor Freude, als er ihr einen weißen Umhang kaufte, der mit leuchtenden Blumen an den Rändern bestickt war, doch für sich selbst konnte er sich nichts anderes vorstellen als ein schlichtes graues Wollhemd.

Jeden Nachmittag zogen sie sich aus und wateten ins Meer, um in der Brandung zu planschen, zu tauchen und einander naßzuspritzen wie kleine Kinder.

An einem Nachmittag versuchte Gull, sich mit seinen Namensvettern anzufreunden, indem er ihnen Speisereste und Brotkrumen anbot, doch die Möwen flogen jedesmal auf, wenn er versuchte, sie zu streicheln. Als er Lily nach dem Grund dafür fragte, antwortete sie: »Es sind Aasfresser, Gull. Sie schlagen sich mühsam durchs Leben und sind äußerst argwöhnisch. Sie fressen, was sie kriegen, und kämpfen manchmal mit Hunden, Katzen und anderen Vögeln darum. Und sie sind nirgendwo wirklich willkommen, obwohl die Seeleute niemals einen Seevogel töten würden, weil das Unglück bringt.«

»Unerwünschte, reizbare Aasfresser ...«, wiederholte Gull. »Ich scheine ihnen ähnlicher zu sein, als ich dachte.«

Die Tänzerin lachte und drückte seinen Arm. »Aber du bist erwünscht. Und kaum reizbar, und du versuchst einfach irgendwie zu überleben, wie wir alle. Versuch sie mal so zu sehen: Möwen sind zäh, verläßlich, klug, schnell und haben Glück. Paßt dir das besser?«

»Paßt es dir?« lachte der Holzfäller und umschlang ihre Hüften.

Wieder lachte Gull, als er Greensleeves ein Stück Brot gab. Das Mädchen brauchte nichts weiter zu tun, als einen Brocken auszustrecken, und die Möwen fielen über sie her, flatterten um ihre Röcke herum, balgten sich, um ihr aus der Hand zu fressen, und ließen sich sogar auf ihrem Haar nieder.

»Wie heißen sie, Greenie?« fragte ihr Bruder.

»Vöööögelll!« kicherte seine Schwester.

Während ihrer Stadterkundung brachten sie Greensleeves geduldig neue Worte bei, bis sie wie ein kluges Kleinkind auf Dinge deutete und sie benannte. Bald schon verflocht sie die Worte miteinander: »will Zucker«, »sehe Fisch«, »ich Hunger«.

Gull schüttelte vor Erstaunen den Kopf und wünschte, seine Familie wäre noch am Leben, um zu sehen, wie Greensleeves' Verstand wuchs. Aber in der vierten Nacht, als die Stadt fast schon schlief, erlebten sie ihre größte – und schlimmste – Überraschung.

Während Stiggur im Lager zurückgeblieben war, um Wache zu halten, waren Lily, Gull und Greensleeves zusammen in die Stadt gegangen. Weil Lily stets darauf bestand, gingen sie in der Mitte der Straße und vermieden dunkle Hauseingänge und schmale Gassen.

Plötzlich hörten sie schnelle Schritte hinter sich, und Gull wirbelte herum. Er stellte sich schützend vor die Frauen und keuchte vor Entsetzen: Chad stürzte sich mit einer langen Keule auf ihn! Bevor er schreien konnte, hörte Gull einen dumpfen Schlag. Lily taumelte gegen ihn, niedergeschlagen von einem weiteren Meuchler. Als der Holzfäller über die Schultern nach hinten blickte, sah er, daß es der gleichmütige, stille Oles war.

Zusammen mit der Wut über den hinterhältigen Angriff kamen Fragen in ihm auf. Was zur Hölle geschah hier, daß seine eigenen Kameraden ihn angriffen? Wer stand dahinter?

Dann aber folgte eine noch größere Überraschung, denn eine Mädchenstimme rief: »Gull!«

Er wirbelte herum. »Greensleeves???«

KAPITEL 15

Fragen lähmten Gull.

Greensleeves hatte seinen Namen gerufen? Chad und Oles wollten ihn töten? Oder gefangennehmen? Bei den Glocken von Kormus, warum?

Irgend etwas pfiff über seinen Kopf hinweg, er duckte sich und riß einen Arm hoch, um den Schlag abzuwehren: Es war Oles, der seine Keule schwang! Der Schmerz in seinem Oberarm erschütterte ihn bis ins Mark, und aus den Augenwinkeln bemerkte er Chad, der mit erhobenem Knüppel angriff. Anstatt den Kopf einem weiteren Schlag von Oles auszusetzen, konterte Gull mit einem Griff nach Chads Bein. Schimpfend duckte sich der Holzfäller unter zwei zischenden Hieben hinweg, packte den Stiefel des Leibwächters und zog. Fluchend fiel Chad auf ihn, doch der Holzfäller rollte sich rasch zur Seite und umklammerte dabei den Söldner, der ihm so als Schutzschild gegen Oles' Angriffe dienen sollte.

Die beiden Männer rangen im Staub und Unrat der nächtlichen Straße, und schnell erwies sich, daß Chad trotz seiner Kraft kein ernsthafter Gegner für den Eseltreiber war. Leicht stieß dieser den Söldner von sich und legte die Hände wie eine stählerne Klammer um dessen Hals. Der überraschte Aufschrei des Leibwächters wurde buchstäblich abgewürgt. Verzweifelt versuchte er, zu schlucken und um Hilfe zu schreien, doch Gulls fester Griff schnürte ihm die Luft ab. Panik stieg in ihm auf, und er trommelte wild mit den Absätzen auf den Boden.

Über sich hörte Gull, wie Greensleeves kläglich miaute, und schrie ihr zu: »Lauf, Greenie!«

Mehr konnte er nicht tun, denn er war im Augenblick zu sehr damit beschäftigt, das Leben aus einem Verräter herauszupressen. Chad trat um sich, warf sich hin und her und gurgelte, als ihm die Luft ausging. Er schlug nach Gulls Kopf, doch der Holzfäller war zu nahe, um wirkungsvoll getroffen zu werden. Der Söldner kratzte ihm durch das Gesicht und versuchte, ihm die Finger in die Augen zu bohren, aber Gull biß ihn fest in den Daumen, bis er Chads salziges Blut schmeckte.

Mit einer unmenschlichen Kraftanstrengung bog der fast erstickte Leibwächter den Rücken durch, tastete nach seinem Kurzschwert, zog es und stach zu. Der Holzfäller reagierte blitzschnell: Mit einem kräftigen Stoß schleuderte er seinen Feind beiseite und sprang auf die Füße. Chad rappelte sich hustend auf alle viere und rieb sich die Kehle, doch dann erinnerte er sich an die Gefahr, in der schwebte, und er versuchte, sein Schwert zu heben.

Der Holzfäller kam wie ein Tornado über ihn, und unter den Tritten seiner Holzschuhe brach das Schlüsselbein des Mannes, wurde dessen Schulter zerschmettert und sein hübsches Gesicht verunstaltet. Gull bückte sich und zerrte Chad an seinem reißenden Hemd in die Höhe und wirbelte herum, um sich zu vergewissern, daß er Oles nicht im Rücken hatte. Schnell stieß er den zappelnden Söldner quer über die Straße, bis sie keuchend gegen eine Hausecke prallten.

Gull bedrängte Chad hart und preßte ihn mit der Hüfte fest gegen die Hauswand, während der Leibwächter versuchte, ihm sein Schwert in den Rücken zu bohren. Aber mit seinem eingeklemmten Arm konnte er nur Gulls lederne Tunika und die darunterliegende Haut aufschlitzen. Gull konterte mit einem Handkantenschlag, der wie ein Beil auf Chads Arm niederging und dessen Schwert in den Straßenstaub schleuderte. Der Holzfäller packte eine Handvoll von Chads Haar, hob den Leibwächter daran auf die Zehenspitzen und zog ihn an seine Schulter. Dann schmetterte er den einstmals hübschen Kopf des Mannes mit aller Wucht gegen die Mauer.

Wie vor ein paar Tagen der Schilftroll, so wurde diesmal der Leibwächter durch den ersten Schlag betäubt und wehrlos gemacht. Dunkles Haar und Hautfetzen klebten an den rauhen Backsteinen. Der zweite Schlag war härter, besser gezielt, und machte Chad bewußtlos.

Der fünfte tötete ihn.

Der Holzfäller ließ den zermalmten Körper des Söldners fallen und wischte seine blutverklebten Hände an der Hauswand ab.

»Füttere die Ratten, du Ratte!«

Als die Kampfeslust in ihm langsam abnahm, erinnerte er sich an das Geschehene – an Oles, Greensleeves, Lily. Als er sich umsah, stellte er fest, daß er allein in der dunklen Straße war.

Er rief die Namen der Frauen, doch niemand antwortete ihm. Wo, zur Hölle, waren sie? Panisch vor Angst suchte er die breite Straße nach ihnen ab. Wenn Oles zum Lager zurück wollte – warum? –, wäre er nach Westen, fort vom Hafen, gegangen.

Gull ergriff das Schwert, rannte auf gut Glück mit seinem schmerzenden Knie los und spähte durch die Dunkelheit, um Greensleeves zu suchen.

Er war kaum hundert Schritt weit gekommen, als er einen breiten Mann erkannte, der sich ein zappelndes Mädchen über die Schulter geworfen hatte. Greensleeves krümmte und wand sich, hämmerte mit ihren knochigen Fäusten auf Oles Rücken und trat um sich, während sie die ganze Zeit wie ein verhungertes Kätzchen miaute. Der Söldner rückte seine menschliche Ladung zurecht, schlurfte schwerfällig die Straße entlang und hielt dabei ängstlich nach der Stadtwache Ausschau.

Der Eseltreiber trat seine Holzschuhe von sich und stürmte so schnell er konnte vorwärts. Zum Glück wurde sein Herannahen durch Greensleeves' Lärm übertönt, so daß Gull ungehindert das geliehene Schwert ansetzen konnte. Er zielte tief auf Oles' Rücken, so daß sich die Klinge nicht in den Rippen verfangen würde, und stach zu.

Das Schwert fuhr glatt wie der Giftzahn einer Schlange durch Oles' Haut, schnitt einen kalten Pfad durch seine Eingeweide und durchstieß mit der Spitze die Bauchdecke des Söldners. Mit einem Ruck zog Gull die Klinge aus Oles' Körper, und der über Knochen raspelnde Stahl ließ den Sterbenden schaudern. Die Kraft verließ ihn, als das Blut aus der Wunde schäumte. Taumelnd versuchte er noch, das Mädchen festzuhalten, doch sie wurde ihm von der Schulter gerissen. Ohne ein Geräusch fiel er mit dem Gesicht voran in den Dreck.

Gull zog seine Schwester hinunter zum Strand. Algen und sanfte Wellen kennzeichneten die Flutlinie, und die Geschwister liefen an ihr entlang über den festen Sand, denn nach allem, was Lily ihm über die Gezeiten erzählt hatte, wußte Gull, daß das steigende Wasser ihre Spuren verwischen würde. Vor allem brauchte er Zeit zum Nachdenken.

Die Wellen brandeten heran, brachen sich am Ufer und umspülten ihre Füße mit weißem Schaum. Weiter hinten wurde der Strand felsiger. Erst quetschte sich Gull zwischen den Steinen hindurch, doch dann sprang er von einem salzverkrusteten Felsen zum nächsten. Seegrashaufen glitschten unter seinen Füßen, und der Nebelmond, die Sterne und der schimmernde Ozean gewährten ihnen ein schwaches Licht. Auf ihrem Weg weckten sie einige Seemöwen, die sich kreischend in die Luft erhoben, und Gull hoffte, daß seine Namensvettern ihn nicht verrieten.

Hinter den Felsen lag eine Landzunge, die mit Dünengras und verkrüppelten Eichen bewachsen war. Er bugsierte seine Schwester eine Düne hinauf, kletterte ihr nach und zerrte sie an die bestgeschützte Stelle, die er finden konnte. Hartes Gras und Brombeersträucher verfingen sich in ihren Röcken und zerkratzten seine nackten Beine. Eine salzige Brise fuhr durch seine zerschnittene Tunika und ließ seine Schwertwunde brennen und schmerzen. Nachdem sie sich durch dichtes Dornengestrüpp gearbeitet hatten, benutzte er Chads Schwert, um sich einen Weg durch Maulbeersträucher zu hacken, die einen süßlichen Harzgeruch verströmten. Ein großer, flacher, moosbewachsener Felsen bildete eine Lichtung, die gerade groß genug war, daß sie sich setzten konnten. Der Stein war nach dem sonnigen Tag noch warm …

Hier, wo die Brandung nur noch gedämpft zu hören war, waren sie geschützt vor der kalten Seebrise. Aufatmend ließ sich Gull niederfallen, wobei er sehr darauf achtete, seine Schwester nicht mit dem Schwert zu verletzen, und überprüfte seine Ausrüstung: Er hatte seinen schwarzen Dolch, seine Maultierpeitsche, Chads Schwert, eine Börse voller Münzen und sonst nichts.

Greensleeves hatte noch weniger: Ein Kleid und einen Umhang. Die Frage war: In welchen Schwierigkeiten steckten sie eigentlich? Hatten Chad und Oles allein gearbeitet? Was hatten sie geplant? Gull aus Rache zu töten, wegen ein paar Beleidigungen? Nicht sehr wahrscheinlich, schließlich hatten sie Keulen benutzt und keine Schwerter. Greensleeves an ein Bordell zu verkaufen? In die Sklaverei? Sollten sie beide verkauft werden? Lily hatte ihn gewarnt, daß Händler manchmal Landvolk entführten und dieses an skrupellose Kapitäne verscherbelten, denn das Leben eines Seemannes war hart und erbärmlich. Sollte Greensleeves in einen Harem gebracht werden? Hinter wem waren sie eigentlich her gewesen? Und was am wichtigsten und am schlimmsten war: Hatte Towser die Söldner geschickt?

Gull konnte Towser als Mensch nicht leiden, denn er hielt ihn für überheblich, geckenhaft, übellaunig und affektiert. Aber vielleicht waren alle Leute von Bildung oder Stand so. Und doch hatte es ihn nicht gestört, für ihn zu arbeiten, denn der Zauberer war ein gerechter und anspruchsloser Herr. Meistens war Towser zerstreut und zurückgezogen, sein Kopf voll von mysteriösen Plänen und Problemen. Gull traute ihm zwar nicht, hatte aber auch keinen Grund, ihm zu mißtrauen. Bis jetzt.

Was sollte er also tun? Zu Towser gehen und die Wahrheit einfordern? Würde ihm irgend jemand aus dem Gefolge helfen, falls es mehr als zwei Verräter gab? Morven vielleicht... Stiggur sicherlich... und Lily, natürlich, aber wo war sie? Er hatte ihren Sturz gefühlt, aber dann war sie plötzlich verschwunden. Fortgekrochen? Fortgezerrt? Tausend Fragen, auf die es keine Antworten gab. Nichts machte Sinn. Wie immer sprach er zu seiner Schwester wie zu seinen Maultieren, um seine Gedanken zu ordnen. »Irgendwelche Vorschläge, Greenie?«

Dann traf ihn der allergrößte Schock dieser Nacht – sie antwortete: »N-nein.«

Gull rieb sich die Stirn. Vielleicht hatte er ja einen Schlag auf den Kopf bekommen, ohne es gemerkt zu haben. Leise fragte er: »Was hast du gesagt?«

»Nein...«

»Du kannst mich verstehen?«

»J-ja...« Ihre Worte kamen stockend, doch ihre Stimme war angenehm wie der Gesang von Vögeln oder das Singen seiner Mutter. Sie sprach sehr langsam, als müßte sie jedes Wort ergründen. In ihrem schattigen Versteck konnte er ihre Augen nicht sehen, doch er spürte, daß sie ihn beobachtete.

Zum ersten Mal in ihrem Leben zeigte sie Verstand. »K-konnte i-immer.«

»Konnte was?«

»Ver-st-stehen ... Ich wi-wißte, daß d-du da-da warst. A-aber schw-schwer zu-zu ... i-ich k-konnte nicht ...« Verärgert klatschte sie die kleinen Hände zusammen. »Ich ... hörte dich. A-aber ... da war ... war soviel a-anderes. Vögel ... Blu-umen ... Hi-himmel ...«

Ihr Bruder strengte sich an zu verstehen. »Du hast also immer meine Worte verstanden, aber andere Dinge haben dich abgelenkt?«

»Ja ... ja!« Ihre Stimme wurde lebhaft wie die eines Kindes.

Gull grübelte. Als er ein Junge war, war ein Mann im Dorf von einem Dach gefallen und auf dem Kopf gelandet; beinah wäre er gestorben. Danach war sein Verstand immer wieder für einige Tage benebelt gewesen. Kurz gesagt: schwachsinnig, wie Greensleeves seit ihrer Geburt. Zumindest hatten sie das von ihr gedacht, doch nun konnte sie plötzlich klar denken. Hatte sie auch einen Schlag auf den Kopf bekommen?

»Wieso kannst du auf einmal so gut sprechen? Weißt du das?«

»B-bäume.« betonte sie.

»Bäume?«

»Zu viele Bäume. Überall.« Mit den Händen formte sie ein Blätterdach über ihrem Kopf. »W-worte von Bäumen ... sprechen in meinem Kopf. Erzählen mir ... Geschichten.«

»Geflüster? Der Flüsterwald? Du hast Geschichten gehört?«

Ihr Gesicht war nur ein bleicher Fleck im Halbdunkel, als sie nickte. Gull kratzte sich am Kopf und riß dabei schmerzhaft eine verkrustete Wunde auf. So, dachte er, das Geheimnis des Flüsterwaldes war gelöst, zumindest teilweise. Die Bäume sprachen wirklich! Nur daß normale Leute sie nicht verstehen konnten, so als ob sie eine fremde Sprache sprächen, doch seine bedauernswerte umnachtete Schwester hatte ihre Lieder und Geschichten gehört, und es waren so viele gewesen, daß sie ihren armen Verstand überwältigt hatten. Das bedeutete also …

»Ach so! Wir ließen den Flüsterwald hinter uns, als wir auf den Kiefernhain gestoßen sind … Dann sind wir ein paar Tage weitergefahren … und du fingst plötzlich an zu sprechen! Klar, kaum waren wir aus dem Wald, hast du angefangen zu denken!«

»J-ja. Sp-r-reche selbst … j-jetzt. Zu dir. Bru-bruder … G-gull.«

Gull war überrascht, als ihm ein Schluchzen die Kehle zuschnürte. Sein Name! So lieblich von seiner Schwester ausgesprochen, die ihren verlorenen Verstand nun endlich wiedergefunden hatte! Er packte sie und drückte sie an sich, bis sie quietschte. »Zer-zerququetscht … mich, Gull.«

»Ja«, war alles, was er antworten konnte.

Dann durchfuhr ihn plötzlich ein Gedanke, und er schob seine Schwester von sich. »O nein! Und die ganze Zeit hab ich dich in den Wald mitgenommen, weil du ihn so geliebt hast und um dich aus allem Ärger rauszuhalten. Und dabei war es der Wald, der deinen Verstand benebelt hat. Es ist meine Schuld, daß du so … arm dran warst.«

»Nein.« Sie lächelte sanft. »Ich-ich … liebe die … W-wälder. Ich …« Sie hielt inne. Gull vermutete, daß sie nach dem richtigen Wort suchte, doch ihr Blick wanderte über seinen Kopf hinweg zum mondhellen Himmel.

Unter dem Sternendach, in Bogenschußweite – flog ein Mann!

Ein Dutzend Gedanken prasselten auf Gull nieder. Sie waren entdeckt worden! Von Towser! Und der Bastard konnte fliegen! Also war er es gewesen und nicht die braungewandete Zauberin, der über Weißfels geflogen war und den Schwächebann bewirkt hatte! Und jetzt jagte er Gull und Greensleeves – sicherlich nicht, um seine verlorenen Schäflein heimzuführen.

»Runter!« zischte Gull, schmiß seine Schwester flach auf den Boden und warf sich über sie. Doch vermutlich war es zu spät, denn wegen des Rauschens der Brandung, des Pfeifens des Seewindes und der Aufregung über ihre phantastischen Entdeckungen hatten sie in normaler Lautstärke gesprochen. Jeder, der in der Nähe gewesen war, hätte sie hören können, besonders aus der Luft. Gull wußte dies, da er oft genug auf Bäume geklettert war. Erneut schaute er auf, doch der Magier war verschwunden. War das nun gut oder schlecht? Wie auch immer, sie mußten von hier verschwinden!

Ein barbarischer Schrei aus Dutzenden von Kehlen durchbrach die Nacht. Gull hatte das schon einmal gehört – vor langer Zeit …

Das Unterholz raschelte, krachte und splitterte, als ein blaubemalter, weißhaariger, mit scharfen Eckzähnen versehener Krieger mit seiner gebogenen Klinge und seinem Lederschild angriff. Gull schob Greensleeves zur Seite, befahl ihr zu fliehen und hob sein Schwert – wobei er genau wußte, daß er keinerlei Erfahrung mit dieser Waffe hatte! Doch selbst wenn er diesen Barbaren tötete, waren da noch zwanzig weitere oder mehr. Er hatte ihr Gebrüll gehört … Wie viele konnte er erschlagen, bevor sie ihn niedermetzelten? Einen? Wer würde Greensleeves dann beschützen …

Weitere Barbarenkrieger, Männer und Frauen, stürmten von allen Seiten auf die Lichtung, und Gull wußte nicht mehr, wohin er sich wenden sollte. Die Angreifer verbreiteten einen seltsam süßen Geruch, denn ihre blaue Bemalung war wohl Beerensaft. Angefeuert durch ihr Schlachtgebrüll, fletschten sie knurrend die Zähne. Gull war bereit zu töten oder getötet zu werden. Aber Greensleeves …

Ein Schatten wie der eines Adlers schwebte über ihren Köpfen, und Gull wurde schwindelig. Plötzlich fühlte er sich so schwach, daß er kaum noch stehen konnte, seine Knie gaben nach, und sein Schwertarm wurde schwer wie Blei. Er fiel auf seine Schwester, die ebenfalls zu Boden gesunken war. Ein blaubemalter Mann brach vor ihnen zusammen, und seine Eckzähne kratzten mit einem gräßlichen Knirschen über den Fels, danach ein weiterer, doch immer mehr Barbaren brachen auf die Lichtung.

Mit der flachen Seite ihrer Schwerter peitschten sie Gull, als wollten sie Korn dreschen. Klingen hämmerten auf seine Arme, seine Beine, seine Schultern und seinen Kopf. Vor seinen Augen explodierten kleine Sonnen, verloschen und flackerten erneut auf. Aus der Ferne ertönte ein Ruf, und das Schlagen hörte auf, als die Barbaren mit ihren kehligen Stimmen grunzend antworteten. Ein halbes Dutzend von ihnen preßte Gulls Arme gegen den Boden, und eine Frau hob ihre Keule hoch in die Luft und zielte. Der Himmel stürzte über ihm ein und betäubte ihn. Sterne wirbelten um ihn herum – und verloschen.

Stimmen weckten ihn: Towser, Kem und Felda. Für einen Augenblick stellte Gull sich vor, daß er wie gewöhnlich unter dem Küchenwagen aufgewacht war, während Leute um das morgendliche Feuer herumstanden und schwatzend darauf warteten, daß Felda das Frühstück servierte. Plötzlich fühlte er zu seiner Überraschung große Sehnsucht nach diesem einfachen Leben in sich aufsteigen. Als er versuchte, sich zu bewegen, verlor er vor Schmerz beinah die Besinnung. Mit einem unterdrückten Stöhnen öffnete er mühsam ein Auge – denn das andere war zugeschwollen – und stellte fest, daß es noch immer mitten in der Nacht war.

Seine Arme waren über dem Kopf so fest an ein Wagenrad gefesselt, daß sich das Blut staute und sie nun taub und dick geschwollen waren.

Im Licht des Lagerfeuers schien die Szenerie beinah normal zu sein. Die vier Wagen waren im Kreis aufgestellt, und er war an den Küchenwagen gebunden. Auf seinem Kutschbock saß der Buchhalter Knoton, der sehr mißmutig vor sich hinstarrte. Die Tänzerinnen schauten aus den verschiedenen Kutschen heraus, auch die müde und nervös aussehende Lily war unter ihnen. Gull fragte sich, ob auch sie ihn verraten und absichtlich in den Hinterhalt auf jener Straße gelockt hatte. Doch die stämmige Jonquil hielt sich stets in ihrer Nähe auf, und wann immer Lily sprechen wollte, zog sie deren Kopf heftig an den Haaren zurück. Felda saß stumpfsinnig auf einer Kiste neben der alten Sterndeuterin, während Stiggur über Gulls Kopf aus dem Küchenwagen spähte und aussah, als würde er weinen. Zumbel und die Bardin waren nirgendwo zu sehen. Der einohrige narbige Kem, der Seemann Morven und der buntgestreifte Towser standen mit Bierkrügen am Feuer. Greensleeves saß mit auf den Rücken gefesselten Händen und gesenktem Kopf neben dem mürrischen Knoton auf Towsers Wagen. Gull fragte sich, wo die Leichen von Chad und Oles lagen.

Als er vollständig zu sich gekommen war, räusperte der Holzfäller sich krächzend. Er befeuchtete seine angeschwollenen Lippen und stellte fest, daß er durchaus in der Lage war, einige Worte zu sprechen. »Towser!« brüllte er. »Du verräterischer, stinkender Köter! Du mieser, feiger Bastard! Du verdammter dreckiger, verlauster, scheißefressender, in Jauche suhlender Sohn einer pockenzerfressenen Hure! Du schlitzäugiges Arschloch …«

So fluchte er lange Zeit weiter und benutzte dabei jedes dreckige Wort, daß ein Maultiertreiber kannte, bis er sich zu wiederholen begann und seine Stimme versagte.

Towser beachtete ihn gar nicht. Er deutete zu den Hügeln, die sich vom Norden der Stadt an der Küste entlangzogen, und erteilte Kem mit ruhiger Stimme Befehle über das Anlegen von Vorräten, das Anwerben weiterer Leibwächter, den Aufkauf von Zugtieren, das Anheuern eines neuen Frachtmeisters und das rasche Weiterziehen. Der narbige Mann nickte bei jeder seiner Anweisungen und kratzte sich lässig an seinem verbundenen Ellbogen.

Als Gull wieder zu Atem gekommen war, brüllte er: »Kem! Du einohriger Sohn einer dreckigen Hündin! Du verdankst mir dein Leben! Ich bin in diesen stinkenden Sumpf gegangen und habe mich mit Trollen herumgeschlagen, die vorhatten, dich aufzufressen, du Schwein! Ich hab dich auf den Schultern getragen, als du das Bewußtsein verloren hattest und Chad schlappmachte! Kannst du dich noch daran erinnern, du erbärmliche Ratte? Oder bist du weniger als ein verlauster, müllfressender Straßenköter, denn selbst der häßlichste arschleckende Hund kennt Dankbarkeit!«

Kem wanderte scheinbar unberührt um das Feuer herum, baute sich vor Gull auf, schüttete ihm das Bier ins Gesicht und ohrfeigte ihn heftig, bis sein Arm zu sehr schmerzte.

Towser nickte. »Igitt! Ein garstger Lümmel ward er wohl. Er ermüdet mich. Sein Schwesterlein mag meiner trefflich Absicht Genüge sein. Bedarf für ihn ist nimmermehr angezeiget. Unter Büschlein möget ihr ihn wohl verscharren, noch bevor des Tages güldne Scheib erstrahlet. Und grabet tief, auf daß die Hündlein sein modernd Leich nicht von dannen zerren mögen!«

Gull tobte vor Wut. Towsers Gleichgültigkeit über seinen Tod, so als wäre der Holzfäller ein für die Schlachtbank bestimmtes Schwein, war die größte Gemeinheit, die er je erlebt hatte. Chad und Kem mochten Halsabschneider sein, aber verglichen mit dieser magischen Viper waren sie aufrechte Männer.

Das erste Mal zeigte Kem eine Gefühlsregung, denn Gull sah, wie sich seine Stirn umwölkte. Vielleicht verspürte der Söldner doch noch so etwas wie Dankbarkeit? Ermattet hoffte Gull, daß er ihm einen leichten Tod bereiten würde …

Irgend etwas zog an Gulls Handgelenk, und seine Hand plumpste in seinen Schoß. Kem knurrte: »He da! Halt!«

Er griff an Gull vorbei, dessen andere Hand nun in seinen Schoß plumpste, und der Holzfäller stöhnte bei dem kribbelnden Schmerz laut auf. Fluchend zog Kem Stiggur am Handgelenk hervor. Der Junge war unter die Kutsche gekrochen, um Gull mit einem Küchenmesser zu befreien. Nun jaulte er auf, als Kem ihn brutal ohrfeigte. Da er seine Hände nicht gebrauchen konnte, hob Gull ein Bein und trat den Ledermann gegen das Fußgelenk, so daß er nach vorn kippte und sein Gesicht auf den eisernen Rand des Rades klatschte.

Die Geschehnisse überschlugen sich: Morven schleuderte seinen Krug von sich, packte Towser an dessen steifem Kragen, hob ihn auf die Zehenspitzen und schmetterte ihn mit der Breitseite gegen seinen eigenen Wagen, während der schwächliche Buchhalter Knoton mit den Fuhrleinen auf den Seemann einschlug. Mit ihren langen roten Fingernägeln stach Lily Jonquil in die Augen und blendete sie. Dann sprang sie vom Wagen und rannte auf Greensleeves zu, doch die alte Sterndeuterin stellte ihr ein knochiges Bein, so daß die Tänzerin stolpernd in den Staub fiel. Gull rollte sich auf die Füße. Er hatte begriffen, wer Freund und wer Feind war, und es gab keine Überraschungen.

Stiggurs Ruf ließ ihn herumfahren. Der Junge schwang beide Arme und warf dem Holzfäller etwas zu: seine Maultierpeitsche und seine Axt. Da seine Hände noch immer gefühllos waren, hielt Gull die Waffen mit der Brust auf und ließ sie in den Schmutz fallen. Fluchend kniete er sich hin und versuchte, unbeholfen wie ein Kind, sie aufzuheben. Schließlich gelang es ihm, die Peitsche hinter seinem Gürtel zu verstauen und die Axt fest gegen die Hüfte zu drücken. Dann wandte er sich zu Towser um, der noch immer von Morven festgehalten wurde, während Knoton das Gesicht des Seebären mit den Zügeln bearbeitete.

Oben auf dem Kutschbock neben dem Buchhalter war Greensleeves im Augenblick sicher. Da ihm seine stechenden Finger noch immer nicht gehorchten, stürzte Gull vor, biß in die Zügel und riß den Kopf nach hinten, um die Lederriemen aus Knotons Griff zu winden. Dabei knetete er angestrengt seine Finger, bis er fühlte, wie das Blut langsam in sie zurückströmte.

Plötzlich traf ihn ein Schlag von der Seite, und er schlug gegen den Wagen. Es war der vor Wut schäumende Kem, der jetzt seinen Unterarm gegen Gulls Kehle drückte, um ihn festzunageln. Gull wagte nicht, seine tauben Hände zu bewegen – aus Angst, seine Axt fallen zu lassen –, und so trat er nur wirkungslos um sich, während er röchelnd in das vernarbte Gesicht krächzte: »Weniger als ein Hund!«

Kem spuckte ihn an. »Ein Hund gehorcht seinem Herrn!« Dann holte er aus und rammte Gull dreimal heftig die Faust in den Magen. Doch der Holzfäller war zu wütend, um noch mehr Schmerz zu fühlen. Er spannte den Rücken und wartete, bis der Söldner erneut ausholte, dann senkte er den Kopf und stieß zu.

Als seine Schädeldecke in Kems Mund krachte, brüllten beide auf, und Gull fühlte deutlich seine bunte Vielfalt an Kopfwunden. Dicht ineinander verkrallt, taumelten die beiden benommenen Männer auf das Feuer zu. Das ganze Lager war in Aufruhr!

Gull stieß Kem so, daß dieser durch die Flammen stolperte und Funken aufsprühen ließ, deren unregelmäßiges Licht die Kämpfenden beleuchtete.

Lily rang mit der alten Sterndeuterin, die zäh wie Leder war, während Felda ihre fetten Hände zusammenschlug und offensichtlich unsicher war, was sie tun sollte. Unbemerkt griff Stiggur nach Kems Fußgelenken und brachte ihn erneut zum Stolpern. Morven griff Towsers Kragen mit beiden Händen und hämmerte den Kopf des Zauberers gegen die prächtig bemalte Wagenwand. Greensleeves war hinter dem Wagen in Deckung gegangen, doch Gull sah, wie eine Gestalt mit leichten Schuhen und roten Fingernägeln seine Schwester aufhob. Er wünschte sich, den Wagen in die Luft zu heben und ihn bis zum Mond zu schleudern, um seine Schwester zu retten – und er fühlte, daß er die Kraft dazu hatte.

Angestrengt spannte der Holzfäller die Finger wieder und wieder, bis er seine Axt endlich festhalten konnte. Er mußte Towser zu fassen bekommen – das war die Lösung! Doch er würde ihn nicht sofort töten – noch nicht. Aber er würde ihm Arme und Beine mit dem Axtgriff brechen und dann langsam die Wahrheit aus ihm herauswinden...

Plötzlich wurde Morven zurückgeschleudert, und Gull erkannte, daß der gegen den Wagen gesunkene Towser beide Hände wie zu einem Stoß ausgestreckt hielt. Bannsprüche! Magie! Er mußte aufgehalten werden!

Gull stürmte auf den gestreiften Mann zu, doch plötzlich schwebten seine Füße über dem Boden – zumindest fühlte es sich so an. Was war...

Der Holzfäller sah seine Beine in einem geisterhaften blauen Licht glitzern, wie Sterne am Morgen. Auch seine Arme schimmerten! Auf einmal konnte er die leuchtenden Farben von Towsers Wagen durch sein Handgelenk hindurch erkennen.

Die Bilder vor seinen Augen begannen ebenfalls zu glitzern, wurden immer heller und explodierten schließlich wie Sterne.

Dann wurde es schwarz um ihn.

KAPITEL 16

Helles weißes Licht wärmte Gulls Körper, Brandung umspülte seine Fußgelenke und schwappte über seine Knie.

Einen Moment lang dachte er, er wäre über die Stadt hinweg ins Meer geworfen worden, doch der Himmel war blau, und die Sonne stand direkt im Zenit. Vor Sekunden noch war es Mitternacht gewesen, und jetzt war es Mittag. Er war irgendwo an einem weit entfernten Ort.

Das leuchtende Grün der vor ihm liegenden Küste stach dem Holzfäller in den Augen. Aus dem weißen Sand sprossen große fleischige Pflanzen, die mit regenbogenfarbenen Blüten geschmückt waren, und in den buschigen Bäumen, die fremdartige Früchte trugen, kreischten langschwänzige bunte Vögel. Dahinter erhob sich der stumpfgraue Kegel eines etwa dreißig Schritt hohen Hügels.

Irgend etwas glitzerte neben Gull auf, verlor das Gleichgewicht und platschte ins Wasser. Er nahm die Axt in die linke Hand, griff in die schäumende Brandung und zog Stiggur aus dem Meer, als ein weiteres Platschen ertönte. Es war Morven. Der Seemann trieb bewegungslos mit dem Gesicht nach unten im Wasser und drohte zu ertrinken, und so legte Gull seine Axt beiseite und zerrte den Alten an den Strand.

»Wo … wo sind wir?« keuchte der Küchenjunge, der tropfnaß und mager, wie er war, an eine Bisamratte erinnerte.

Gull hockte sich hin, legte Morven übers Knie und schlug ihm kräftig auf den Rücken, so daß der Seemann das geschluckte Meerwasser wieder von sich gab, dabei wie eine Krabbe mit den Armen um sich schlug und knurrend verlangte, heruntergelassen zu werden. Der Eseltreiber ließ ihn fallen.

Währenddessen hatte sich Stiggur aus seiner nassen Tunika geschält, wrang sie aus und bedeckte dann wieder seine Blöße. »Wo sind wir, Gull?«

»Sschh, wir sind sicher.« Der Holzfäller betrachtete den Horizont, der bis auf hohe Brecher und winzige weit entfernte Inseln leer war. Er seufzte: »Towser ist auch sicher. Ich vermute, er hat uns soweit weggeschickt, wie er konnte.«

Dann heulte er – ein langgezogener Schrei des Schmerzes – und schlug seine Axt so fest in den Sand, daß sie bis zur Hälfte darunter begraben wurde. Schreiend, brüllend und fluchend hämmerte Gull mit den Fäusten auf den rauhen Muschelsand, bis sie wund und blutig waren. »Alles meine Schuld! Meine Schuld! So blöd und vertrauensselig! Dies – ist – alles – meine – Schuld!«

Eine Hand berührte ihn an der Schulter, und er erstarrte.

Als er sich umblickte, sah er direkt in Morvens vom Erbrechen bleiches Gesicht. Seine Stirn blutete, und seine Hände zitterten, doch seine Augen waren klar. »Is nich deine Schuld, Kumpel. Der Hexer hat dich übers Ohr jehaun. Sie lügen, betrügen und klauen. Is ihre Natur, so wie Vipern kleine Kinder beißen.«

Diese Worte fachten Gulls Wut von neuem an, er sprang auf und schlug mit beiden Fäusten gegen Morvens Brust, so daß der Seemann zurücktaumelte. »Warum hast du allwissender Bastard dann für ihn gearbeitet? Warum hast du mir nicht gesagt, daß er ein verlogenes Schwein ist?«

Der Seemann antwortete in einem milden Tonfall, denn er hatte schon größere Bedrohungen als wildgewordene Holzfäller in seinem Leben bewältigt. »Ich hab erst kurz vor dir anjeheuert. Towser schien 'n juter Käpt'n zu sein. Ehrlich. Hätt wissen soll'n, daß er mich behext hat. Wenn du irjend jemand für die Scheiße beschuldijen will's, dann mich un nich dich selber.«

Schwer atmend ließ der ausgebrannte Gull die Fäuste fallen, denn die ruhigen Worte des Seemannes hatten seine lodernde Wut gelöscht wie Wasser das Feuer. »Aber ... was können wir tun?«

Morven schaute seufzend zum Himmel und wandte sich dann einem Vogel zu, dessen gurgelndes Singen an plätscherndes Wasser erinnerte. Plötzlich deutete Stiggur zum Strand hinauf. »Seht mal!«

Oben stelzte knirschend, knackend, schnappend und schleifend das mechanische Ungeheuer auf seinen drei Beinen auf sie zu. Durch eine Lücke in dem dichten Laubwerk erscholl ein Ruf, und sie drehten sich um. Nackt und schäbig trottete Helki, die Kentaurin, auf sie zu: »O nein! Nicht ihr auch!«

Und siehe da, sie waren alle hier!

Helki führte die drei Menschen durch das fleischige Grün der Pflanzen einen sanften Abhang hinauf, auf eine Lichtung mit einer Feuerstelle und Hütten verschiedenster Größen.

Die Kentauren waren nackt bis auf ihre Armreifen, und Helkis feste Brüste mit den daumengroßen braunen Nippeln wirkten seltsam ablenkend. Ihre Mähnen und Schweife waren verfilzt und glanzlos.

Auch der schlitzäugige zweiköpfige Liko war dort, wie immer eingehüllt in sein grob zusammengenähtes Gewand aus Schiffssegeln. Gull bemerkte, daß sein abgerissener Arm zwar zu einem sauberen weißen Stumpf verheilt, jedoch keineswegs nachgewachsen war. Also hatte Towser auch in diesem Fall gelogen!

Auf einem umgestürzten Baumstamm saßen drei finster aussehende braungebrannte Männer mit schwarzen Bärten, die Gulls Narben und Wunden schweigend mit professioneller Neugier betrachteten. Der Holzfäller erkannte ihre roten Kilts aus der Schlacht um Weißfels: Dies waren drei der gepanzerten Söldner, die von der braungelben Zauberin beschworen worden waren, und wie die Kentauren waren wohl auch sie zurückgelassen worden. Towser mußte auch sie hierhergeschickt haben! Diese grobschlächtigen Männer hatten vielleicht Gulls Familie bedroht und versucht, Cowslip zu vergewaltigen, doch er konnte sich jetzt nicht darum kümmern.

Im Hintergrund stand ein hochgewachsener Mann in funkelnder Kettenrüstung mit Schwert und Schild in Reichweite. Der Holzfäller vermutete, daß er ein Paladin aus den nördlichen Landen war, denn nur einer von ihnen würde bei dieser Hitze in voller Rüstung einherschreiten.

Während Helki jeden vorstellte, schaute Gull sich um. »Ist jeder, den Towser jemals berührt hat, hierhergekommen?«

Helki tänzelte, und Tränen liefen über die Gesichter der beiden Kentauren. »Nein. Nicht jeder. Manche Diener er zurückbringen müssen. Dieser Ort, diese Insel für Ausgestoßene. Ist Ort für Abfall.« Weinend erklärte sie: »Wir alle erzählen gleiche Geschicht. Gerufen für Kampf von Dacian. Sie braun und gelb. Zurücklassen in Durcheinander. Towser anbieten, uns heimschicken. Aber er nicht wissen, wo Heimat. Uns hierherschicken und benutzen, wenn gebraucht. Wir nie können weg«, fügte sie kläglich hinzu.

Gull nickte, denn dies erklärte, was Helki in jener schwarzen Nacht im verbrannten Wald mit den Worten ›wir Gefangene‹ gemeint hatte. Plötzlich erschöpft, ließ er sich in den Sand fallen und legte seine vom Seewasser inzwischen rostig gewordene Axt über seine Knie.

»Die größte Fähigkeit eines Zauberers scheint das Lügen zu sein. Ich hätt es mir denken können. Woher sollte dieser Hexer auch eure Heimat kennen. Er hat ja sogar behauptet, daß er weiß, wo das mechanische Holzpferd herkommt. Ein Ding ohne Gehirn.«

Der große Paladin, den Helki als Bardo vorgestellt hatte, nickte. »Äs ist teilweisä unserä Schüld. Wir 'ören sagen'afte Geschischten über Zauberär, bis wir glaubän, daß sie alles könnän, wie Göttär. Also glaubän wir auch ihrä Lügen.« Sein Akzent umschmeichelte die Ohren wie das Geträller einer Nachtigall. »Wie kennen Towser Zehbruch-Gebirge«, grummelte Holleb, »wenn er niemals da?«

Tomas, ein schwarzbärtiger Soldat mit lichtem Haar, gestikulierte mit beiden Händen, als er sprach. »Ich glaube, Zauberer haben die Fähigkeit, Gedanken zu lesen. Sie fragen dich nach deiner Heimat, und es entsteht ein Bild in deinem Kopf. Sie studieren es und geben vor, den Ort zu kennen. Außerdem behexen sie dich. Mir ist es so passiert.«

»Wie wahr…«, murmelte Gull und rieb sich den schmerzenden Kopf. »Ich hab's auch gefühlt. Während sie reden, scheinen ihre Lügen glaubhaft zu sein.« Andere nickten, und der Holzfäller fühlte sich plötzlich weniger dumm und tölpelhaft. »Ich hatte nicht einmal was dagegen, als er mich ›Bäuerlein‹ nannte und mich wie ein Werkzeug behandelte, das man benutzt und danach wegwirft.«

Während Helki laut schluchzte, sprach Holleb mit seiner rauhen Stimme: »Viele hier stranden. Goblins von Ballon hier. Aber wir vertreiben auf andere Seite von Insel. Sie stehlen und lügen. Einige Orks da. Großes Ameisenvolk auf Berg.«

»Gefangen wir alle. Für immer«, sagte Helki, und Stiggur begann zu weinen.

Gull erhob sich. »Nein, sind wir nicht.«

Die Leute sahen zu ihm auf, und Stiggur rieb sich die tränenüberstömten Augen. »Nicht was?«

»Nicht für immer gefangen!« erklärte der Eseltreiber

mit fester Stimme, obwohl ihn seine eigenen Worte nicht überzeugten. Der Schlafmangel, die Müdigkeit nach der Schlacht, die geistige Erschöpfung und die Sorge um seine Schwester hatten sich verschworen, um seinen Willen zu brechen und seine Kraft auszulaugen. Doch er wischte seine Bedenken beiseite. »Denkt mal alle nach. Wir kommen von überall aus den Domänen. Es muß einen Weg aus diesem ... Käfig hinaus geben. Wer weiß etwas?«

Niemand sprach, und Stiggur trocknete sich das Gesicht mit den sandigen Händen.

Morven schüttelte seufzend den Kopf über den jungen Hitzkopf und berührte die geriefte Rinde einer Palme. »Hab alle Meere jekreuzt, jlaub ich. Wir sin drunten im Süden, wo die Inseln weit auseinander liej'n. Die meisten sin zu winzich, um Frischwasser zu nehmen. Wir ham Jlück, daß wir's haben. Wir könn'n aber nich 'n Boot bau'n, aus den krüpplich'n Jewächsen hier. Sie würden zu Brei un Bindfaden zerfall'n. Also könn wir nich wechsejeln.«

»Und wir können auch keine Goblin-Ballons machen«, sagte Gull verbittert. »Wir können also nur mit Zauberei entkommen. Und das kann wieder nur ein Magier.«

Der Anführer der roten Soldaten, der halbkahle, bärtige Tomas, wedelte mit den Händen in der Luft. »Unsere größte Chance liegt auf dem Schlachtfeld. Wenn wir erst mal beschworen worden sind, müssen wir angreifen, denn so ist die Wirkung des Zaubers, der auf uns liegt. Aber wenn wir unseren Feind besiegt haben, dann können wir gewöhnlich nach unserem freien Willen handeln. Das wäre die Zeit, um zu entkommen.«

»Aber du nicht zu Hause«, brummte Holleb. »Du mit Zauberer irgendwo in Domänen.«

Tomas zuckte mit den mächtigen breiten Schultern. Seine Arme und sein Nacken waren mit Narben von einem Leben im Krieg gezeichnet. »Richtig. Aber wir sind dann immer in bevölkerten Gegenden. Wir können zu einer Hafenstadt gehen und eine Passage in unsere Heimat buchen.«

»Falls wir das Meer finden können«, entgegnete einer seiner Männer, »falls irgend jemand weiß, wo es liegt.«

»Hat das jemals einer gewußt?« fragte Gull.

Tomas schüttelte das lichte Haupt. »Nein. Denn wenn wir eines gelernt haben, dann ist es, daß die Domänen sich unendlich ausbreiten. Unter Dacian, der Frau mit dem glänzenden schwarzen Haar, haben wir Hunderte von Ländern gesehen. Einige waren angenehm, andere Höllenlöcher. Aber alle waren verschieden und weit entfernt voneinander. Niemals habe ich jemanden getroffen, der den Weg in unsere Heimat kannte. Natürlich ersteche ich sie auch normalerweise ...«

»Dacian«, murmelte Gull, »der Name der Hexe, die meine Familie umgebracht hat, obwohl ich jetzt weiß, daß Towser lügt. Also muß er auch etwas damit zu tun gehabt haben.«

Morven verschränkte die Arme und lehnte sich an die Palme. »Auf mein' Reisen hab ich wohl tausend Länder jesehn. Die Domänen sin alles Inseln. Einije Hunderte von Meilen lang, einije klein wie 'n Halstuch. Aber die Meere sin wirklich unendlich. Manche Steuerleut denken, daß die Welt rund is, wie 'n Ball, und wenn du immer weitersejelst, dann hast du sie einmal umkreist un kommst wieder zu deinem Heimathafen. Aber wie lange? Jahre? Jahrzehnte? Niemand hat's jemals jemacht, noch nich mal Seemannsjarn drüber jesponnen. Es is' unmöchlich.«

»Ünd äs wird noch schlimmär für üns kommän«, betonte Bardo, der Paladin. »Wahrlisch mäschtige Zaubärär bewägen sisch jänseits mänschlischen Värstandes. Sie lärnän, die Äbenän zwischän dän Wältän zü übärquären, in Ländär, die wir üns nischt einmal vorställän könnän, in dänen där 'immel grün ist und fünf Mondä 'at, die Mänschän ihr Innäräs außän tragän odär Rauch atmän odär ...« Seine Vorstellungskraft verließ ihn. »Bis jätzt 'abän die Zaubärär Dacian und diesär Towser Ländär bäreist, die wir värstä'än können. Abär einäs Tagäs, wänn sie sähr mächtisch sind, wärdän wir an Ortä gerüfän, die sälbst die Göttär värmeidän.«

Nach dieser Prophezeiung folgte Stille. »Ich ... verstehe nicht«, murrte Gull, »wenn Zauberer von einem Ort zum nächsten hüpfen können, wie ein Kaninchen, das in einem Loch verschwindet und einen Bogenschuß entfernt aus dem nächsten wieder auftaucht, warum reist Towser dann in einem Wagenzug? Warum wedelt er nicht einfach mit den Händen und bewegt die ganze Ausrüstung und die ganze Bande zum nächsten Fleck, der Meilen entfernt ist?«

»Du brauchst 'n Platz zum Futter un' Beute lajern«, warf Morven ein. »Selbst 'n Zauberer muß sich ab un zu was zwischen die Kiemen schieb'n.«

Holleb runzelte gedankenverloren die Stirn und schwenkte den Schweif. »Es sind Orte, wo leichter abspringen. Zauberorte, wo Musik in Ohren singt. Kaninchen haben viele Tunnel in Erde. Ja. Aber nur zwei, drei Löcher. Nicht können tauchen durch Erde. Müssen zu Loch rennen.«

Gull betastete die Schneide seiner Axt. »Ja, das ist weise. Ich hab von meiner Schwester gelernt – Götter, es war erst letzte Nacht –, daß der Flüsterwald so ein Ort ist. Eine magische Absprungstelle. Towser ist dahin gekommen und hat unser Dorf zerstört, doch dann mußte er mit seinem Wagenzug quer übers Land fahren, um zum nächsten Absprung zu kommen, wo auch immer das ist. Chatzuks Fluch! Was will er von meiner Schwester?«

Als er die verwirrten Gesichter erblickte, erklärte er Greensleeves' Worte, wie sie plötzlich sprechen konnte und wie Towser sie betrogen hatte. »Aber wo will er hin? Und warum?«

Es wurde still auf der Lichtung, nur die Passatwinde säuselten in den Baumkronen. Das Stampfen des mechanischen Pferdes kam näher und entfernte sich wieder. Ein grüner Salamander glitt unter einem Blatt hervor, und der kleine Stiggur griff instinktiv nach ihm.

»Wir werden's vielleicht nie erfahr'n«, seufzte Morven. »Holleb, hast du dir schon Jedanken d'rüber jemacht, wie man Bier aus Kokosnüssen braut?«

»Nein!« Gulls Schrei ließ sie alle erschreckt auffahren. Die Furcht um Greensleeves hatte seinen Zorn wieder angefacht. »Wir werden uns hier nicht niederlassen! Wir werden es uns nicht in diesem Käfig bequem machen! Wir werden einen Weg hier heraus finden!«

Alle starrten ernüchtert und betrübt vor sich hin, einzig Stiggurs Gesicht hellte sich hoffnungsvoll auf, da er wußte, daß sein Held wieder alles in Ordnung bringen würde. Der Holzfäller konnte ihre stumpfsinnige Hilflosigkeit nicht länger ertragen. »Stiggur, steh auf! Morven, du auch!«

Der Seemann, der inzwischen an die Palme gelehnt auf dem Sand saß, schüttelte nur den grauen Kopf. »Die Zeit, in der ich Befehle entjejenjenommen hab, is vorbei, Landratte.«

Als Antwort packte ihn der Holzfäller an der Schulter und zerrte ihn auf die Füße.

Der Seemann rieb sich den Arm. »Nu mach man die Taue fest, mein Junge. Ich heu're an. Wohin lauf'n wir aus?«

Gull wußte es nicht, aber sie durften nicht müßig herumsitzen, denn das bedeutete einen langsamen Tod. »Einmal um die Insel herum. Wir werden sehen, was es da zu sehen gibt.«

»Nicht viel«, brummte Tomas.

Gull überhörte seine Bemerkung, und mit Morven und Stiggur im Schlepptau ging er los.

Mit jedem Schritt wuchs Gulls Vorsatz zu fliehen, denn diese Insel mochte zwar ein Paradies sein, aber sie war dennoch ein Gefängnis. Mit weit ausholenden Schritten ging er zum Strand hinab, während Morven und Stiggur sich bemühten, nicht zurückzufallen. Überraschenderweise gab es sehr viel zu sehen: Im Zentrum der Insel fanden sie Hollebs ›Ameisenvolk‹: aufrecht gehende, eineinhalb Schritt hohe baumstammbraune Insekten, deren mit Gelenken verbundene Segmente mit steifem schwarzem Haar bedeckt waren. Sie sahen aus, als ob irgendein Zauberer in einen Ameisenhaufen getreten und dessen Bewohner in Soldaten verwandelt hätte. Ihre helmgleichen Köpfe waren mit Palmwedeln geschmückt, die mit Kautschuk – Morven schlug ›Ameisenspucke‹ vor – angeklebt waren, und in den ›Händen‹ trugen sie unbearbeitete eiserne Klingen, die wie eine Mischung aus Schaufel und Speer aussahen. Im Krater des erloschenen Vulkanes gruben einige von ihnen Tunnel, Furchen und Gräben, andere pflückten Blätter und Früchte, während wieder andere Wache hielten. Sie arbeiteten in einer unheimlichen Stille, und es schien so, als ob sie sich nur mit Hilfe ihrer beweglichen Antennen verständigten.

Die Kundschafter provozierten die Wächter nicht, sondern beobachteten sie nur von einem niedrigen Felsturm aus, und widmeten sich der nicht einfachen Aufgabe, die gleichaussehenden Käferviecher zu zählen. Sie glaubten, mindestens einhundert Ameisen unterschieden zu haben, doch niemand konnte sagen, wie viele noch unter der Erde emsig arbeiteten. »Na, woll'n wir mal hoff'n, daß sie nich plötzlich Kohldampf auf Frischfleisch kriejen!« zischte Morven.

Als sie auf der Rückseite der Insel angelangten, fanden sie die Goblins, unter ihnen auch den wie ein Stinktier gestreiften Axtdieb Egg-Sucker. Bei ihnen lebten einige große graue Orks, die ersten, die Gull jemals gesehen hatte. Sie nannten sich selbst ›Orks des Eisenkrallen-Clans‹ und prahlten, daß sie die Insel regierten – bis Gull einen von ihnen mit dem Axtgriff ins Reich der Träume schickte. Nach dieser Zurechtweisung überschlugen sie sich vor winselnder Höflichkeit, konnten den drei Ausgesetzten aber auch nicht weiterhelfen.

Die Entdecker drangen noch ein Stück weiter vor und verbrachten die Nacht zusammengerollt im warmen Sand. Am nächsten Tag setzten sie ihren Weg fort. Vögel flogen auf, als sie ihrer angesichtig wurden, wilde Schweine flohen ins Dickicht, und jenseits des Riffs sahen sie sogar eine Meeresschildkröte, die träge wie ein Faß durchs Wasser trieb. Sie kamen an einer vier Schritt hohen primitiven Lehmstatue vorbei, die offensichtlich hier fallengelassen worden war, denn sie lag auf der Seite inmitten eines Farndickichts. Auf einer Sandbank fanden sie ein altes Schiffswrack – eine Karavelle, wie Morven erklärte –, das mit seinen hohen Bug- und Heckaufbauten wie ein hölzerner Schuh aussah. Ein Großteil des Schiffes war noch intakt, doch sein Kiel war von dem Riff in einem Sturm zerrissen worden, und außer Eisenschrott und einigen zerbrochenen Masten hatte das Schiff nicht viel zu bieten.

An jenem zweiten Tag kamen sie auch an dem mechanischen Holzpferd vorbei, das noch immer ziellos durch die Gegend stampfte. Als die Sonne am dritten Tage hoch am Himmel stand, erreichten sie wieder ihre Landestelle.

Morven und Stiggur schleppten sich mühsam in das provisorische Lager und ließen sich erschöpft und mutlos in den Sand fallen, aber Gulls rasche Schritte ließen den schläfrigen Riesen, die roten Soldaten und die Kentauren erwartungsvoll aufschauen.

»Kommt alle mal her!« befahl der Holzfäller.

Neugierig und für jede Abwechslung zu haben, rieb die bunte Truppe sich die Augen und spitzte die Ohren.

Der Holzfäller setzte sich nicht, sondern wanderte an seinen Zuhörern entlang. Während er sprach, klopfte er mit dem Axtgriff in seine Hand, so daß sie von der großen metallenen Schneide, die sich im Takt auf und ab bewegte, fast hypnotisiert wurden.

»Wir sind hier gefangen«, begann Gull, »wir fühlen uns hilflos, als könnten wir nichts tun außer hier herumzusitzen und auf Rettung zu warten.«

Er machte eine Pause, und alle hingen gebannt an seinen Lippen.

»Wir sind vielleicht gefangen, aber wir sind nicht hilflos. Wir wurden hierhergeschickt, wir können auch zurückgeholt werden.«

Ein Gemurmel erhob sich in der kleinen Menge, und Morven merkte an: »Aber das ...«

Gull schnitt ihm das Wort ab. »Wir alle hier sind Kämpfer. Wir wurden in einen Krieg hineingerissen. Das einfache Volk gegen Zauberer. Doch wenn wir nur herumsitzen, schlaff herumhängen und verzweifelt darauf warten, daß uns irgend jemand hilft, heißt das ... die Schlacht zu verlieren, ohne auch nur die Hand zu erheben. Wir sind doch keine Schafe, die auf das Schlachtfest warten, oder?«

Ein verneinendes Murmeln folgte, und die Zuhörer sahen sich gegenseitig an.

»Was!?« brüllte Gull. »Alles, was ich höre, ist das Rauschen der Brandung. Sind wir oder sind wir keine Schafe?«

»Nein!« rief der schwarzbärtige Tomas.

»Nee, sin wer nich!« stimmte Morven nachsichtig zu. »Aber was könn wir ...«

»Wir können uns aufs Kämpfen einstellen!« bellte Gull. »Kämpfen! Aber wir sind nicht bereit. Wo ist deine Waffe, Morven?«

Der Seemann machte eine unbestimmte Handbewegung. »'s letzte Mal hab ich sie im Männerwagen jesehn.«

»Dann werden wir dir eine neue besorgen. Wo ist deine, Stiggur?«

Der Junge piepste: »Ich hab doch keine Waffe …«

Gull zog die Peitsche aus dem Gürtel und warf sie ihm zu. »Jetzt hast du eine! Am Ende der Woche will ich sehen, wie du damit die grauen Haare aus Morvens Bart herauspflückst.«

Der Junge stand da wie vom Blitz getroffen und hielt die Peitsche wie eine tote Schlange in der Hand. Morven stupste ihn an und knuffte ihn am Kinn. »Ziel auf die schwarzn. Wenijer Ziele, jrößere Herausforderung …«

Zum ersten Mal lachten die Leute, und der Holzfäller fuhr mit seinen aufrüttelnden Worten fort.

»So, jetzt haben wir schon einen bewaffneten Freiwilligen, der bereit fürs Manöver ist. Helki, Holleb, wo sind eure Waffen? Als ich euch zum ersten Mal traf, wart ihr ausstaffiert mit Waffen und Ausrüstung. Und alles war blankgewienert. Und nun …«

Die Kentauren sahen beschämt über ihre Nachlässigkeit zu Boden. Ihre Brustplatten rosteten in ihrer Hütte, und die Lanzen hatten sie zu Fischharpunen umfunktioniert. Ohne ein Wort zu verlieren, trabten sie mit wehenden Schweifen zu ihrer Hütte, holten ihre Rüstungen hervor und rieben den Rost mit Sand ab.

Tomas nickte seinen Kameraden zu, die daraufhin ihre Kurzschwerter holten und nach Wetzsteinen Ausschau hielten. Gull folgte seinem eigenen Ratschlag und schliff die Klinge seiner Axt, dabei fuhr er fort zu reden: »Dann sind wir also einer Meinung. Wir werden bereit sein, wenn der Ruf kommt.«

Morven kratzte sich unter den Achseln. »Hast du nich was verjessn? Towser pickt sich den raus, den er für 'ne Schlacht jebraucht. Jenau wie du un ich 'ne Schachfijur nehm un sie wie wild übers Brett schiebn könn. Vielleicht beschwört er die Kentauren oder diese Landratten da. Aber warum sollt er dich oder mich beschwörn? Sie könn jederzeit wechjlitzern, un wir könn nichts anders tun, als Sandburjn zu baun ...«

»Morven«, unterbrach Gull, »wo es Leben gibt, gibt es einen Weg. Wir *alle* werden zusammenarbeiten, und wir *alle* werden von dieser verdammten Insel runterkommen. Und wenn wir das schaffen, werden wir Towser umbringen und jeden anderen Hexer, den wir finden.«

Bei diesen Worten entließ Tomas einen triumphierenden Kriegsschrei aus den Tiefen seiner Seele. Die anderen erschraken, brachen dann jedoch in lautes Gelächter aus. Helki bäumte sich auf, wieherte ihren Schlachtruf, und Holleb fiel ein. Morven lachte und stimmte ein kleines Matrosenlied an, dann tanzten sie alle schreiend, jubelnd und johlend auf der Lichtung herum.

Gull schrie am lautesten von allen: »Denkt an Weißfels! Denkt an Weißfels!«

Bis tief in die Nacht hinein schmiedeten sie Pläne, organisierten den Wachdienst – rund um die Uhr sollte jeder von ihnen drei Stunden wachen –, entwickelten Warnsignale für den Fall, daß jemand von ihnen plötzlich beschworen wurde, und tauschten ihre Erfahrungen und ihr weniges Wissen aus. Konnte jemand, der verschwand, einen Kameraden mit sich ziehen? War es besser, fortzulaufen oder mit Neuigkeiten zur Insel zurückzukehren? War das überhaupt möglich?

Als die Dämmerung hereinbrach, stöhnte Morven und drückte den Rücken durch. »Aber trotzdem: Wir hängn rum un wartn.«

»Wir warten nicht!« widersprach Gull. »Wir arbeiten.«

Der Seemann unterbrach seine Lockerungsübungen. »An was?«

»Wir arbeiten mit dem, was wir haben. Bringen in Ordnung, was in Ordnung gebracht werden muß. Anfangen werden wir mit dem mechanischen Pferd.«

»Hä?« fragten einige. »Wofür soll denn das gut sein?«

Gull zuckte mit den Schultern. »Irgendein Zauberer hat es erschaffen, andere Zauberer beschwören und vertreiben es. Also muß es einen Nutzen haben. Wie auch immer, wir werden es niederschlagen und das fehlende Bein durch einen Mast ersetzen, den wir aus dem Schiffswrack heraussägen. Morven, das ist deine Sache. Sag uns, was du brauchst. Nimm das ganze Wrack auseinander, und sieh, was du sonst noch findest. Liko, kannst du helfen? Guter Kerl! Am besten schnitzen wir dir 'ne Keule, mit der du Towsers Bluthunde in den Boden hämmern kannst. Stiggur, ich will, daß du mit der Peitsche übst, bis du einer Stechmücke eine Wimper abrasieren kannst. Du bist ein kluges Bürschchen und verdammt schnell. Ich weiß, daß du es kannst.«

Mit vor Stolz hochrotem Kopf nickte der Junge.

Einer der roten Soldaten, ein dünner Mann namens Varrius, warf ein: »Ich kann bei der Reparatur helfen. Ich war Lehrling bei einem Schmied, bevor ich abhaute und Söldner wurde.«

»Gut. Schön«, sagte Gull. Er war erstaunt über seine neuentdeckten Überzeugungskünste. »Helki, Holleb, geht ihr hoch zu der Ameisenkolonie. Ihr habt Geduld und Instinkt. Findet heraus, ob sie Verstand haben und helfen können. Sie wollen vielleicht auch nach Hause. Tomas, Neith, ihr habt Söldner geführt und euch ihren Respekt verdient. Könnt ihr diese Goblins und Orks organisieren? Erzählt ihnen, daß wir vorhaben zu verschwinden und sie uns dabei helfen müssen. Tretet ihnen in die Hintern, wenn sie rummeckern. Macht Speere und härtet sie im Feuer oder was immer ihr für nützlich haltet, und bildet die Kerle zu Stoßtrupps aus.« Die Soldaten rieben sich vor Freude über das Lob und die vor ihnen liegende harte Arbeit die Hände. »Bardo, du bist ja rumgereist und hast viel von den

Domänen gesehen. Such die Lehmstatue, mäh das Grünzeug nieder, und stell sie auf. Vielleicht kann sie uns helfen. Hat jeder von euch eine Aufgabe? Gut denn, an die Arbeit!«

Es war wundervoll mitanzusehen, wie die Truppe sich eifrig ans Werk machte und damit das Zitat des alten Brown Bear bestätigte, der immer gesagt hatte: ›Arbeit macht glücklich.‹

Sie schufteten wirklich hart, und die Leute mit ihren polierten Rüstungen und griffbereiten Waffen verteilten sich über der Insel.

Schon am ersten Tag nahmen sie ihre erste große Aufgabe in Angriff. Morven beaufsichtigte die beeindruckten Goblins und Orks beim Aufstapeln von Felsen und Holz zu einer Barrikade und dem Ausheben eines langen Grabens. Dann wartete die Gruppe, jeder von ihnen mit einem langen Pfahl ausgerüstet. Als das mechanische Untier auf drei Beinen die Küste entlangstampfte, dachte Gull darüber nach, was es denn für ein seltsamer Apparat war. Vielleicht lebte es ja? Es zeigte keine Verschleißerscheinungen, wie es ein Mühlwerk täte, es gab sogar Stellen, an denen Holz und Eisen zu verschorfen und zu heilen schien. Außerdem lief es niemals blind voran, sondern umging größere Hindernisse. Mehr und mehr fragte er sich, was wohl im Inneren dieses Holz- und Eisenschädels verborgen war, aber da er ihn schlecht aufbrechen konnte, würde er es wohl nie erfahren.

Als sich das Tier ihrer Barrikade näherte, steuerte es auf den offenen Sand zu. Sich gegenseitig Mut zurufend, stießen die Männer, Kentauren und Orks die Pfähle zwischen die großen eisernen Füße des Pferdes, während Liko seinen riesigen Arm ausstreckte, schob und das Ding zum Kippen brachte. Die Gewalt des Aufpralls warf sie beinah um.

Seitwärts im Graben eingekeilt, bewegte das Tier

wild die mächtigen Beine, bis es plötzlich innehielt und zum ersten Mal völlig ruhig dalag. Oben an dem massiven Kopf rief Stiggur vor Freude: »Seht mal, was ich gefunden habe!«

Hinter den Ohren des Tieres befanden sich vier eiserne Stangen mit polierten Hartholzgriffen. Als der Junge einen Hebel nach vorn stieß, bewegten sich die Beine vorwärts, ein weiterer Hebel ließ sie sich rückwärts bewegen. Der dritte Hebel steuerte das Tier nach rechts und der vierte nach links. Zog man alle Stangen zurück, hielt es an.

»Stiggur!« Gull lachte, als er den Jungen in die Rippen knuffte. »Nicht lange, und du bist der General dieser Armee!«

Die nächsten Tage waren von der Morgen- bis zur Abenddämmerung angefüllt mit Arbeit. Helki und Holleb bemühten sich, die Sprache der Ameisensoldaten zu lernen. In der Zwischenzeit exerzierten sie: Sie übten Scheinangriffe, galoppierten und wendeten im Gleichschritt, riefen Schlachtbefehle, rannten dann um die Wette und stürzten sich lachend wie junge Verliebte in die Brandung, um sich dort innig zu küssen. Jeden Morgen weckten Tomas und Neith die Orks und Goblins noch vor Sonnenaufgang und unterwiesen sie im Speerkampf. Zwar winselte das faule Gesindel und versuchte davonzulaufen, wann immer es konnte, doch schließlich zeigten Furcht und kräftige Schläge auf die knochigen Hinterköpfe Wirkung, und die graugrünen Taugenichtse lernten. Stiggur zerteilte nicht einfach nur Blätter mit seiner neuen Maultierpeitsche, sondern übte sich sogar im Zielen, während er das mechanische Pferd den Strand auf- und abritt. Morven schärfte ein rostiges Entermesser, das er aus dem Schiffswrack entwendet hatte, tötete ein Schwein und fertigte eine Scheide aus dessen Fell. Jeder von ihnen hielt die Wachzeiten ohne Beschwerde ein und schlief mit bereitgelegten Waffen und Rüstungen, was sich als eine gute Maßnahme erwies.

Gull träumte von Lily.

Er teilte sich eine Hütte mit Morven und Stiggur, und sie lagen unter Palmblättern, um sich gegen die morgendliche Kälte zu schützen. Zahllose Nächte warf er sich im Schlaf hin und her, tastete nach Lilys weichem, heißem Körper und erwachte, als er sie nicht finden konnte.

Er fragte sich, ob er sie liebte. Wußte er überhaupt, was Liebe ist? Er hatte sie immer gemocht und sich in ihrer Gesellschaft wohl gefühlt, und er sehnte sich nach ihrem makellosen, anschmiegsamen Körper, der sich gegen seinen drängte. Gull vermißte sie genauso, wie er Greensleeves vermißte, oder sogar noch mehr. Was war eigentlich Liebe ...?

»Gull, wach auf!« ertönte eine Stimme. »Um Himmels willen, wach auf!«

Morven fluchte: »Herr von Atlantis!«

Schlaftrunken krächzte Gull: »Was? Nimm das Licht aus meinem Gesicht ...«

Doch es war kein Licht. Er selbst war es, der diesen Schein verbreitete. Er schoß auf die Füße, griff seine Axt und starrte auf seine Hände, die wie ein Irrlicht im Sumpf in einem geisterhaften Weiß schimmerten. Das Licht wurde heller, verbreitete sich über seinen ganzen Körper, ließ ihn blinzeln und die anderen erschreckt zurückweichen.

Neith, der Soldat im roten Kilt, der Wache gehalten hatte, hatte ihn aufgeweckt. »Du wirst gerade beschworen! Durch das Nichts! Um zu kämpfen!«

»Ich?« japste der Holzfäller, der durch seine eigene Erscheinung geblendet war. »Warum denn ich?«

Dann bewegte sich die Erde unter seinen Füßen.

KAPITEL 17

Von einem Ort zu einem anderen, Hunderte von Meilen entfernt, aus finsterer Nacht in helles Tageslicht, wurde Gull durch die Leere von Zeit und Raum geschleudert.

Verzweifelt griff er sich an den Kopf, als unzählige Bilder innerhalb eines einzigen Herzschlages über ihn hereinbrachen: Er sah eine mächtige Steilküste, die weit ins Meer hineinragte, es gab weder Städte und Häuser noch Schiffe auf dem Wasser, nur gelbes Gras, das sich bis zu einem gut eine halbe Meile entfernten Wald erstreckte. Viele Schritt unterhalb des Steilufers tobte und schäumte die See und brach sich an algenbewachsenen Felsen, so daß die Gischt hoch aufsprühte …

… gegen einen tiefschwarzen Monolithen aus glänzendem Basalt, der über der wellenumbrausten Steilküste kirchturmhoch aufragte. Am Fuße des Felsturms …

… war ein schwarzer, niedriger Altar aus dem Gestein gemeißelt worden, auf dem Greensleeves an Händen und Füßen gefesselt lag. Vor dem Altar stand …

… ein albern aussehender Towser, der sich eine rosafarbene Kiste mit einem blauen Schal auf den Kopf gebunden hatte und ein Messer in der Hand hielt, das drohend wie eine Sichel über Gulls Schwester schwebte. Umringt wurde der Zauberer …

… von Kem und drei neuen Leibwächtern, die, alle mit Kurzschwertern bewaffnet, den Magier bewachen und die Umgebung im Auge behalten sollten. Nun aber starrten sie mit offenen Mündern auf Gull, während …

… weit hinter ihm im Landesinneren Towsers Wagenburg stand, in der sein Buchhalter, die Köchin, die

Tänzerinnen, die Bardin, die Sterndeuterin und der Eunuch sorgsam ihrer Arbeit nachgingen und somit davon abgehalten wurden, das Werk ihres Herrn am Monolithaltar zu beobachten, oder …

Neben dem Holzfäller stand … Lily, mit einem Gesicht so weiß wie ihr Tanzkostüm.

Sie tschilpte wie ein Küken. »Gull?«

»Lily!« Bilder und Gedanken wirbelten durch den Kopf des Holzfällers und betäubten ihn, während die frische Seebrise seine schweißnasse Stirn kühlte. Es war kälter hier als auf der Tropeninsel …

Dann schlug ein Gedanke wie ein Blitz bei ihm ein: »Du bist eine Zauberin?!«

»Was?« Sie starrte auf ihre zitternden Hände. »Nein, das kann nicht sein!«

Doch Gull griff ihre Rechte und bog die Finger auseinander. Im spiegelnden Glanz des Meeres schimmerten ihre Handflächen noch immer schwach in dem weißen Glühen, das den Holzfäller herbeibeschworen hatte. »Es ist wahr! Du hast mich hierhergebracht! Du hast Magie in dir!«

»Bei der Liebe der Götter!« Das Mädchen stand wie vom Donner gerührt. »Das erklärt … meine Gefühle, diese Stimmen! O Mishra! Ich hab dich so sehr vermißt und mir so sehr gewünscht, du wärest hier. Um das zu beenden!« Sie deutete auf Towser, der noch immer mit erhobenem Sichelmesser dastand.

Er sah nicht überrascht aus, und plötzlich – noch mehr Gedanken brachen wie Wellen über Gull zusammen und warfen ihn fast um – wußte er, warum!

Towser hatte die ganze Zeit gewußt, daß Lily magische Kräfte besaß! Er hatte die Frauen aus dem Bordell mit Hilfe jenes Silbermedaillons, von dem Lily ihm erzählt hatte, ausgesucht: ein Artefakt, daß die magische Energie in einer Person anzeigen konnte, selbst wenn diese sich derer nicht bewußt war. Towser hatte sie vorgeblich als Hure unter Vertrag genommen, doch in

Wahrheit wollte er sie nur nahe bei sich haben, zu Studienzwecken oder… als Opfer.

Wie vom Blitz getroffen, warf Gull alle Gedanken und Verwirrung von sich und rannte los. Doch es war zu spät!

Kem und die Leibwächter stürmten bereits auf ihn zu. Gull konnte kaum noch seine Axt heben, bevor sie ihn ansprangen. Sie schlugen mit den Fäusten auf ihn ein, versuchten, ihm die Beine wegzutreten, und stießen ihn schließlich mit ihren massigen Körpern in den Dreck. Begraben unter einer halben Tonne Lebendfleisch sah Gull an Kems Narbengesicht vorbei, wie sich das Opfermesser hob – und schließlich fiel.

»Neeeeeiiiiin!!!«

Gull bäumte sich unter den schwitzenden Körpern auf, biß, kratzte, strampelte mit Armen und Beinen, doch er blieb am Boden festgenagelt, als hätte ihn ein Erdrutsch begraben. Eine Faust schmetterte auf seinen Mund und riß seine Lippe auf. Doch die Leibwächter töteten ihn nicht: Anscheinend dachten sie, Towser wolle ihn lebend.

Durch einen Nebel von Schmerz und Verzweiflung ragte Kems Gesicht drohend vor ihm auf. Unter seinen Narben schwollen die Venen vor Anstrengung an, und die ohrlose, zerfetzte Gesichtsseite glänzte vor Schweiß. »Kem, du Bastard! Du mordlüsterner Dreckskerl! Du Schwein!« Unfähig sich zu bewegen, spuckte Gull schmutzige Flüche in das Gesicht des Mannes. »Ich bin dir in diesen blutegelverseuchten Sumpf gefolgt! Ich habe Trolle erschlagen, um dein erbärmliches Leben zu retten, du wertloses Stück Mist! Du schuldest mir etwas! Dieser Mann da will meine Schwester umbringen!«

»Du bist hinter deiner Schwester hergelaufen, nicht hinter mir, du Lügner!« knurrte Kem dicht vor Gulls Gesicht. »Du hast dich keinen Deut um mich geschert!«

»Ich bin hinter dir hergerannt, verdammt noch mal! Niemand verdient es, von Menschenfressern gefrühstückt zu werden! Meine Schwester ist auch dir nachgegangen! Weil sie ein Herz hat!«

Während der ganzen Zeit betete Gull, daß seine Schwester nicht bereits tot war. »Du hast niemals auch nur die Dankbarkeit einer Küchenschabe gezeigt. Aber du schuldest uns was! Und jetzt ist es Zeit, diese Schuld zu begleichen! Oder willst du für immer ein schwanzloser Straßenköter sein?«

Zum ersten Mal sah Gull, wie sich die vernarbte Stirn in Falten legte. Schwarze Ringe umrahmten Kems Augen, und tiefe Furchen machten seinen Mund hart: der Anblick eines heimgesuchten Mannes. Plötzlich rollte sich Kem von Gull herunter und herrschte die anderen Leibwächter an: »Laßt ihn aufstehen!«

Verwirrt folgten die Schläger dem Befehl. Sie arbeiteten zwar für Towser, doch Kem hatte sie angeheuert. Wem sollten sie gehorchen?

Als sie ihn losließen, schoß Gull wie von der Sehne geschnellt hoch und fegte die Söldner zur Seite. Er ließ sich auf Hände und Knie fallen und hob seine Axt auf. Falls seine Schwester tot war, dann würde er Towser in tausend Stücke zerhacken! Er sprang auf, packte seine Axt fester und stürmte fluchend über das gelbe Gras auf den Monolithen zu. Hinter dessen Spitze versteckte sich gerade die sinkende Sonne und ließ nur noch einen schwachen Schein erstrahlen, so daß die Szene am Fuß des Felsturms im Dunkeln lag. Doch der Holzfäller hörte ein wildes Knurren, Zähnefletschen und Schnappen, das immer lauter wurde, vermischt mit den gellenden Schreien eines Mannes.

Blinzelnd rannte Gull in den Schatten und sah, wie Towser von einem riesigen Dachs angefallen wurde. Auf Greensleeves' unversehrtem Körper hockte ein kleiner Dachs mit einem abgerissenen Ohr. Halb wahnsinnig stolperte Gull weiter und zog seine Schlußfolgerungen…

Der einohrige Dachs war aus dem Flüsterwald gekommen, der meilenweit entfernt war. Er war nicht hierher getragen worden, konnte ihnen nicht gefolgt sein und war nicht in den Wagen versteckt gewesen. Und nur Greensleeves hatte den Dachs berührt. Also mußte Greensleeves ihn beschworen haben. Also war auch sie eine unbewußte Magierin! Plötzlich fügten sich die Teile des Puzzles zusammen: Greensleeves konnte Tiere beschwören, die sie früher berührt hatte! Deshalb also war ihnen der einohrige Dachs gefolgt. Deshalb hatte das Pilzmonster, der Fungusaurus, den gerüsteten Magier angegriffen, bevor dieser Gull zerstampfen konnte. Und deshalb hatte es grün, blau und braun geglüht und nicht wie bei Towser geglitzert oder wie bei Lily weiß geschimmert, als es beschworen wurde. Deshalb war der riesige Dachs im Trollager erschienen, als Greensleeves in Gefahr war. Deshalb fiel er nun Towser an.

Er hatte immer gewußt, daß seine Schwester eine Art natürliche Zauberkraft besaß – ihr sogenanntes zweites Gesicht. Er erinnerte sich an ihre Fähigkeit, wilde Tiere zu zähmen, herumstreunende zu finden, und daran, daß kein Tier ihr jemals ein Leid zugefügt hatte, nicht einmal Mücken und Blutegel.

Erst kürzlich hatte er erfahren, daß da noch mehr war: Die Magie des Flüsterwaldes hatte ihren Verstand überflutet und sie zu einem Einfaltspinsel gemacht. Nachdem sie den Wald verlassen hatten, hatte sie gelernt, klar zu denken, und nun konnte sie sogar beschwören, was sie vorher berührt hatte. Greensleeves war durch und durch eine Magierin! Und Towser hatte es die ganze Zeit gewußt!

Wie bei Lily hatte er Greensleeves' magische Kraft erspürt und deshalb Gull als seinen Frachtmeister angeheuert, obwohl auch Chad die Arbeit hätte verrichten können. Alles nur, um seine Schwester zu bekommen! Und Gull hatte sich selbst noch für besonders klug gehalten, als er freie Kost und Logis für Greenie erfeilscht hatte, während Towser Gleichgültigkeit geheuchelt hatte. Was für ein Dummkopf er doch war! Der Zauberer hatte die ganze Zeit geplant, Greensleeves zu opfern, um auf diesem schwarzen Altar ihr *Mana* zu stehlen. Doch dieser Schuß war nun nach hinten losgegangen!

Bewußt oder unbewußt hatte seine Schwester zwei Dachse beschworen, um sich zu schützen. Doch zwei Dachse allein würden sie nicht lange vor einem aufgebrachten Magier und dessen Leibwächtern retten können. Außer ...

Der bullengroße, breite, flache Dachs mit dem grauen Rücken und dem schwarzweiß gestreiften Gesicht kroch flach über den Boden und zerriß Towsers hübsch gestreiftes Gewand. Der blaue Schal löste sich, und die lächerliche Box purzelte von seinem Kopf und rollte durch das zertrampelte Gras.

Gull erkannte den rosafarbenen Klotz aus dem Krater: den *Mana*-Speicher! Towser hatte wohl beabsichtigt, die magische Energie seiner Schwester darin aufzufangen, war jedoch von dem Dachs bei seinem finsteren Opferritual gestört worden. Towsers Gewand war zerfetzt, und die furchterregenden Kiefer des Dachses zerrten und rissen an weiterem Stoff. Der Zauberer schien unverletzt, nur etwas derangiert zu sein.

Man hätte es sich denken können: Er spuckte einen Spruch aus, stieß eine Hand empor, und der Dachs kegelte mit einem wütenden Schnauben hintenüber. Der Holzfäller hatte dergleichen schon einmal in dem verbrannten Wald gesehen: Es war ein Schutzzauber, der den Magier wie ein undurchdringlicher Schild umgab. Gull hatte darauf gewartet, ihn auf die Probe zu stellen.

»Towser!« schrie er. »Nimm das!« Der Eseltreiber

holte weit mit seiner Axt aus und schleuderte sie wie einen Blitzstrahl direkt auf die Brust des Hexers. Holz und Stahl wirbelte sich überschlagend durch die Luft, doch die schwere, scharfe Klinge prallte kurz vor der Nase des Zauberers an einer unsichtbaren Wand ab. Towser wich nicht einmal zurück, und die Axt schlug dumpf in das schattige Gras vor dem Felsturm ein.

Der Magier erhob eine Hand mit gekrümmten Fingern und zog sich zurück, während er nach hinten rief: »Hurtig voran! Man töte ihn! Hundert trefflich güldne Krönlein dem wackren Kämpen, welchselbger ihn gar wohl enthaupten mag!«

Wie Bluthunde auf der Fährte stürmten die Leibwächter, die bisher durch die seltsamen Wendungen der Ereignisse wie gelähmt dagestanden hatten, auf Gull zu. Alle, außer Kem, der wie angewurzelt stehenblieb und auf dessen Gesicht sich die widerstreitenden Loyalitäten abzeichneten. Es blieben also nur noch drei harte Kämpfer mit Schwertern, die es auf Gulls Kopf abgesehen hatten. Wenn sie ihn töteten – und das würden sie –, wäre Greensleeves die nächste. Das Wort kehrte zurück: Außer ...

Herumwirbelnd riß Gull seine Schwester vom Altar, wobei der kleine Dachs herunterpurzelte. Er warf sie zu Boden, packte seine Axt – dankte den Göttern, daß er sie geschärft hatte – und zerschnitt die Seile um ihre Handgelenke.

»G-gull«, blökte sie, »was sollen wir tu-tun?«

Eine Flucht war sinnlos, denn als einzige Möglichkeit blieb nur ein Sprung über die Klippen. »Beschwör etwas!« Er packte seine Axt fester und war bereit, sie gegen die drei Mordbuben einzusetzen.

»W-was? Ich w-weiß nicht ...«

»Irgendwas! Und beeil dich!«

Hinter ihm ertönte ein kleines verzweifeltes Seufzen. So wird das nie klappen, dachte er wütend. Seine Schwester hatte zu wenig Übung in Sachen Magie.

Wenn sie etwas beschwor, geschah dies zufällig oder aus Verzweiflung, sie konnte nicht einfach durch das Nichts greifen und …

Die Luft vor ihm schimmerte, und Farben flackerten wie ein Regenbogen, der die Erde berührte: braun dicht am Boden, grün in der Mitte, blau auf Kopfhöhe und gelb darüber …

Gull wurde umgeworfen, als sich die Erde auftat und Dornenbüsche, Bäume und Steinspeere in die Luft schossen. Überall entlang der Steilküste wucherten die ›Gewächse‹, wahllos und ungeordnet. Die großen verfilzten, grünbraunen Dornbüsche aus der Schlacht von Weißfels vermischten sich mit den Höhlenschwertern aus dem verbrannten Wald und seltsam verkrüppelten Bäumen, die ineinander verschlungen und verwachsen waren und so eine undurchdringliche Barriere bildeten. Gull kannte sie aus den düstersten Winkeln des Flüsterwaldes. Die Brombeerbüsche waren in roter Erde verwurzelt, weißer Fledermausdung markierte die Steinspeere, und der hölzerne Wall war auf einen Teppich aus totem Laub gebettet. Der Holzfäller wurde von Gerüchen überwältigt: Der Eisengeruch der roten Erde vermischte sich mit dem Ammoniakgestank des Fledermauskots und den Fäulnisdünsten der verrottenden Blätter, und über allem lag der salzige Geschmack des Seewindes.

Doch die Wälle waren sinnlos, denn ein wahlloses, sieben Schritt breites Durcheinander aus Bäumen, Büschen und Steinschwertern ging vom Rand der Steilküste auf seiner rechten Seite aus und endete plötzlich inmitten der jungfräulichen Grassteppe. Ein anderer gemischter Wall bog sich auf seiner linken Seite – nicht breiter als eine Ligusterhecke – und drehte sich dann wie in einem Irrgarten zu einer Spirale zusammen. Weit hinter der Wagenburg standen weitere ›Gewächse‹, so dicht wie ein schwarzer Wald, der durch hochaufragende weiße Zähne aufgelockert wurde. Nur einen

Steinwurf entfernt war eine weitere Gruppe von Steinspeeren, Bäumen und Dornbüschen angelegt, quadratisch wie ein Küchengarten. Der dichte Wall auf Gulls rechter Seite war sicherlich fünf Schritt hoch, Weinranken hingen von ihm herab und verfingen sich im Haar des Holzfällers. Als er zurückwich, stieß er mit seinen hölzernen Schuhen gegen Steinspeere. Er fluchte.

Für die Verteidigung war der rechte Wall gut geeignet, doch der linke würde nicht einmal ein Kind aufhalten. Zwischen ihnen war eine Lücke von mindestens sieben Schritt, und Towsers Schläger konnten leicht durch die Bresche stürmen.

Schon sah Gull den arg mitgenommenen Towser den Wall entlanglaufen, damit er einen besseren Überblick bekäme. Als er den Holzfäller erblickte, deutete er auf ihn und erteilte keifend Befehle. Die drei Leibwächter hatten sich inzwischen von der Überraschung über die grüne Explosion erholt, ihre Schwerter erhoben und stürmten nun durch die Lücke auf ihn zu.

Doch als sie die mit den Händen fuchtelnde Greensleeves als Zauberin erkannten, wurden sie unaufmerksam, und ihre Füße verfingen sich im Unterholz.

»Weiter!« rief Gull. »Du hast sie aufgehalten! Du mußt weiterzaubern!«

»Ich… ich k-kann nicht!« jammerte Greensleeves. Gulls kleine Schwester mit ihrem zerzausten Haar, das ihr wirr ins Gesicht fiel, und dem geflickten Umhang, der ihr über die Schulter geglitten war, ergriff hilfesuchend den Ellbogen ihres Bruders, dem sie gerade bis zur Schulter reichte. »D-das ist alles, was ich ha-habe.«

Gull unterdrückte ein Stöhnen und packte seine Axt fester.

»Ver-such etwas anderes! Beschwör Morven!«

»W-wen?« Sie kannte keine Namen.

»Den Seemann, verdammt! Den mit dem grauen Haar! Und den Küchenjungen – Stiggur! Und die Kentauren – die Pferdemenschen! Beeil dich!«

Erdfarben kräuselten sich neben dem Holzfäller, und plötzlich stand Morven da, der seine Hose festhielt. Er blickte sich verwirrt um. »Ahoi! Da sin wir wieder!«

Gull schaute ihn kurz an und brüllte: »Wo ist dein Entermesser?!«

»Eine Sekunde hab ich's neben mich jelegt, als ich mal in die Büsche mußte. Direkt neben mich...«

»Warum machen wir eigentlich Pläne, wenn...«

Hinter seinen Leibwächtern legte Towser einen Finger in sein Grimoire, deutete mit einem anderen, bellte etwas in einer unverständlichen Sprache und bedachte Gull mit einem blasierten Lächeln. Vor den Augen des Holzfällers, im Schatten des Monolithen, erfüllte ein Glitzern die Luft, und er sprang zurück.

Was auch immer Towser beschworen hatte, es war riesig! Wie aufsteigender Nebel nahm ein Wesen, so groß wie ein Haus und grau wie Schiefer, Gestalt an. Über ihm wanden sich ein halbes Dutzend nebelgrauer Köpfe, die ein bedrohliches Zischeln ausstießen, das den Holzfäller vor Angst zusammenzucken ließ. Wir werden alle aufgefressen, dachte er, wie Elritzen von einem Barsch, nein, von sechs Barschen!

Entsetzt sprang er zurück und stieß mit Morven zusammen, der gerade fluchend seine Hose zuknöpfte. »Paß auf, wo du – Lancelot vom See – 'ne Felsenhydra!«

Das Glitzern vertiefte und verstärkte sich noch, bis Gull kaum noch die Dornenhecke dahinter erkennen konnte. Vielleicht war es doch besser, die Steine herunterzuspringen, dachte er. Einige von uns könnten überleben, hier oben aber sicher nicht!

Doch Greensleeves summte, und erneut kräuselten sich Erdfarben kaum vier Schritt von Towser entfernt. In einem Aufflackern von Braun, Grün, Blau und Gelb stand der Küchenjunge blinzelnd da, die zusammengerollte Peitsche in der Hand. »Stiggur!« schrie Gull, und der Junge fuhr erschreckt zusammen. »Gib's ihm!«

Als der verwirrte Junge die Stimme seines Helden vernahm, zog er die Peitschenschnur am Boden entlang zurück – nicht in gerader Linie – und ließ sie dann zu hart und zu schnell vorschnellen. Die Spitze der Maultierpeitsche durchschnitt die Luft und stach beinah in Towsers Auge. Erschreckt faßte der Zauberer sich an die blutende Wange. Er konnte die Beschwörung nicht aufrechterhalten, so daß das Glitzern vor Gulls Augen schwächer wurde und das bösartige Zischen des Monsters verstummte. Die Felsenhydra schrumpfte und verschwand wie der letzte Rauch eines Lagerfeuers. Gull sah dort, wo sich ihre ›Füße‹ geformt hatten, tiefe Abdrücke im Gras. Erleichtert seufzte er aus vollem Herzen. Das war wirklich knapp gewesen! Doch ihr Glück konnte nicht von Dauer sein, sie mußten eine Verteidigung organisieren oder sterben! Towser hatte sich hinter eine Dornenhecke geduckt, und Stiggur, dessen Peitschenschnur achtlos im Gras lag, beobachtete die Leibwächter, die auf Befehle warteten.

»Stiggur! Hierher!« brüllte Gull, und der Junge huschte an den verwirrten Schlägern vorbei, bevor diese ihn überhaupt bemerkt hatten.

Plötzlich zischte ein stählerner Dorn vom Himmel und schlug direkt vor Gulls Füßen in den Boden ein. Nur eine Handbreit näher, und der Schädel wäre von ihm gespalten worden. Er sah zum Monolithen auf und erblickte am Himmel vier Ballons, deren Körbe mit kreischenden Goblins gefüllt waren. Der Seewind trieb sie rasch über die Steilküste.

Die Körbe schaukelten in den Seilen, als die sich zankenden Goblins mit plumpen Sandsäcken um sich schlugen. Die erste Besatzung der boshaft schielenden graugrünen Kreaturen ließ ihre Speere auf die zwischen den Wällen gefangene ›Heldengruppe‹ regnen, doch die Waffen klapperten wirkungslos gegen den Monolithen, prallten vom schwarzen Altar ab oder bohrten sich in die Erde.

Gull packte Morven und seine Schwester und zog sie in die trügerische Sicherheit des schattigen Felsturms, während die Goblins vor Schadenfreude hämisch lachten. Im Kopf des Holzfällers pochte es, als er versuchte, das Chaos zu ordnen. Sie brauchten dringend eine geeignete Verteidigungsstrategie! Zwar näherten sich die Leibwächter im Moment nicht, sondern bewachten nur die Lücke, doch Towser schien etwas Grauenvolles zu beschwören. Gull schnauzte: »Greenie! Hol den Rest! Alles, was du je berührt hast! Das Holzpferd, die Kentauren, ja sogar unsere eigenen stinkenden Goblins!«

Greensleeves runzelte vor Anstrengung die Stirn und schob die grünen Ärmel bis zu den Ellbogen hoch, hob die Hände und murmelte etwas vor sich hin. Gull hatte keine Ahnung, was sie flüsterte. Gebete? Reime? Oder einfach Unsinn?

Dicht über ihnen kippte die zweite Goblinmannschaft einen weiteren Korb voller Speere hinab, und ein stählerner Dorn ließ die Spitze von Gulls rechtem Holzschuh absplittern. Morven wehrte mit der Hand einen heransausenden Speer ab. »Nu mach man, Schätzchen ...«, schrie der Seemann, wurde jedoch von einem barbarischen Schrei, der hinter der verkrüppelten Hecke ertönte, unterbrochen.

»O nein!« stöhnte Gull.

Und während sich über ihnen zwei weitere Blasen auf den Angriff vorbereiteten, standen sie plötzlich in einem Schatten, der dunkler als die herannahende Dämmerung war.

Vier Bäumstämme mit Gelenken tauchten um sie herum auf – die Beine eines hölzernen Pferdes. Gull erkannte eines der Hinterbeine, das er selbst mit seiner Axt aus dem Schiffsmast geschnitzt hatte. Stiggur jubelte vor Freude, als das mechanische Untier sich direkt über ihnen materialisierte, so daß Gull hinaufreichen und seinen polierten Bauch berühren konnte.

Über ihnen meckerten die Goblins, als ihre Speerspitzen in das harte Holz des Tieres einschlugen oder von den Eisenplatten an dessen Flanken abprallten, so daß der wohlgezielte tödliche Regen seine Ziele nicht mehr erreichen konnte.

Der Küchenjunge schlang sich die Peitsche um die Schulter, griff ein Kniegelenk des mechanischen Pferdes, kletterte am Bein empor und klammerte sich wie ein Äffchen an dessen Hals. Gull beschwor ihn, herunterzukommen, doch der Junge krähte: »Sie sind weg!«

Tatsächlich hatte die steife Brise die birnenförmigen Blasen außer Reichweite getrieben, so daß sie jetzt über der Wagenburg schwebten. Die Goblins heulten vor Wut und schlugen, sich gegenseitig beschimpfend, mit den Fäusten aufeinander ein. Ein alter kahler Goblin stieß in törichtem Zorn einen Speer nach oben und zerstach den Ballon, der, wie ein Teekessel pfeifend, mit seiner kreischenden Besatzung abstürzte. Als er zerplatzte, sausten die Kreaturen in den Teil des Walls, an dem die Dornenbüsche und Steinschwerter am dichtesten standen.

Stiggur jauchzte, imitierte Gulls Lachen und zog an einem Hebel, worauf die kegelförmigen Augen des Holzpferdes sofort blinzelten und sich ein riesiger eisenbeschlagener Huf vom Boden erhob. Towsers Leibwächter traten mit offenen Mündern einige Schritte zurück. Der Junge prahlte: »Ich krieg sie, Gull! Ich mach sie platt!«

Doch plötzlich sprudelte direkt vor der stampfenden Maschine eine Farbfontäne aus dem Boden, und Helki und Holleb erschienen – gerüstet und bewaffnet. Stiggur schrie, zerrte an den Hebeln und wendete das Holzpferd, das daraufhin prompt in die Dornenhecke krachte. Die Kentauren waren bereits behende beiseite gesprungen und grüßten Gull mit ihren gefiederten Lanzen.

Als sie die zögernden Schläger bemerkten, trompeteten sie ihren Schlachtruf, senkten die Speere und griffen an. Der Holzfäller empfand tiefe Befriedigung bei dem Gedanken, daß es seinen Bemühungen zu verdanken war, daß sie wieder für den Krieg bereit waren…

Aber trotzdem mußten sie eine Verteidigung organisieren! Inzwischen hatten sie zwar Verstärkung bekommen, aber sie waren noch immer in dieser Falle gefangen. Wenn die blauen Barbaren sie hier stellten, würden sie abgeschlachtet werden wie wehrloses Vieh. Morven hob eine stählerne Spitze vom Boden auf. »Damit kann ich 'n Leck in irgend jemand sein Rumpf schlajen. Wen soll ich entern?«

Gull blickte sich um und sah, wie Stiggur mit den Hebeln kämpfte, um das rasselnde und knirschende mechanische Pferd aus der Dornenhecke zu befreien. Da es ihm nicht gelang, es zu wenden, entschied sich der Junge dafür, vorwärts durch den Wall zu brechen. Riesige Holz- und Eisenglieder zerfetzten Dornbüsche und zertraten Steinspeere zu Staub, als die Konstruktion und ihr Reiter durch die üppig rankende Hecke verschwanden.

Gull raufte sich verzweifelt die Haare, denn Stiggur hatte damit eine weitere Lücke geöffnet. »Du wirst bald 'n ganzen Haufen hierhaben!« rief er durch den Lärm. »Dieses Gebrüll war… Greenie, hör auf!«

Doch seine Schwester, die in der eigenen Welt ihrer neuen Magie verloren war, fuhr fort zu flüstern und die Finger zu bewegen. Als Antwort ertönte ein drohendes Brummen, und zwei bucklige, heuschobergroße Graubären erschienen in knapp zehn Schritt Entfernung. Eines der zottigen braunen Tiere riß brüllend seine geifernden Fänge auf und entblößte zwei Reihen scharfer, langer weißer Zähne. Es sah sich nach einem Opfer um und erspähte Gull und seine Freunde am Fuße des Monolithen. Der Holzfäller schluckte, denn er hätte niemals gedacht, daß seine Schwester Graubären berührt hatte, und warum wandten sich die Tiere gegen sie…?

Dann kam ihm die Erleuchtung: Greensleeves konnte keines dieser Geschöpfe beherrschen, und sie würden angreifen, wen immer sie als schmackhaft erachteten, eingeschlossen ihn und seine Schwester.

Auf einmal war ihm alles klar. Durch jahrelange Übung und Erfahrung hatte Towser gelernt, die Wesen, die er rief, zu beherrschen. Auf jeder der beschworenen Kreaturen, ob magisch oder nicht, lag ein Bann – ein Zwang, dem Zauberer zu dienen. Also konnte Towser sogar das finsterste Monster beschwören und es gegen einen Feind schicken, während er selbst gegen alle Angriffe gefeit blieb. Doch Greensleeves hatte weder Übung noch Erfahrung. Was immer sie beschwor, konnte tun, was es wollte. Die Dachse, die mit ihr befreundet waren, hatten beschlossen, sie zu verteidigen. Aber diese Graubären … Plötzlich hatten sie zuviel Hilfe.

Der größere, männliche Bär holte weit mit den Hinterbeinen aus und rollte auf sie zu wie eine Felslawine.

»Greeeensleeeeves!« brüllte Gull. »Tu irgendwas, um ihn aufzuhalten!«

Seine Schwester sah den angreifenden Bär, warf die Hände hoch und blökte. Vielfarbiges Licht flackerte hell auf und enthüllte neun bellende, heulende eisgraue Waldwölfe, die gründlich verwirrt über den Altar purzelten. Sie fielen Greensleeves vor die Füße, polterten gegen den Monolithen und landeten mit den Bäuchen auf der Erde direkt vor dem heranstürmenden Graubären. Instinktiv sprang ein großer Wolf, der sein Rudel bedroht sah, dem Bären ins Gesicht und schlug die schimmernden Fänge direkt in dessen Schnauze. Der Bär stellte sich halb auf die Hinterbeine und schlug den Wolf mit seinen Pranken zu Boden, woraufhin dieser sich aufrappelte, zubiß und am Fleisch seines Gegners zerrte, um ihn zu Fall zu bringen. Die anderen Wölfe verbissen sich in den Flanken des Bären, doch die wütende Bärin kam ihrem Gefährten zu Hilfe und schleuderte die Wölfe wie graue Fellkugeln durch die Luft.

»Tollwütiche Wölfe, um hungrije Bärn aufzuhaltn?« schnarrte Morven. »Na, das is ja 'ne Verbesserung!«

Gull schüttelte nur den Kopf. »Ich hab gesehen, wie sie mit Dachsen gespielt hat. Mit Wild, ja sogar mit Vielfraßen. Aber nie hätt ich gedacht, daß sie ...«

Ein Fauchen ließ ihn herumwirbeln. Auf der Spitze des Monolithen hockte ein lohfarbener Berglöwe, der sich dort mit seinen rasiermesserscharfen Klauen festkrallte. Mit zurückgelegten Ohren und bebenden weißen Schnurrhaaren protestierte er herausfordernd brüllend gegen die ihm angetane Schmach.

Ein noch lauteres Geschrei lenkte die Kämpfer ab, als sich eine Horde von blaubemalten, weißhaarigen, mit Fangzähnen versehenen Barbaren heulend, kreischend und johlend in der Lücke zwischen der gestückelten Hecke sammelte – und angriff.

KAPITEL 18

»Zurück!« schrie der Holzfäller durch das Gejohle der Barbaren. Er packte Greensleeves am Arm und zupfte an Morvens Hemd, während er seine Axt in der Hand balancierte. »Wir brauchen Deckung!«

»Es jibt keine!« brüllte Morven gellend und ergoß lästerliche Seemannsflüche über die herannahenden Barbaren. Gull widersprach nicht, denn sie hatten gegen eine ganze Armee anzutreten. Seine Kameraden mit sich zerrend, zog er sich um den Monolithen zurück, bis dieser wie ein Wall an seiner linken Seite aufragte.

In der Nähe des Altars flogen graue Fellfetzen durch die Luft, als der Kampf der Bären gegen die Wölfe weitertobte. Fünf Wölfe sprangen und schnappten nach den Graubären, während der Rest des Rudels nur zähnefletschend den Kampf beobachtete. Der männliche Bär schlug einen Wolf mit den Pranken zu Boden, stürzte sich auf ihn und zerstampfte ihn mit den mächtigen Hinterbeinen. Dann wirbelte er so dicht an Gull vorbei, daß dieser seinen Schwanz hätte berühren können.

Aber durch die Schreie und den Sturm der Barbaren wurde der Tierkampf jäh unterbrochen. Jaulende Wölfe rannten durch die Frontlinie der Krieger und übersprangen die dünnen Dornbüsche, während die Bären hinter ihnen hergaloppierten und direkt durch Steinspeere und Weinranken walzten.

Jetzt beschützte sie niemand mehr, stellte Gull fest. Etwa sechzig stolze Barbaren in Reihen von je fünf Kriegern rannten mordlüstern johlend auf sie zu. Einige von ihnen spieen mit kehligen Lauten den Namen eines Kriegsgottes aus, laut genug, daß es in den Ohren schmerzte. Dabei lachten sie, als brächen sie zu einem vergnüglichen Spiel auf und nicht in ein blutiges Gemetzel, in dem sie Gull und seine Mitstreiter zu Hackfleisch verarbeiten würden.

Die drei rannten hinter den Monolithen und sahen, daß sie nun in der Falle saßen, da der Wall aus Dornbüschen, Steinspeeren und Holz hier etwa zehn Schritt breit war und eine undurchdringliche Barriere bildete, die bis an den Rand der Klippen reichte – einige Wurzeln und Zweige sogar darüber hinaus.

Gull hatte gehofft, daß sie um den Felsturm herumlaufen konnten, weil er nicht direkt auf dem äußeren Rand der Steilküste saß. Doch im Rücken des dunklen Kegels waren mehr als mannshohe Felsen aufgestapelt, vermutlich um ihn zu stützen. Sie bildeten eine wirre, über zwanzig Schritt lange Linie, die sie, wenn sie genügend Zeit gehabt hätten, erklimmen und übersteigen hätten können – aber sie hatten keine Zeit.

In die untergehende Sonne blinzelnd, sah Gull, daß die Steilklippe zehn Schritt tief auf gischtumschäumte Felsen abstürzte. Die Lücke zwischen dem Monolithen und der Dornenhecke war nur vier Schritt breit, und sie hatten nichts, um sie zu schließen, denn Stiggurs Holzpferd war noch immer in den Ranken gefangen. Der Junge riß an den knirschenden Hebeln, so daß die Flaschenzüge des hölzernen Ungetüms durchdrehten und sein Getriebe protestierend kreischte, doch die Konstruktion blieb zwischen den Weinreben stecken. Gull war sich nicht sicher, ob es überhaupt eine Barriere bilden konnte.

In dieser Falle würden er, Greensleeves und Morven ihr letztes Gefecht austragen. Sie würden kämpfen und ihren Tod entweder durch eine barbarische Klinge oder den Sturz von der Klippe finden. Der Holzfäller drängte seine Schwester hinter sich gegen die Felsen und packte seine Axt fester, während Morven seinen kläglichen Stahlspeer hob. Die Barbaren griffen an.

Es waren die gleichen Leute, die Gull und Greensleeves in jenem kleinen Wäldchen am Strand überfallen hatten. Die Krieger sahen bis auf die Fangzähne und das weiße Haar wie normale Menschen aus. Sie waren tätowiert, mit blauem Beerensaft bemalt, in Tierhäute und Kriegsgeschirr gekleidet, trugen bemalte Rohlederschilde und entweder gebogene Bronzeschwerter oder obsidianbeschlagene Keulen, die wie kleine Spitzhacken aussahen. Gull bemerkte, daß auch die wenigen Frauen unter ihnen mit Fangzähnen ausgestattet und mit blauen Tätowierungen geziert waren. Die Barbaren rasten mit erhobenen Waffen blindlings voran und stießen ein dämonisches Geheul aus. Gulls sah nur noch Blau, und er hatte weder Zeit zu denken noch seine Schwester zu rufen, denn dies war der Kampf seines Lebens.

Ein schreiender Barbar schwang sein Schwert überhand, doch der Holzfäller riß seinen Axtgriff hoch, so daß die Klinge nur eine Kerbe in das Hartholz schlug. Er wirbelte herum und schmetterte das untere Ende des Axtgriffs gegen die Schläfe des Mannes, der wie vom Blitz gefällt zu Boden fiel.

Eine Frau stürmte vor und stieß mit ihrem polierten Schwert nach Gulls Leistengegend, woraufhin dieser rasch seinen Axtgriff senkte, um abzublocken. Doch es war nur eine Finte, und blitzschnell wie die Zunge einer Schlange züngelte die Klinge zurück und zielte auf seinen Bauch. Der Eseltreiber wich aus und duckte sich, doch die Spitze bohrte sich äußerst schmerzhaft zwischen seine Rippen. Fluchend schlug er das Schwert nach oben und rammte den Griff seiner Waffe in den Rachen der Frau. Zähne und Kieferknochen barsten splitternd. Sie brach zusammen, und Gull freute sich, denn sie war eine zu gefährliche Gegnerin für ihn. Ununterbrochen fluchend attackierte und parierte er.

Er haßte es, gegen sie zu kämpfen, da diese Leute genauso Towsers Sklaven waren wie er selbst, doch er hatte keine Wahl, denn unter dem Einfluß des Zauberers würden sie ihn töten, wenn sie könnten.

Und sie konnten es zweifellos, denn sie waren Krieger, die mit dem Schwert in der Hand geboren worden waren, während Gull nur ein schlichter Holzfäller war. Bis jetzt hatte er Glück gehabt, doch es konnte nicht andauern, und irgend jemand würde ihn sicherlich in Kürze aufschlitzen.

Aus den Augenwinkeln sah er, daß Morven einen Schild und ein bronzenes Schwert ergattert hatte und damit um sich schlug, als dresche er Korn. Er schlug auf Hände und Köpfe ein und hielt damit ein halbes Dutzend Krieger in Schach.

Zwei Barbaren, ein Mann und eine Frau, nahmen Gull in die Zange und griffen aus zwei Richtungen gleichzeitig an. Von rechts schwang der Mann seine Kriegskeule, und Gull wich aus. Doch das hatten sie vorausgesehen. Die Frau stieß von links zu und zerfetzte seinen Ellbogen, so daß Blut seine Seite rot färbte. Gull erkannte den Vorteil eines Schildes! Nunmehr einhändig, schlug er mit der Axt nach dem Mann, doch dieser war zurückgesprungen. Das Duo rief sich etwas zu und schloß wieder auf, um die Attacke in gleicher Weise zu wiederholen. Da es beim ersten Mal funktioniert hatte, würde es das auch beim zweiten Mal tun, und Gull würde langsam zu Tode gestückelt werden.

Dann ertönte ein Krachen von brechendem Holz und Steinspeeren.

Stiggur hatte das mechanische Untier aus der Brombeerhecke freibekommen, und große eiserne Hufe und hölzerne Beine stampften durch zerreißende Weinranken. Die beweglichen Kegelaugen des Tieres richteten sich auf den Holzfäller, doch der Blick des Küchenjungen, der auf dem Rücken des Holzpferdes saß wie ein Kind auf den Schultern seines Vaters, war schreckerfüllt auf die blaubemalten Barbaren gerichtet, die drohten, seinen Helden zu überwältigen.

Er klammerte sich an den Hals des dahinstapfenden Tieres, das ganze Weinstöcke hinter sich herzog, bewegte die Hebel und steuerte auf die Barbarenhorde zu. Bedroht durch die furchteinflößenden Füße und Beine des Holzpferdes, ließen die blaubemalten Männer und Frauen von Gulls kläglicher Verteidigungslinie ab und zogen sich um das Tier herum auf die Lichtung beim Altar zurück.

Einer der Barbaren, der in die falsche Richtung ausgewichen war, wurde zwischen einem Hinterbein und dem Monolithen eingeklemmt und langsam zerquetscht, so daß ihm das Blut aus dem Mund spritzte. Als das mechanische Tier drohend über ihren Köpfen aufragte, wich Gull gegen Greensleeves zurück, um nicht selbst zerdrückt zu werden, doch Stiggur brachte das Monster am äußersten Rand der Klippen zu einem donnernden Halt.

Morven und Stiggur brachen in Hurra-Rufe aus, doch der Holzfäller brachte sie zum Schweigen. »Sie werden sich neu formieren und wieder auf uns losgehen! Sie können nicht anders! Der Bann zwingt sie dazu! Stiggur, sorg dafür, daß das Biest sich hinlegt! Wir brauchen eine Barrikade!«

Der Junge beugte sich hinab, biß sich auf die Lippe, runzelte die Stirn und fing fast an zu weinen. »Aber Gull, es kann sich nicht hinlegen! Es gibt keinen Hebel dafür!«

»Waaas!?« Der Holzfäller fluchte. Natürlich gab es keinen Hebel, denn das Tier schlief wie ein altes Pferd stets im Stehen, und nur mit Hilfe von Liko und den Stöcken hatten sie es zu Fall bringen können. Was sollten sie nun tun? »Verflucht! Na ja, dann ... dreh's halt um!«

Mit surrendem Getriebe bewegte Stiggur das Tier langsam in einem engen Kreis, und Gull fürchtete die ganze Zeit, daß das Riff unter ihnen zusammenbrechen könnte und sie alle in die Tiefe gerissen und auf den Felsen zerschmettert würden. Alles in allem endete es damit, daß die Lücke auf drei Schritt zusammengeschrumpft war, was genau der Länge des Bauches des Holzpferdes entsprach. Die stämmigen, pfeilerdicken Beine boten Schutz wie vier Baumstämme.

Die Barbaren johlten und sangen, um ihren Feind zu verhöhnen und sich gegenseitig anzustacheln. Sie stießen sich mit den Ellbogen, rempelten sich an und stritten, während sie sich für den nächsten Angriff in ungeordnete Reihen schoben. Gull vermutete, daß sie eine Art Hierarchie hatten, die bestimmte, wer zuerst und wer danach angreifen durfte. Vielleicht beruhte sie auf dem Stand, der Familie oder den vollbrachten Taten. Sie war wie geschaffen für lange Streitereien.

In der momentanen Kampfpause wog Gull ihre Möglichkeiten ab. Konnten sie einen Sprung von den Klippen überleben? Wohl nicht, ohne sich alle Knochen zu brechen. Würde es sich lohnen, dieses Durcheinander aus Felsen zu erklimmen? Aber was lag auf der anderen Seite? Er umklammerte seinen blutenden Ellbogen, rieb sich die zerschundenen Rippen und verzweifelte. Sie würden alle hier sterben! Und zwar sehr bald! Sollte er vielleicht Greensleeves hinter Stiggur auf das Holzpferd setzen und ihm befehlen, durch die Dornenhecke zu brechen, um zu verschwinden ...

Greensleeves unterbrach seine Überlegungen, indem sie ihn am Arm griff und himmelwärts deutete. Auch der Berglöwe nutzte die Kampfpause, spannte die Beinmuskeln und sprang von der Spitze des Monolithen auf die aufgehäuften Felsen herab. Obwohl sie sicherlich sieben Schritt tief gesprungen war, landete die große Katze ohne ein Geräusch.

Wütend fauchte sie Gull und seine Freunde an und sprang über die Felsen außer Sichtweite. Als plötzlich wildes Schnappen und Knurren eine weiterer Rauferei anzeigte, erkannte Gull das Quieken eines zornigen Dachses und wußte nun, wohin das Riesentier verschwunden war.

»Noch mehr Katzenbaljerein«, nörgelte Morven und versuchte einen Felsen freizuzerren, um ihn zu ihrer Verteidigung in die Lücke zu rollen, doch es gelang ihm nicht. »Na jroßartig. Warum nich mal feuerspuckende Drachen?«

Gull rieb sich verzweifelt die Stirn und preßte die Hand auf die blutende Seite. Er hätte vor ohnmächtiger Enttäuschung schreien können. Wenn Greensleeves doch nur diese verdammten Tiere beeinflussen könnte, dann könnte sie sie gegen die Barbaren in den Kampf schicken. Oder sie könnte etwas beschwören, das selbständig dachte ...

Plötzlich jubelte er so laut auf, daß seine Schwester ein Stück in die Höhe sprang. »Der Riese – Liko! Erinnerst du dich an ihn, Greenie? Ruf ihn! Und die Kentauren! Nein, warte ...«

Sie hatte sie bereits beschworen, aber sie waren davongaloppiert und von der blauen Armee abgeschnitten worden.

Er ging im Geiste eine Liste durch, die mindestens so durcheinander war wie die Felsen hinter ihnen. »Was ist mit Tomas? Die roten Soldaten ...« Nein, Greensleeves hatte sie niemals gesehen. Wer sonst? Der Paladin? Nein. Die Ameisensoldaten? Auch nicht gut. »Hol uns die Goblins! Erinnerst du dich an den kleinen miesen Dieb, Egg-Sucker?«

Stiggur rief vom Rücken des mechanischen Pferdes: »Sie machen sich zum Angriff bereit, Gull!«

»Ich wüßt ja gern, wo Towie steckt«, sagte der Seemann. »Die Vorstellung, daß er hier frei rumläuft un sich noch mehr Zeuchs ausdenkt, das er auf uns schmeißn kann, will mir nich so recht jefallen.« Doch ein erstaunter Ausruf von Stiggur ließ ihn innehalten.

Im Licht der untergehenden Sonne stand goldschimmernd ein einsamer Mann auf dem Steinstapel. Ganz in schwarzes Leder gehüllt, der Kopf nur von einem schlichten Helm bedeckt, ein Kurzschwert und einen Schild in der Hand, lächelte ihnen eine zernarbte Gestalt entgegen.

»Kem!«

Der Söldner stieß sich von den Felsen ab, sprang in die Tiefe und landete dumpf neben Gull.

Der Holzfäller knurrte: »Was willst du denn hier? Willst du für Towser unsere Kapitulation entgegennehmen?«

Auf der intakten Gesichtshälfte verzog sich höhnisch die runzlige Haut. »Ich wußte, es war ein Fehler, dir zu helfen, Dreckschaufler.« Die beiden Männer stritten sich gelassen, als stünden sie an der Theke einer Taverne und nicht kurz vor ihrer eigenen Hinrichtung.

Gull murrte. »Wir brauchen deine Hilfe nicht, Kemplex.«

»Tja, jetzt hast du sie, ob's dir paßt oder nicht.«

»Erwarte bloß keinen Dank!«

»Ich werd dir danken!« warf Morven ein, der noch immer an den Felsen herumzog. »Schön Dank! Un jetzt gebt euch 'n Kuß, un dann ran an den Feind, ihr Krabbnsammler!«

Gull griff sich an den schmerzenden Ellbogen, von dem das Blut seinen Unterarm hinablief und seinen Axtgriff schlüpfrig machte. »Schwester! Kannst du dir denn nicht irgendwas ausdenken, um uns zu helfen?«

Doch Greensleeves lauschte einem unhörbaren Geräusch. Eine Hand lehnte sie gegen den Monolithen, die andere ballte sie zu einer Faust und erhob sie …

»Auf geht's!« brüllte Kem, stellte sich auf Gulls linke, verwundete Seite und hob sein Schwert. Gull wischte sich das Blut an der Tunika ab und packte seine Axt fester, während Morven das gestohlene Schwert gegen den Schild schlug und ein schmutziges Seemannslied anstimmte.

Die Barbaren hatten sich inzwischen endlich auf Sechserreihen geeinigt und marschierten nun singend, johlend und waffenklirrend im Gleichschritt auf sie zu. Dieser Angriff unterschied sich von dem ersten, denn nach einem Dutzend Schritten hielt der Haupttrupp singend an, während sich die ersten sechs auf Gull und seine Kameraden warfen. Gull rätselte, ob sie ein Selbstmordkommando waren oder junge Krieger auf der Jagd nach dem ersten Blut. Vielleicht hatten die Barbaren aber einfach nur Mitleid mit Gulls kleiner Streitmacht und schickten nur ihre ungeschicktesten Krieger…

Sie erwiesen sich als unerfahrene Kämpfer, denn die Verteidiger konnten sie mühelos töten. Auf den Seiten von Morven und Kem behindert und durch den niedrigen Bauch des Holzpferdes eingeschränkt, hob Gull seine Axt, spannte die Arme an und schlug zu. Eine junge, tätowierte, mit blauem Beerensaft bemalte und trotz ihrer Fangzähne hübsche Frau stand vor ihm. Gull haßte es, sie zu töten, doch er mußte es tun. Er schlug in einem Winkel zu, zerteilte ihren ledernen Schild und spaltete ihre Schulter, so daß das Blut in einer Fontäne aus der Wunde schoß. Blutend fiel sie vor seinen Füßen zu Boden, und als Gull seine Axt aus dem sterbenden Körper wand, stellte er fest, daß sich der Schild der Barbarin am Heft verheddert hatte. Wertvolle Sekunden gingen verloren, als er ihn ablöste… und blitzschnell tauchte ein anderer Barbar neben ihm auf, das Schwert zu einem tödlichen Hieb erhoben.

Aber Kem war schneller, und der Angreifer starb durch seine Klinge. Der erfahrene Söldner hatte sich seiner zwei Gegner schnell entledigt, so daß er genug Zeit gefunden hatte, Gulls zu töten. »Brauchst mir nicht noch mal zu danken«, knurrte Kem.

»Ganz sicher nicht!« keuchte Gull. »Aber langsam sind wir quitt!«

»Quitt? Ha! Du schuldest mir was ...«

Ein weiterer Ruf schwoll aus Richtung der Barbarenstreitmacht an, denn nach dem Untergang der ersten Linie löste sich nun die zweite, um gegen sie anzurennen.

Hoffnungslos, dachte Gull. Es war einfach hoffnungslos! Dann kräuselte sich ein undeutlicher grünbrauner Fleck in dem blutroten Abendhimmel, und ein weiterer Monolith ragte in die Höhe!

Mit dem Rücken gegen den schwarzen Felsturm gelehnt, kratzte sich Liko mit seiner verbliebenen Hand an einem seiner Köpfe und versuchte, die Szenerie, die um seine Knie tobte, zu verstehen. Glücklicherweise hatte er seine neugeschnitzte Keule mitgebracht! Langsam setzte der Riese die Teile des Puzzles zusammen.

»Schlag einen der Blauen, Liko!« brüllte der Holzfäller, woraufhin beide Köpfe nickten. »Ahhhhhh!«

Dann stampfte der Gigant vorwärts, verfing sich mit den Füßen in den zerrissenen Dornbüschen, die das Holzpferd verstreut hatte, und fiel der Länge nach hin. Sein Aufprall erschütterte die Erde und lähmte jeden Kämpfer vor Schreck. Der Riese ließ die Hand vorschnellen und packte einen der Barbaren am Bein, so wie ein Kind einen Frosch fangen würde. Aber der blaue Mann stach auf seine Finger ein, und Liko ließ los.

Die zweite Welle der Barbaren war inzwischen herangekommen, diesmal in Zweiergruppen. Eine untersetzte, tätowierte Frau stach nach Gulls Knie, während ihr Partner – vermutlich ihr Gefährte – auf Gulls andere Seite auswich und seine Eckzähne zu einem fletschenden Grinsen entblößte, das Gull einschüchtern sollte. Der Holzfäller konnte mit seiner Axt nach keinem seiner Feinde schlagen, ohne selbst in ein Schwert zu rennen. Dicht beieinander, sich hinter ihren Schwertern und Schilden versteckend, würden sie ihn in die Enge treiben, zu Boden schlagen und wie ein Reh häuten.

Doch plötzlich brachen die Barbaren ihren Angriff ab und zogen sich aus der Schwertreichweite zurück, als weitere Erdfarben direkt hinter ihnen die Luft flimmern ließen und sie so von ihren Kameraden abschnitten. Die Größe des flackernden Farbkleckses ließ Gull auf etwas Großartiges hoffen, irgendeine gewaltige Macht, obwohl er wußte, daß Greensleeves Trickkiste erschöpft war…

Eine Handvoll meckernder Goblins wurde ins Dasein gerufen.

Nur drei der graugrünen Tunichtgute trugen ihre feuergehärteten Speere, während der Rest mit leeren Händen erschien, außer einem Goblin, der mit einer knusprigen frischgebratenen Hühnerkeule ›bewaffnet‹ war. Die Kreaturen blinzelten benommen und schrien plötzlich wie aus einem Mund auf, als sie die blaubemalten Barbaren erblickten. Drei Speere flogen wie Mikadostäbchen durch die Luft, und die Goblins spritzen in alle Richtungen auseinander. Sie waren ebenso nützlich wie ein Stachelschwein im Daunenbett.

Ein Krieger trat einen Goblin zur Seite, nur um im nächsten Augenblick über ihn zu fallen, als das Wesen sein Fußgelenk umklammerte. Ein anderer sprang in die Arme einer Barbarin und schlang die langen Arme um den Kopf der Frau, so daß sie nichts mehr sehen konnte. Ein weiterer Goblin krabbelte an Kem vorbei, kletterte über die Felsen und – dem Lärm nach zu urteilen – plumpste direkt in den Dachs-Löwen-Kampf. Noch ein anderer rannte geradewegs gegen den Monolithen und taumelte benommen zurück, doch einige

Augenblicke später erklomm er mit krallenden Fingernägeln den halben Felsturm. Eine besonders tölpelhafte Grünhaut eilte – nach hinten blickend – über den Rand der Klippe hinaus und verharrte noch einige Augenblicke mit wirbelnden Beinen in der Luft, bevor sie murrend in die Tiefe stürzte. Gull sah, wie ein schwarzgestreifter Goblin – Egg-Sucker, der Axtdieb – an ihm vorbeiflitzte und unter Greensleeves' Röcken Zuflucht suchte.

Der Holzfäller kickte dem grinsenden Barbaren einen Goblin zwischen die Beine, so daß beide zu Boden polterten. Die angreifende Frau wurde für einen Augenblick unvorsichtig, als sie ihren Geliebten zu Boden stürzen sah, und Gull nutzte die Gelegenheit, um ihren Kopf zu zerschmettern. Als der Mann brüllend und mit dem Schwert um sich schlagend wieder auf die Füße kam, spaltete Gull ihm den Schädel wie Feuerholz. »Verdammt noch mal!« brüllte er beinah hysterisch vor Zorn. »Bleib doch unten!«

Neben ihm wischte Kem seine blutige Klinge am weißen Haar der Frau ab. »Du solltest bei deinen Maultieren bleiben, Holzhacker. Das hier ist Männerarbeit.«

Morven schnaubte. »Ihr Jungs werd wohl nie erwachsn!«

Gull wischte sich den Schweiß vom Gesicht, während der einarmige Liko einige Schritt entfernt von ihm sich wieder aufgerappelt hatte. Er schlurfte nun langsam und unbeholfen zurück, als ihn ein halbes Dutzend Barbaren mit ihren Schwertern bedrohten. Schwach konnte Gull das Siegeswiehern der Kentauren hören. Verdammt, sie wurden *hier* gebraucht! Neben ihm gurrte Greensleeves, und Gull fragte sich schicksalsergeben, was sie nun schon wieder herbeibabbelte. Weitere nutzlose Goblins? Konnte sie nicht irgendwelche Kämpfer beschwören?

Doch dann hatte er keine Zeit, weiter nachzudenken, da die dritte Welle der Barbaren zum Angriff überging.

Wie viele mochten sie bisher getötet haben? Ein Dutzend vielleicht? Wie viele waren noch übrig? Mehr als vierzig? Halbherzig hob er ein weiteres Mal seine Axt und wartete darauf, daß die Welle ihn überspülen und vermutlich ertränken würde.

Doch ein großer wilder Angreifer grunzte überrascht auf, als ein schwarzer Pfeil seine Brust durchbohrte. Er krachte auf das Gesicht, und die Pfeilspitze durchstieß seinen Rücken. Eine Kriegerin erhob abwehrend den Schild, doch ein Pfeil durchschlug ihn wie Papier und kam erst in ihrem Herzen zur Ruhe, während ein weiterer Barbar durch einen Kehlschuß röchelnd verschied. Dann fielen die hinteren Ränge, die bis vor wenigen Augenblicken noch anfeuernd gesungen hatten, dem schwarzen Regen zum Opfer.

Der Holzfäller riskierte einen Blick über die Schulter, um die Quelle des Pfeilregens herauszufinden. Welche Menschen kannte Greensleeves, die Pfeile mit derart tödlicher Präzision verschießen konnten?

Er erhielt eine Antwort: Es waren keine Menschen!

Auf dem Felshaufen, vom Monolithen bis zur schwindelerregenden Kante der Klippe, standen zwei Reihen von Gestalten, die Gull bisher nur aus seiner Phantasie kannte. Es waren gut eineinhalb Schritt große, schlanke, drahtige, leichenblasse Männer und Frauen. Sie trugen Sandalen und kurze grüne Tuniken, die wie Schlangenhaut aussahen. Am ganzen Körper waren sie mit roten Tätowierungen, Federn, Fuchsschwänzen und gewebten Bändern geschmückt. Ihr schwarzes Haar lockte sich bis auf die Schultern und wurde vom Seewind zerzaust. Jeder und jede von ihnen hatte einen geschnitzten, umwickelten Bogen, der um einiges größer als sie selbst war, und Köcher mit langen, schwarzgefiederten Pfeilen.

»Elfen!« keuchte der Holzfäller. »Echte … lebendige … Elfen …«

Die leichtfüßigen Elfen standen elegant wie Adler auf den Felsen und legten weitere Pfeile auf die Sehnen. Direkt über Kems Kopf rief eine Frau mit rotgefiedertem Helm und bestickter Augenklappe einen Befehl, und die gespannten Bögen erhoben sich gleichzeitig. Die Bogenschützen mußten um das Holzpferd herum zielen, doch das schien sie nicht weiter zu behindern. Ein weiterer Befehl ertönte, und die Pfeile flogen wie ein aufsteigender Vogelschwarm durch die Luft.

Warum halfen sie ihnen? fragte sich Gull. Menschen waren schließlich die Feinde der Elfen, und doch schien Greensleeves sie früher getroffen haben. Seine Schwester war eine Elfenfreundin? Elfen lebten in den Tiefen des Flüsterwaldes?

Die schwirrenden Pfeile trafen auf blaubemalte Haut, und die stark dezimierten Barbaren entschlossen sich zur Flucht. Sie brachen ihren Angriff ab und suchten hinter dem Monolithen Deckung. Morven jubelte, Kem sah enttäuscht aus, während Gull nur erleichtert über die Ruhepause seufzte.

Dann starben Goblins. Dem Holzfäller wurde klar, daß Greensleeves die Elfen keineswegs beherrschte, sondern diese die Barbaren nur aus reiner Freundschaft zu ihr vertrieben hatten. Nachdem sie Greensleeves diesen Freundschaftsdienst erwiesen hatten, folgten sie nun ihren natürlichen Instinkten. Jemand hatte gesagt, daß Goblins eng verwandt mit Orks waren, den Erzfeinden der Elfen. Also brachten diese nun die Goblins um, wie ein Bauer die Ratten in einer Getreidescheune.

Schwarze Pfeile suchten Egg-Suckers Gesindel heim. Ein Goblin, der zwischen den Dornen der Hecke festhing, wurde von drei Pfeilen durchbohrt, während derjenige, der sich an dem Monolithen festklammerte, wie eine Fliege heruntergeschossen wurde. Schreie hinter dem Felshaufen kündeten vom Tod eines weiteren Grünen.

Gull holte tief Luft und versuchte, seine Gedanken in

all dem Wahnsinn zu ordnen, doch ein schrilles Heulen lenkte seine Aufmerksamkeit ab. Angespornt durch die Speere von Towsers drei treuen Leibwächtern, wurden noch mehr Goblins entlang der leichenübersäten Allee zwischen Monolith und Brombeerhecke in die Schlacht geworfen. Es waren die entweder abgestürzten oder gelandeten Ballonfahrer, die nun durch Towsers Zauber und drei überzeugende Schwerter zum Angriff gezwungen wurden. Doch ihre Attacke wurde jäh durch den Anblick der Elfen und der Leichen im Keim erstickt.

Dann starben auch sie: Pfeile zischten zwischen die Kreaturen, brachten kreischende Stimmen zum Schweigen, verspritzten Eingeweide und spießten einmal gar zwei Goblins wie Schaschlikfleisch hintereinander auf, so daß sie gemeinsam starben. Die Ballongoblins machten kehrt und rannten, was das Zeug hielt, über die Leibwächter und um diese herum davon. Die Elfen sangen sich gegenseitig in ihrer melodiösen Sprache zu, und Gull glaubte, daß sie Wetten darüber abschlossen, wer die meisten fliehenden Ziele treffen konnte. Sie waren wunderschön anzusehen, dachte er, aber kalt wie Schlangen und tödliche Gegner.

Kein lebender Feind war mehr zu erblicken. Stiggur jubelte hoch auf seinem mechanischen Roß, das sich nicht einen Schritt bewegt hatte, während der Krieg zu seinen Füßen tobte. Liko starrte über die Dornenhecke auf irgend etwas am Boden, und die Elfen trällerten miteinander. Die rotgefiederte Anführerin sang Greensleeves etwas zu, während Morven sich einen blutenden Daumen hielt und Kem sein aufgeschlagenes Knie versorgte.

Gull bemerkte, daß Greensleeves noch immer eine Wölbung unter ihren Röcken hatte. Er nahm seine blutige Axt in die linke Hand und zog Egg-Sucker – wie gehabt – an einem dürren Bein in die Höhe. Der baumelnde Dieb nörgelte und schlug mit seinen knochigen

Fäusten gegen Gulls Schienbein. Das war ein Fehler, denn die Elfen spitzten die Ohren, und ihre Finger flogen zu den Köchern. Als sich Egg-Sucker der Gefahr bewußt wurde, winselte er.

Kurzerhand warf ihn Gull über die Klippe, bevor der arme Goblin in ein Nadelkissen verwandelt würde. Er war schließlich zäh und würde höchstwahrscheinlich den Sturz überleben. Immer noch besser, als wie ein Truthahn gespickt zu werden.

»Herr von Atlantis!« murrte Morven. »Ich bin ausjetrocknet! Wünschte, ich hätt was von dem Kokosbier, was wir jebraut hatten.« Kem räusperte sich und spuckte aus, doch seine Kehle war ebenso trocken. Der Berufssöldner nahm einen Wetzstein zur Hand und schliff sein Schwert.

Gull nickte abwesend und hatte das Gefühl, er würde gleich im Stehen einschlafen, doch er bemühte sich, ihre Lage zu beurteilen. Was nun? Towser, die eigentliche Gefahr, war immer noch da draußen. Was würde er noch auf sie herabbeschwören? Den blauen Djinn? Oder vielleicht wieder die Felsenhydra? Gull hatte seit jenem schicksalshaften Tag in Weißfels so viele Wunder und Schrecken gesehen, daß er sich kaum an alle erinnern konnte, geschweige denn daran, wer was beschworen hatte. Alles könnte auftauchen!

Sollten sie die Schlacht hier fortführen? Oder sich dem Zauberer selbst stellen? Oder sich über das Land zurückziehen? Der Wald, den er vor der Schlacht gesehen hatte, war nicht weiter als eine halbe Meile entfernt. Könnten sie auf die Elfen zählen? Waren Helki und Holleb in Ordnung? Und was geschah gerade, von dem er nicht einmal ahnte …?

Wie zur Antwort wurde der leuchtendrote Sonnenuntergang verdunkelt, und ein Grollen wühlte die abendliche Stille auf. Wolken ballten sich über dem Festland zusammen und verdichteten sich rascher, als Wolken es normalerweise tun sollten. Plötzlich erinnerte sich Gull an eine Beschwörung in Weißfels, als ein Prasseln um ihn herum laut wurde und kalte, harte Regentropfen in sein Gesicht klatschten.

In Sekundenschnelle war er von Kopf bis Fuß durchnäßt, und die lederne Tunika und der Kilt klebten an ihm wie eine zweite Haut. Morvens graumelierte Locken hingen ihm triefnaß ins Gesicht, und Kem schnippte Wasser vom Rand seines Helmes. Die Elfen blickten zum Himmel, flöteten einander zu und brachten ihre Bogensehnen vor dem strömenden Regen in Sicherheit. Die elfische Anführerin sang zu Greensleeves herab, die als einzige dem Regen keine Beachtung schenkte, doch das Mädchen schüttelte nur den Kopf. Als ihr Verstand noch umnebelt war, hatte sie sich mit den Elfen auf eine ganz besondere Art unterhalten können, doch jetzt konnte sie sich nicht mehr mit ihnen verständigen. In dem strömenden Regen und dem schwindenden Licht konnte Gull keine zehn Schritt weit sehen. Der Regen rauschte prasselnd und klatschend gegen den Felsturm, doch darüber hinaus herrschte Stille.

Hatte Towser den Regen beschworen? Vielleicht um seinen Rückzug zu decken? Und sie als Sieger auf dem Feld der Ehre zurückzulassen, wie die alten Legenden sagten? Gull hätte lachen können. Wie sehr hatte er diese ruhmreichen Geschichten von Ehre und Heldenmut geliebt. Und nun, wo sein Tag gekommen war, war er hungrig, müde und durchgefroren, während ihm der eisige Regen vom Haar den Rücken hinablief.

Seine abschweifenden Gedanken wurden unterbrochen, als Liko plötzlich mit beiden Köpfen einen Kriegsschrei ausstieß und seine Keule schwang. Durch den Regenvorhang sah Gull erst einen, dann zwei, dann drei graue Drachenköpfe hinter der Dornenhecke aufragen. Towser hatte es endlich geschafft, seine sechsköpfige Felsenhydra in Gänze zu beschwören – das

Biest, das Likos Arm abgebissen hatte. Also zog sich der Zauberer anscheinend noch nicht zurück.

Morven schlug dem Holzfäller auf die Schulter und deutete gen Himmel. Gull kniff die Augen gegen den Regen zusammen und sah im Halbdunkel eine gestreifte Gestalt über den Himmel huschen.

Towser konnte fliegen? Falls es so war, dann mußte *er* derjenige gewesen sein, der …

Er wurde geblendet, als ein zickzackförmiger Blitz den Gewitterhimmel zerteilte und in den Monolithen einschlug.

KAPITEL 19

Als der Blitz einschlug, fühlte Gull einen heftigen Schlag unter den Füßen und ein Brennen, als hätten seine Holzschuhe Feuer gefangen. Während sein Schreck allmählich nachließ, kribbelte es in seinem ganzen kalten, durchweichten Körper, und er konnte seine Umgebung nur noch verschwommen erkennen. Tastend versuchte der taumelnde Holzfäller sich zu orientieren. Eine rauhe, wettergegerbte Hand packte die seine und zerrte ihn weg von dem Monolithen. Ein Donnerschlag hätte ihn beinah umgeworfen, und irgend jemand stieß ihn zu Boden.

Nasse Blätter wischten durch sein Gesicht, und durch heiße Tränen, die sich mit dem kalten Regen vermischten, machte er nach und nach Greensleeves, Kem und Stiggur aus, die sich alle dicht unter dornige Zweigen geduckt hatten. Als der Himmel sich erneut teilte, drängte Morven sie noch tiefer in die stachlige Deckung.

Gezackte weiße Lichtspeere, in deren Widerschein der regennasse Monolith aufleuchtete, fuhren durch die Dunkelheit der Gewitternacht. Ein weiterer Donnerschlag ließ sie erschreckt zusammenfahren. »Lancelot vom See!« keuchte der erschöpfte Seemann. »Seht mal! Da oben!«

Gull blinzelte und erkannte eine blaue Wolke, die am grauen Himmel schwebte wie der Rauch eines aus nassen Ästen gespeisten Lagerfeuers. Die Wolke streckte sich und nahm die verschwommene Gestalt eines Mannes mit tropfenförmigem Unterleib an. Als er sich die durchscheinenden Hände rieb, knisterte Licht dazwischen. Der Djinn klatschte in die Hände, schüttelte sich wie ein nasser Hund, und ein Blitz fuhr herab, so schnell, daß man mit den Augen nicht folgen konnte.

Der Blitzstrahl traf mit einem dumpfen Krachen auf das mechanische Pferd, und der Holzfäller roch verbrannten Rost und verkohltes Holz in der nassen Luft. Immer noch benommen, hörte er, wie Morven Stiggur belehrte: »... warum! Weil Eisen die Blitze anzieht! Eisen auf 'm Schiff läßt's noch besser brenn! Wenn du nich da runterjekommn wärst ...« Ein Donnerschlag übertönte seine Worte. »... Monolith muß aus Eisen sein, weil er die Blitze aufsaucht, un darum sin wer sicher. Towser, diese blöde Süßwasserqualle, hat wohl nich dranjedacht!«

»Aber wo ist Towser?« unterbrach Gull. »Er kann fliegen! Du hast mir das nie gesagt!«

Der triefendnasse, blaulippige Stiggur antwortete mit klappernden Zähnen, und Greensleeves legte ihren tropfenden Umhang um seine Schultern. »Er t-tut es nicht oft. Er kann nicht f-fliegen wie ein anständiger Vogel, indem er mit den Flügeln – äh, Armen – schlägt. Er s-segelt n-nur, wie eine ... M-möwe.«

Aber Gull hörte nicht zu. »Wenn er fliegen kann, heißt das ...«

Die anderen sahen ihn erwartungsvoll an, und seine Gedanken überstürzten sich. »Also war *er* es, der über unser Dorf geflogen ist! Und nicht Dacian, diese schwarzhaarige Zauberin! *Er* hat unsere Familie gefällt! Und *sein* verdammter Schwächezauber hat das Herz meiner Mutter stillstehen lassen ...«

Nur der rauschende Regen antwortete. Trauer drohte Gull zu ersticken und stach wie ein Messer in sein Herz, doch gleichzeitig brannte in ihm der rasende Durst nach Rache, nach Towsers Blut.

Aber auch Vorsicht beherrschte seine Gedanken, und Angst um sich selbst und seine Kameraden. Das Zaubererduell zwischen Towser und Greensleeves hatte die

Ereignisse so rasch über sie hereinbrechen lassen, daß ihnen keine Zeit geblieben war, sie zu verstehen. Sie konnten lediglich reagieren, wie Käfer in einer Flasche. Jetzt hatte Towser zum nächsten Schlag ausgeholt und sie mit Regen und Blitzen abgelenkt. Gull wußte, daß der Zauberer stur und ein Veteran aus zahlreichen Magierkriegen war. Obwohl er es nicht sehen konnte, vermutete er eine Falle, die kurz davor war zuzuschnappen, und mehr als je zuvor überkam ihn wie eisiger Regen das Gefühl, daß sie dringend verschwinden mußten.

Doch Gull unterdrückte seine Angst und verschaffte sich einen schnellen Überblick über ihre Möglichkeiten. Die elfischen Bogenschützen verweilten noch immer mit ihren Bögen, doch ihre Anführerin schüttelte den Kopf, als sie mit Greensleeves zwitscherte. Der Holzfäller erkannte, daß sie bald schon abziehen würden. Mehr fühlbar als sichtbar bekämpften sich Liko und die Felsenhydra hinter der Brombeerhecke. Dumpfe Aufschläge, schleifende schwere Körper und heftige Hiebe ließen die Erde beben, und Gull fürchtete, der Gigant würde einen weiteren Arm verlieren. Aber Liko war so aufgebracht gewesen, zorniger als Gull ihn jemals gesehen hatte. Vielleicht würde ihm seine Wut helfen, und er wünschte Liko alles Gute, denn das war alles, was er tun konnte. Sie hatten nur drei Kämpfer, eine unerfahrene kindliche Zauberin, einen Küchenjungen und ein mechanisches Tier …

Ein Blitz ließ sie zusammenzucken, wieder wurde das Holzpferd getroffen und verbreitete einen Gestank nach verkohlter Materie. Stiggur schrie: »Er tötet mein Pferd!«

»Es ist doch gar nicht lebendig!« polterte Kem.

»Ist es wohl! Ich weiß es!«

»Greenie«, sagte ihr Bruder, »kannst du nicht irgendwas beschwören, das den Wolkenmann verjagen kann?

Pfeile allein helfen nicht! Wir müssen verschwinden, müssen diesen Ort verlassen. Towser wird noch irgendwas direkt auf unsere Köpfe fallen lassen.«

»Wir sollten hier in Deckung bleiben!« brüllte Kem, und im Halbdunkeln leuchtete seine vernarbte Gesichtshälfte wie ein Irrlicht. »Wir sind hier sicher. Woanders wahrscheinlich nicht«

»Halt's Maul! Ich weiß schon, was ich tue!«

»Seit wann kennt sich ein Holzfäller mit Kriegführung aus?«

»Und seit wann ein Meuchelmörder?«

»Du wirst diese Worte noch bereuen, Dreckschaufler!«

»Ich könnt vor Rührung in Tränen ausbrechen«, warf Morven ein, »wenn ich sehe, wie jut ihr Jungs mitnander klarkommt! 's wärmt mein altes verwittertes Herz ...«

Greensleeves murmelte. »Ich gl-laube ... ich habe ...«

Ein flackerndes Leuchten wie von einem Blitz erhellte den Himmel, doch diesmal verschwand es nicht so schnell, wie es gekommen war: Erneut galoppierte das Geisterroß auf den Wolken!

Das flammende Pferd wogte aus einer grünbraunen Wolke hervor und galoppierte mit donnernden Hufen über den Ozean direkt auf sie zu. Sein geschmeidiger Körper war wie der eines Seehundes mit glänzendem grauen Fell bewachsen, Funken stoben aus seiner Mähne, seinem Schweif und seinen Hufen und zogen eine leuchtende, flackernde, niemals abreißende Spur.

Für Gull war der Anblick so furchtbar, daß er ihm auf eine schmerzhafte Weise schon wieder schön erschien. Aber er sandte Träume, und Träume konnten beides in einem sein: schrecklich und schön. »Das ist aber mal ein Pferd!« schrie er. »Es hat denn Djinn letztes Mal geschlagen und ihn dabei wie einen verfaulten Kürbis zermatscht!«

»Aber das war nachts!« warf Morven ein. »Die Sonne is noch nich janz unterjejangen! Un der Rejen könnt sein Feuer löschen!«

»Das ist magisches Feuer, Alter!« widersprach Kem. »Das brennt nicht wie Holz. Aber der Gaul sieht krank aus!«

Sie mußten dem Söldner zustimmen, denn obwohl farbenprächtig, war das Pferd durchscheinend wie Nebel oder wie ein Regenbogen, während der Djinn massiv wie eine Gewitterwolke aussah. Das Geisterroß wieherte, hoch und durchdringend schrill, wie eine Säge, die sich in Eichenholz fraß, so daß ihre Ohren schmerzten.

Als es näher kam, schwoll der blaue Wolkendjinn an, blähte die Backen auf wie einen Ballon und blies. Gull konnte das Fauchen des Luftstoßes hören, durch den der Angriff des Geisterrosses aufgehalten wurde und der es durch den Himmel wirbeln ließ. Die Flammen des Pferdes erloschen, und sein Körper wurde grauer und durchscheinender, bis es in gut hundert Schritt Entfernung wieder auf die Beine kam. Wieder donnerte es mit flammenden Hufen auf einer unsichtbaren Straße gegen den Djinn an, der erneut blies und es wie ein Blatt Papier über den dunklen Himmel segeln ließ.

»Der Pferdedämon ist fertig!« knurrte Kem.

Gull wischte über seinen Axtgriff, bekam ihn jedoch vor Blut und Wasser nicht trocken. Er zeigte auf das Landesinnere und brüllte durch den Lärm des Regens und der Schlacht am Himmel: »Laßt uns von hier verschwinden, solange es nicht blitzt! Wir müssen rausfinden, wer da draußen ist! Wenn es diese blauen Barbaren sind, können die Bogenschützen sie vielleicht verscheuchen! Wir können die Wagenburg stürmen! Sie wird uns einen guten Schutz bieten, und Towser wird sie sicher nicht zerstören…«

»Du vergißt die Leibwächter!« schnitt ihm Kem das

Wort ab. »Sie sind bessere Kämpfer als du. Ich hab sie persönlich ausgesucht.«

»Kem, wenn du uns nicht helfen kannst, dann halt die Schnauze!«

Gull packte die Axt fester. »Wir werden sehen, mit was wir es zu tun haben, und fliehen, wenn wir müssen...«

Stiggurs kalte Hand packte Gulls Arm. »Schau mal!«

Auf dem schwarzen, vor Regen schlüpfrigen Monolithen hockte wie ein Pfau – Towser!

Der Magier kniete auf der abgerundeten Spitze des Felsturms und hielt sich mit einer Hand fest. Gull hätte seine Axt schleudern können und ihn sicherlich getroffen, doch noch während ihm dieser Gedanke durch den Kopf schoß, hatten die Elfen ihre Bogen wieder schußbereit gemacht, und schwarze Pfeile sirrten durch die Nacht.

Jeder von ihnen hätte den Zauberer tödlich getroffen, doch sie prallten an ihm ab und verschwanden in der abendlichen Dunkelheit. Verflucht sei dieser höllische magische Schild, dachte Gull. Verdammt sei alle Magie! Der Bastard war noch nicht einmal naß!

Mit einem silbernen Zepter, das wie ein weißer Streifen in seiner Hand schimmerte, deutete Towser auf Gull und seine Freunde, und plötzlich verkrampfte sich der Körper des Holzfällers vom Kopf bis zu den Zehenspitzen. Sein schlimmes Knie brach unter ihm weg, und er krachte zu Boden, wobei er fast Greensleeves mit seiner Axt bewußtlos geschlagen hätte. Doch seine Schwester wurde zurück in die Dornen geworfen, die sie wie ein stachliges Bett festhielten. Kem lag am Boden und wand sich wie unter Bauchkrämpfen, und auch Morven ging es nicht besser, während Stiggur auf der Seite lag und wie ein von Alpträumen geplagter Hund zuckte.

Gull versuchte, gegen die lähmenden Krämpfe anzukämpfen, doch er konnte nicht einmal die Zähne zusammenbeißen, ohne seine Zunge zu durchtrennen. Seine Finger krümmten sich zu Klauen, seine Arme zitterten, und ein Bein trat wild in die Luft. Das zerreissende Zepter, dachte Gull unter Höllenqualen, das den Körper eines Menschen dazu veranlaßte, ihn zu verraten!

Aber warum hatte Towser nicht einfach ihre Lebenskraft ausgesaugt? Denn Gull wußte, es war sicher Towser gewesen, der damals über Weißfels geflogen war und die Lebensenergie eines jeden Dörflers gestohlen hatte. Doch Towser wollte Greensleeves' Magie, und vielleicht würde sie durch das Aussaugen verlorengehen? Er wußte es nicht – er wußte überhaupt nichts über Magie und verfluchte sich selbst wegen seiner Unwissenheit. Und wegen seiner Hilflosigkeit. Denn so war die Falle schließlich zugeschnappt, und sie lagen, mit jedem Augenblick schwächer werdend, schutzlos da wie junge Mäuse in einem zerstörten Nest.

Der Kampf zwischen Liko und der Felsenhydra war abgeflaut, was bedeutete, daß es einen Verlierer geben mußte, und letztesmal war es der Riese gewesen. Das flammende Geisterroß war vom brodelndem Himmel verschwunden, und aus dem Augenwinkeln sah Gull, wie die Anführerin der Elfen davonkroch, ihren Bogen hinter sich herziehend. Obwohl Magie ihnen sicherlich weniger anhaben konnte, flohen sie, und Gull hätte das auch gern getan, aber es war zu spät.

Er versuchte, seine Axt zu greifen und sich aufzusetzen, doch schlug sich dabei nur selbst ins Gesicht und fiel wieder zurück. Towser konnte unbewaffnet herunterkommen, Gulls Schwester packen, sie auf dem Altar ausstrecken ...

Ein Wispern drang an seine Ohren. Es war Greensleeves' Stimme, die leise gurrende Laute ausstieß, so als wäre sie noch schwachsinnig. Vielleicht hatten der Schrecken und die Erschöpfung ihren Verstand wieder zu dem gemacht, was er früher gewesen war? In der Dämmerung sah Gull ihr weißes Gesicht nach oben starren, während der Regen ihre Wangen benetzte und sich in ihren Wimpern verfing. Ihre schmalen, rauhen Hände drückten sich flach auf die Erde, während sie flüsterte. Oder stimmte sie einen Gesang an? Dann ächzte die Erde tief unter Gulls Rücken.

Gulls Kopf wurde von den Krämpfen ins nasse Gras gedrückt, während seine Zähne klapperten, als die Erde erbebte. Bilder tanzten vor seinen Augen, bis er glaubte, seine Augäpfel würden aus den Höhlen springen, Schockwellen schossen ihm durch Mark und Bein, und er fühlte sich, als würde er in Stücke gerissen.

Mit einem Dröhnen erschauerte die Erde, und ein seltsames Grollen und Krachen ertönte, als die Klippe in einem Regen aus Erde und Steinen abriß. Steine polterten in die Tiefe und krachten auf die seeumspülten Felsen der Küste. Über ihren Köpfen zitterten und tanzten die Dornenbüsche und schleuderten ihm Wassertropfen ins Gesicht. Das Gedröhn schwoll an, bis es für seine Ohren und seinen Verstand unerträglich wurde. Dann begann der schwarze Basaltmonolith zu wanken.

Als Towser bemerkte, daß sein Hochsitz schaukelte, griff er beunruhigt nach seinem Grimoire – um seinen Flugzauber zu erwirken, wie Gull genau wußte. Schabend und knirschend splitterte ein Stück der Monolithenspitze ab, das polternd ins Meer stürzte, Erde und Geröll vom Rand der Steilküste mit sich reißend. Das abgebröckelte Stück hätte beinah Towser mit sich gerissen, aber der Zauberer stieß sich wild mit den Armen schlagend ab und flatterte plump wie ein Hühnchen in der Luft.

Ein Gedanke brannte in Gulls Hirn. Seine kleine Schwester hatte das getan? Sie hatte ein einziges Erdbeben damals in Weißfels erlebt, und nun konnte sie eines beschwören? Wieviel Macht hatte sie nur ...?

Der Holzfäller hob eine Schulter, versuchte, seine Axt zu ergreifen, und tastete unbeholfen am Heft der Waffe herum. Sein ganzer Körper schüttelte sich, und er vermochte nicht zu sagen, was mehr bebte, er oder die Erde. Er biß die Zähne zusammen und drehte sich um. Der Lähmungsspruch mußte doch irgendwann schwächer werden! Aber nicht schnell genug, denn ganz langsam neigte sich der riesige Monolith mit der unabgestützten Seite dem Ozean – zu, kippte immer weiter, bis schließlich die ganze Klippe unter der verschobenen Last zusammenbrach.

Das Geräusch der in die schäumende Brandung krachenden, abrutschenden Felsen war furchterregend und ohrenbetäubend. Nachbeben kräuselten sich auf der gesamten Länge des Strandes und der eingestürzten Steilküste und schleuderten Erde und Gras in Fontänen durch die Luft. Das gewaltige mechanische Untier, das so schwer war, daß es im Lehm versank, stürzte – sich überschlagend wie ein Spielzeug – ins Meer.

Unter seinem Körper fühlte Gull die Erde weiterrutschen. Das Erdbeben und der umstürzende Felsturm waren zuviel gewesen, und die Klippe zerbarst vor seinen Augen. Stück für Stück brach die Steilküste zusammen, als ob ein unsichtbares Monster riesige Stücke abbeißen und verschlingen würde. Gras und Erde verschwanden nur eine Handbreit von Gull entfernt in der Tiefe. Der halbaufgerichtete Kem spie einen bitteren Fluch aus, Morven betete, Stiggur wurde weiß vor Entsetzen, und Greensleeves schaute nur mit großen, staunenden Augen auf die Zerstörung, die sie angerichtet hatte.

Dann plötzlich brach die Erde unter ihnen weg, und sie stürzten wie auf einem fliegenden Teppich schreiend in die Tiefe.

Gull war sich nicht sicher, wie tief er fiel oder ob er den Sturz überleben würde. Er konnte lediglich vermuten, daß ihr Teil der Felsküste als Ganzes abgerutscht und nicht auseinandergebrochen war.

Einen Moment lang segelte er auf dem irdenen Teppich durch die Luft, im nächsten wurde er von dem nassen Gras in die eisigen, salzigen Wellen unter ihnen geschleudert und versank in der Tiefe. Der wie ein Stein untergehende Holzfäller wurde von dem über seinem Kopf zusammenschlagenden eiskalten Wasser und der Todesangst beinah überwältigt. Er durfte die Axt, seine einzige Waffe, nicht verlieren, er mußte Greensleeves finden, und er brauchte dringend Luft.

Die Axt glitt ihm wie von selbst durch die Finger, als er verzweifelnd Wasser tretend und wild rudernd versuchte, an die Oberfläche zu kommen, sich jedoch nicht sicher war, ob er aufstieg oder sank. Seine Lunge brannte und drohte zu platzen, doch dann stieß sein Kopf durch das Wasser. Für einen kurzen Augenblick sog er die klare salzige Luft ein, bevor er erneut von einer schäumenden Woge in die Tiefe gerissen wurde.

Wieder ging er unter, kam tretend und mit den Armen schlagend nach oben und wurde beinah von neuem von einer schmutzigen Welle überrollt. Die See war schon vorher durch das Gewitter rauh gewesen, doch die herabstürzende tonnenschwere Steilküste hatte sie in ein tosendes Höllenmeer verwandelt.

Eine weitere Welle schlug ihm hart ins Gesicht, als seine bloßen Füße – seine Holzschuhe hatte er längst verloren – in etwas Weiches sanken und darunter harten Boden fanden. In Panik griff der Holzfäller danach: Es war ein algenbewachsener Fels. Schleimiges Seegras quoll ihm durch die Finger, dann schmetterte ihn eine weitere Welle gegen den Stein. Würgend und Wasser spuckend versuchte Gull, den Felsen zu erklettern. Sein Fuß verkeilte sich in einer Spalte, er schnitt sich dabei die Haut an verborgenen Muscheln auf und konnte sich nur erschöpft und zerschlagen festklammern, als ihn die nächste Welle zu ertränken drohte. Mit allerletzter Kraft zog er sich wieder aus dem Wasser und schlang die Arme um den Stein.

Wo war Greensleeves? Er konnte sie doch nicht den ganzen Weg bis hierher beschützt haben, nur um sie jetzt an den Ozean zu verlieren? Und was war mit den anderen? Ein heftiges Würgen erklang neben ihm, und in der Dämmerung erkannte er Morvens grauen Kopf, der über einem Felsen lag und Seewasser erbrach. Stiggur hing wie eine ertränkte Bisamratte halb unter ihm. Also fehlten nur noch…

»Gull, du Bastard, hilf mir!«

Nicht weit entfernt, in einem flachen Seegrasteppich, bemühte sich Kem, an Land zu kommen, während er Greensleeves an den Haaren hinter sich herzog. Wild um sich schlagend, protestierte diese gegen die rauhe Behandlung, doch dessen ungeachtet warf der Söldner, der bei dem Sturz seinen Helm, sein Schwert und einen Stiefel verloren hatte, sie auf einen rutschigen Felsen hinauf.

Stolpernd und auf seinen aufgeschlitzten Füßen ausgleitend, erreichte Gull die beiden und nahm seine Schwester in die Arme. Obwohl ein heftiger Husten ihm die Lunge zu zerfetzen drohte, konnte Kem sich eine schnippische Bemerkung nicht verkneifen.

»Dank… mir nicht!«

Gull drückte seine weinende Schwester heftig an sich. »Danke, Kem! Vielen Dank!«

Der ehemalige Leibwächter schnaubte sich das Wasser aus der Nase und hustete von neuem, während Morven und Stiggur neben ihnen erschöpft zu Boden sanken.

Der Junge schluchzte. »Ich hatte jetzt genug Abenteuer!«

»Ich auch, mein Junge!« keuchte der Seemann. »Dreißich Jahre auf hoher See, un am ehesten ersauf ich, wenn ich mit 'm Wajenzuch rumreise! Neptun is hinter meiner Seele her ... o nein ...«

Die Helden schauten sich um. Die zertrümmerte Vorderseite der Klippe war nur einen Steinwurf entfernt. Zwischen dem grünen Gras an der Oberseite und einem großen Haufen aus abgebrochener Erde, herabgefallenen Felsen und Geröll wies sie eine gewaltige Spalte auf. Hoch oben stand Towser, der den Abgrund hinabblickte und mit beiden Händen auf das Meer hinaus winkte.

Morvens Augen weiteten sich vor Entsetzen. Silberne Schatten glitten durch die Wogen, blitzten auf und tauchten wieder unter, sprangen empor und verschwanden erneut in der Tiefe. Gull hielt sie für einen Schwarm Fische mit silbern glänzenden Rücken. Doch die einzelnen schuppigen Tiere verdrehten sich ineinander, kamen zusammen und vereinigten sich zu einem großen Knäuel ...

Ein Schlangenkopf, so lang wie ein Schiff, durchbrach die Fluten und riß einen gewaltigen Rachen mit unzähligen Zähnen auf. Ein Kamm wie ein Schiffssegel zierte den wellenförmig gezeichneten Kopf, von dem sich ein Hals ins Unendliche zu erstrecken schien. Ein fischiges, ein Schritt durchmessendes Auge fixierte sie, dann tauchte der Schädel durch eine Welle und schoß mit weit aufgerissenem Maul wie ein Pfeil wieder empor.

»'ne Seeschlange!« brüllte Morven. Sie würde sie von diesem Felsen pflücken wie eine Wanderdrossel auf Wurmjagd.

Der Kopf der Seeschlange erhob sich über den Wogen, und das scheunentorgroße Maul gähnte nur eine halbe Bogenschußweite entfernt. Die Schlange teilte eine weitere Woge, und Gull dachte daran, sie mit einem Felsen zu bewerfen. Er starrte in den Rachen hinein und stellte sich den Gestank von verwesendem Fisch vor. »Gefressen«, dachte er schaudernd, »wir werden einfach aufgefressen, nachdem wir all dies überlebt haben.« Greensleeves rührte sich in seinen Armen, hob eine Hand, und die Welt wurde weiß.

Ein pilziges Glühen ragte drohend über ihnen auf. Der dumpfe Geruch von modrigen Pilzen überdeckte für einen Augenblick den salzigen Geruch des Meeres, und Gull fragte sich, wo er dieses Licht schon einmal gesehen hatte.

Dann fiel es ihm ein: Als der gerüstete Magier während der Schlacht in dem verbrannten Wald Greensleeves gepackt hatte, war er plötzlich mit einem scheunengroßen Pilzmonster, einem Fungusaurus, konfrontiert worden. Lily (wo war sie nur?) hatte ihm erklärt, daß es von jemand anderem beschworen worden war. Natürlich war dieser jemand Greensleeves gewesen, doch Gull war zu dumm gewesen, ihre magischen Fähigkeiten zu erkennen.

Nun hatte sie diesen Fungusaurus, der grauweiß glühend mit gelben Glotzaugen und höhlenartigem Maul wie eine lebende Mauer über ihnen aufragte, aus irgendeiner tiefen Höhle herbeigerufen. Mit aufgerissenem Rachen griff er die Schlange an, und kaltglühende weiße Pilzklumpen flogen durch die Luft, als das Monster knurrend nach der Schlange biß, deren langer Schwanz das phosphoreszierende Wasser schaumig aufpeitschte.

Das Reptil stieß mit dem Kopf vor und zerrte an dem Monster, dessen schleimige, dreckverkrustete Füße auf den nassen, glitschigen Felsen abrutschten. Das Grollen des Fungusaurus dämpfte sich zu einem leisen Grummeln, dann ertönte ein schriller Schmerzensschrei. Obwohl es schwer war, von unten Genaueres zu erkennen, vermutete Gull, daß die Schlange ein Stück aus der Wirbelsäule des Fungusaurus herausgerissen hatte, falls er überhaupt eine solche besaß. Was auch immer passiert war, Gull hielt den Schrei des Pilzmonsters für dessen Totenklage.

Die Helden warteten nicht länger, sondern krabbelten und kletterten, sich gegenseitig helfend, über die schaumbedeckten, algigen Felsen auf den Geröllhaufen zu. Schon nach wenigen Schritten blieben sie in dem durch das Seewasser sumpfig gewordenen Boden stecken.

Kem, der an der Spitze ging, versank bis zu den Hüften im Schlamm. Er drehte sich um und schrie den anderen zu zurückzubleiben, doch für Gull, der ebenfalls in ein Sumpfloch gestolpert war, kam die Warnung zu spät. Die anderen blieben stehen, klammerten sich an die Felsen und wagten sich aus Angst vor dem Wasser und dem Schlamm nicht weiter.

»Wohin, zur Hölle, jetzt?« stieß Morven hervor, als er sich umblickte. Zum ersten Mal klang seine Stimme alt, uralt. »Ich hab jedacht ... die Klippe ...« Erschöpft brach er ab.

Der eingesunkene, fast bewegungsunfähige Gull verrenkte sich den Hals. Die Sonne war hinter den Wolken verschwunden, und es war jetzt beinah völlig dunkel, bis auf das schwache Leuchten des Meeres und des flackernden Pilzlichtes. Er fühlte sich, als wären sie in Schwärze ertrunken. Selbst wenn er sich hätte bewegen können, hätte er nicht gewußt, in welche Richtung er gehen sollte. Zu ihrer Linken lag der umgefallene turmhohe Monolith halb vom Schlamm begraben, und zu ihrer Rechten erstreckten sich weitere Erdlawinen. Direkt vor ihnen ragte durch die Reste der Steilküste die gewaltige Spalte wie ein Kamin auf, dessen Wände dann und wann von zerklüfteten Treppen, von denen lose Erde herabbröckelte, unterbrochen wurden.

Oben schimmerte Licht, und am Rand der Klippe stand Towser, zu dessen Seiten schäbige Gestalten mit gebogenen Schwertern und Fackeln auf Befehle warteten: Dutzende von blauen Barbaren!

Als der Holzfäller auf das Meer hinausschaute, sah er undeutlich den in Stücke gerissenen Fungusaurus davontreiben. Zwischen den Pilzklumpen schlängelte sich die Seeschlange, die unverletzt und nach wie vor hungrig nach ihnen Ausschau hielt. Sie peitschte das Meer vor den Felsen und suchte nach einer tiefen Stelle, die es ihr erlauben würde, näher heranzukommen und sie zu verschlingen. Noch immer strömte der Regen herab, doch Gull war zu abgestumpft, um ihn zu bemerken, und er wußte, schon bald würde er überhaupt nichts mehr spüren.

»Geht nicht vorwärts, geht nicht rückwärts!« murrte Kem, warf sich flach zu Boden und versuchte, sich schwimmend aus dem Schlammloch zu befreien.

»Erschlajen oder jefressn«, keuchte Morven, befahl Stiggur, ihn am Gürtel festzuhalten, und lehnte sich quer über den Schlamm zu Gull. »Oder falls uns noch Zeit bleibt, werdn wir in der Flut ersaufn.«

Der Holzfäller streckte sich, so daß der Seemann und der Küchenjunge ihn aus dem Schlick heraus zu den Felsen ziehen konnten. Zusammen befreiten sie Kem und wichen dabei vorsichtig den tieferen Matschlöchern aus.

Gepeitscht von Wellen, Wind und Regen, kauerten sie sich dicht über dem Meer zusammen. Kem fluchte: »Ein höllischer Ort zum Krepieren.«

»Na, hoffentlich tun wir das auch! Könnt Ruhe jebrauchen!« stöhnte Morven.

Nur Greensleeves schaute sich um und schnüffelte wie ein Hund. Gull fragte: »Noch was, Schwester?« Doch er hatte wenig Hoffnung. Komisch, dachte er, seit diesem ersten Tag in Weißfels war er wie ein Verrückter umhergerannt, um seine Schwester zu retten. Jetzt, wo sie überwältigt waren, konnte er nur noch sie darum bitten, sie zu retten. Die Wege der Götter waren unergründlich!

Das Mädchen rührte mit seiner Hand im Seewasser. »D-da ist i-rgendwas, das zu m-mir s-singt. E-etwas, das vom … Er-erdbeben aufge-gerührt wurde!«

Die Männer starrten verdrießlich vor sich hin, während weit über ihnen Towser einige Befehle gab und mehrere Dutzend Barbaren in die Erdspalte sprangen, einen Weg hinunter suchten und dabei die Gefangenen mit Erde berieselten. Knapp zehn Schritt weiter im Meer zischte die Seeschlange immer wütender, oder ...?

Plötzlich bemerkte Gull, daß dieses Zischen nicht von einem Tier kam, sondern daß es das Meer selbst war, das dieses Geräusch verursachte. Um sie herum schwappte die Brandung gegen den Geröllhaufen, doch mit jeder Welle flaute sie ab, bis sie nicht länger von der Gischt durchnäßt wurden.

Neugierig wandten sich die Männer um, und der Holzfäller fragte: »Greenie ... warst du das?« Doch das Mädchen starrte nur seewärts.

Wo immer sie auch hinsahen, zog sich das Meer zurück. Die Wellen leckten nicht mehr an ihren Fersen, und die zurückweichenden Fluten entblößten Felsen, von denen vorher nur algenbedeckte Spitzen zu sehen gewesen waren. Das Wasser wich so schnell zurück, daß es zappelnde Fische und verwirrte Krebse in Pfützen gefangen zurückließ. Die unvorstellbar lange silberne Seeschlange lag schlaff zwischen den Felsen auf dem Trockenen. Wie in einem Traum rollten die Wellen seewärts bis hinter den Horizont und enthüllten den schlammig grünen Meeresboden, Riffe, gestrandete Fische und sogar ein seegrasüberwuchertes Schiffswrack, das eine Viertelmeile vom Land entfernt auf Grund lag.

»Was ist denn los?« fragte Kem verwirrt.

Der leichenblasse Morven murmelte in seinen Bart. »O nein! O nein! ...«

Gull stieß ihn an. »Was?! Was ist denn los?«

»Tsunami!« wisperte der Seemann.

»Su- was?«

»Lauft!!!« brüllte er, und alle schreckten hoch. »Lauft! Ans Land! Schnell! So schnell wie nie zuvor!«

Morven packte Stiggur mit aller Kraft und rannte los. Angetrieben von Furcht sprang er leichtfüßig wie ein Eichhörnchen über die Felsen davon. Gull blickte fragend zu Kem, der mit einer stummen Gegenfrage antwortete. Doch die Panik war ansteckend, und so packten die beiden Greensleeves rechts und links an den Armen, rissen sie hoch und rannten stolpernd über Felsen und dünnen Schlick auf das Ufer zu.

Morven kraxelte die Felsspalte hinauf und schob Stiggur an dessen Hinterteil vor sich her. Gull und Kem versuchten, mit Greensleeves zu folgen, doch sie rutschten immer wieder das bewältigte Stück zurück. Schwer atmend durchsuchte der Seemann einige im Schatten liegende Einschnitte in der Erdspalte. Hoch über ihnen im Fackelschein gurgelten die Barbaren verwirrt und fragten sich, warum diese Männer in ihr Verderben rannten und was mit dem Meer geschehen war.

»Was ist los, Morven?« brüllte Gull. »Was ist hinter uns her?«

»Tsunami!« rief der Seemann über die Schulter zurück. »Aber wir werdn nie davonkomm. Nich an diesem Steilhang, überhaupt nich! Schau dich nach 'ner Höhle um! Das is unsre einzije Changse!«

»Aber was zur Hölle ist ein Su-was-auch-immer, du alter verkalkter Bock?!« forderte Kem zu wissen.

»Hier!« Der Seemann blieb an einer Spalte stehen, die nur eine schwarze Furche in der Dunkelheit war. Er packte den laut aufjaulenden Stiggur an den Haaren und schleuderte ihn in die Höhle. Gull fluchte. Morven war völlig verrückt geworden!

Allerdings benahm sich das Meer wirklich verdammt seltsam. Obwohl Lily ihm die Gezeiten erklärt hatte, wußte er nur wenig über den Ozean. Aber nie hatte sie ihm davon erzählt, daß das Wasser vollständig über den Horizont hinweg verschwand.

»Rein da! Rein da! Rein da!« Morven riß Greensleeves aus den Griffen der beiden Männer und stopfte sie in das Loch. »Rein! Rein! Rein!«

»Aber was ...«

Als Antwort deutete der Seemann aufs Meer hinaus. Sehr weit draußen, wo das rote Licht der untergehenden Sonne noch schwach glühte, war eine lange, niedrige Wolke auf die Erde hinabgesunken. Nein, berichtigte sich Gull, es mußte eine Bergkette sein, die vom Wasser freigelegt worden war, nur daß sie immer höher und höher wuchs.

Dann wußte er, was es war: Es war das Meer, das in einer einzigen Welle zurückkehrte!

Gull erinnerte sich an die Stadt, in der sie zum ersten Mal die See gesehen hatten. Damals hatte seine Schwester in der Brandung herumgeplanscht, und nun gebot sie über diese wie eine Göttin!

An dem Abhang über ihnen redeten die blauen Barbaren wild durcheinander, während Towser ins Landesinnere geflohen war. »Was ich versucht hab, euch Landratten die janze Zeit zu sagn!« bellte Morven. »'ne Flutwelle!«

Für einen Augenblick erstarrte Gull, doch dann packte Morven auch ihn am Haar und stieß ihn hinter seiner Schwester in das Loch hinein. In der pechschwarzen Dunkelheit krachten die Geschwister mit den Köpfen zusammen. Als Gull versuchte, sich zu bewegen, rammte er Stiggur den Ellbogen in den Bauch, der daraufhin unterdrückt aufstöhnte. »Los, weiter rein, Stiggur!«

»Ich kann nicht! Es geht hier nicht weiter!« Das klägliche Quietschen, das an sein Ohr drang, zeigte Gull, daß es der Junge die Wahrheit sprach. Diese Höhle war nicht größer als ein Sarg!

Kem drängte sich hinter ihn und stieß ihm die Knie in den Rücken. »Los, rein da, du Idiot!«

Der Holzfäller versuchte, noch weiter in die Dunkelheit zu kriechen, doch er zerquetschte dabei fast seine Schwester. Kem preßte sich so dicht an ihn, daß er narbiges Gewebe über seinen Nacken schaben fühlte. »Weiter geht's nicht!«

»Das darf doch wohl nicht wahr sein!« grunzte Kem, als Morven von hinten drückte.

Der Seemann schnaufte. »Kleines Mädl! Greensleeves! Laß das Holz wachsen! Das is alles, was euch noch retten kann!«

»Ich-ich ...« Tränenüberströmt hielt Greensleeves mit ihrem Protest inne und konzentrierte sich.

»Nein, warte!« Der Stimme nach zu urteilen, vermutete Gull, daß Morven noch außerhalb der Höhle stand. Für ihn gab es keinen Platz mehr. »Morven, du ...«

»Du«, unterbrach Morven ihn und richtete sich an Greensleeves. »Du mußt eine von diesen Holzwällen beschwörn, um diese Höhle abzudichtn! Dicht wie 'n Vorhang!«

»Aber ...!« brüllte Gull. Er streckte sich und versuchte, rückwärts aus dem Loch herauszukriechen, doch Kem war im Eingang festgekeilt, und der Seemann lehnte sich gegen ihn. »Morven, du mußt ...«

Ein rauschendes, raschelndes Knarren antwortete ihm, und er roch den bitteren Tanningeruch von Eichenblättern. Die Dunkelheit wurde noch schwärzer, sofern dies überhaupt möglich war, und Kem stöhnte vor Schmerz, als Eichenrinde über sein Rückgrat schabte.

In Sekundenschnelle versiegelte Greensleeves' Holzwall die Höhle wie eine Schiffsluke und schnitt sie von Morven ab, der draußen blieb. Plötzlich fiel es ihnen schwer zu atmen, und in der Hitze stieg ihnen der Gestank von Erde, Salz und Schweiß in die Nasen. »Wie werden wir hier jemals rauskommen?« quietschte Stiggur.

»Ich will nur wissen, ob diese Scheißklippe halten

wird«, keuchte Kem. »Diese Welle spült vielleicht diese ganze Küste raus aufs Meer!«

Die letzten Worte mußte er schreien, denn ein Brüllen, lauter als bei jedem Sturm, brauste, heulte und ließ sie vor Furcht erzittern. Die Temperatur fiel rapide ab, und es wurde eisig kalt. Gull vermutete, daß die gebirgige See einen ganzen Wirbelsturm vor sich hertrieb. Jeden Augenblick mußten sie auf die Klippe – und auf Morven – treffen… Die Welt versank im Meer.

Eine Hölle aus Wasser überschwemmte sie. Gulls Lungen waren dem Zerspringen nahe, und so schnappte er nach Luft, wobei er ein teuflisches Gemisch aus Wasser, Schlamm und Luft einsaugte. Wasser schmetterte ihm ins Gesicht, Schlamm verstopfte ihm Ohren, Augenhöhlen und Nase. Eichenwurzeln rissen ihm die Haut von Kopf und Rücken. Mit schmerzenden Händen klammerte er sich an den anderen fest und fühlte, wie Greensleeves, Stiggur und Kem genau wie er um das pure Überleben kämpften.

Morven wird auf der Stelle tot gewesen sein, dachte er voller Trauer, während wir langsam nach Luft schnappend krepieren werden, wie die gestrandeten Fische. Abwechselnd wurde er von Erde und Wasser bedeckt, und bisweilen gelang es ihm gar, einen kurzen Luftzug zu erhaschen, der so schnell wieder verschwand, wie er gekommen war. Wie eine Ratte in einem Faß wurde er durchgeschüttelt, und jeder Flecken seines Körpers wurde von den Naturgewalten böse zugerichtet. Er konnte sich hinterher nicht daran erinnern, wie lange es wohl gedauert hatte!

Plötzlich wich der Druck von Kems Knien auf seine Nieren, und Gull stellte fest, daß sie mehr Platz in der Höhle hatten. Wie Kem befürchtet hatte, riß die strudelnde See die Klippe in Stücke, und sie würden in wenigen Sekunden von der gigantischen Welle verschluckt und ertränkt werden.

»Gullllllll!« Der ehemalige Leibwächter klammerte sich so fest an Gull, daß seine Finger beinah sein Schlüsselbein brachen: Kem wurde aus dem Höhleneingang gesogen!

In dem jetzt zu großen Raum griff Gull hinter sich, packte Leder und krallte sich fest. Er stemmte die Füße gegen die Höhlenwände, doch diese hatten sich in nachgiebigen Matsch verwandelt. Die Wurzeln unter seiner Hand wurden wie Sand weggeschwemmt, und Gull tastete nach Greensleeves, um sie zu stützen und gegen die Wand zu drücken, damit sie nicht aus der Höhle herausgespült wurde. Doch er fand sie nicht, sondern nur eine nachgebende Erdwand.

In diesem Moment löste sich der eiserne Griff an seinen Schultern. Bevor er mich mit herauszieht, dachte Gull, läßt Kem sich lieber selbst von der See verschlingen! Er hat uns wieder einmal das Leben gerettet! Ich werde ihm das niemals zurückzahlen können, auch nicht in tausend Jahren!

Erneut von Wasser und Schlamm bedrängt, griff Gull nach Stiggur und preßte die Hände des Jungen gegen Greensleeves. Vielleicht würden die beiden zusammen …

Dann stürzte Gull, Wasser umspülte seinen Oberkörper, wusch den Schlamm von ihm und ertränkte ihn fast, bevor ihn ein mächtiger Sog in ein Drachenmaul zog. Er griff um sich, fand jedoch keinen Halt und versank in einer wirbelnden Wasserwüste.

KAPITEL 20

Ein scharfes Picken weckte Gull.

Der Holzfäller öffnete mühsam die salz- und dreckverkrusteten Augen und sah eine Seemöwe, die mit den Flügeln flatternd erschreckt zurückwich. Schwarze Knopfaugen blinzelten, und der gelbe Schnabel klappte drohend auf. Die Möwe hatte erkundet, ob er tot war, doch da sie sich nun in ihrer Hoffnung getäuscht sah, kreischte sie mißbilligend und flog beleidigt davon.

Falls es überhaupt Omen gab, war dies eines, philosophierte der Holzfäller, der sicherlich nicht erwartet hatte, von einem seiner Namensvettern geweckt zu werden – zumindest nicht auf dieser Seite des Himmels.

Die Sonne brannte heiß auf sein Gesicht, und das Blut pochte in seinen Schläfen, da er kopfüber auf dem Abhang lag. Er wühlte sich aus dem Schlamm, in den er gut einen Fuß tief eingesunken war, und betastete sich. Er war verwundet, zerkratzt, zerstochen, er hatte seine Holzschuhe verloren, das Haar hing ihm zerzaust vom Kopf, und er hatte keine Waffen mehr. Selbst seinen ledernen Kilt hatte er eingebüßt, so daß nur noch die Tunika notdürftig seine Blöße bedeckte.

Doch wenn Gull berücksichtigte, daß er eigentlich tot sein müßte, konnte er sich nicht beschweren. Er rieb seine verkrusteten Augen mit schmutzigen Händen und schaute sich um. Er lag nicht weit entfernt von ihrer Höhle am Boden, gut fünfzehn Schritt oberhalb der Brandung, die sanft plätschernd gegen die Felsen schlug, als hätte es niemals eine Flutwelle gegeben. Das auf den Wellen glitzernde Sonnenlicht ließ ihn blinzeln.

Möwen wärmten sich ihr Gefieder auf dem wärmespeichernden schwarzen Monolithen, der der Länge nach im flachen Küstenwasser lag. So dient er zum Schluß doch noch einem guten Zweck, dachte der Holzfäller benommen.

Zwar fragte er sich, wo Greensleeves steckte, aber zu seiner Überraschung blieb die übliche nagende Angst aus. Irgendwo hatte er all seine Gefühle verloren, so daß er nur noch Hunger und Durst verspürte, so wie die Möwe, die ihn geweckt hatte.

Er wandte sich um und betrachtete den Felsspalt in der Steilküste, der mit seinen geglätteten Kanten und abgetragenen Felsen nun völlig anders aussah. Ihr Höhlenversteck war nur noch ein Kratzer in der Wand, und Gull mußte unwillkürlich an Ameisen denken, deren Hügel angepinkelt worden war. Die Götter und die Natur handelten nach ihrem Gutdünken, und Menschen und Tiere waren ihnen mit Leib und Leben hilflos ausgeliefert.

Der Holzfäller kletterte den Abhang hinauf, denn ein unförmiger braunweißer Schmutzklumpen fesselte seine Aufmerksamkeit. Er entpuppte sich als Stiggur, der wie eine ausgegrabene Kartoffel auf dem Schlammboden lag. Der Junge keuchte und streckte sich, so daß der trockene Lehm in Brocken von ihm abfiel, doch Gull ließ ihn liegen und sah sich weiter um.

Er entdeckte noch eine schmutzverkrustete Gestalt ein paar Schritt über ihm: Es war seine Schwester, die von der Flutwelle in den lockeren Schlammboden gedrückt worden war. Der Holzfäller blätterte den Dreck aus ihrem Gesicht und stupste sie an, woraufhin sie ihr übliches schläfriges Gemurmel von sich gab, bevor sie, schnell wie eine Katze, aufwachte. »W-was …?«

Gull blickte den glatten, schlammbedeckten Abhang hinauf und hinab, konnte jedoch keinen anderen entdecken.

Der Holzfäller, der Junge und die Zauberin kletterten

zum Meer hinab, hockten sich in die plätschernden Wellen und wuschen sich den Dreck vom Körper, wobei der scharfe Salzgeruch ihren brennenden Durst noch verstärkte.

Als Gull sich erhob, sah er Kem, der mit dem Kopf in einem Felsbecken lag. Er watete zu ihm, wischte Krebse von seinem Körper, zog die Leiche aus dem Wasser und bettete sie mit dem Gesicht nach unten auf den Strand, so daß Kems Augen vor den hungrigen Möwenschnäbeln geschützt waren. »Ich werde zurückkommen und dich begraben. Das ist das mindeste, was ich dir schulde«, versicherte Gull dem Toten.

Der Eseltreiber blickte auf die blaue Ödnis hinaus. Irgendwo dort draußen war Morven begraben. Die See hatte ihn zurückverlangt. »Kommt mit!« forderte er die Überlebenden auf. »Wir werden sehen, was oben noch übriggeblieben ist.«

Es stellte sich heraus, daß es nicht gerade viel war.

Oben, auf der Spitze der Steilküste, war kein Zeichen mehr von Dornenbüschen, Steinspeeren und Holzwällen zu sehen, denn die Flutwelle hatte, als sie auf die Steilküste gekracht war, fast alles – selbst die rote Erde – mit sich in die See zurückgerissen. Aber nicht alles: Mitten im Gras lag die rosafarbene *Mana*-Kiste, als habe ein Kind sie achtlos fallengelassen, und müßig hob Greensleeves sie auf.

Sie gingen landeinwärts. Niedergedrücktes, durch das Salz vergiftetes Gras erstreckte sich über eine halbe Meile bis zu dem Buchen- und Eichenwald, der die letzte Barriere gegen die heranrollende Flutwelle gewesen war. Hin und wieder kamen sie an toten Barbaren vorbei. Das Meer hatte ihre Bemalung aus Blaubeersaft abgewaschen und ihre Kleidung mit sich gerissen. Ihre braungebrannten, tätowierten Körper lagen verstreut herum, als hätten sie wie Kinder Krieg gespielt, doch sie rührten sich nicht, während ihnen die Fliegen über die Gesichter krabbelten. Gull fragte sich, ob sie noch im Tode Towser verflucht hatten – den Mann, dessen Sklaven sie gewesen waren.

Die Bäume waren zwar durch die unglaubliche Flutwelle ihrer Blätter beraubt worden, hatten jedoch durch eine Art seltsamen Austausch Girlandenschmuck aus Seetang erhalten. Schlick bedeckte Eichen, und Treibholz war in Begleitung von Algen und Tang zum Wald zurückgekehrt. Ein sterbender Schwertfisch hing an einem Buchenstamm, als sei dieser ein Werftpfeiler, und ein Kabeljau schnappte in einem Blätternest zappelnd nach Luft. Überall glitzerte Sand, und aus einer Senke ragten vier Pfeiler, wie ein vom Sturm umgerissener Bootssteg hervor. Als sie jedoch die Gelenke an den Pfählen erkannten, rannte Stiggur schreiend darauf zu, umkreiste den vermeintlichen Bootssteg und fand den halb unter zerbrochenen Zweigen begrabenen Kopf des mechanischen Holzpferdes. Mit der Ausdauer der Jugend begann er zu graben.

Greensleeves nahm den *Mana*-Speicher in die freie Hand und deutete in den Wald hinein. Was aussah wie ein weißer Wal in einem Baum, erwies sich als Likos Rumpf, der in einer gegabelten Eiche etwa sieben Schritt über dem Grund festhing. Sein Segeltuchgewand hing in Fetzen herunter. Gull vermutete, daß er auf den Baum geklettert war, als die Welle ihn erfaßte. Er hatte es nur seiner Größe zu verdanken, daß er nicht fortgespült worden war. Da er zu hoch hing, als daß Gull ihn hätte erreichen können, schaute er ihn sich nur aus der Nähe an. Er sah, wie einer der scheffelkorbgroßen Zehen zuckte. Sie überließen es dem Riesen, von selbst aufzuwachen, und gingen weiter am Waldrand entlang.

Plötzlich blieben die Geschwister entsetzt stehen, Greensleeves Knie gaben nach, und sie sank miauend wie ein verlorengegangenes Kätzchen zu Boden, als sie die Verwüstung sah, die sie angerichtet hatte.

Towsers Wagen und Ausrüstung waren zwischen den Bäumen verstreut, und das Bild erinnerte Greensleeves und Gull an ein zerstörtes Vogelnest. Zum ersten Mal an diesem Morgen fühlte der Holzfäller einen Lebensfunken in seiner Brust. Seine Augen wanderten über die Trümmerlandschaft, und er stöhnte: »Lily ...«

Als erste entdeckten sie die gelbgekleidete Jonquil, die auf dem Gras lag, als hielte sie ein Nickerchen. Die Stirn ihres rauhen Bauernmädchengesichts war in Falten gelegt, doch ihr Herz schlug nicht mehr in ihrem ewigen Schlaf.

Sie stiegen über die Tote und erkannten alle vier Wagen. Towsers schwere Kutsche lag auf dem Dach an eine Eiche gelehnt. Eine Seite war völlig zersplittert, und von den vier Rädern waren nur noch die Speichen übrig, die an Sterne erinnerten. Der Frauenwagen war an einem moosbewachsenen Felsen zerschellt, während die Kutsche der Sterndeuterin auf dem Dach lag und die Segeltuchplane und deren Halterungen unter sich begraben hatte. Der Küchenwagen war auseinandergebrochen, die eisernen Kochgeräte und die durchweichten Nahrungsvorräte lagen um ihn herum auf dem Waldboden verstreut.

Die noch angeschirrten Pferde und Maultiere waren auf die gleiche Weise wie die Wagen zugerichtet. Nur zwei der Pferde lebten noch, doch ihre Rücken waren gebrochen. Gulls Maultiere, Knothead und Flossy, lagen tot in ihren Geschirren verfangen, die sich um einen Baum gewickelt hatten. Gull starrte eine Weile schweigend auf sie und murmelte dann so etwas wie einen Nachruf: »Flossy war ein liebes Mädchen. Knothead war stur und launisch, aber ein gutes Zugtier.«

Durch das Ausmaß dieser Katastrophe abgestumpft, suchte Gull beinah gleichgültig weiter und stolperte fast über einen Weinkrug, der einladend plätscherte. Der Holzfäller trieb einen Bratenspieß auf und entfernte damit den Korken des Kruges. Gierig tranken er und seine Schwester den süßen Wein und bewahrten etwas für Stiggur auf. Dann durchstieß Gull die Kehlen der verwundeten Pferde und zählte die Toten.

Felda, die fette Köchin, war unter ihrem Wagen eingekeilt und von einer abgebrochenen Radspeiche durchbohrt worden. Dicht daneben lag der entsetzlich verdrehte Körper der Bardin Ranon Spiritsinger, deren Arm durch die Saiten ihrer Leier gerammt war. Rose und Peachblossom hatten in der vermeintlichen Sicherheit des Frauenwagens ihr schreckliches Ende gefunden. Unter dem Wagen der Sterndeuterin ragten Bluebonnets blaugekleidete Beine hervor, doch von Zumbel, dem Eunuchen, und der Sterndeuterin Kakulina war keine Spur zu finden. Gull vermutete, daß sie davongespült worden waren, entweder in die Tiefe des Waldes oder auf das unendliche Meer hinaus. Er versuchte, um diese Leute zu trauern, schließlich hatte er sie gekannt, mit ihnen gegessen und über dies und das geredet. Doch am Ende hatten sie ihn für ihre angenehme Anstellung im Gefolge des Zauberers verraten und sich über einem Lagerfeuer gewärmt, während ihr finsterer Meister kaum hundert Schritt entfernt ein blutiges Menschenopfer zelebrierte. Letztendlich aber hatte ihr Herr darin versagt, sie zu beschützen.

Gull spähte ins Innere von Towsers umgekippten Wagen, in dem alles kreuz und quer durcheinanderlag. Zerwühlte Decken waren von dem prächtig verzierten Bett gefallen, Bücher und Artefakte aus Nischen in den Wänden herausgeschleudert worden, und von den drei Leibwächtern, die in Towsers Nähe sein sollten, gab es auch hier keine Spur.

Und natürlich, dachte Gull bitter, kein Towser! Vielleicht war er ja getötet worden, doch der Holzfäller bezweifelte das, da ein Zauberer zuerst und am besten sich selbst schützte.

Gull dachte an Lily, die er immer noch nicht gefunden hatte, als er plötzlich ein Seufzen hörte.

Das Geräusch kam unter dem zusammengebrochenen Bett hervor.

Betend und hoffend schob Gull die salzwasserdurchweichten Decken und Vorhänge beiseite – und sah seine Gebete erhört. Es war Lily, die auf dem nun zum Boden gewordenen Dach lag und nur mit einem Arm und dem Kopf unter dem Bett hervorragte. Mit einem Gesicht, so bleich wie ihre weiße Tanzkleidung, versuchte sie, sich freizubekommen.

»Lily! Ich hab mir solche Sorgen gemacht!« Er packte ihren Arm und zog, aber sie schrie gellend auf.

»Mein Arm!« Ihr schweißbedeckter, eiskalter Körper bebte, und mit zittriger Stimme fuhr sie fort: »Er ist gebrochen! Ich fühle, wie die Knochen aneinanderreiben!«

Gull wischte sich über das Gesicht und hockte sich hin, um besser ins dunkle Innere des Wagens sehen zu können. Im Vorderteil der Kutsche lag zwischen zerschmetterten Truhen und Vorratskisten der Buchhalter Knoton, und Gull fragte sich, wie bei all diesen Toten Lily als einzige hatte überleben können.

Dann fiel es ihm ein: Auch Lily war eine Zauberin!

»Zappel nich' rum, Schätzchen! Ich krieg dich da raus! Lieg still!«

Greensleeves setzte ihre *Mana*-Kiste am Boden ab und half mit. Sanft ziehend und schiebend gelang es ihnen, die Tänzerin zu befreien, und sie stellten fest, daß eines ihrer Beine ebenfalls gebrochen war. Lily stöhnte unter Höllenqualen, konnte ihnen jedoch mitteilen, daß sie in der rotlackierten Kiste nach grünen Flaschen suchen sollten. Greensleeves stöberte im Wagen herum, während Gull seine Geliebte umsorgte.

»Ich dachte, ich hätte dich verloren.« Gull wiegte

ihren Kopf in seinem Schoß und glättete ihr zerzaustes Haar. »Ich dachte, ich hätte dich verloren! Mir ist klargeworden, daß ich dich auf keinen Fall verlieren will. Ich will, daß du immer bei mir bleibst. Ich will, daß du meine Frau wirst! Ich liebe dich, Lily!«

Das Mädchen verzog das Gesicht zu einer Grimasse und verschloß ihm – abwechselnd weinend und lachend – mit einem Finger den Mund. »Schschsch, Gull, bitte! Es hat sich plötzlich ... ah! ... alles geändert.«

»Was?« Gull wischte sich stirnrunzelnd die Augen. »Was ist denn los?«

»Nichts Schlimmes, wirklich ... es ist nur ... wie soll ich es nur erklären ... ah, es tut so weh! Ich ... ich ... hab mich nie leiden können, Gull. Ich hab immer gedacht, ich wär nichts wert. Das Kind einer Hure, und bis heute weiß ich nicht, wer mein Vater war. Und ich selbst bin nur eine Hure ...«

»Das macht mir nichts aus ...«

»Schschschsch. Ich weiß. Du bist ein wundervoller Mann, so freundlich und liebevoll, aber alles hat sich verändert, und plötzlich bin ich eine Zauberin. Und ich weiß nicht mal, was das bedeutet.«

»Du brauchst doch keine Zauberin zu sein!«

Sie lächelte und krümmte sich vor Schmerz, während hinter ihnen Greensleeves herumwühlte und Kisten hin und her schob. »Und ein Vogel mit Flügeln braucht nicht zu fliegen? Gull, als diese riesige Welle uns traf, hab ich mich in eine Ecke gekauert und um mein Leben gebetet, und irgend etwas, irgendeine flirrende Kraft hat mich umgeben, fast so, als hätte mich meine Mutter umarmt. Ich bin nicht gestorben, obwohl ich ... au, au, au! ... mich nicht gerade besonders gut geschützt habe. Trotzdem ... oh, ich liebe dich so sehr! Aber ich kann dich gerade jetzt nicht heiraten! Kannst du das nicht einsehen?«

»Nein«, nörgelte Gull verdrießlich.

Lily seufzte nachsichtig, und plötzlich fühlte sich

Gull wie ein kleiner Junge, der mit einer erwachsenen Frau sprach. »Ich brauche Zeit. Um nachzudenken.«

»Du wirst also die Hexerei erlernen«, knirschte er verbittert, »und uns Sterbliche im Staub zurücklassen.«

Sie schüttelte den Kopf und stöhnte, als sie den Arm bewegte. »Nein. Ich lasse Lily im Staub zurück und finde heraus, wer ich wirklich bin.«

Jetzt war es an Gull zu seufzen. »Und das ist nicht meine Ehefrau? Na schön, ich hätte dich nicht die ganze Zeit hinhalten sollen. Ich hätte dich besser einholen sollen, als ich dich am Haken hatte.«

Sie gluckste in sich hinein, legte sich einen Finger auf die Lippen, küßte ihn und drückte ihn dann an sich. Er lächelte auf sie herab.

Greensleeves krabbelte rückwärts aus dem Wagen. Mit ihren mehr als sonst lehmbeschmutzten, zerrissenen Röcken sah sie aus wie ein sechsjähriges Mädchen, das Schlammkuchen gebacken hat, doch als sie die beiden Liebenden sah, wurde ihr Blick verständig, wie der einer erwachsenen Frau. Sie entstöpselte einen Humpen und reichte ihn Lily. »M-mohnsamen-e-extrakt und Fieberklee, gl-glaube ich. Das wird die Schmerzen lindern.«

Lily nickte und leerte den Humpen in einem Zug. Nicht lange, und sie nickte sanft schnarchend ein.

Greensleeves stöberte weiter, fand einige Holzleisten und eine Schere, mit der sie eine Decke in Streifen schnitt. Sie reichte das provisorische Verbandszeug ihrem Bruder. »W-während sie schl-schläft, mußt du die Kn-nochen … Kn-nochen …«

»Ich weiß«, sagte ihr Bruder. Da er der stärkste in der Familie gewesen war, hatte er immer die gebrochenen Knochen der anderen richten müssen. »Ich werd mich um sie kümmern.«

Am späten Nachmittag lag Lily im Schatten einer Kastanie, während Greensleeves und Gull Essen und

Vorräte zusammentrugen. Sie bargen die nützlichen Dinge, darunter Gulls Holzfällerwerkzeuge, aus den Trümmern und schlugen ihr Lager eine halbe Meile von den Wagen entfernt auf. Da sie die Leichen heute nicht mehr begraben konnten, mußten sie verschwinden, bevor die hereinbrechende Nacht Wölfe, Kojoten, Waschbären und Geister anlockte.

Als Gull einige Steine für ein Lagerfeuer ins Gras setzte und Greensleeves die Decken lüftete, stieß Liko, der sein Segeltuchgewand in Fetzen hinter sich herzog, zu ihnen. Sie hatten ein gewaltiges Krachen gehört, als er aufwachte und von dem Baumwipfel herabgefallen war. Die Erde hatte erbebt, als er mit seinem – durch den fehlenden Arm geneigten – schweren Gang herangestampft war. Ohne ein Wort zu sagen, ließ er sich auf den Rücken fallen und schlief wieder ein, so daß sich die anderen über sein zweistimmiges Schnarchen hinweg verständigen mußten.

Als von dem feuchte Zweige genährten Feuer dicker grauer Rauch aufstieg, wurden die Geschwister von zwei wohlbekannten Stimmen gegrüßt. Die Kentauren Helki und Holleb trabten mit glänzendem, klirrendem Geschirr heran, und auf ihren sonst so grimmigen Gesichtern lag ein ungewohntes Grinsen. Gull war so erfreut, sie lebendig wiederzusehen, daß er sie beide umarmte und dabei von dem bedrohlichen Holleb glatt von den Füßen gehoben wurde. Alle sprachen gleichzeitig, einschließlich Greensleeves, und es dauerte eine Weile, bis ihre Geschichte verständlich wurde, dabei war sie einfach genug.

Von ihrem erhöhten Platz aus hatten die Kentauren das Wasser zurückweichen sehen, und da sie in der Nähe des Meeres aufgewachsen waren, wußten sie, was dies bedeutete. Sie waren landeinwärts galoppiert und so schnell in den Wald gerannt, daß ihre Herzen zu zerspringen drohten. Das Seewasser war ihnen gegen die Fesseln geschwappt, doch sie waren auf einen schmalen Hügel gesprungen und somit der Gefahr entronnen.

»Also wir Sieg feiern«, grollte Holleb mit seiner rauhen Stimme.

Gull schüttelte den Kopf. »Es ist kein Sieg. Nicht, wo Towser entkommen ist und all diese Menschen tot sind. Wir haben überlebt, das ist alles.«

»Wir sehen. Ist wahr«, stimmte Helki zu. »Aber wo die anderen? Freunde, die helfen?«

Gull nickte die Baumreihen entlang: »Stiggur hat den ganzen Tag gebuddelt und gewühlt und hat versucht, die Kontrollhebel für das Holzpferd freizulegen, um zu sehen, ob es noch funktioniert. Oder ob es noch lebt. Was die anderen angeht – es gibt keine.«

Die Kentauren schauten sich um und sahen nur Lily, Greensleeves und Liko. »Oh«, äußerte sich Helki.

Bei Sonnenuntergang hatte Gull ein Mahl zubereitet. Er hatte einen eisernen Topf und ein noch verschlossenes Faß gepökeltes Schweinefleisch aus den Trümmern geborgen und es zum Kochen gebracht. Er hatte etwas Mehl gefunden, es gesalzen und den Teig in Streifen um grüne Stöcke gewickelt, die er zum Rösten ins Feuer hielt. Einige Fässer Bier und Steinguttöpfe mit Feldas Gewürzgurken hatten im Frauenwagen die Flutwelle unbeschadet überstanden.

Es gab auch genug, um den Riesen sattzubekommen. Liko saß im Schneidersitz am Feuer und verschlang gierig rohes Pferdefleisch, während die Kentauren von Towsers silbernen Tellern speisten und sich bemühten, den Blick abzuwenden. Greensleeves tunkte geröstetes Brot in Bratensaft, und mit plumpen Fingern fütterte Gull die verbundene und geschiente Lily, die mit ihrem gesunden Arm wieder und wieder den Weinbrandkrug zur Betäubung der Schmerzen an den Mund führte. Stiggur verschlang Essiggurken und schniefte, als er an Feldas Freundlichkeit dachte.

Nach einem Tag und einer Nacht der Entbehrungen, der Trauer, des Kampfes und der Resignation war dies ein Fest, das alle jedoch nur still genossen, da sie die Abwesenheit ihrer Freunde allzu deutlich verspürten.

Als die Helden gesättigt waren und ein ganzes Bierfaß geleert hatten, lehnte sich Gull auf seine Ellbogen zurück und starrte in die tanzenden Flammen. »Also was ... He!«

Der Holzfäller stellte seinen Krug ab, sprang um den Vorratsstapel herum und griff in die Dunkelheit. Als er zupackte, ertönte ein quiekender Protest, der von dem diebischen Goblin Egg-Sucker ausgestoßen wurde. Gull riß ihn in die Höhe: »Was machst du denn hier? Ich hab dich doch die Klippe runtergeworfen!«

»Eben. Und dabei beinah meinen Schädel gebrochen!« Wieder baumelte der kleine Störenfried hilflos in Gulls festem Griff und sträubte das stinktierartig gestreifte Haar. »Aber Ihr könnt mich jetzt loslassen, guter Herr! Ich hab nämlich nicht gestohlen! Ich hab nur eine Ratte gesehen, die an Euren Säcken genagt hat und ...«

»Ach, halt doch die Klappe und erzähl mir keine Geschichten. Ich hätte dich doch von Elfenpfeilen spicken lassen sollen! Komm her!«

Gull trat wieder in den Feuerschein, stellte den Goblin auf die Füße und drückte ihm seinen Bierkrug in die Hand. Der durch soviel unerwartete Freundlichkeit verwirrte Egg-Sucker hielt ihn nur wie ein Faß in den kleinen gekrümmten Händen. Der Holzfäller reichte ihm ein Stück Pökelfleisch, das der Goblin gierig verschlang, doch als sich Gull wieder hinsetzte, stob er wie von Hunden gehetzt in die Nacht davon.

Seufzend griff der Holzfäller nach seinem Krug und erinnerte sich daran, daß dieser soeben verschwunden war. »Na ja, macht nichts ... wo war ich? Ah! Also, was machen wir morgen? Ich meine, nachdem wir die Toten begraben haben?«

»Wir müssen mein Holzpferd aufstellen. Ich hab an

einem Hebel gezogen, und es hat mit dem Bein getreten«, murmelte Stiggur mit vollem Mund und fügte plötzlich hinzu: »Ich werde es Knothead nennen, wenn du nichts dagegen hast.«

»Geht klar.« Gull gluckste. »Da es nun einen Namen hat, muß es wohl lebendig sein.«

»Wir Stadt finden müssen«, sagte Holleb. »Nicht viel Futter hier.«

»Stimmt«, bekräftigte Gull. »Da ist noch etwas anderes. Greensleeves oder Lily, also irgend jemand mit magischen Fähigkeiten, sollte sich überlegen, wie man Tomas, Neith, Varrius und diesen Paladin Bardo von dieser Tropeninsel finden kann. Oder beschwören oder herbeirufen, oder wie auch immer ihr das nennt. Und auch diese erbärmlichen Orks. Sie alle verdienen es, in ihre Heimat zurückzukehren, wenn sie wissen, wo diese ist.« Die Frauen stimmten zu.

»Heim!« seufzte Helki. »Holleb und ich herausfinden wo ist. Also dort gehen. So lange weg! Wir vermissen.«

Greensleeves stand auf, ging zu ihr und legte ihre kleine schwielige Hand auf Helkis Schulter. »S-sei nicht tr-raurig, Hel-ki. Wir w-werden eure Heimat fi-finden. D-deine auch, Li-ko.« Der Gigant nickte melancholisch mit beiden Köpfen. »V-vielleicht wird uns i-irgend etwas von T-towsers Sachen he-helfen.« Als sie den Wagen untersuchten, fanden sie viele zerschmetterte Flaschen und Artefakte, doch auch einen Stapel magisch aussehender Bücher und Aufzeichnungen, die Greensleeves oder Lily durchsehen konnten.

»Greenie hat recht. Wir werden dafür sorgen, daß ihr alle nach Hause gehen könnt.« Gull schwieg eine Weile und murmelte dann vor sich hin: »Wir haben unsere Heimat verloren. Ein ganzes Dorf wurde ausgelöscht, in einem Streit zwischen zwei Zauberern, die darauf aus waren, sich gegenseitig die Kraft zu stehlen. Es hat sie nicht gekümmert, wen sie dabei zertreten haben, als wären wir nur Ameisen auf ihrem Schlachtfeld ... Das ist es, was wir tun sollten! Wir sollten alle Zauberer davon abhalten, rücksichtslos über einfaches Volk hinwegzutrampeln!« Seine Stimme war immer lebhafter geworden und hatte eine gewisse Schärfe angenommen. Helki blickte wie alle anderen verwirrt auf den Holzfäller. »Wie?«

»Ich weiß nicht.« Der Eseltreiber starrte in die Flammen. »Aber es muß einen Weg geben, sie aufzuhalten. Wenn man eine Armee aufstellen könnte und sie zusammenhalten würde… ein Heer aus Freiwilligen, keine Sklaven… Wir könnten diese Zauberer jagen und dann irgendwie ihre zusammengewürfelten Armeen zerstreuen und sie unterwerfen. Und dann, wenn man könnte – hm, was? –, ihnen vielleicht die Kraft wegnehmen. Ich weiß nicht. Aber es muß einen Weg geben…«

Greensleeves hatte mit dem rosafarbenen Stein, der im Feuerschein glänzte, herumgespielt, doch nun hielt sie inne: »Ich werde he-helfen, G-gull.«

Lily legte ihre freie Hand auf Gulls Arm. »Ich auch.«

»Und wir!« rief Holleb, als nähme er eine Herausforderung zu einem Duell an.

»Ja, wir auch!« schrie Helki. Die beiden schickten einen frohlockend wiehernden Schlachtruf zum Himmel.

Als die Echos abebbten, sprachen Likos zwei Köpfe zum ersten Mal gleichzeitig. »Ich auch!«

»Kann ich auch mitmachen?« fragte Stiggur. »Ich kann Knothead mitbringen!«

Gull zauste das Haar des Jungen so heftig, daß er vornüber fiel. »Natürlich, Stiggur. Und vergiß deine Peitsche nicht! Die können wir auch gebrauchen.«

Lily nickte in die Dunkelheit. »Was ist mit Egg-Sucker?«

Gull lachte. »O ja, natürlich! Wir brauchen ihn für… na ja, irgendwas. Aber ich hab nicht vorgeschlagen, daß *wir* eine Armee bilden, um die Zauberer aufzuhalten!«

»Doch, das hast du!« gab Lily zurück. »Es war etwas,

was wir uns alle gewünscht hatten, doch nicht aussprechen konnten.«

Gulls Blick schweifte über die winzige abgekämpfte Gruppe. »Seltsam. Wir sind nur eine Handvoll Fremder, jeder von uns hat durch die Gier der Zauberer alles verloren. Jetzt sind wir wohl… eine Armee, glaub ich. Zauberinnen und Krieger und… und Holzpferdreiter und… Holzfäller…«

Ein Tannenzapfen fiel ins Lagerfeuer, und Funken sprühten in der Dunkelheit. Gull beobachtete, wie sie aufstiegen, um mit den Sternen zu blinken, die über das ganze Himmelszelt verstreut waren. »Mein Vater hat immer gesagt: ›Niemals ist der Himmel so klar wie nach einem Sturm.‹«

»Also liegt unsere Zukunft klar vor uns«, sagte Lily.

»Ich denke schon. Aber seid ihr alle sicher, daß ihr das tun wollt? Euer Leben dieser Sache zu widmen? Einem Kreuzzug, ohne eine Ahnung, wie wir vorgehen sollen? Gegen Zauberer, Söldner, Monster und Höllenkreaturen zu kämpfen? Euren Leib und euer Leben zu riskieren, nur um sie davon abzuhalten, daß sie Dörfer niedermachen und das Leben von Menschen zerstören? Menschen, die ihr nicht einmal kennt? Wenn ihr doch statt dessen heimgehen könntet?«

Gull schaute sich wieder um, blickte in jedes einzelne Gesicht, doch alle nickten nur. Er stieß einen Ast in die Glut und ließ das Feuer hell aufflackern.

»Gut denn, dann ist es also beschlossen.«